# Harry Potter
### and the
### Philosopher's Stone

**HARRY POTTER & THE PHILOSOPHER'S STONE**

First published in Great Britain in 1997 by Bloomsbury Publishing Plc
Text © J.K. Rowling 1997
Publishing and Theatrical Rights © J.K. Rowling
Cover illustrations by Jonny Duddle © Bloomsbury Publishing Plc 2014
Map illustration by Tomislav Tomic © J.K. Rowling 2014
All characters and elements © and TM Warner Bros. Entertainment Inc. All rights reserved.
Korean translation copyright © 2019 by Moonhak Soochup Publishing Co., Ltd.

저자의 저작인격권이 보장되어 있습니다.
이 책에서 등장하는 모든 인물과 사건은 허구이며 실존 인물과 사건을 연상시키는 부분이 있더라도
이는 저자의 의도와 무관합니다.

이 책은 저작권사와의 독점계약으로 ㈜문학수첩에서 출간되었습니다.
저작권법에 의해 한국 내에서 보호를 받는 저작물이므로 무단 전재와 무단 복제를 금합니다.

마법사의 돌

J.K. 롤링 지음 | 강동혁 옮김

문학수첩

이야기를 사랑하는 제시카,
역시 이야기를 사랑하는 앤,
그리고 이 이야기를 가장 먼저 들었던 디에게.

# HARRY POTTER
## 마법사의 돌

| | | |
|---|---|---|
| 1장 | 살아남은 아이 | 11 |
| 2장 | 사라진 유리창 | 35 |
| 3장 | 발신자 없는 편지들 | 54 |
| 4장 | 숲지기 | 76 |
| 5장 | 다이애건 앨리 | 98 |
| 6장 | 9와 4분의 3번 승강장에서 떠나는 여행 | 137 |
| 7장 | 기숙사 배정 모자 | 173 |
| 8장 | 마법약 교수 | 199 |
| 9장 | 한밤의 결투 | 216 |

**HARRY POTTER**
마법사의 돌

| | | |
|---|---|---|
| 10장 | 핼러윈 | 244 |
| 11장 | 퀴디치 | 268 |
| 12장 | 소망의 거울 | 288 |
| 13장 | 니콜라 플라멜 | 319 |
| 14장 | 노르웨이 리지백 노버트 | 337 |
| 15장 | 금지된 숲 | 357 |
| 16장 | 바닥의 문을 지나서 | 385 |
| 17장 | 두 얼굴을 가진 남자 | 423 |

**일러두기**

- 이 책은 1999년에 한국에서 처음 출간된 '해리 포터' 시리즈의 《해리 포터와 마법사의 돌》을 새로 번역한 것으로, 2014년 Bloomsbury Publishing Plc.에서 출간된 J.K. Rowling의 *Harry Potter and the Philosopher's Stone*을 저본으로 삼았다.
- 인명 등 고유명사의 표기는 국립국어원 외래어표기법과 오디오북의 발음을 따랐으나, 이미 널리 굳어진 몇몇 명칭('호그와트', '헤르미온느', '래번클로', '후플푸프' 등등)은 기존 한국어판 번역을 그대로 따랐다.
- 역주는 본문 중에 '—옮긴이'로 표시했다.

## 1장
## 살아남은 아이

프리빗가 4번지에 사는 더즐리 부부는 우리는 완벽하게 평범합니다, 그럼 이만, 하고 말할 수 있어서 자랑스러웠다. 이들은 결코 그 어떤 이상하거나 신비로운 일에 연루될 리 없는 사람들이었다. 그런 터무니없는 것에는 애당초 귀를 기울이지 않았으니까.

남편인 더즐리 씨는 드릴을 만드는 회사인 그러닝스의 임원이었다. 그는 덩치가 크고 목이 거의 없다시피 뚱뚱하면서 아주 무성한 콧수염을 기르고 있었다. 더즐리 부인은 마른 체격에 금발이었으며, 보통 사람의 두 배에 가깝게 긴 목은 울타리 너머로 고개를 쭉 빼고 이웃들을 염탐하며 긴 시간을 보내는 데 아주 유용했다. 이들 부부에게는 더들리라는 이름의 어린 아들이 있었는데,

두 사람의 견해로는 세상 어디에도 없을 훌륭한 아들이었다.

이처럼 자신들이 원하는 모든 것을 갖춘 더즐리 부부에게도 비밀이 하나 있었으니, 그들이 가장 두려워하는 일은 누군가가 그 비밀에 대해 알게 되는 것이었다. 누구라도 포터 부부에 대해 알게 된다면 그들은 도저히 견딜 수 없을 것 같았다. 포터 부인은 더즐리 부인의 여동생이었지만 둘은 오랫동안 한 번도 만난 적이 없었다. 사실, 더즐리 부인은 동생이 아예 없는 것처럼 행동했다. 동생도, 아무짝에도 쓸모없는 동생의 남편도, 더즐리다운 것과는 거리가 아주 멀었으니까. 포터 부부가 동네에 나타나면 이웃들이 어떤 말을 할지 더즐리 부부는 생각만 해도 온몸이 떨렸다. 더즐리 부부는 포터 부부에게도 어린 아들이 하나 있다는 사실을 알고 있었지만 그 애를 한 번도 본 적이 없었다. 그 아이는 그들이 포터네와 거리를 두어야 하는 또 하나의 충분한 이유였다. 더즐리 부부는 더들리가 그런 아이와 어울리는 것을 원치 않았다.

우리의 이야기가 시작되는 흐리고 칙칙한 화요일, 더즐리 부부가 깨어났을 때만 해도 바깥의 구름 낀 하늘에는 머잖아 이 나라 전체에 이상하고도 신비로운 일들이 일어나리라 암시하는 것이라고는 아무것도 없었다. 더즐리 씨는 가지고 있는 넥타이 중 가장 따분한 것을 고르며 출근 준비를 하는 내내 콧노래를 흥얼거렸고, 더즐리 부인은 소리를 질러 대는 더들리를 아기용 식탁 의자에 앉히려고 씨름하며 신나게 남의 험담을 했다.

그들 중 누구도 커다란 황갈색올빼미가 창밖을 날아가는 모습을 보지 못했다.

8시 30분, 더즐리 씨는 서류 가방을 챙기고 아내의 뺨에 가볍게 입을 맞춘 다음 더들리에게도 뽀뽀를 하려 했지만 실패하고 말았다. 더들리가 성질을 부리며 벽에다 시리얼을 집어던졌기 때문이다. "요런 말썽꾸러기." 더즐리 씨는 집을 나서며 기분 좋게 껄껄 웃었다. 그는 자동차에 올라 후진해서 4번지를 빠져나갔다.

뭔가 기이한 일이 일어나고 있다는 징후가 처음으로 눈에 들어온 것은 골목을 빠져나가는 모퉁이에서였다. 고양이 한 마리가 지도를 읽고 있었다. 아주 잠깐, 더즐리 씨는 자기가 무엇을 봤는지 깨닫지 못했다. 그런 다음 그는 다시 한 번 보려고 고개를 휙 돌렸다. 프리빗가 모퉁이에 얼룩 고양이가 한 마리 있기는 했지만 지도는 보이지 않았다. 대체 무슨 생각을 하는 거야? 햇빛 때문에 헛것을 본 게 틀림없었다. 더즐리 씨는 눈을 깜빡이고 고양이를 뚫어지게 바라보았다. 고양이도 그를 마주 쳐다보았다. 모퉁이를 돌아 도로를 달리면서 더즐리 씨는 거울로 고양이를 지켜보았다. 이제 그 고양이는 '프리빗가'라고 쓰인 표지판을 읽고 있었다. 아니, 표지판을 보고 있는 거겠지. 지도든 표지판이든 고양이는 읽을 수 없으니까. 더즐리 씨는 고개를 젓고 머릿속에서 고양이를 지워 버렸다. 시내로 차를 몰아가며 그는 오늘 따냈으면 하는 드릴 대량 주문 말고는 아무것도 생각하지 않았다.

하지만 시내에 접어들 때쯤에는 다른 뭔가가 드릴을 머릿속에서 몰아냈다. 여느 아침과 같이 꽉 막힌 도로에 갇혀 있었으므로, 더즐리 씨는 이상한 옷을 입은 수많은 사람이 주변에 몰려 있는 것을 알아차릴 수밖에 없었다. 망토 입은 사람들이라니. 더즐리 씨는 우스꽝스러운 옷을 입은 사람들을 도저히 참아 줄 수 없었다. 요즘 젊은 애들 옷 입는 꼴 하고는! 더즐리 씨는 이것도 웬 멍청한 새로운 패션일 거라고 생각했다. 운전대를 손가락으로 탁탁 두드리던 더즐리 씨의 시선이 그 괴짜들 중에서도 꽤 가까운 곳에 서 있던 사람들에게 향했다. 그들은 잔뜩 흥분해서 서로 귓속말을 속삭이고 있었다. 더즐리 씨가 보니 그중 몇몇은 결코 젊다고 할 수 없는 나이였다. 울화가 치밀었다. 뭐야, 저 남자는 나보다도 나이가 많을 것 같은데 에메랄드색 망토를 입고 있잖아! 부끄러운 줄도 모르고! 하지만 다음 순간 더즐리 씨는 문득 이것이 사람들의 눈길을 한번 끌어 보려는 멍청한 수작이라는 생각이 들었다. 무슨 모금을 하고 있는 게 틀림없었다. ……그래, 그렇겠지. 자동차들이 앞으로 나아가기 시작했고 몇 분 뒤 더즐리 씨는 그러닝스 주차장에 도착했다. 머릿속에는 드릴 생각이 돌아와 있었다.

더즐리 씨는 10층에 있는 자기 사무실에서 항상 창문을 등지고 앉았다. 그러지 않았다면 그날 아침 드릴에 집중하기가 훨씬 어려웠을 것이다. 더즐리 씨는 대낮에 부엉이며 올빼미 들이 휙휙 날아다니는 모습을 보지 못했다. 하지만 저 아래 거리의 사람들은 달랐다. 부엉이와 올빼미가 연달아 머리 위로 빠르게 날아가자 그들은 손가락질을 하며 입을 헤 벌린 채 그 모습을 바라보았다. 그들 대부분은 한밤중에도 부엉이 한 마리 본 적이 없었다. 하지만 더즐리 씨는 완전히 평범한, 부엉이도 올빼미도 없는 아침을 보냈다. 그는 다섯 사람에게 소리를 질렀다. 중요한 전화를 몇 통 걸어 더 많이 고함을 쳤다. 점심시간 전까지만 해도 더즐리 씨는 매우 기분이 좋았으며, 점심시간이 되자 기지개를 켜고 길을 건너가 맞은편 빵집에서 번빵이나 하나 사 먹어야겠다고 생각했다.

망토 입은 사람들이 빵집 앞에 모여 있는 걸 보기 전까지만 해도 더즐리 씨는 그들에 대해 완전히 잊고 있었다. 그 곁을 지나며 더즐리 씨는 화난 눈초리로 그들을 쏘아보았다. 왠지는 몰라도 그 사람들 때문에 불편했다. 이 사람들도 흥분해서 수군대고 있었는데 아무리 봐도 모금함은 보이지 않았다. 그들이 하는 말 몇 마디가 들린 건 커다란 도넛이 담긴 봉투를 움켜쥐고 그 옆을 지나쳐 갈 때였다.

"포터네래, 맞아. 나도 그렇게 들었어······."

"······그래, 그 집 아들 해리가······."

더즐리 씨는 우뚝 멈춰 섰다. 두려움이 밀려왔다. 그는 뭔가 할 말이라도 있는 것처럼 속삭이는 사람들 무리를 돌아보았지만, 곧 생각을 고쳐먹었다.

더즐리 씨는 전속력으로 왔던 길을 되짚어 자기 사무실로 올라간 뒤, 비서에게 방해하지 말라고 소리치고 전화기를 들어 집 전화번호를 누르다가 거의 다 눌렀을 때쯤에야 마음을 바꿨다. 그는 수화기를 다시 내려놓고 콧수염을 매만지며 생각했다. ······아니, 무슨 멍청한 짓을. 포터는 그렇게 드문 이름이 아니었다. 장담하건대 해리라는 아들을 둔, 포터라고 불리는 부부는 아주 많을 것이다. 그러고 보니, 조카 이름이 해리인지도 확실하지 않았다. 그는 그 애를 한 번도 본 적이 없었다. 하비일지도 모른다. 해럴드라거나. 아내를 걱정시킬 필요는 없었다. 어떤 식으로든 동생 얘기만 나오면 항상 언짢아하는 사람인데······. 아내를 탓할 일이 아니었다. 그에게 그런 동생이 있었더라도······. 하지만 그래도 역시 저 망토 입은 사람들은······.

더즐리 씨는 그날 오후 드릴에 집중하기가 더 힘들었고, 5시가 되자 깊은 수심에 잠겨 건물을 나서다가 바로 문 앞에 있던 누군가와 정면으로 부딪치고 말았다.

"미안합니다." 조그만 노인이 휘청거리며 넘어질 뻔하자 더즐리 씨는 툴툴대듯 말했다. 그러고 나서 잠깐 시간이 지난 뒤에야 그는 그 노인이 보라색 망토를 입고 있다는 사실을 알아차렸다. 땅바닥에 나동그라질 뻔했는데도 노인은 전혀 언짢아 보이지 않았다. 오히려 함박웃음을 지으며, 지나가던 사람들이 모두 쳐다볼 만큼 꽥꽥거리는 목소리로 말했다. "미안해하지 않아도 됩니다, 선생. 오늘은 무슨 일을 당하더라도 기분 나쁘지 않을 테니까요! 기뻐합시다, '그 사람'이 마침내 사라졌거든요! 오늘처럼 행복하고 또 행복한 날은 선생 같은 머글들도 축하를 해야지요!"

그러더니 노인은 더즐리 씨의 허리를 한번 꽉 끌어안고는 가 버렸다.

더즐리 씨는 그 자리에 붙박인 듯 서 있었다. 방금 생전 처음 보는 사람에게 포옹을 당했다. '머글'이 뭔지는 모르겠지만, 그 사람이 더즐리 씨를 그렇게 부른 것 같기도 했다. 당혹스러웠다. 더즐리 씨는 이게 다 상상 속에서 일어나는 일이길 바라며 서둘러 자동차를 타고 집으로 향했다. 상상이란 것을 탐탁잖게 생각하는 더즐리 씨가 살면서 단 한 번도 품어 본 적 없는 소망이었다.

4번지 진입로에 들어서면서 처음 눈에 들어온 광경도 그의 기분을 나아지게 만들지는 못했다. 아침에 봤던 얼룩 고양이는 이제 더즐리 씨의 정원 담장 위에 앉아 있었다. 분명히 같은 고양이였다. 눈 주위에 똑같은 무늬가 있었으니까.

"쉿!" 더즐리 씨가 큰 소리를 냈다.

고양이는 움직이지 않았다. 그저 근엄한 눈빛으로 더즐리 씨를 바라보았을 뿐이다. 저게 평범한 고양이가 할 법한 행동인지 더즐리 씨는 의문스러웠다. 더즐리 씨는 정신을 차리려고 애쓰며 집 안으로 들어갔다. 그때까지만 해도 그는 아내에게 아무 말 하지 않겠다고 마음먹었다.

더즐리 부인은 썩 괜찮은, 평범한 하루를 보냈다. 그녀는 저녁 식사 내내 옆집 여자가 딸 때문에 골치를 썩고 있다는 얘기며, 더들리가 새로운 단어('싫어!')를 어떻게 배웠는지에 관해 시시콜콜 늘어놓았다. 더즐리 씨는 평소처럼 행동하려고 애썼다. 더즐리 씨가 더들리를 재우고 거실에 들어서자 마침 저녁 뉴스의 마지막 보도가 나왔다.

"그리고 마지막으로, 각지의 조류 관찰자들은 전국의 부엉이와 올빼미 들이 오늘 매우 이상한 행동을 보였다고 전해 왔습니다. 부엉이와 올빼미는 보통 밤에 사냥을 하고 대낮에는 눈에 띄는 일이 거의 없는데요, 오늘은 해가 뜰 때부터 사방에서 날아다니는 모습이 수백 건이나 목격되었습니다. 전문가들은 새들이 갑자기 수면 패턴을 바꾼 이유를 설명하지 못하고 있습니다." 앵커는 살짝 웃었다. "참 신기한 일입니다. 자 그럼, 짐 맥거핀 기상 캐스터에게 마이크 넘기겠습니다. 오늘 밤에도 부엉이 소나기가 내릴까요, 짐?"

"글쎄요, 테드." 기상 캐스터가 말했다. "그건 잘 모르겠습니다만, 오늘 이상한 행동을 보인 건 부엉이와 올빼미만이 아닙니다. 켄트, 요크셔, 던디 등 각지의 시청자들이 전화를 걸어 와, 어제 예보했던 비 대신 별똥별이 쏟아졌다는 소식을 전했는데요! 벌써부터 본파이어 나이트(11월 5일 밤. 1605년 가이 포크스라는 사람이 영국 의사당을 폭파하려다가 실패한 사건을 기념해 모닥불을 피우고 불꽃놀이를 한다—옮긴이)를 축하하는 사람들이 있나 봅니다. 여러분, 본파이어 나이트까지는 아직 1주일이나 남았습니다! 그래도 오늘 밤에는 확실히 비가 내릴 겁니다."

더즐리 씨는 안락의자에 앉은 채 얼어붙었다. 영국 전역에 별똥별이라니? 대낮에 날아다니는 부엉이들이라니? 망토를 입은 수상한 사람들이 여기저기 돌아다니는 건 또 뭐고? 그리고 그 수군거림, 포터 가족에 대해 소곤거리던 그 소리는…….

더즐리 부인이 차 두 잔을 들고 거실로 들어왔다. 좋지 않았다. 그녀에게 무슨 말이라도 해야 했다. 더즐리 씨는 초조하게 목을 가다듬었다. "어…… 피튜니아, 당신. 최근에 처제한테서 소식 들은 적 없지?"

더즐리 씨가 예상한 그대로 더즐리 부인은 무척 놀라고 화가 난 것처럼 보였다. 어쨌든 평소에 두 사람은 피튜니아에게 동생이 없는 것처럼 굴었던 것이다.

"없는데요." 더즐리 부인이 날카롭게 대꾸했다. "왜요?"

"뉴스에 어처구니없는 얘기가 나오더라고." 더즐리 씨가 웅얼거렸다. "부엉이니…… 별똥별이니…… 그리고 오늘 시내에 우스꽝스러운 차림을 한 사람들이 꽤 많기도 했고……."

"그래서요?" 더즐리 부인이 쏘아붙였다.

"음, 그냥 내 생각인데…… 어쩌면…… 뭔가 관련이 있을 수도 있지 않나…… 알잖아, 처제네 무리하고 말이야."

더즐리 부인이 꽉 다문 입술 사이로 차를 홀짝였다. 더즐리 씨는 용기를 내서 '포터'라는 이름을 들었다는 얘기까지 해야 할까 고민했지만 감히 그런 짓은 하지 않기로 했다. 대신 그는 그 자신이 낼 수 있는 한 가장 태연한 목소리로 말했다. "처제네 아들 말이야…… 지금 더들리랑 비슷한 나이 아닌가?"

"그럴걸요." 더즐리 부인이 딱딱한 목소리로 말했다.

"이름이 뭐랬더라? 하워드, 맞지?"

"해리요. 형편없고 흔해 빠진 이름이죠, 내 생각에는."

"아, 그래." 더즐리 씨가 말했다. 심장이 섬뜩하게 쿵 내려앉았다. "맞아, 내 생각도 그래."

더즐리 씨는 침실로 올라가면서 이 문제에 관해 더 이상 한 마디도 하지 않았다. 더즐리 부인이 욕실에 있는 동안 그는 슬그머니 침실 창문으로 다가가 앞뜰을 내다보았다. 그놈의 고양이가 아직도 거기 있었다. 꼭 뭔가를 기다리는 것처럼 프리빗가를 뚫어지게 바라보면서.

그의 지나친 상상일까? 이 모든 일이 포터 부부와 관련이 있을까? 만약 그렇다면…… 그치들이 더즐리 부부의 친척이라는 게 알려지면……. 안 되지. 그런 건 견딜 수 없을 것이다.

더즐리 부부는 잠자리에 들었다. 더즐리 부인은 금세 잠들었지만 더즐리 씨는 잠들지 못한 채 머릿속으로 온갖 생각을 하고 있었다. 그는 잠들기 전 마지막으로 든 생각에 마음을 놓았다. 만일 포터 부부가 정말 관련되어 있더라도 더즐리 부부에게 접근해 올 이유는 전혀 없었다. 포터 부부는 그와 피튜니아가 그들, 그리고 그들 족속에 대해 어떻게 생각하는지 너무나 잘 알고 있었다……. 무슨 일이 벌어지고 있는지는 몰라도 그와 피튜니아가 절대 거기에 말려들 리는 없었다. 더즐리 씨는 하품을 하고 돌아누웠다. 우리한테 무슨 일이 있으려고…….

그 얼마나 잘못된 생각이었는지.

더즐리 씨는 불편하게나마 잠들었을지 모르지만, 바깥 담장 위의 고양이에게는 졸린 기색이 전혀 없었다. 고양이는 조각상처럼 가만히 앉아 눈 한 번 깜빡이지 않고 프리빗가 저쪽 모퉁이에 시선을 고정하고 있었다. 옆 골목에서 자동차 문이 쾅 닫히는 소리가 났을 때도, 부엉이 두 마리가 머리 위를 휙 날아갔을 때도, 고양이는 미동조차 하지 않았다. 사실, 고양이가 조금이나마 움직인 것은 자정이 다 되어서였다.

고양이가 지켜보고 있던 길모퉁이에서 한 남자가 나타났다. 너무 갑작스럽고도 조용하게 나타났기에 땅속에서 솟아난 게 아닌가 하는 생각이 들 정도였다. 고양이는 꼬리를 움찔거리고 눈을 가늘게 떴다.

프리빗가에 이런 남자가 나타난 적은 한 번도 없었다. 키가 크고 마른 체격에, 허리띠에 밀어 넣을 수 있을 만큼 긴 은빛 머리카락과 은빛 턱수염으로 보아 나이가 꽤 많은 게 틀림없었다. 그는 땅에 쓸릴 만큼 긴 로브와 보라색 망토를 입고, 버클 달린 굽 높은 부츠를 신고 있었다. 그의 밝고 또렷한 푸른 눈이 반달 모양 안경 너머에서 반짝거렸다. 코는 매우 길었고, 최소 두 번은 부러진 적이 있었던 것처럼 구부러졌다. 이 남자의 이름은 알버스 덤블도어였다.

알버스 덤블도어는 이름부터 부츠에 이르는 그의 모든 것이 전혀 환영받지 못하는 거리에 막 도착했다는 사실을 눈치채지 못한 것 같았다. 뭘 찾는지 그는 망토 안을 뒤지느라 정신이 팔려 있었다. 하지만 누군가가 자기를 지켜보고 있음을 알아차린 듯, 갑자기 눈을 들어 여전히 길 저편에서 그를 뚫어지게 바라보고 있는 고양이를 쳐다보았다. 무슨 이유에서인지 그 고양이의 모습이 덤블도어를 즐겁게 한 모양이었다. 그가 킥킥 웃으며 중얼거렸다.

"진작 알아봤어야 하는데."

덤블도어는 안주머니에서 찾고 있던 물건을 발견했다. 은제 라이터처럼 보이는 물건이었다. 그는 손가락을 가볍게 튕겨 그것의 뚜껑을 열더니 그 물건을 공중에 들어 올려 찰칵 눌렀다. 가장 가까이에 있던 가로등이 희미한 펑 소리를 내며 꺼졌다. 다시 한 번 찰칵 누르자 그다음 가로등 불빛이 깜빡거리더니 어둠 속으로 사라졌다. 덤블도어는 거리 전체에 빛이라곤 먼 곳에서 그를 지켜보는 고양이의 바늘구멍 같은 두 눈만 남을 때까지 그 물건을 열두 번 찰칵찰칵 눌렀다. 누구든 지금 창밖을 내다본다면, 남의 일에 눈을 초롱초롱 빛내는 더즐리 부인조차도 길거리에서 무슨 일이 벌어지는지 전혀 볼 수 없을 것이었다. 덤블도어는 그 물건을 다시 망토에 집어넣고 4번지 쪽으로 걸어가 담장 위 고양이 옆에 앉았다. 잠시 후 그는 쳐다보지도 않고 고양이에게 말을 걸었다.

"여기서 뵙네요, 맥고나걸 교수님."

덤블도어가 고개를 돌려 얼룩 고양이에게 미소 지었지만 고양이는 사라지고 없었다. 대신 덤블도어는 꽤 엄격해 보이는 여자를 향해 미소 짓고 있었다. 그녀는 고양이의 눈 주위에 있던 무늬와 똑같은 모양의 정사각형 안경을 끼고 있었고, 색깔만 에메랄드색으로 다를 뿐 덤블도어와 같은 망토 차림이었다. 검은 머리카락은 바짝 올려 묶었다. 그녀는 무척 심란해 보였다.

"저인 줄은 어떻게 아셨나요?" 그녀가 물었다.

"친애하는 교수님, 내가 여태껏 살면서 그렇게 뻣뻣하게 앉아 있는 고양이는 본 적이 없습니다."

"하루 종일 벽돌 담 위에 앉아 있다 보면 교수님도 뻣뻣해지실 거예요." 맥고나걸 교수가 말했다.

"하루 종일이라뇨? 이날을 축하하지 않고요? 난 여기까지 오는 동안 잔치며 파티며 수십 번은 거친 것 같습니다만."

맥고나걸 교수는 화가 난 듯 코웃음 쳤다.

"아, 그래요. 다들 축하하느라 여념이 없다 이거죠. 뭐, 좋아요." 그녀가 조바심이 나는 듯 말했다. "다들 좀 더 신중하게 행동할 거라고 생각하셨겠지만, 그럴 리가요……. 머글들조차 뭔가 일이 벌어지고 있다는 걸 눈치챘습니다. 머글 뉴스에까지 나왔어요." 그녀는 더즐리네 집 컴컴한 거실 창문 쪽으로 고개를 휙 돌렸다. "제가 직접 들었습니다. 부엉이 떼며…… 별똥별……. 글쎄요, 머글들도 그렇게 멍청하지는 않아요. 뭐라도 눈치챘겠죠. 켄트에 별똥별이 떨어지다뇨. 틀림없이 디덜러스 디글 짓일 겁니다. 도대체 상식이라곤 없는 사람이니까."

"누가 뭐라고 할 수 있겠습니까." 덤블도어가 부드럽게 말했다. "11년 동안 축하할 만한 일이라고는 전혀 없었잖아요."

"그거야 저도 알죠." 맥고나걸 교수가 짜증스럽게 말했다. "하지만 그게 제정신을 놔 버릴 이유가 되는 건 아니잖아요. 다들 아주 대놓고 부주의한 행동을 하고 있어요. 대낮에 머글 옷도 안 입고 거리를 활보하면서 소문을 주고받더군요."

그녀는 이쯤에서 덤블도어가 무슨 말이라도 해 줬으면 하는 듯 그를 날카롭게 곁눈질했지만 덤블도어는 아무 말도 하지 않았다. 맥고나걸 교수가 말을 이었다. "'그 사람'이 마침내 사라진 것으로 보이는 이날에 머글들이 우리에 관한 것을 모두 알게 된다면 퍽이나 좋겠군요. 그건 그렇고, 그자는 정말, 정말로 사라진 거겠죠, 덤블도어?"

"확실히 그런 것 같습니다." 덤블도어가 말했다. "고마워해야 할 일이 많아요. 셔벗 레몬 하나 드실래요?"

"뭐요?"

"셔벗 레몬요. 머글들이 먹는 사탕 같은 건데 꽤 마음에 드는군요."

"아뇨, 됐어요." 지금 셔벗 레몬 따위에 신경 쓸 때냐는 듯 맥고나걸 교수가 싸늘하게 말했다. "방금도 말씀드렸지만, '그 사람'이 정말 사라졌다고 해도……."

"우리 친애하는 교수님, 교수님처럼 분별 있는 분께서는 당연히 그자의 이름을 부를 수 있겠지요? '그 사람'이니 뭐니…… 나는 11년 동안이나 그자를 제대로 된 이름으로 부르라고 사람들을 설득해 왔어요. '볼드모트'라고 말이죠." 맥고나걸 교수가 움찔했지만, 서로 달라붙은 셔벗 레몬을 떼어 내던 덤블도어는 눈치채지 못한 듯했다. "계속 '그 사람'이라고만 부른다면 모든 게 너무 헷갈릴 겁니다. 나는 볼드모트라는 이름을 말하면서 겁먹어야 할 이유를 전혀 모르겠더군요."

"교수님이야 그러시겠죠." 반쯤은 화가 난 듯, 반쯤은 존경스러운 듯 맥고나걸 교수가 말했다. "하지만 교수님은 다르잖아요. 그 사…… 네, 그래요, 볼드모트가 두려워하는 유일한 사람이 바로 교수님이라는 건 다들 아는 사실이니까요."

"과찬이십니다." 덤블도어가 차분하게 말했다. "볼드모트는 내가 절대로 갖지 못할 힘을 가지고 있어요."

"그야 그런 힘을 쓰시기에는 교수님이 너무…… 뭐랄까…… 고결하기 때문이죠."

"어두워서 다행이네요. 폼프리 선생님한테 새로 장만한 귀마개가 잘 어울린다는 얘기를 들었을 때 이후로 이렇게까지 얼굴이 빨개진 적이 없는데."

맥고나걸 교수가 덤블도어에게 날카로운 시선을 던지며 말했다. "사방에 퍼진 소문들에 비하면 부엉이들이야 아무것도 아니더군요. 다들 뭐라고 하는지 아세요? 그자가 왜 사라졌는지? 마침내 그자를 가로막은 게 뭔지?"

맥고나걸 교수는 가장 말하고 싶어서 안달하던 바로 그 문제,

차갑고 딱딱한 담 위에 하루 종일 앉아 있었던 진짜 이유에 도달한 것처럼 보였다. 고양이일 때나 사람일 때나 덤블도어를 지금처럼 뚫어지게 쏘아본 적은 없었다. '다들' 뭐라고 하든, 덤블도어가 사실이라고 말해 주지 않는 한 절대로 믿지 않을 기세였다. 그러나 덤블도어는 셔벗 레몬을 하나 더 고르느라 대답하지 않았다.

"사람들이 말하길" 하고, 그녀가 밀어붙였다. "어젯밤 볼드모트가 고드릭 골짜기에 나타났다는 겁니다. 포터 부부를 찾으러 갔다더군요. 소문으로는 릴리와 제임스 포터가…… 그러니까…… 그 두 사람이…… 죽었다던데요."

덤블도어는 머리를 숙였다. 맥고나걸 교수가 숨을 헉 들이켰다.

"릴리랑 제임스가…… 세상에…… 믿을 수가 없어요……. 오, 알버스……."

덤블도어가 손을 뻗어 그녀의 어깨를 토닥였다. "압니다…… 알아요……." 덤블도어가 무거운 목소리로 말했다.

맥고나걸 교수가 떨리는 음성으로 말을 이었다. "그게 전부가 아니에요. 사람들 말로는 그자가 포터 부부의 아들, 해리를 죽이려 했다더군요. 그런데…… 죽일 수가 없었대요. 그 작은 아이를 죽이지 못했다는 거예요. 왜 그랬는지, 어떻게 그럴 수 있었는지는 아무도 모르지만, 해리 포터를 죽이지 못하자 웬일인지 볼드모트의 힘이 약해져 버렸대요. 그게 그자가 사라진 이유랍니다."

덤블도어가 침울하게 고개를 끄덕였다.

"그게…… 그게 사실인가요?" 맥고나걸 교수가 더듬거렸다. "그렇게 온갖 짓을 저지른 자가…… 그 많은 사람을 죽여 놓고…… 그 작은 아이를 죽일 수가 없었다고요? 말도 안 돼요……. 그자를 막으려고 그렇게 애를 썼는데……. 도대체 해리는 어떻게 살아남을 수 있었던 거죠?"

"우린 짐작밖에 할 수 없습니다." 덤블도어가 말했다. "영영 알 수 없을지도 모르지요."

맥고나걸 교수는 레이스가 달린 손수건을 꺼내 안경 아래로 두 눈을 꾹꾹 눌렀다. 덤블도어는 주머니에서 금시계를 꺼내 보며 크게 한 번 훌쩍였다. 아주 특이한 시계였다. 바늘은 열두 개인데 숫자는 없었고 대신 작은 행성이 가장자리를 따라 돌고 있었다. 그래도 덤블도어에게는 의미가 통한 모양인지, 그는 시계를 다시 주머니에 넣고 말했다. "해그리드가 늦는군요. 그건 그렇고, 내가 여기 올 거라는 얘기는 해그리드한테 들으셨겠지요?"

"네." 맥고나걸 교수가 말했다. "하고많은 곳 중 *왜* 하필 여기에 오셨는지는 말해 주지 않으시겠죠?"

"해리를 이모와 이모부에게 데려다주려고 왔습니다. 이제 해리한테 남은 가족은 그 사람들뿐이니까요."

"설마…… 여기 사는 사람들을 말씀하시는 건 *아니겠죠?*" 맥고나걸 교수가 벌떡 일어나 4번지를 가리키며 소리쳤다. "덤블도어, 그럴 순 없어요. 제가 하루 종일 지켜봤어요. 저 두 사람보다 더 우리와 다른 사람은 찾을 수 없을 겁니다. 게다가 아들이라는 애는…… 사탕 사 달라고 소리를 질러 대면서 길을 가는 내내 자기 어머니를 걷어차더군요. 해리 포터가 이런 데 와서 산다니요!"

"해리한테는 여기가 가장 좋은 곳입니다." 덤블도어가 단호하게 말했다. "해리가 좀 더 자라면 이모와 이모부가 모든 것을 설명해 줄 수 있을 거예요. 내가 편지를 써 두었습니다."

"편지요?" 맥고나걸 교수는 다시 담 위에 주저앉으며 힘없이 그 말을 반복했다. "진심이세요, 덤블도어? 정말로 이 모든 일을 편지 한 통으로 설명할 수 있을 거라고 생각하세요? 저 사람들은 결코 해리를 이해하지 못할 겁니다! 해리는 유명해질 거예요. 전설이 되겠죠. 훗날 오늘이 '해리 포터의 날'로 알려진다고 해도 전 놀라지 않을 겁니다. 해리에 대해서 쓴 책도 나올 거고요. 우리 세계의 아이들은 모두 해리의 이름을 알게 될 거예요!"

"바로 그겁니다." 덤블도어가 반달 모양 안경 너머로 매우 진지한 얼굴을 하고 말했다. "그 정도면 어떤 아이라도 자만심에 빠질 거예요. 걷지도 말하지도 못하는데 벌써 유명해지다니! 자기는 기억조차 못 하는 일로 유명해지다니! 받아들일 준비가 되기 전까지 이 모든 것과 거리를 두고 자라는 게 아이에게 얼마나 좋을지 모르시겠어요?"

 맥고나걸 교수는 입을 열었다가 생각을 바꿔 말을 삼키고는 잠시 후 말했다. "네…… 네, 알겠습니다. 교수님 말씀이 맞네요. 그래요. 그럼 해리는 여기까지 어떻게 오나요, 덤블도어?" 덤블도어가 해리를 망토 아래 감추고 있을지도 모른다는 듯, 맥고나걸 교수가 돌연 그의 망토를 바라보았다.

 "해그리드가 데려올 겁니다."

 "이렇게 중요한 일을 해그리드한테 맡기는 게…… 현명한 일이라고 생각하세요?"

 "난 해그리드한테 목숨도 맡길 수 있습니다." 덤블도어가 말했다.

 "해그리드가 나쁜 마음을 먹고 있다는 얘기가 아니에요." 맥고나걸 교수가 마지못해 말했다. "하지만 교수님도 해그리드가 조심성 있는 사람이라고는 못 하실 겁니다. 해그리드는 자주…… 방금 뭐였죠?"

 나지막하게 웅웅거리는 소리가 두 사람 주위의 정적을 깨뜨렸다. 그들이 헤드라이트 불빛이라도 보이는지 확인하려고 길을 이리저리 살펴보는 동안에도 그 소리는 점점 커졌고, 그들이 하늘을 올려다봤을 때쯤에는 우르릉거리는 소리가 되더니…… 다음 순간에는 공중에서 거대한 오토바이가 나타나 두 사람 앞 도로에 내려섰다.

오토바이도 컸지만 거기에 타고 있는 사람에 비하면 아무것도 아니었다. 그는 키가 보통 사람의 두 배, 덩치는 적어도 다섯 배는 되었다. 딱 봐도 실재하는 사람이라기에는 너무 컸고, 매우 *야만적*으로 보였다. 검은 머리카락과 수염은 덤불처럼 길게 자라 잔뜩 엉킨 채 얼굴 대부분을 가렸고, 손은 실외 쓰레기통 뚜껑만큼 컸으며, 가죽 부츠를 신은 발은 새끼 돌고래 같았다. 그는 근육질의 거대한 양팔로 담요 꾸러미를 끌어안고 있었다.

"해그리드." 마음이 놓인다는 듯 덤블도어가 말했다. "이제야 왔군. 그 오토바이는 어디에서 난 건가?"

"빌렸습니다, 덤블도어 교수님." 오토바이에서 조심스럽게 내려서며 거인이 말했다. "시리우스 블랙 그 친구가 빌려줬어요. 여기, 데려왔습니다, 교수님."

"별문제는 없었고?"

"네, 교수님. 집은 거의 파괴됐지만 머글들이 몰려들기 직전에 아이를 무사히 빼냈습니다. 아이는 브리스틀을 날아오는 동안 잠들었고요."

덤블도어와 맥고나걸 교수가 담요 꾸러미 위로 몸을 구부렸다. 그 안에 간신히 보이는 것은 깊이 잠들어 있는 남자 아기였다. 이마를 덮은 칠흑 같은 머리카락 아래로 번개처럼 생긴 이상한 모양의 상처가 보였다.

"저게……?" 맥고나걸 교수가 속삭였다.

"그래요." 덤블도어가 말했다. "저 흉터는 영원히 남을 겁니다."

"어떻게 해 줄 수 없을까요, 덤블도어?"

"할 수 있다고 해도 안 할 겁니다. 흉터는 꽤 쓸모 있기도 하거든요. 나도 왼쪽 무릎에 런던 지하철 지도랑 똑같이 생긴 흉터가 하나 있어요. 아무튼…… 이리 주게, 해그리드. 이제 일을 마무리해야겠군."

덤블도어는 해리를 품에 안고 더즐리네 집 쪽으로 몸을 돌렸다.

"저…… 해리한테 작별 인사를 해도 될까요, 교수님?" 해그리드가 물었다.

해그리드가 커다랗고 텁수룩한 머리를 해리에게 숙이고, 굉장히 간지럽고 따끔거렸을 게 분명한 입맞춤을 했다. 그런 다음, 갑자기, 상처 입은 개처럼 울부짖었다.

"쉬이잇!" 맥고나걸 교수가 쉿 소리를 냈다. "이러다가 머글들 다 깨우겠습니다!"

"죄, 죄, 죄송합니다." 해그리드가 커다란 물방울무늬 손수건을 꺼내 얼굴을 파묻으며 훌쩍거렸다. "하지만 겨, 겨, 견딜 수가 없어요……. 릴리랑 제임스가 죽고…… 불쌍한 어린 해리는 머글들이랑 같이 살아야 하다니……."

"그래요, 그래. 정말 슬픈 일이지만 정신 바짝 차려야 돼요, 해그리드. 안 그러면 들킬 테니까." 덤블도어가 나지막한 정원 담장을 넘어 현관으로 걸어가는 동안 맥고나걸 교수는 해그리드의 팔을 조심조심 다독이며 소곤거렸다. 덤블도어는 해리를 현관 앞 계단에 살며시 내려놓고 망토에서 편지 한 통을 꺼내 담요 안에 끼워 넣은 다음 두 사람에게로 돌아왔다. 세 사람은 한참을 가만히 서서 작은 담요 꾸러미를 바라보았다. 해그리드의 어깨가 떨렸고 맥고나걸 교수는 격렬하게 눈을 깜빡였으며 평소 덤블도어의 눈에서 반짝이던 빛은 어디론가 사라져 버린 것 같았다.

"자." 마침내 덤블도어가 입을 열었다. "이제 됐습니다. 여기 더 있어 봐야 할 게 없어요. 이제 가서 축하 대열에 합류하는 게 좋겠습니다."

"네." 해그리드가 목멘 소리로 말했다. "이 오토바이부터 갖다 줘야겠네요. 잘 들어가십쇼, 맥고나걸 교수님. 덤블도어 교수님도요."

눈물이 줄줄 흐르는 눈을 재킷 소매로 문지르며, 해그리드는 오토바이 쪽으로 돌아서서 시동을 걸었다. 우르릉하는 소리와 함께 오토바이는 공중으로 날아올라 캄캄한 밤하늘로 사라졌다.

"조만간 뵙겠습니다, 맥고나걸 교수님." 덤블도어가 맥고나걸 교수에게 고개를 끄덕이며 말했다. 맥고나걸 교수는 대답 대신 코를 풀었다.

덤블도어는 몸을 돌려 거리 저편으로 걸어갔다. 그는 모퉁이에서 걸음을 멈추고 그 은으로 된 불 끄는 물건을 꺼냈다. 찰칵 한 번 누르자 열두 개의 빛 덩어리가 원래 있던 가로등으로 빠르게 돌아가면서 프리빗가는 돌연 오렌지색으로 환해졌다. 덤블도어는 골목 반대편에서 얼룩 고양이 한 마리가 살금살금 모퉁이를 돌아가는 모습을 보았다. 4번지 현관 앞 계단 위의 담요 꾸러미도 보였다.

"행운을 빈다, 해리." 덤블도어가 중얼거렸다. 그는 발뒤축을 딛고 몸을 돌리더니 휙 하는 망토 소리와 함께 사라졌다.

산들바람이 불어와 프리빗가의 단정한 울타리들을 흔들었다. 칠흑 같은 하늘 아래 조용하고 잘 정돈된 그곳은 어떤 놀라운 일도 일어나지 않을 것 같은 장소였다. 해리 포터는 깨지도 않고 담요 안에서 뒤척였다. 조그마한 손으로 곁에 놓인 편지를 꽉 쥐고 계속 잠을 잤다. 자기가 특별하다는 것도 유명하다는 것도, 몇 시간 뒤 빈 우유병을 내놓으려고 현관문을 연 더즐리 부인의 비명을 들으며 깨어나리라는 것도, 앞으로 몇 주 동안 사촌 더들리에게 찔리고 꼬집히게 되리라는 것도 모른 채……. 지금 이 순간, 전국 각지에서 비밀리에 모인 사람들이 잔을 들어 올리며 이렇게 숨죽여 말하고 있다는 사실도 그는 알 수가 없었다. "해리 포터, 살아남은 그 아이를 위하여!"

## 2장
## 사라진 유리창

 더즐리 부부가 잠에서 깨어나 현관 계단에 있는 조카를 발견한 이후로 거의 10년이 흘렀지만 프리빗가는 별로 달라진 데가 없었다. 태양은 예전과 다를 바 없이 깔끔하게 다듬은 앞뜰 위로 떠올라, 더즐리네 현관에 놋쇠로 만들어 붙인 '4'라는 숫자를 비췄다. 이어 햇빛은 더즐리 씨가 부엉이에 관한 운명적인 뉴스 보도를 보았던 그날 밤과 거의 똑같은 모습의 거실로 슬며시 들어갔다. 시간이 얼마나 많이 흘렀는지를 보여 주는 것은 벽난로 위에 놓여 있는 사진들뿐이었다. 10년 전에는, 각각 다른 색깔의 방울 모자를 뒤집어쓴 커다란 분홍색 비치볼 비슷한 것을 찍은 사진이 많이 놓여 있었다. 하지만 더들리 더즐리는 더 이상 아기가 아니었고,

이제 그 사진들에는 덩치 큰 금발 소년이 난생처음 자전거를 타거나, 축제에 가서 회전목마를 타거나, 아버지와 함께 컴퓨터게임을 하거나, 어머니에게 포옹과 입맞춤을 받는 모습이 담겨 있었다. 또 다른 아이가 이 집에 살고 있다는 사실을 알려 주는 물건은 어디에도 없었다.

하지만 해리 포터는 여전히 그곳에 있었다. 이 순간에는 잠들어 있지만 곧 깨어날 터였다. 피튜니아 이모는 이미 일어나 있었고, 하루의 시작을 알리는 첫 번째 소음은 바로 이모의 날카로운 목소리였다.

"일어나! 일어나라고! 당장!"

해리는 깜짝 놀라 눈을 떴다. 이모가 또다시 문을 쾅쾅 두드렸다.

"일어나!" 그녀가 꽥 소리 질렀다. 이모가 부엌으로 걸어가는 소리, 프라이팬을 레인지에 올려놓는 소리가 들렸다. 해리는 몸을 굴려 똑바로 누웠다. 방금까지 꾸었던 꿈을 떠올려 보려고 애썼다. 기분 좋은 꿈이었다. 날아다니는 오토바이가 나왔다. 예전에도 그 꿈을 꾼 적이 있었던 것 같은 이상한 기분이 들었다.

이모가 다시 문밖에 와 있었다.

"아직도 안 일어난 거냐?" 그녀가 물었다.

"일어나요." 해리가 말했다.

"그럼, 얼른 움직여. 베이컨 올려놨으니까 지켜보고 있어라. 태워 먹었다가는 혼날 줄 알아. 우리 더들리 생일에는 모든 게 완벽해야 하니까."

해리가 툴툴거렸다.

"뭐라고 했니?" 이모가 문 너머에서 쏘아붙였다.

"아녜요, 아무것도……."

더들리의 생일. 어떻게 잊을 수 있을까? 해리는 천천히 침대에서 일어나 양말을 찾기 시작했다. 침대 밑에서 양말 한 켤레를 발견한 그는 한 짝에 붙어 있던 거미를 떼어 내고 양말을 신었다. 해리에게 거미는 매우 익숙한 존재였다. 계단 밑 벽장에는 거미가 득실거렸고, 바로 그곳이 해리의 잠자리였기 때문이다.

해리는 옷을 입은 다음 복도를 지나 부엌으로 향했다. 더들리가 받은 생일선물이 잔뜩 놓여 있어 식탁은 거의 보이지도 않았다. 더들리는 두 번째 텔레비전과 경주용 자전거는 물론, 전부터 갖고 싶어 하던 신형 컴퓨터를 받은 모양이었다. 매우 뚱뚱한 데다가 누군가를 때리는 운동을 제외한 모든 운동을 굉장히 싫어하는 더들리가 정확히 뭣 때문에 경주용 자전거를 갖고 싶어 했는지 해리에게는 수수께끼였다. 더들리는 가장 좋아하는 샌드백, 해리를 붙잡지 못할 때가 많았다. 겉보기와 달리 해리는 굉장히 날쌨다.

어두운 벽장에서 지내는 것과 관계있을지도 모르지만 해리는 예전부터 또래에 비해 덩치도 작았고 깡말랐다. 실제보다 더 작고 더 깡말라 보이는 이유는 더들리가 전에 입었던 옷들만 입어야 했기 때문이었다. 더들리는 해리보다 덩치가 네 배 정도 더 컸다. 해리는 얼굴이 갸름했고 울퉁불퉁한 무릎에 머리는 검은색, 두 눈은 밝은 초록색이었다. 그는 더들리가 코를 하도 후려치는 바람에 셀로판테이프를 여러 번 감아 놓은 동그란 안경을 쓰고 다녔다. 해리가 자기 외모에서 유일하게 마음에 들어한 부분은 번개 모양의, 아주 가느다란 이마의 흉터뿐이었다. 그 흉터는 해리가 기억하는 한 가장 오래전부터 그 자리에 있었다. 그가 기억하기로 피튜니아 이모에게 맨 처음 던졌던 질문도 어쩌다 그 흉터가 생겼느냐는 것이었다.

"네 부모가 자동차 사고로 죽었을 때 생긴 거다." 피튜니아 이모가 말했다. "그리고 질문은 하지 마라."

'질문하지 마라.' 그것이 더즐리 가족과 함께 조용히 살고 싶다면 반드시 지켜야 하는 첫 번째 규칙이었다.

해리가 베이컨을 뒤집고 있는데 버넌 이모부가 부엌에 들어왔다.

"머리 좀 빗어라!" 그가 빽 소리 질렀다. 아침 인사 같은 것이었다.

1주일에 한 번꼴로 버넌 이모부는 신문 너머로 해리에게 머리를 자르라고 소리 질렀다. 해리는 분명 같은 반 남학생들이 머리 자르는 횟수를 모두 합친 것보다 더 자주 머리를 잘랐지만 그래도 별 차이는 없었다. 그의 머리카락은 그냥 그렇게 자랐다. 덥수룩하게.

더들리가 자기 어머니와 함께 부엌에 도착했을 때쯤 해리는 달걀 프라이를 만들고 있었다. 더들리는 버넌 이모부와 엄청 많이 닮았다. 커다란 분홍빛 얼굴에 목은 없다시피 했고, 작고 물기 어린 파란 눈에, 숱 많은 금발은 굵직하고 뚱뚱한 머리 위로 부드럽게 늘어졌다. 피튜니아 이모는 종종 더들리가 꼭 아기 천사 같다고 말하곤 했다. 해리는 종종 더들리가 가발을 뒤집어쓴 돼지 같다 말했고.

해리는 달걀과 베이컨을 담은 접시들을 식탁에 올려놓았다. 선물 때문에 빈 공간이 별로 없어서 힘들었다. 그사이 더들리는 선물 개수를 헤아리고 있었다. 더들리의 얼굴이 어두워졌다.

"서른여섯 개잖아." 엄마와 아빠를 올려다보며 더들리가 말했다. "작년보다 두 개가 적어."

"아가, 아직 마지 고모가 준 선물을 안 셌잖니. 봐, 여기 엄마랑 아빠가 준 큰 선물 밑에 있네."

"좋아, 그럼 서른일곱 개." 더들리가 말했다. 그의 얼굴이 벌게지고 있었다. 해리는 더들리가 머잖아 성질을 부리리라는 걸 알고, 그가 식탁을 엎어 버릴 것에 대비해 가능한 한 빨리 베이컨을 입에 밀어 넣기 시작했다.

피튜니아 이모도 다가오는 위협을 확실히 감지했는지 서둘러 말했다. "그리고 오늘 밖에 나가서 선물을 두 개 더 사 줄 거야. 어떠니, 아가? 선물을 두 개 더 받는 거야. 그럼 되겠니?"

더들리는 잠시 생각에 잠겼다. 그에게는 어려운 문제인 듯했다. 마침내 그가 천천히 입을 열었다. "그럼 선물이 서른…… 서른……."

"서른아홉 개란다, 귀염둥아." 피튜니아 이모가 말했다.

"아." 더들리는 육중한 몸을 자리에 앉히더니 가장 가까이에 있는 선물 꾸러미를 그러쥐었다. "그럼 됐어."

버넌 이모부가 낄낄거렸다.

"요 말썽꾸러기가 돈의 가치를 아는구나. 아버지를 똑 닮아 가지고. 장하다, 더들리!" 그는 더들리의 머리를 헝클어뜨렸다.

그 순간 전화벨이 울려서 피튜니아 이모는 전화를 받으러 나갔고, 그동안 해리와 버넌 이모부는 더들리가 경주용 자전거며 영화 촬영용 카메라, 원격조종 비행기, 열여섯 가지 새로운 컴퓨터게임, 비디오카메라의 포장을 뜯는 모습을 지켜보았다. 통화를 마친 피튜니아 이모가 화나기도 하고 걱정스럽다는 표정으로 돌아왔을 때 더들리는 금으로 된 손목시계의 포장지를 찢어발기고 있었다.

"나쁜 소식이에요, 버넌." 피튜니아가 말했다. "피그 부인 다리가 부러졌다네요. 쟤 못 봐준대요." 피튜니아 이모가 해리 쪽으로 휙 고갯짓을 했다.

더들리의 입이 끔찍하다는 듯 벌어졌지만, 해리는 가슴이 마구 뛰었다. 매년 더들리의 생일이 되면 그의 부모는 더들리와 친구 한 명을 놀이공원이나 햄버거 가게, 영화관 등으로 데리고 나갔다. 반면 해리는 매번 두 블록 떨어진 곳에 사는 정신 나간 노인인 피그 부인에게 맡겨졌다. 해리는 그곳이 정말 싫었다. 집 안 전체에 양배추 냄새가 진동하는 데다가, 피그 부인은 자기가 지금까지 키웠던 고양이들의 사진을 해리에게 억지로 보여 주었다.

"이제 어쩌죠?" 해리가 이 일을 꾸미기라도 했다는 듯 피튜니아 이모가 사나운 눈길로 그를 흘겨보았다. 피그 부인의 다리가 부러졌다니 안타까운 마음이 들어야 한다는 건 해리도 알았지만 티블스, 스노이, 미스터 포스, 터프티의 사진을 다시 보기까지 꼬박 1년이 남았다는 사실을 떠올리자 그것도 쉽지 않았다.

"마지한테 한번 전화해 보지." 버넌 이모부가 제안했다.

"말도 안 되는 소리 하지 마요, 버넌. 당신 누나가 쟤를 얼마나 싫어하는데."

더즐리 부부는 지금처럼 해리가 그 자리에 없는 듯 그의 이야기를 하는 일이 꽤 많았다. 아니, 그보다는 해리가 그들이 하는 말도 알아듣지 못하는 민달팽이라도 되는 듯 굴었다고 해야 할까.

"이름이 뭐더라? 그, 당신 친구 있잖아. 이본? 그 사람은 어때?"

"지금 마요르카에 휴가 가 있다니까." 피튜니아 이모가 쏘아붙였다.

"그냥 저 혼자 두셔도 되는데요." 해리가 희망을 품고 끼어들었다(여느 때와 달리 보고 싶었던 텔레비전 프로그램을 보고, 어쩌면 더들리의 컴퓨터도 한번 해 볼 수 있을지 몰랐다).

피튜니아 이모는 방금 레몬을 통째로 삼키기라도 한 것 같은 표정을 지었다.

"그리고 돌아와서 집이 엉망이 된 꼴을 보라고?" 피튜니아 이모가 으르렁거렸다.

"제가 뭐 집을 날려 버리지는 않을 거 아녜요." 해리가 말했지만 더즐리 부부는 듣지 않았다.

"동물원에 데려가야 할까 봐." 피튜니아 이모가 천천히 말했다. "가서 차에 두면 되니까……."

"새 차야. 차 안에 혼자 둘 수는 없어."

더들리가 큰 소리로 울기 시작했다. 사실, 진짜로 우는 건 아니었다. 그가 진짜로 운 건 벌써 오래전의 일이었다. 하지만 더들리는 얼굴을 잔뜩 일그러뜨리고 울부짖으면 엄마가 원하는 건 무엇이든 들어준다는 사실을 알고 있었다.

"우리 깜찍한 더들더들, 뚝! 엄마는 저 녀석이 네 특별한 날을 망치게 놔두지 않을 거야!" 피튜니아 이모가 더들리를 꽉 껴안으며 소리쳤다.

"나…… 쟤랑…… 같이 가기…… 시, 시, 싫어!" 더들리가 크게 흐느끼는 척하는 사이사이 소리를 질렀다. "쟨 항상 모든 걸 마, 마, 망쳐 놓는단 말이야!" 더들리는 엄마의 팔 사이로 해리를 보며 심술궂게 씩 웃었다.

바로 그때 초인종이 울렸다. "아, 이런. 벌써 왔네!" 피튜니아 이모가 허둥거리며 말했다. 잠시 후, 더들리의 가장 친한 친구인 피어스 폴키스가 어머니와 함께 들어왔다. 피어스는 얼굴이 쥐처럼 생긴 비쩍 마른 아이였다. 주로 더들리가 사람들을 때릴 때 맞는 사람의 팔을 뒤로 돌려 잡는 역할을 맡는 녀석이었다. 더들리는 곧바로 우는 시늉을 멈췄다.

30분 뒤, 해리는 자신에게 찾아온 행운을 믿지 못한 채 피어스, 더들리와 함께 더즐리네 자동차 뒷좌석에 앉아 있었다. 난생처음 동물원에 가는 길이었다. 이모와 이모부도 해리를 달리 어떻게 할지 생각해 내지 못했던 것이다. 출발하기 직전 버넌 이모부가 해리를 한쪽으로 불렀다.

"경고하는데" 하고, 그가 해리의 얼굴에 크고 푸르뎅뎅한 얼굴을 들이대며 말했다. "내 말 명심해라. 뭔가 이상한 짓을 했다간, 그게 무슨 짓거리가 됐든 간에 넌 지금부터 크리스마스까지 벽장 안에 있게 될 거다."

"아무 짓도 안 할게요." 해리가 말했다. "진짜예요……."

하지만 버넌 이모부는 해리의 말을 믿지 않았다. 여태껏 해리를 믿어 준 사람은 아무도 없었다.

 문제는 해리 주변에서 실제로 이상한 일이 자주 일어났다는 것이다. 해리가 더즐리 부부에게 자기가 한 일이 아니라고 아무리 말해 봐야 소용없었다.

 한번은 이발소에 갔다 왔는데도 전혀 이발한 것 같지 않은 해리의 모습에 진저리를 내며 피튜니아 이모가 부엌 가위를 가져와 그의 머리를 짧게 자른 적이 있었다. "그 끔찍한 흉터를 가려야" 한다며 남겨 놓은 앞머리를 제외하면 대머리나 다름없을 만큼 짧았다. 더즐리는 해리를 보고 멍청하게 웃어 댔고, 해리는 다음 날 학교 갈 생각에 뜬눈으로 밤을 새웠다. 안 그래도 해리는 이미 헐렁한 옷과 셀로판테이프로 이어 붙인 안경 때문에 학교에서 놀림감이 되어 있었다. 그런데 다음 날 아침 일어나 보니, 그의 머리카락은 정확히 피튜니아 이모가 자르기 직전의 상태로 돌아와 있었다. 머리가 어떻게 그렇게 빨리 자랐는지 설명할 수조차 없었는데도 해리는 그 일로 1주일 동안 벽장에 갇혀 있었다.

 또 언젠가는 피튜니아 이모가 더즐리가 예전에 입던 끔찍한 스웨터(오렌지색 털 방울이 주렁주렁 달려 있는 갈색 옷)를 해리에게 억지로 입히려 했다. 그녀가 더욱 힘주어 해리의 머리를 집어넣으려고 할수록 옷은 점점 작아지는 듯하더니, 마침내 손가락 인형한테면 모를까 해리에게는 결코 맞지 않을 크기가 되었다. 피튜니아 이모는 세탁 과정에서 옷이 줄었다고 생각하기로 했고, 매우 다행스럽게도 해리는 벌을 받지 않았다.

한번은 학교 급식실 주방 지붕에서 발견되어 끔찍한 곤경에 빠진 적도 있었다. 더들리 패거리가 평소처럼 해리를 쫓던 그때, 다른 누구보다도 해리 자신이 놀랄 만한 일이 벌어졌다. 정신을 차려 보니 굴뚝 위에 앉아 있었던 것이다. 더즐리 부부는 해리가 다니는 학교의 교장에게서 해리가 학교 건물을 기어오른다는 내용의 굉장히 분노 어린 편지를 받았다. 그러나 해리는 (잠긴 벽장문 너머로 버넌 이모부에게 소리친 것처럼) 그저 급식실 주방 문 바깥에 있던 커다란 쓰레기통 뒤로 뛰어 넘어가려던 것뿐이었다. 해리는 뛰어오르던 중 바람에 실려 간 건가 싶었다.

하지만 오늘만큼은 잘못될 일이 하나도 없었다. 학교나 벽장, 양배추 냄새로 가득 찬 피그 부인의 거실이 아닌 곳에서 하루를 보낸다니, 더들리나 피어스와 함께 다닐 만한 가치가 있었다.

버넌 이모부는 차를 몰면서 피튜니아 이모에게 불평을 해 댔다. 그는 불평하기를 좋아했다. 버넌 이모부가 가장 좋아하는 불평 대상을 몇 가지 꼽으면, 직장 사람들, 해리, 의회 놈들, 해리, 은행, 해리 등이 있었다. 오늘 아침에는 오토바이가 문제였다.

"……미친놈들처럼 시끄럽게 우르릉대고 다닌다니까. 어린놈들이 발랑 까져 가지고." 오토바이 한 대가 그들을 추월하자 그가 말했다.

"어제 꿈에 오토바이가 나왔어요." 문득 생각이 나서 해리가 말했다. "하늘을 나는 오토바이였어요."

버넌 이모부는 하마터면 앞차를 들이받을 뻔했다. 그는 그대로 몸을 돌려, 콧수염 달린 거대한 홍당무 같은 얼굴로 해리에게 고함을 질렀다. **"오토바이는 날지 않아!"**

더들리와 피어스가 키득거렸다.

"저도 알아요." 해리가 말했다. "그냥 꿈에서 그랬다고요."

차라리 말하지 않았으면 좋았을 뻔했다. 해리가 질문하는 것 이상으로 더즐리 부부가 싫어하는 게 한 가지 있다면, 그것은 해리가 원래의 방식과는 다르게 움직이는 뭔가에 대해 이야기하는 것이었다. 꿈이나, 심지어는 만화에 나온 이야기라도 그랬다. 마치 해리가 위험한 생각을 하게 될까 봐 걱정이라도 하는 것처럼.

무척 화창한 토요일이었다. 동물원은 가족 단위 방문객들로 붐볐다. 더즐리 부부는 입구에서 더들리와 피어스에게 커다란 초콜릿 아이스크림을 사 주고 해리에게도 레몬 맛이 나는 싸구려 얼음 과자를 하나 사 주었다. 더즐리 부부가 해리를 멀리 떨어뜨려 놓을 새도 없이, 판매대에 있던 아가씨가 생긋 웃으며 그에게 무슨 맛이 먹고 싶으냐고 물었기 때문이다. 해리는 금발이 아니라는 것만 빼면 더들리와 놀랄 만큼 닮은 고릴라가 머리를 긁는 모습을 보면서 얼음과자를 핥아 먹으며 이것도 나쁘지 않다고 생각했다.

오랜만에 맞은 최고의 아침이었다. 점심시간쯤 되자 해리는 동물 구경에 싫증 난 더들리와 피어스가 해리 두들겨 패기라는, 그들이 가장 좋아하는 취미 활동에 다시 관심을 가질까 봐 조심스럽게 더즐리네와 거리를 두고 걸었다. 그들은 동물원에 딸린 레스토랑에서 점심을 먹었다. 파르페가 크지 않다며 더들리가 성질을 부리자 버넌 이모부는 더들리에게 새것을 사 주고 해리에게는 처음 시킨 것을 마저 먹도록 해 주었다.

나중에야 느낀 것이지만, 이대로 끝나기엔 너무 순조롭게 흘러가고 있다는 사실을 알았어야 했다.

점심을 먹은 뒤 그들은 파충류관으로 향했다. 파충류관은 서늘하고 어두운 곳으로, 벽을 따라 늘어선 창문에는 불이 밝혀져 있었다. 유리창 안쪽에는 도마뱀을 비롯해 온갖 종류의 뱀이 나무와 돌 위를 기어 다니거나 미끄러지듯 나아가고 있었다. 더들리와 피어스는 독을 가진 대형 코브라와, 사람을 으스러뜨릴 만큼 굵은 비단뱀을 보고 싶어 했다. 더들리는 곧 그곳에서 가장 큰 뱀을 찾아냈다. 버넌 이모부의 자동차를 두어 번 칭칭 감은 다음 실외 쓰레기통 안에 구겨 넣을 수도 있을 것 같은 뱀이었다. 하지만 지금 뱀은 그러고 싶은 마음이 없는 듯했다. 정확히 말하면, 뱀은 깊이 잠들어 있었다.

더들리는 코가 눌릴 정도로 유리창에 바짝 붙어 서서 번들거리는 갈색 똬리를 뚫어지게 바라봤다.

"움직이게 해 봐." 더들리가 아버지를 졸랐다. 버넌 이모부가 유리창을 톡톡 두드렸지만 뱀은 꼼짝도 하지 않았다.

"다시 해 봐." 더들리가 명령했다. 버넌 이모부가 손마디로 유리창을 세게 두드렸지만 뱀은 그저 잠만 잤다.

"재미없어." 더들리는 투덜거리더니 어슬렁대며 가 버렸다.

해리는 우리 앞으로 다가가 그 뱀을 뚫어지게 바라보았다. 뱀이 그냥 지겨워서 죽었다고 해도 놀랍지 않을 것 같았다. 잠을 깨우려고 하루 종일 손가락으로 유리창을 두드려 대는 멍청한 인간들을 빼면 뱀에게는 친구가 하나도 없었다. 문을 두드려 잠을 깨우는 피튜니아 이모 말고는 찾는 이 하나 없는 벽장을 침실로 삼고 있는 해리보다도 안 좋은 처지였다. 적어도 해리는 집 안 다른 곳에는 갈 수 있었으니까.

갑자기 뱀이 번쩍 눈을 떴다. 천천히, 아주 천천히, 뱀은 해리와 눈높이가 같아질 때까지 머리를 들어 올렸다.

*그러더니 윙크를 했다.*

해리는 뱀을 뚫어지게 쳐다보았다. 그런 다음, 지켜보는 사람이 있는지 확인하려고 재빨리 주위를 둘러보았다. 아무도 이쪽을 보지 않았다. 해리는 다시 뱀을 보며 마주 윙크했다.

뱀은 버넌 이모부와 더들리 쪽으로 홱 고갯짓을 하더니 천장을 향해 눈을 치켜떴다. 해리에게는 분명 이렇게 말하는 것처럼 보였다. "맨날 당하는 일이야."

"이해해." 뱀이 들을 수 있을지는 모르겠지만 해리는 유리창 너머로 그렇게 중얼거렸다. "진짜 짜증 나겠다."

뱀은 세차게 고개를 끄덕였다.

"근데 넌 어디서 왔어?" 해리가 물었다.

뱀은 유리창 옆에 있는 작은 표지판을 꼬리로 쿡 찔렀다. 해리는 표지판을 자세히 들여다보았다.

'보아뱀, 브라질.'

"거긴 괜찮았어?"

보아뱀이 표지판을 다시 한 번 꼬리로 쿡 찌르기에 해리는 계속 읽어 나갔다. '이 동물은 동물원에서 태어났음.' "아, 그렇구나……. 그럼 브라질에는 한 번도 안 가 본 거야?"

뱀이 고개를 끄덕이는데, 해리의 등 뒤에서 귀청이 떨어질 듯한 고함 소리가 들려와 뱀과 해리 모두 깜짝 놀랐다. **"더들리! 더즐리 아저씨! 이리 와서 이 뱀 좀 보세요! 이 뱀이 뭘 하는지 못 믿으실걸요!"**

더들리가 해리와 뱀이 있는 곳으로 최대한 빠르게 뒤뚱뒤뚱 걸어왔다.

"넌 저리 비켜." 더들리가 해리의 옆구리에 주먹을 꽂으며 말했다. 무방비 상태에서 얻어맞은 해리는 콘크리트 바닥에 거칠게 나동그라졌다. 그다음 일은 순식간에 벌어져서 어떻게 그런 일이 일어났는지 아무도 보지 못했다. 유리창에 바짝 기대 있던 피어스와 더들리가 한순간 공포 섞인 비명을 지르며 뒤로 펄쩍 물러났다.

해리는 몸을 일으키고 앉아 숨을 헉 들이켰다. 보아뱀 우리의 앞면 유리가 사라진 것이다. 거대한 뱀이 빠르게 똬리를 풀며 바닥으로 미끄러져 나왔다. 파충류관에 있던 사람들 모두가 비명을 지르며 출구를 향해 달려가기 시작했다.

해리는 뱀이 그의 옆을 빠르게 지나가며 낮은 소리로 이렇게 쉭쉭거렸다고 장담할 수 있었다. "브라질이여, 내가 간다. ……고맙다, 친구."

파충류관의 관리인은 충격에 빠졌다.

"그런데 유리는……." 관리인은 이 말만 반복했다. "유리는 어디로 간 겁니까?"

동물원장은 피튜니아 이모에게 손수 진하고 달달한 차까지 타 주며 거듭 사과했다. 피어스와 더들리는 겁에 질려 횡설수설할 뿐이었다. 해리가 본 것에 따르면, 뱀은 지나가면서 그 둘의 뒤꿈치를 장난스럽게 깨무는 척만 했을 뿐 아무 짓도 하지 않았다. 그러나 버넌 이모부의 자동차에 돌아왔을 때 더들리는 뱀한테 다리를 물어뜯길 뻔했다고 지껄였고, 피어스는 맹세컨대 뱀이 자기를 조여 죽이려 했다고 떠들어 댔다. 하지만 최악의 상황, 그러니까 적어도 해리의 입장에서 최악의 상황은 피어스가 이렇게 얘기할 수 있을 만큼 침착해지고 있다는 것이었다. "해리가 그 뱀한테 말을 걸고 있었어요. 안 그래, 해리?"

버넌 이모부는 피어스가 집 밖으로 나갈 때까지 기다렸다가 해리에게 달려들었다. 그는 너무 화가 나서 얘기도 제대로 하지 못하고 간신히 이렇게 말했다. "가라…… 벽장으로…… 거기 있어…… 밥은 없다." 그런 다음 그는 무너지듯 의자에 주저앉았다. 피튜니아 이모가 달려가 브랜디가 담긴 커다란 잔을 그에게 가져다주었다.

해리는 그때부터 한참 동안 어두운 벽장 안에 누워 시계가 있었으면 하고 바랐다. 몇 시인지 알 수 없으니 더즐리 부부가 지금쯤 잠들었는지도 알 방법이 없었다. 그들이 잠들기 전에는 먹을 것을 찾으러 부엌에 숨어드는 위험을 감수할 수 없었다.

해리는 더즐리 가족과 거의 10년을 함께 살았다. 비참한 10년이었다. 부모님이 문제의 자동차 사고로 돌아가신 아기 때부터, 기억하는 한 평생 그들과 함께 산 것이다. 해리는 부모님이 돌아가셨을 때 자신이 그 차에 타고 있었는지 기억하지 못했다. 이따금 벽장 속에서 오랜 시간을 보내며 기억을 짜내다 보면 이상한 광경이 떠오르기도 했다. 눈이 멀 정도로 밝은 초록빛 섬광과 이마에 느껴지는 타는 듯한 통증. 사고 때문인 것 같지만 그 초록색 빛은 대체 어디에서 나온 건지 상상도 안 됐다. 부모님은 전혀 기억나지 않았다. 이모와 이모부는 한 번도 부모님에 대해 말한 적이 없었고, 물론 그에게는 질문도 금지되어 있었다. 집 안에는 해리 부모님의 사진 한 장 없었다.

지금보다 더 어렸을 때 해리는 누군가 이름 모를 친척이 더즐리네로 찾아와서 그 자신을 데려가는 꿈을 꾸고 또 꾸었다. 하지만 그런 일은 결코 일어나지 않았다. 더즐리네가 해리의 유일한 가족이었다. 그렇지만 해리는 가끔씩 거리에서 만난 낯선 사람들이 그를 알아보는 것 같다고 생각했다(또는 그랬으면 좋겠다는 바람을 품었는지도 모른다). 낯설기로 치면 아주 낯설고 이상하다고까지 할 수 있는 사람들이었다. 한번은 피튜니아 이모, 더들리와 함께 쇼핑을 하러 갔는데 보라색 실크해트를 쓴 조그만 남자가 해리에게 고개 숙여 인사했다. 피튜니아 이모는 미친 듯이 화를 내며 해리에게 아는 사람이냐고 묻더니 아무것도 사지 않고 더들리와 해리를 데리고 얼른 상점 밖으로 나갔다. 한번은 버스를 타고 가는데, 머리부터 발끝까지 초록색 옷을 입은 특이한 용모의 나이 든 여자가 신나게 손을 흔들었다. 또 한번은 길거리에서 엄청나게 긴 자주색 코트를 입은 대머리 남자가 해리의 손을 잡고 흔든 뒤 한 마디 말도 없이 가 버렸다. 이 사람들의 가장 기묘한 점은 하나같이 해리가 다시 한 번 자세히 보려는 순간 사라지는 듯했다는 것이었다.

학교에서는 아무도 해리 곁에 오지 않았다. 더들리 패거리가 헐렁하고 낡은 옷에 부러진 안경을 끼고 다니는 괴상한 아이, 해리 포터를 싫어한다는 건 모두가 알고 있었다. 그리고 더들리 패거리의 기분을 거스르고 싶어 하는 아이는 아무도 없었다.

## 3장
## 발신자 없는 편지들

 브라질 보아뱀 탈출 사건으로 해리는 여태껏 받은 것 중 가장 긴 벌을 받았다. 벽장에서 다시 나와도 된다는 허락을 받았을 때는 이미 여름방학이 시작된 뒤였다. 더들리는 진작에 새 영화 촬영용 카메라를 망가뜨리고, 원격조종 비행기를 부숴 놓고, 경주용 자전거에 오르자마자 목발을 짚고 프리빗가의 차도를 건너던 피그 부인을 쳐서 넘어뜨렸다.
 해리는 학기가 끝나 기뻤지만 매일 집으로 찾아오는 더들리 패거리에게서 벗어나지는 못했다. 피어스, 데니스, 맬컴, 고든은 모두 덩치가 크고 멍청했지만 그들 중에서 가장 덩치가 크고 가장 멍청한 건 더들리였으므로 더들리가 대장을 맡았다. 녀석들은 더들리가 가장 좋아하는 놀이, 즉 해리 사냥에 기꺼이 함께했다.

해리가 되도록 오랜 시간 집 밖을 이리저리 헤매고 다니며 방학이 끝나기만을 기다린 건 바로 그 때문이었다. 방학이 끝나면 한 가닥 희망의 빛이라도 볼 수 있었다. 9월이 되면 중등학교에 갈 것이고 난생처음 더들리와 떨어져 살게 될 테니까. 더들리는 버넌 이모부가 다녔던 학교인 스멜팅스 중등학교에 들어갈 예정이었다. 피어스 폴키스도 그 학교에 가기로 했다. 반면 해리는 지역 종합학교인 스톤월 중등학교에 가기로 되어 있었다. 더들리는 이 사실을 매우 우스워했다.

"스톤월에 가면 입학 첫날 머리를 변기통에 처박는다더라." 더들리가 해리에게 말했다. "위에 올라가서 연습 한번 해 볼까?"

"고맙지만 사양할게." 해리가 말했다. "변기가 무슨 죄야. 여태까지 네 머리처럼 끔찍한 걸 넣어 본 적은 한 번도 없잖아. 변기가 토라도 하면 어쩔래?" 그런 다음 해리는 더들리가 그의 말을 이해하기 전에 재빨리 도망쳤다.

7월의 어느 날, 피튜니아 이모는 스멜팅스 교복을 사 주겠다며 더들리를 런던으로 데려갔다. 해리는 피그 부인 집에 남겨졌다. 피그 부인은 전처럼 끔찍하지는 않았다. 알고 보니 그녀가 다리를 다친 건 키우던 고양이 중 한 마리에 걸려 넘어졌기 때문이었는데, 그래서인지 예전만큼은 고양이를 좋아하지 않는 것 같았다. 피그 부인은 해리가 텔레비전을 보도록 해 주었고, 몇 년 동안 묵혀 놓은 것 같은 맛이 나기는 했지만 초콜릿 케이크도 조금 내주었다.

그날 저녁, 더들리는 새 교복을 입고 가족 앞에서 뽐내며 거실을 행진했다. 스멜팅스에 다니는 남학생들은 고동색 연미복에 오렌지색 니커보커스(무릎 아래에서 조이는 헐렁한 반바지—옮긴이)를 입고 보터라고 불리는 납작한 밀짚모자를 썼다. 또 그들은 울퉁불퉁한 막대기를 들고 다녔는데, 교사들이 안 볼 때 서로를 때리는 물건이었다. 이는 앞으로의 인생에 대비한 훌륭한 훈련으로 간주되었다.

새 니커보커스를 입은 더들리를 보며, 버넌 이모부는 걸걸한 목소리로 지금이야말로 자기 인생에서 가장 자랑스러운 순간이라고 말했다. 피튜니아 이모는 울음을 터뜨리면서 너무 잘생기고 어른스럽다며, 지금 눈앞에 있는 사람이 우리 귀염둥이 더들더들이라는 걸 믿을 수 없다고 했다. 해리는 자기 입에서 무슨 말이 튀어나올지 알 수 없었다. 웃지 않으려고 하도 힘을 주는 바람에 이미 갈비뼈가 두 개쯤 나간 것 같았다.

다음 날 아침, 해리가 아침을 먹으러 갔을 때 부엌에서 끔찍한 냄새가 났다. 싱크대에 있는 커다란 금속 물통에서 풍기는 냄새인 듯했다. 가까이 다가가서 들여다보니 물통 안은 회색 물속에서 헤엄치는 더러운 걸레 같은 것으로 가득 차 있었다.

"이게 뭐예요?" 해리가 피튜니아 이모에게 물었다. 해리가 감히 질문을 던질 때면 언제나 그랬듯 피튜니아 이모의 입술이 꽉 다물어졌다.

"네가 입을 새 교복이다." 이모가 말했다.

해리는 물통 안을 다시 들여다보았다.

"아." 해리가 말했다. "교복을 이렇게 적셔야 하는 줄은 몰랐네요."

"멍청한 소리 하지 마." 피튜니아 이모가 쏘아붙였다. "너 주려고 더들리가 입던 옛날 옷 몇 벌을 회색으로 염색하는 중이니까. 다 되면 다른 애들 교복하고 똑같아 보일 거다."

해리는 과연 그렇게 될지 심히 의심스러웠지만 말대꾸를 하지 않는 게 최선이라고 생각했다. 그는 식탁 앞에 앉아, 스톤월 중등학교에 간 첫날 자기가 어떤 모습을 하고 있을지 떠올리지 않으려고 애썼다. 아마 늙은 코끼리 가죽을 잘라다 입은 것처럼 보이겠지.

더들리와 버넌 이모부가 들어왔다. 해리의 새 교복에서 풍기는 냄새 때문에 둘 다 콧등에 잔주름이 잡혀 있었다. 버넌 이모부는 평소처럼 신문을 펼쳤고, 더들리는 어디를 가든 들고 다니는 스멜팅스 막대기로 식탁을 쾅쾅 내리쳤다.

우편함이 철컥 열리며 현관 매트에 편지들이 떨어지는 소리가 들렸다.

"우편물 가져와라, 더들리." 버넌 이모부가 신문을 펼쳐 든 채 말했다.

"해리한테 가져오라고 해."

"우편물 가져와라, 해리."

"더들리한테 가져오라고 하세요."

"스멜팅스 막대기로 쟤 좀 찔러라, 더들리."

해리는 스멜팅스 막대기를 피하고 우편물을 가지러 갔다. 현관 매트에는 세 종류의 우편물이 놓여 있었다. 와이트섬에서 여름휴가를 보내고 있는 버넌 이모부의 누나 마지에게서 온 엽서와 청구서처럼 보이는 갈색 봉투, 그리고…… *해리에게 온 편지 한 통.*

해리는 편지를 집어 들고 뚫어지게 바라보았다. 심장이 거대한 고무줄에 걸린 듯 마구 요동쳤다. 해리는 지금껏 평생 누구에게서도, 단 한 번도 편지를 받아 본 적이 없었다. 누가 보낸단 말인가? 해리에게는 친구도, 다른 친척도 없었다. 도서관에 다니지도 않았으므로 책을 반납하라는 무례한 통지서 한 번 받아 본 적이 없었다. 그런데 여기에 편지가 와 있었다. 주소가 너무도 명확하게 적혀 있어 실수라고 할 수도 없었다.

서리주

리틀 윈징

프리빗가 4번지

계단 밑 벽장

H. 포터 군 앞

두껍고 무거운 봉투는 누런 양피지로 만들어졌으며, 주소는 에메랄드빛 초록색 잉크로 적혀 있었다. 우표는 없었다.

떨리는 손으로 봉투를 뒤집자 어떤 문장(紋章)이 찍혀 있는 보라색 밀랍 봉인이 보였다. 사자와 독수리, 오소리와 뱀이 커다란 'H' 자를 휘감고 있는 문장이었다.

"빨리 가져와라, 녀석아!" 버넌 이모부가 부엌에서 소리쳤다. "뭐 하는 거야? 누가 편지에 폭탄이라도 넣어 놨을까 봐?" 이모부는 자기가 한 농담에 낄낄거렸다.

해리는 여전히 자기한테 온 편지를 뚫어지게 바라보며 부엌으로 돌아갔다. 그는 버넌 이모부에게 청구서와 엽서를 건네주고 자리에 앉아 천천히 노란색 봉투를 뜯기 시작했다.

버넌 이모부가 청구서를 뜯어 보고 진저리가 난다는 듯 콧방귀를 뀌더니 엽서를 뒤집었다.

"마지가 아프다는군." 이모부가 피튜니아 이모에게 알려 주었다. "상한 소라를 먹었다는데……."

"아빠!" 더들리가 갑자기 말했다. "아빠, 해리가 뭘 갖고 있어!"

해리가 봉투의 재질과 똑같은 두꺼운 양피지에 쓰인 편지를 펼치려는 순간, 버넌 이모부가 편지를 홱 낚아챘다.

"*제 거예요!*" 편지를 다시 빼내려고 애쓰며 해리가 버럭 소리쳤다.

"누가 너한테 편지를 쓰겠냐?" 버넌 이모부가 비웃었다. 그는 한 손으로 편지를 흔들어 펼치고 힐끗 보았다. 그의 낯빛이 신호등보다 빠르게 빨간색에서 녹색으로 변했다. 거기서 끝이 아니었다. 곧 그의 얼굴은 오래된 포리지처럼 잿빛에 가까운 하얀색으로 질려 버렸다.

"피, 피, 피튜니아!" 그가 숨을 헐떡였다.

더들리가 자기도 읽겠다며 편지를 잡아채려 했지만, 버넌 이모부는 더들리의 손이 닿지 않는 곳으로 편지를 높이 들어 올렸다. 피튜니아 이모가 호기심 어린 표정으로 편지의 첫 줄을 읽었다. 잠깐 동안 그녀는 꼭 졸도할 것처럼 보였다. 그녀가 자기 목을 움켜잡고 목이 졸리는 듯한 소리를 냈다.

"버넌! 아, 이럴 수가…… 버넌!"

더즐리 부부는 서로를 바라보았다. 해리와 더들리가 아직 거기에 있다는 건 아예 잊어버린 듯했다. 더들리는 이런 식으로 무시당하는 데 익숙하지 않았다. 그는 스멜팅스 막대기로 아버지의 머리를 매섭게 내리쳤다.

"나도 그 편지 읽고 싶어." 더들리가 큰 소리로 말했다.

"*저야말로* 읽고 싶은데요." 해리가 격하게 화를 내며 말했다. "*제 거니까요.*"

"너희 둘 다 나가." 버넌 이모부가 편지를 다시 봉투에 쑤셔 넣으며 꺽꺽거리듯 말했다.

해리는 움직이지 않았다.

**"제 편지 주세요!"** 해리가 소리쳤다.

"나도 보여 줘!" 더들리가 졸랐다.

**"나가!"** 버넌 이모부가 호통을 치더니 해리와 더들리의 목덜미를 잡아 복도에 내동댕이치고 부엌 문을 쾅 닫아 버렸다. 해리와 더들리는 곧바로 열쇠 구멍에 귀를 대고 엿듣기 위해 격렬하지만 소리 없는 싸움을 벌였다. 더들리가 이겼고, 해리는 바닥과 문 틈새로 소리를 들으려고 안경이 한쪽 귀에 걸려 달랑거리는 채 배를 깔고 바짝 엎드렸다.

"버넌." 피튜니아 이모가 떨리는 목소리로 말하고 있었다. "주소 좀 봐요. 쟤가 어디서 자는지 대체 어떻게 알았을까? 우리 집을 감시하고 있는 건 아니겠죠?"

"감시하고…… 염탐하고…… 미행하고 있을지도 몰라." 버넌 이모부가 사납게 중얼거렸다.

"그럼 어떻게 해야 돼요, 버넌? 답장을 보내야 할까요? 우리는 그럴 마음이 없다고……."

버넌 이모부의 번쩍이는 검은 구두가 부엌을 이리저리 서성이는 모습이 해리의 눈에 들어왔다.

"아니야." 마침내 버넌 이모부가 말했다. "그래, 그냥 무시하는 거야. 답장이 없으면…… 그래, 그게 최선이야……. 아무것도 안 하면 돼……."

"그래도……."

"우리 집에서는 절대 안 돼, 피튜니아! 처음 키우기로 했을 때, 그런 위험하고 말도 안 되는 생각은 뿌리째 뽑기로 약속하지 않았어?"

그날 저녁, 퇴근하고 돌아온 버넌 이모부는 예전에는 결코 하지 않았던 행동을 했다. 해리의 벽장에 찾아온 것이다.

"제 편지 어디 있어요?" 버넌 이모부가 비좁은 문으로 몸을 구겨 넣자마자 해리가 물었다. "누가 보낸 건데요?"

"보내긴 누가 보내. 실수로 너한테 배달됐던 거야." 버넌 이모부가 퉁명스럽게 말했다. "편지는 태워 버렸다."

"실수가 *아니었어요*." 해리가 화를 내며 말했다. "제 벽장으로 온 거라고요."

"**조용히 해!**" 버넌 이모부가 고함을 치자 천장에서 거미 두어 마리가 떨어졌다. 그는 심호흡을 한 다음 얼굴에 힘을 주고 상당히 고통스러워 보이는 억지 미소를 지었다.

"어…… 그래, 해리. 이 벽장 말인데, 네 이모랑 내가 생각을 좀 해 봤다. ……사실 너도 벽장에서 지내기엔 많이 컸잖냐. 더들리의 두 번째 침실로 옮기면 좋지 않을까 싶은데."

"왜요?" 해리가 물었다.

"질문은 하지 마!" 이모부가 쏘아붙였다. "짐 싸서 2층으로 가, 당장."

더즐리네 집에는 침실이 네 개 있었다. 하나는 버넌 이모부와 피튜니아 이모의 침실이었고, 하나는 (주로 버넌 이모부의 누나인 마지였지만) 손님들이 썼으며, 하나는 더들리가 자는 곳이고, 나머지 하나는 더들리가 장난감이며 첫 번째 침실에 들여놓지 못한 물건들을 전부 넣어 둔 방이었다. 해리의 짐은 벽장에서 그 방까지 단 한 번 오르내릴 정도밖에 되지 않았다. 그는 침대에 앉아 주위를 둘러보았다. 이 방에 있는 물건은 거의 다 부서진 것이었다. 한 달밖에 안 된 영화 촬영용 카메라는, 언젠가 더들리가 조종하다가 옆집 개를 친 움직이는 작은 탱크 위에 놓여 있었다. 구석에는 더들리의 첫 텔레비전이 있었다. 좋아하는 프로그램이 결방됐다고 더들리가 발로 차 구멍을 내 버린 물건이었다. 커다란 새장도 있었다. 거기에는 한때 앵무새가 있었지만, 더들리는 그 새를 학교로 가져가 진짜 공기총하고 바꿔 왔다. 그 공기총은 더들리가 깔고 앉는 바람에 끄트머리가 휘어진 채 선반에 놓여 있었다. 다른 선반들은 책으로 가득했는데, 이 방에서 한 번도 건드린 적 없어 보이는 물건이라곤 그 책들뿐이었다.

아래층에서 더들리가 엄마에게 고함치는 소리가 들려왔다.
"쟤가 저기 있는 거 싫어……. 나 저 방 필요해……. 나가라고 해……."

해리는 한숨을 쉬고 침대 위에서 몸을 쭉 폈다. 어제만 해도 해리는 여기에 올라올 수만 있다면 모든 걸 내줄 수 있었다. 하지만 오늘은 편지 없이 여기에 올라와 있으니 차라리 그 편지를 갖고 벽장으로 돌아가고 싶었다.

다음 날 아침 식사 시간에는 모두가 아주 조용했다. 더들리는 충격을 받았다. 소리도 질러 보고, 스멜팅스 막대기로 아빠를 후려쳐 보기도 하고, 꾀병도 부리고, 엄마를 걷어차고, 키우던 거북이를 온실 지붕 위로 던지기까지 했으나 더들리는 자기 방을 돌려받지 못했다. 해리는 어제 이맘때를 떠올리며 현관에서 편지를 열어 볼 걸 그랬다고 뼈저리게 후회했다. 버넌 이모부와 피튜니아 이모는 어두운 표정으로 계속 서로를 바라보았다.

편지가 오자 버넌 이모부는 해리에게 잘해 주려는 듯 더들리더러 편지를 가져오라고 했다. 더들리가 걸어가는 내내 스멜팅스 막대기로 사방을 쾅쾅 두들기는 소리가 들렸다. 이어 더들리가 소리쳤다.
"또 왔어! '프리빗가 4번지, 가장 작은 침실, H. 포터 군 앞'……."

버넌 이모부가 숨 막힌 듯한 비명을 지르며 벌떡 일어나 복도를 달려 나가자 해리는 그 뒤를 바짝 쫓았다. 버넌 이모부는 편지를 빼앗기 위해 더들리를 바닥에 쓰러뜨리고 몸싸움을 해야 했다. 해리가 버넌 이모부의 등 뒤에서 팔로 목을 감고 있었기 때문에 상당히 힘겨운 싸움이었다. 모두가 스멜팅스 막대기로 여러 차례 두들겨 맞는 혼란스러운 싸움이 잠깐 이어진 뒤 버넌 이모부가 해리의 편지를 손에 꽉 쥔 채 몸을 펴고 숨을 골랐다.

"벽장으로…… 아니, 네 방으로 가라." 이모부가 식식대며 해리에게 말했다. "더들리도…… 가…… 그냥 가라고."

해리는 새로 생긴 방 안을 끊임없이 왔다 갔다 했다. 해리가 벽장에서 이사 나왔다는 사실을 아는 사람들이 있었다. 그들은 해리가 첫 번째 편지를 받지 못했다는 사실도 아는 것 같았다. 그건 당연히 편지를 다시 보낼 거라는 뜻이겠지? 이번에는 해리도 그들이 실패하도록 놔두지 않을 작정이었다. 계획이 있었다.

고쳐 놓은 자명종이 다음 날 아침 6시 정각에 울렸다. 해리는 재빨리 자명종을 끄고 조용히 옷을 입었다. 더즐리 부부를 깨워서는 안 됐다. 해리는 불도 켜지 않고 아래층으로 살금살금 내려갔다.

프리빗가 모퉁이에서 집배원을 기다렸다가 4번지에 온 우편물을 먼저 받을 생각이었다. 문을 향해 어두운 복도를 살금살금 걸어가는 내내 가슴이 쿵쾅거렸다…….

"아아아아아악!"

해리는 그 자리에서 펄쩍 뛰었다. 방금 현관 매트 위에서 크고 물컹물컹한 뭔가를 밟은 것이다. *살아 있는 무언가를!*

위층에서 달칵 불이 켜졌고, 해리는 끔찍하게도 자기가 밟은 크고 물컹물컹한 것이 이모부의 얼굴이라는 사실을 깨달았다. 지금 해리가 하려는 그 행동을 못 하도록 막기 위해 버넌 이모부가 현관문 앞에 침낭을 깔고 누워 있었던 게 틀림없었다. 버넌 이모부는 30분 정도 해리에게 고함을 치더니 가서 차나 한잔 타 오라고 말했다. 해리는 비참한 심정으로 발을 질질 끌며 부엌으로 갔다. 돌아왔을 때 우편물은 정확히 버넌 이모부의 무릎에 놓여 있었다. 초록색 잉크로 주소를 쓴 세 통의 편지가 보였다.

"그 편지……." 해리가 입을 열었지만, 버넌 이모부는 그가 보는 앞에서 편지를 갈가리 찢어 버렸다.

버넌 이모부는 그날 출근하지 않았다. 그는 집에 있으면서 우편함에 못을 박았다.

"자." 입에 못을 한가득 문 채 그가 피튜니아 이모에게 설명했다. "배달을 못 하게 되면 포기하겠지."

"그게 통할지 모르겠어요, 버넌."

"아, 이 사람들은 머리가 이상하게 돌아가잖아, 피튜니아. 당신이나 나랑은 다르다고." 버넌 이모부는 방금 피튜니아 이모가 가져다준 과일 케이크 조각으로 못을 박으려고 하면서 그렇게 말했다.

 금요일에는 해리 앞으로 열두 통이나 되는 편지가 배달되었다. 우편함에 더 이상 넣을 수 없게 되자 편지들은 문 아래로 쑤셔 넣어지고 문틈에 끼워져 들어오고, 심지어 몇 통은 1층 화장실에 있는 작은 창문을 비집고 들어왔다.
 버넌 이모부는 또다시 출근하지 않고 집에 머물렀다. 그는 편지를 죄다 태워 버린 다음 망치와 못을 꺼내 현관과 뒷문에 나 있는 틈새를 모조리 널빤지로 막아 버렸고, 덕분에 아무도 나갈 수 없게 되었다. 그는 작업을 하면서 〈튤립 사이를 살금살금 걸으며〉라는 노래를 흥얼거렸고, 작은 소리만 들려도 화들짝 놀랐다.

 토요일에는 상황이 통제를 벗어나기 시작했다. 해리에게 온 스물네 통의 편지는 어떻게든 집 안으로 들어오는 길을 찾아냈다. 배달부가 매우 혼란스러워하며 거실 창문 너머로 피튜니아 이모에게 건네준 스물네 개의 달걀 하나하나에 편지가 한 통씩 돌돌 말려 숨겨져 있었던 것이다. 버넌 이모부가 항의할 곳을 찾아 우체국이며 달걀 가게에 분노의 전화를 거는 동안 피튜니아 이모는 편지를 믹서기에 넣고 갈아 버렸다.
 "도대체 누가 이렇게까지 너랑 이야기하고 싶어 하는 거야?" 더들리가 놀라워하면서 해리에게 물었다.

 일요일 아침, 버넌 이모부는 지치고 조금 아프긴 하지만 행복해 보이는 얼굴로 아침 식탁에 앉았다.
 "일요일에는 편지가 안 오지." 그가 신문에 마멀레이드를 펴 바르며 즐거운 듯 그 사실을 깨우쳐 주었다. "오늘은 망할 놈의 편지가 안······."
 버넌 이모부가 입을 연 그때, 뭔가가 부엌 굴뚝으로 휙 내려와 그의 뒤통수를 날카롭게 후려쳤다. 다음 순간, 30~40통쯤 되는 편지가 마치 총알처럼 벽난로에서 쏟아져 나왔다. 더즐리 가족은 몸을 홱 숙였지만 해리는 한 통이라도 낚아채려고 폴짝폴짝 뛰었다.
 "나가! **나가라고!**"
 버넌 이모부가 해리의 허리를 끌어안아다 복도에 내동댕이쳤다. 피튜니아 이모와 더들리가 팔로 얼굴을 감싸고 도망치자 버넌 이모부는 문을 쾅 닫아 버렸다. 편지가 끊임없이 방 안으로 쏟아져 들어와 벽과 바닥에 부딪혀 튕기는 소리가 들렸다.
 "더 이상은 못 참는다." 버넌 이모부는 애써 침착하게 말하면서도 콧수염을 뭉텅이로 뽑아 대고 있었다. "모두 5분 내로 떠날 준비 하고 여기로 돌아와. 멀리 갈 거야. 옷가지만 조금 챙기도록. 말대꾸하지 마!"

콧수염이 뭉텅이로 뽑힌 버넌 이모부는 너무나 위험해 보여서 누구도 감히 말대꾸를 하지 못했다. 10분 뒤 그들은 문을 막았던 널빤지를 뜯어내고 자동차에 올라 빠르게 고속도로로 달려가고 있었다. 더들리는 뒷자리에 앉아 훌쩍거렸다. 스포츠 가방에 텔레비전과 비디오, 컴퓨터를 챙겨 넣느라 시간을 지체했다며 아빠가 꿀밤을 때렸던 것이다.

그들은 차를 타고 나아갔다. 달리고 또 달렸다. 피튜니아 이모조차 어디로 가고 있는지 물을 생각을 하지 못했다. 버넌 이모부는 때때로 급하게 핸들을 꺾어 얼마간 반대 방향으로 달리곤 했다.

"놈들을 따돌려야 해……. 따돌리는 거야." 그럴 때마다 그는 그렇게 중얼거렸다.

그들은 잠시 멈춰서 먹거나 마시지도 않고 하루 종일 달렸다. 해 질 녘이 되자 더들리는 울부짖었다. 그는 태어나서 이렇게 힘든 하루를 보낸 적이 없었다. 배가 고플 뿐만 아니라 보고 싶었던 텔레비전 프로그램도 다섯 개나 놓쳤다. 컴퓨터게임 속에서 외계인을 터뜨려 죽이지 않고 이토록 오랜 시간을 보낸 것도 처음이었다.

버넌 이모부는 큰 도시 외곽에 있는, 우중충해 보이는 호텔 앞에서 마침내 차를 세웠다. 더들리와 해리는 시트에서 축축하고 퀴퀴한 냄새가 나는 침대 두 개가 있는 방을 함께 쓰게 됐다. 더들리는 코를 골았지만 해리는 잠들지 않고 창턱에 앉아 지나가는 자동차 불빛을 내려다보며 이게 다 무슨 일일까 생각했다.

다음 날, 그들은 오래된 콘플레이크와 차갑게 식은 통조림 토마토를 바른 토스트로 아침 식사를 했다. 막 식사를 마치려던 참에 호텔 주인이 그들의 자리로 왔다.

"실례지만, H. 포터 군이 누구죠? 프런트에 이게 100통 정도 있던데요."

그녀는 초록색 잉크로 쓴 주소를 모두가 읽을 수 있도록 편지를 들어 올렸다.

코크워스
레일뷰 호텔
17호실
H. 포터 군 앞

해리가 편지를 잡으려 했지만 버넌 이모부가 중간에 그의 손을 쳐 냈다. 호텔 주인이 놀란 듯 그를 뚫어지게 바라보았다.

"제가 받아 두죠." 버넌 이모부가 재빨리 자리에서 일어나더니 호텔 주인을 따라 식당을 나서며 말했다.

"그냥 집에 가는 게 낫지 않을까, 여보?" 몇 시간 뒤 피튜니아 이모가 소심하게 제안했지만 버넌 이모부에게는 그 말이 들리지 않는 것 같았다. 그가 정확히 뭘 찾고 있는지는 아무도 몰랐다. 그는 모두를 태우고 숲 한가운데로 들어가더니, 차에서 내려 주위를 둘러보고 고개를 저은 다음 차로 돌아와 다시 길을 떠났다. 쟁기로 갈아 놓은 밭 한가운데에서도, 현수교(양쪽에 줄이나 쇠사슬을 건너지르고 거기에 의지하여 매달아 놓은 다리—옮긴이)를 반쯤 건넜을 때도, 고층 주차 빌딩 꼭대기에서도 같은 일이 반복되었다.

"아빠 미쳤나 봐. 그치?" 그날 오후 늦게 더들리가 멍청이처럼 피튜니아 이모에게 물었다. 버넌 이모부는 해변에 차를 세우고 모두가 타고 있는 자동차 문을 잠그더니 사라졌다.

비가 내리기 시작했다. 커다란 빗방울이 자동차 지붕을 두드렸다. 더들리가 칭얼댔다.

"월요일이잖아." 더들리가 엄마에게 말했다. "오늘 밤에 〈위대한 움베르토〉 한단 말이야. 텔레비전 있는 데로 가고 싶어."

월요일. 그 말을 듣자 해리도 무언가를 떠올렸다. 오늘이 정말로 월요일일까? 하긴 텔레비전 덕분에 요일에 관한 한 더들리의 말은 대체로 믿을 만했다. 그렇다면 내일, 그러니까 화요일은 해리의 열한 번째 생일이었다. 물론 그의 생일이 딱히 재미있었던 적은 한 번도 없었다. 작년에는 더즐리 부부가 옷걸이와 버넌 이모부가 신던 양말 한 켤레를 선물로 주었다. 그렇긴 해도, 매일매일 열한 살이 되는 건 아니니까.

버넌 이모부가 돌아왔다. 그는 웃고 있었다. 길쭉하고 가느다란 꾸러미도 들고 있었는데, 피튜니아 이모가 뭘 산 거냐고 물어도 대답하지 않았다.

"완벽한 장소를 찾았어!" 그가 말했다. "가자! 전부 내려!"

자동차 바깥은 매우 추웠다. 버넌 이모부가 바다 저 멀리 떠 있는, 커다란 바위 같은 것을 가리켰다. 그 바위 꼭대기에는 상상을 초월할 만큼 처참한 모습의 조그만 오두막이 있었다. 한 가지는 분명했다. 거기에는 텔레비전이 없으리라는 것.

"일기예보에서 오늘 밤에 폭풍이 온다더군!" 버넌 이모부가 신이 나서 손뼉을 치며 말했다. "그리고 여기 있는 신사분께서 친절하게도 우리한테 배를 빌려주기로 했다!"

치아가 다 빠진 노인이 느릿느릿 걸어오더니 제법 사악한 웃음을 지으며 아래를 가리켰다. 낡은 배 한 척이 발아래 철흑색 바다 위에 떠서 까닥거리고 있었다.

"식량도 벌써 구해 놨어." 버넌 이모부가 말했다. "그러니까 전원 승선!"

배에 오르자 몸이 얼어붙는 것만 같았다. 얼음장같이 차가운 물방울과 빗방울이 목을 따라 흘러내렸고 싸늘한 바람이 얼굴을 채

찍처럼 후려갈겼다. 족히 몇 시간은 걸린 듯한 항해 끝에 바위에 도착하자 버넌 이모부는 발을 헛디디기도 하고 죽 미끄러지기도 하면서 다 부서진 집 쪽으로 길을 안내했다.

집 안은 끔찍했다. 해초 냄새가 심하게 났고 나무 벽 틈새로 바람이 불어 들어와 휘파람 소리를 냈으며 텅 빈 벽난로는 축축했다. 방은 두 개뿐이었다.

버넌 이모부가 구해 놨다는 식량이란 각자 한 봉지씩 주어진 감자칩과 바나나 네 개였다. 그가 불을 피우려고 했지만 빈 감자칩 봉지는 연기를 내다가 쭈그러들 뿐이었다.

"이제 저놈의 편지를 써먹을 수 있겠군. 안 그러냐?" 버넌 이모부가 신난다는 듯 말했다.

그는 정말 기분이 좋은 듯했다. 편지를 배달하려고 폭풍우를 뚫고 여기까지 올 사람은 아무도 없다고 생각하는 게 분명했다. 해리도 속으로 그렇게 생각했지만 버넌 이모부와 달리 그의 기분은 조금도 좋아지지 않았다.

밤이 되자 예보된 대로 사방에서 폭풍이 불어닥쳤다. 높은 파도가 끼얹은 물벼락이 오두막 벽을 철썩철썩 때렸고 성난 바람은 더러운 창문을 흔들어 댔다. 피튜니아 이모가 작은방에서 곰팡이 핀 담요를 몇 장 찾아다가 좀이 슨 소파에 더들리의 침대를 만들어 주었다. 그녀와 버넌 이모부는 옆방에 있는 울퉁불퉁한 침대로 향했다. 남겨진 해리는 그나마 덜 딱딱한 바닥을 찾아 가장 얇고 가장 해진 담요 아래 웅크렸다.

밤이 깊을수록 폭풍은 점점 더 거세고 맹렬하게 불어닥쳤다. 해리는 잠이 오지 않았다. 떨리는 몸을 이리저리 굴리며 조금이라도 편한 자세를 취해 보려고 애썼다. 배가 고파 꼬르륵 소리가 났다. 더들리의 코 고는 소리는 자정 즈음 시작된, 낮게 우르릉거리는 천둥소리에 잠겼다. 더들리의 뚱뚱한 손목에 감겨 소파 가장자리 아래에서 달랑거리는 야광 시계가 10분만 있으면 해리가 열한 살이 될 거라고 말해 주었다. 해리는 가만히 누워 더즐리 부부가 기억이나 하고 있을지, 편지를 쓴 사람은 지금 어디에 있을지 궁금해하면서 생일이 째깍째깍 다가오는 것을 지켜보았다.

앞으로 5분. 밖에서 뭔가 삐걱거리는 소리가 들렸다. 지붕만 무너지지 않았으면 했지만 지붕이라도 덮이면 좀 따뜻해지기는 할 것이다. 앞으로 4분. 프리빗가의 집으로 돌아가면 편지가 온 집 안을 채우고 있어 그중 한 통을 어떻게든 슬쩍할 수 있을지도 모른다.

앞으로 3분. 방금 저 소리는 바다에서 들려온 걸까? 파도가 저토록 세게 바위를 후려치는 걸까? 그리고(앞으로 2분) 버스럭거리는 저 이상한 소리는 뭐지? 바위가 바다 쪽으로 무너져 내리는 걸까?

앞으로 1분만 있으면 해리는 열한 살이 될 것이다. 30초…… 20초…… 10, 9……. 더들리를 깨워서 약이나 올려 줄까. 3, 2,

1…….

**쾅.**

오두막 전체가 흔들렸다. 해리는 몸을 똑바로 일으켜 앉아 문을 뚫어지게 바라보았다. 밖에서 누군가가 안으로 들어오려고 문을 두드리고 있었다.

## 4장
## 숲지기

**쾅**. 누군가가 다시 문을 두드렸다. 더즐리는 소스라치며 잠에서 깼다.

"대포는 어딨어?" 더즐리가 멍청한 소리를 했다.

해리와 더즐리의 등 뒤에서 쾅 소리가 나더니 버넌 이모부가 미끄러지듯 방에서 뛰쳐나왔다. 양손으로 소총을 쥔 채였다. 이제야 그가 가지고 온 길쭉하고 가느다란 꾸러미에 뭐가 들어 있었는지 알게 되었다.

"누구야?" 버넌 이모부가 소리쳤다. "경고하는데, 이쪽엔 총이 있다!"

잠깐 소리가 멈췄다. 그러더니……

**와장창!**

어찌나 강하게 내리쳤는지 문이 경첩에서 떨어져 나와 귀청이 찢어질 만큼 큰 소리를 내며 바닥에 떨어졌다.

거대한 남자가 문 앞에 서 있었다. 그의 얼굴은 길고 텁수룩한 갈기 같은 머리카락과 거칠게 잔뜩 꼬인 턱수염으로 대부분 가려져 있었지만, 그 온갖 털 아래 딱정벌레처럼 반짝이는 두 눈만은 알아볼 수 있었다.

오두막 안으로 들어온 거인은 몸을 구부려도 머리가 천장에 쓸릴 정도였다. 그는 허리를 숙여 문을 집어 들더니 손쉽게 다시 문틀에 끼워 넣었다. 바깥에서 들려오던 폭풍우 소리가 조금 잦아들었다. 거인이 몸을 돌려 모두를 바라보았다.

"차 한잔 타 주려나? 그렇게 편안한 여행길은 아니었거든."

거인은 공포로 얼어붙은 더들리가 앉아 있는 소파로 성큼성큼 다가갔다.

"좀 비켜 봐라, 비곗덩어리야." 낯선 이가 말했다.

더들리는 꽥 비명을 지르더니, 잔뜩 겁에 질려 버넌 이모부 뒤에 움츠리고 있는 엄마 뒤로 달려가 숨었다.

"그래, 네가 해리구나!" 거인이 말했다.

해리는 사납고 거칠고 그림자가 진 거인의 얼굴을 올려다보았다. 딱정벌레 같은 눈 주위가 미소로 주름지는 것이 보였다.

"지난번 봤을 때는 아기였는데." 거인이 말했다. "넌 아빠를 많이 닮았어. 눈은 엄마랑 똑같지만."

버넌 이모부가 우스꽝스러운 소리를 냈다.

"지금 당장 떠나 주시오, 선생!" 이모부가 말했다. "이건 무단 침입이야!"

"아, 입 닥쳐, 더즐리. 얼간이 같으니라고." 거인이 말했다. 그는 소파 너머로 팔을 뻗어 버넌 이모부의 손에서 총을 홱 빼앗더니, 고무로 만들어진 양 쉽게 총자루를 구부려 매듭까지 지어서는 구석으로 던져 버렸다.

버넌 이모부가 또 한 번 쥐가 밟혔을 때 내는 것 같은 이상한 소리를 냈다.

"어쨌거나…… 해리." 거인이 더즐리 가족에게서 등을 돌리고 말했다. "생일 정말 축하한다. 너 주려고 뭘 좀 가져왔는데…… 한 번 깔고 앉은 것 같긴 하지만, 맛은 괜찮을 거야."

거인이 검은색 코트 주머니에서 살짝 찌그러진 상자를 하나 꺼냈다. 해리는 떨리는 손으로 상자를 열었다. 안에는 초록색 아이싱으로 '생일 축하한다 해리'라고 쓴, 크고 끈적끈적한 초콜릿 케이크가 들어 있었다.

해리는 거인을 올려다보았다. 고맙다고 말하려 했지만, 그 말은 입으로 올라오던 중 어디론가 사라져 버렸다. 대신 그는 이렇게 말했다. "누구세요?"

거인이 낄낄거렸다.

"그래, 내 소개도 안 했구나. 루비우스 해그리드. 호그와트에서 일하는 열쇠지기이자 숲지기지."

해그리드는 거대한 손을 뻗어 해리의 팔 전체를 흔들며 악수했다.

"아까 차 한잔 달라고 했던 것 말인데." 해그리드가 두 손을 맞비비며 말했다. "차보다 좀 더 센 거라도 괜찮아. 그런 게 있다면 말이지."

해그리드의 눈길이 쪼그라든 감자칩 봉지가 들어 있는 빈 벽난로로 향했다. 그는 코웃음을 치더니 벽난로 쪽으로 허리를 숙였다. 뭘 하는지 보이지는 않았지만, 잠시 후 그가 물러나자 벽난로에서는 불길이 활활 타오르고 있었다. 불은 축축한 오두막 전체를 일렁이는 빛으로 가득 채웠고, 해리는 따뜻한 목욕물에 몸을 담근 것처럼 온기가 온몸을 적셔 오는 것을 느꼈다.

거인은 자기 몸무게 때문에 푹 꺼진 소파에 다시 앉아 코트 주머니에서 온갖 물건을 꺼내 놓기 시작했다. 구리 주전자, 소시지가 들어 있는 물렁물렁한 포장 용기, 꼬챙이, 찻주전자, 이 빠진 머그잔 몇 개와 호박색 액체가 들어 있는 병 한 개. 그는 그 액체를 한차례 벌컥벌컥 마시고 나서 차를 끓이기 시작했다. 머잖아 오두막은 소시지가 지글지글 익어 가는 소리와 냄새로 가득 찼다.

거인이 움직이는 동안 아무도 입을 열지 않았다. 하지만 그가 통통하고 육즙이 뚝뚝 떨어지는 살짝 탄 소시지 여섯 개를 먼저 꼬챙이에서 빼내자 더들리는 움찔했다. 버넌 이모부가 날카롭게 말했다. "저 사람이 주는 것에는 손도 대지 마라, 더들리."

거인은 험악하게 씩 웃었다.

"댁네 푸딩 같은 아들은 그 이상 살찔 필요가 없을 것 같은데, 더즐리. 걱정 말라고."

해그리드가 해리에게 소시지를 건네주었다. 해리는 그렇게 훌륭한 음식은 한 번도 먹어 본 적이 없다는 생각이 들 만큼 엄청나게 배가 고팠지만 거인에게서 눈을 뗄 수가 없었다. 마침내, 누구도 설명해 주지 않을 것 같자 해리가 입을 열었다. "죄송한데, 저는 아직 아저씨가 누구신지 모르겠어요."

거인은 차를 한 모금 꿀꺽 삼키고 손등으로 입을 닦았다.

"해그리드라고 불러라." 거인이 말했다. "다들 그렇게 부르니까. 그리고 아까도 말했지만, 나는 호그와트의 숲지기야. 뭐, 호그와트에 대해서는 당연히 잘 알 테지."

"어…… 잘 모르는데요." 해리가 말했다.

해그리드는 충격을 받은 표정이었다.

"죄송합니다." 해리가 얼른 덧붙였다.

"*죄송하다고?*" 해그리드가 눈을 돌려, 어둠 속으로 다시 몸을 움츠린 더즐리 부부를 쏘아보며 걸걸한 목소리로 외쳤다. "죄송해해야 하는 건 저 사람들이지! 네가 편지를 못 받고 있는 건 알았다만 호그와트가 뭔지도 모를 거라고는 생각도 못 했다. 세상에! 너희 부모님이 그런 걸 다 어디서 배우셨는지 전혀 궁금하지 않았단 말이냐?"

"뭘 배웠는데요?" 해리가 물었다.

**"뭘 배웠냐고?"** 해그리드가 천둥처럼 소리쳤다. "나 원, 잠깐만 기다려라!"

해그리드가 자리에서 벌떡 일어났다. 화가 난 그의 모습은 오두막 전체를 가득 채우고도 남을 듯했다. 더즐리 가족은 겁에 질려 벽에 바짝 붙었다.

"지금 이 아이가" 하고, 거인이 더즐리 부부를 향해 으르렁거렸다. "여기 이 아이가…… 이 아이가! 아무것도, **아무것도** 모른다는 거요?"

그 말은 좀 심하다고 해리는 생각했다. 어쨌든 그는 학교도 다녔고 성적도 그리 나쁘지 않았다.

"저도 아는 게 조금 있긴 해요." 해리가 말했다. "뭐, 수학이나 그런 것도 할 줄 알고요."

하지만 해그리드는 그저 손을 내젓고는 말했다. "내 말은, 우리 세상에 대해서 말이다. 너의 세상이기도 하고. 내 세상이기도 하고. 너희 부모님의 세상 말이야."

"그게 무슨 세상인데요?"

해그리드는 금방이라도 폭발할 것 같은 모습이었다.

"**더즐리!**" 해그리드가 쩌렁쩌렁하게 소리쳤다.

이미 무척이나 창백해진 버넌 이모부가 알아들을 수 없는 말을 중얼거렸다. 해그리드는 사나운 눈으로 해리를 바라보았다.

"하지만 엄마 아빠에 대해서는 알 거 아니냐." 해그리드가 말했다. "그러니까, 유명한 분들이잖아. 너도 그렇고."

"네? 우리…… 우리 엄마 아빠는 유명한 분들이 아닌데요?"

"너 정말 모르는구나……. 진짜로 몰라……." 해그리드는 해리에게서 당황한 눈길을 떼지 못한 채 머리를 쓸어 올렸다.

"너, 네가 누군지도 모르는구나?" 해그리드가 마침내 입을 열었다.

버넌 이모부는 갑자기 목소리를 되찾았다.

"그만!" 그가 명령하듯 말했다. "거기서 멈추시오, 선생! 그 아이한테 더 이상 말하는 건 용납 못 해!"

버넌 더즐리보다 용감한 사람이라도 지금 해그리드의 분노 어린 시선 앞에서는 겁에 질렸을 것이다. 해그리드가 입을 열었다. 그의 말 한 마디 한 마디가 분노로 떨렸다.

"말 안 해 줬단 말이야? 덤블도어 교수님이 이 아이한테 남긴 편지에 뭐라고 썼는지 한 마디도 안 전했다고? 나도 그 자리에 있었어! 교수님이 편지를 남겨 놓는 걸 봤다고, 더즐리! 그런데 그 오랜 세월 동안 이 아이한테 그걸 숨겨 왔다고?"

"저한테 뭘 숨겼는데요?" 해리가 간절한 말투로 물었다.

"**그만! 하지 마!**" 버넌 이모부가 어쩔 줄 몰라 하며 고함을 질렀다.

피튜니아 이모는 공포에 질려 숨을 헐떡였다.

"아, 당신들 둘 다 꺼져 버려." 해그리드가 말했다. "해리⋯⋯ 너는 마법사야."

오두막에 정적이 흘렀다. 오직 바다 소리, 바람이 부는 휘파람 소리만 들려올 뿐이었다.

"제가 뭐라고요?" 해리는 숨이 턱 막히는 듯했다.

"마법사라고." 해그리드가 소파에 앉으며 말했다. 소파는 신음 소리를 내며 더한층 주저앉았다. "그리고 내 생각엔, 조금만 훈련을 받으면 굉장한 마법사가 될 거다. 그런 엄마 아빠한테서 태어났는데 당연하지 않겠냐? 아, 이제 편지를 읽어 봐야겠구나."

해리는 마침내 손을 뻗어 누르스름한 봉투를 받아 들었다. 봉투에는 에메랄드빛 초록색으로 '바다, 바위 위의 오두막, 바닥, H. 포터 군 앞'이라고 주소가 적혀 있었다. 해리는 편지를 꺼내 읽어 보았다.

## 호그와트 마법학교

교장: 알버스 덤블도어

(1급 멀린 훈장 수훈에 빛나는 최고위 마법사 겸

최고위원장 겸 국제 마법사 연맹 마법사장)


포터 군에게.

귀하께서 호그와트 마법학교에 입학하게 되었음을 기쁜 마음으로 알려 드립니다. 필요한 교과서 및 준비물 목록을 동봉하오니 확인해 주십시오. 학기는 9월 1일에 시작됩니다. 늦어도 7월 31일까지 부엉이를 보내 주시기 바랍니다.

교감

미네르바 맥고나걸 드림.


 해리의 머릿속에서 질문들이 불꽃놀이하듯 터져 나왔다. 대체 무엇을 먼저 물어야 할지 결정할 수 없었다. 잠시 뒤 해리는 더듬더듬 말했다. "이게 무슨 뜻이에요? 부엉이를 보내라니?"

 "이런, 고르곤이 골골댈 노릇이군. 네 말을 들으니까 생각나네." 해그리드가 짐마차 끄는 말도 쓰러뜨릴 법한 힘으로 자기 이마를 철썩 치며 말했다. 해그리드는 코트 안 또 다른 주머니에서 진짜로 살아 있는, 털이 조금 부스스한 부엉이 한 마리와 기다란 깃펜과 양피지 두루마리를 꺼냈다. 해그리드는 이 사이로 혀를 빼죽 내민 채 쪽지를 휘갈겨 썼다. 해리는 맞은편에서 뒤집힌 글자들을 읽을 수 있었다.

> 덤블도어 교수님,
> 해리한테 편지를 전해 줬습니다.
> 내일 이것저것 사 주러 갈 겁니다.
> 날씨가 끔찍하네요. 몸조심하세요.
>
> 해그리드

해그리드가 쪽지를 돌돌 말아 건네자 부엉이는 부리 사이에 그것을 꽉 물었다. 그는 문 쪽으로 가서 부엉이를 폭풍 속으로 던졌다. 그러더니 이런 건 전화 통화를 하는 것만큼이나 평범한 일이라는 듯 원래 자리로 돌아와 앉았다.

해리는 입을 벌리고 있었다는 걸 깨닫고 얼른 다물었다.

"무슨 얘길 하고 있었지?" 해그리드가 말했다. 그런데 그때, 여전히 잿빛이 된 얼굴로 굉장히 화난 표정을 짓고 있는 버넌 이모부가 난로 불빛 속으로 들어왔다.

"애는 못 보내." 버넌 이모부가 말했다.

해그리드가 끙 소리를 냈다.

"댁 같은 대단한 머글이 이 아이를 막는 걸 보는 것도 좋겠지." 해그리드가 말했다.

"뭐라고 하셨어요?" 해리가 흥미롭다는 듯 눈을 반짝이며 물었다.

"머글이라고 했다." 해그리드가 말했다. "저들처럼 마법사가 아닌 사람들을 우리는 그렇게 부른단다. 내가 여태까지 본 머글 중에서도 가장 머글다운 가족과 함께 자랐다니, 너도 참 운이 없었어."

"우리가 쟤를 키우기로 했을 때 그따위 헛짓거리는 못 하게 할 거라고 맹세했소." 버넌 이모부가 말했다. "아예 싹을 잘라 버리기로 했다고! 마법사라니, 원 참!"

"이모부도 알고 계셨어요?" 해리가 말했다. "제가 마, 마법사라는 걸 알고 있었다고요?"

"알았느냐고!" 피튜니아 이모가 갑자기 소리를 질렀다. "알았느냐고! 당연히 알고 있었지! 괘씸한 동생도 그 모양이었는데 너라고 다르겠니? 그래, 걔도 딱 저런 편지를 받더니 그…… 그 학교로 사라졌어. 그러더니 방학 때마다 주머니에 개구리 알을 잔뜩 넣어 가지고 집으로 돌아와 찻잔을 쥐 새끼로 바꿔 놓곤 했지. 걔가 어떤 앤지 제대로 아는 사람은 나밖에 없었어. 걘…… 괴물이었어! 그런데도 우리 어머니 아버지는, 하 참, 이래도 릴리, 저래도 릴리, 집안에 마법사가 있는 걸 자랑스러워했다니까!"

피튜니아 이모는 잠시 말을 멈추고 심호흡을 하더니 계속해서 폭언을 쏟아부었다. 몇 년 동안이나 이 말을 하고 싶어서 입이 근질거렸던 것 같았다.

"그러다가 학교에서 그 포터라는 남자를 만나고, 집을 떠나 결혼하더니 너를 가졌다. 나는 당연히 너도 똑같은 인간이 될 줄 알았어. 똑같이 이상하고, 똑같이…… 똑같이…… 비정상이고……. 그러더니, 너한텐 안됐지만 릴리 그 애가 그렇게 자기 목숨을 날려 버린 거지. 그래서 우리가 너를 떠맡게 됐고!"

해리는 하얗게 질리고 말았다. 목소리를 되찾자마자 해리가 말했다. "자기 목숨을 날려 버리다뇨? 교통사고로 돌아가셨다면서요!"

"**교통사고라니!**" 해그리드가 포효했다. 그가 격하게 화를 내며 자리에서 벌떡 일어서자 더즐리 부부는 원래 있던 구석으로 얼른 달아났다. "어떻게 릴리와 제임스 포터가 교통사고로 죽을 수 있지? 얼토당토않은 소리로군! 이건 모욕이야! 우리 세계 아이들은 모두 해리 포터의 이름을 알고 있는데 정작 해리 포터는 자기 사연도 모르고 있다니!"

"근데 왜요? 무슨 일이 있었는데요?" 해리가 절박하게 물었다.

해그리드의 얼굴에서 분노가 사라졌다. 그는 갑자기 불안한 표정을 지었다.

"이럴 거라고는 생각 못 했다." 해그리드는 걱정 가득한 목소리로 나직이 말했다. "덤블도어 교수님이 너를 데려오는 과정에서 문제가 있을지도 모른다고 말씀하셨을 때만 해도 네가 이렇게까지 아는 게 없을 줄은 전혀 몰랐거든. 아, 해리. 내가 이 얘기를 너에게 해 줄 적절한 사람인지는 모르겠다만, 그래도 누군가는 말해 줘야 하니까……. 아무것도 모르고 호그와트로 갈 수는 없잖냐."

해그리드는 더즐리 가족에게 경멸에 찬 시선을 던졌다.

"뭐, 너도 내가 얘기해 줄 수 있는 만큼은 아는 게 좋겠지. 그래도 명심해라. 내가 모든 걸 얘기해 줄 수는 없어. 엄청나게 수수께끼 같은 이야기거든, 어떤 부분은……."

해그리드는 자리에 앉아 잠깐 동안 불꽃을 뚫어지게 바라보더니 입을 열었다. "처음은…… 어떤 사람 이야기로 시작해야 할 것 같은데…… 그 사람 이름은…… 근데 네가 그 사람 이름도 모른다니 믿을 수가 없구나. 우리 세계 사람들은 모두 아는 이름인데……."

"그 사람이 누군데요?"

"그게…… 웬만하면 그 이름은 입에 올리고 싶지 않다. 아무도 말하지 않는 이름이거든."

"왜요?"

"가고일이 가글이라도 할 일이로군. 해리, 사람들은 아직도 겁에 질려 있는 거야. 제기랄, 이거 일이 참 어렵게 됐는데. 자, 봐. 어떤 마법사가 있었는데 그 사람이…… 나쁜 사람이 됐어. 그렇게 될 수 있는 한 최고로 나쁜 마법사가 됐지. 아니, 그보다 더 나빠. 더 나쁜 것보다도 더 나쁜 사람이야. 그 사람 이름은…….”

해그리드는 침을 꿀꺽 삼켰지만 한 글자도 내뱉지 못했다.

"써 주실 수는 있어요?" 해리가 제안했다.

"아니…… 어떻게 쓰는지 몰라. 그래, 좋다. 그 사람 이름은 볼드모트야." 해그리드는 몸을 떨었다. "다시는 나한테 그 이름을 말하게 만들지 말거라. 어쨌거나 이, 이 마법사는, 지금으로부터 한 20년 전 일인데, 추종자들을 찾기 시작했어. 실제로 추종자가 생기기도 했다. 어떤 사람들은 겁을 먹어서 추종자가 됐고, 어떤 사람들은 그저 그자의 힘을 조금이나마 얻고 싶어 했지. 그래, 그자는 힘을 키워 가고 있었거든. 어두운 시절이었어, 해리. 누구를 믿어야 할지 알 수 없었고, 낯선 마법사와는 감히 친해질 생각도 못 했지……. 끔찍한 일들이 벌어졌어. 그자가 모든 걸 장악해 가고 있었지. 물론, 몇몇 사람이 맞서기도 했지만 그자는 그들을 죽여 버렸어. 끔찍하게. 몇 남지 않은 안전한 장소 중 하나가 호그와트였단다. 덤블도어 교수님은 '그 사람'이 두려워하는 유일한 존재라고들 했으니까. 그래서 그자도 감히 학교를 접수할 생각은 못 했지. 어쨌든 그때는 그랬다. 네 엄마 아빠는 내가 알던 어떤 마법사보다도 좋은 사람들이었어. 학창 시절에는 둘 다 호그와트 남학생 회장, 여학생 회장도 했고! '그 사람'이 왜 네 부모님을 자기편으로 만들려고 하지 않았는지 그게 참 수수께끼다……. 릴리와 제임스 둘 다 덤블도어 교수님과 가까운 사이여서 어둠의 편에 선 사람들과는 아무 관련도 맺지 않으리라는 걸 알고 있었는지도 모르지. 어쩌면 그 두 사람을 설득할 수 있을 거라 생각했을지도 몰라……. 아니면 그냥 없애 버리고 싶었는지도 모르고. 알려진 거라곤 10년 전 핼러윈에 그자가 너희 가족이 살고 있던 마을에 나타났다는 것뿐이야. 그때 너는 겨우 한 살이었어. 그자가 너희 집으로 가서…… 가서는……."

해그리드는 갑자기 엄청나게 더러운 물방울무늬 손수건을 꺼내 뱃고동 비슷한 소리를 내며 코를 풀었다.

"미안." 해그리드가 말했다. "근데 그만큼 슬픈 얘기야. 나도 너희 엄마 아빠를 알았거든. 그렇게 좋은 사람들도 없었을 거야……. 아무튼…… '그 사람'이 네 부모님을 죽였어. 그러고 나서…… 이거야말로 진짜 수수께끼인데…… 너도 죽이려고 했지. 일을 깔끔하게 처리하려고 한 건지, 아니면 그때쯤에는 그저 사람 죽이는 걸 즐긴 건지 모르겠다. 그런데 널 죽일 수가 없었어. 이마의 그 표시가 어쩌다 생겼는지 궁금하진 않았니? 그건 평범한 상처가 아니야. 강력하고 사악한 저주가 몸에 닿았을 때 생기는 거거든. 네 엄마도, 아빠도, 심지어는 너희 집조차 날려 버린 저주인데 너한테는 통하지 않았던 거야. 그래서 네가 유명해진 거다, 해리. 그자가 죽이겠다고 마음먹었는데 살아남은 사람은 그때까지 아무도 없었어. 네가 유일한 예외라고. 우리 시대 최고의 마법사들…… 매키넌 가족도, 본즈 가족도, 프루잇 형제도 그자의 손에 죽었는데 넌 그저 아기였는데도 살아남은 거야."

해리의 마음속에 매우 고통스러운 뭔가가 떠올랐다. 해그리드의 이야기가 끝나자 눈이 멀 듯한 초록색 섬광이 다시 보였다. 그 빛은 예전에 떠올렸던 것보다 더 선명했다. 그리고 난생처음 다른 기억도 떠올랐다. 높고, 차갑고, 잔혹한 웃음소리.

해그리드가 슬픈 눈으로 해리를 바라보았다.

"덤블도어 교수님의 지시에 따라, 무너져 내린 집에서 내가 직접 너를 데려왔다. 널 이 작자들한테 데려왔지……."

"헛소리." 버넌 이모부가 말했다. 해리는 화들짝 놀랐다. 더즐리 가족이 아직 거기에 있다는 사실을 잊고 있었던 것이다. 버넌 이모부는 확실히 용기를 되찾은 듯 보였다. 그가 해그리드를 향해 눈을 부라리며 주먹을 꽉 쥐었다.

"내 말 잘 들어라, 꼬맹아." 버넌 이모부가 으르렁거렸다. "네 녀석한테 뭔가 이상한 구석이 있다는 건 인정하마. 아마 매질만 제대로 했어도 고쳐졌겠지……. 그리고 네 부모 말인데, 뭐랄까,

그 작자들은 제정신이 아니었어. 그건 부정할 수 없는 사실이다. 그런 인간들은 차라리 없는 편이 세상에 더 도움이 될 거야. 이런 마법사 같은 것들이랑 어울려 다니니까 그런 일을 당하지. 딱 그렇게 될 줄 알았다. 비참한 최후를 맞게 되리라는 걸 처음부터 알고 있었……."

하지만 바로 그 순간, 해그리드가 소파에서 벌떡 일어나 코트 안쪽에서 낡아 빠진 분홍색 우산을 뽑아 들었다. 그는 검이라도 되는 양 우산을 버넌 이모부에게 겨누고 말했다. "경고하는데, 더즐리, 내가 경고하는데, 한 마디만 더 하면……."

수염 덥수룩한 거인에게 우산 끝으로 찔릴 위험에 처하자 버넌 이모부의 용기는 다시 수그러들었다. 그는 벽에 몸을 납작 붙이고 입을 다물었다.

"그래, 그래야지." 해그리드가 씩씩거리더니 다시 소파에 앉았다. 이번에는 소파가 바닥에 닿을 정도로 꺼졌다.

한편 해리에게는 아직 수백 가지 질문이 남아 있었다.

"근데 볼…… 죄송해요. 그러니까, '그 사람'은 어떻게 됐어요?"

"좋은 질문이다, 해리. 그자는 사라졌어. 없어진 거야. 너를 죽이려 했던 바로 그날 말이다. 그래서 네가 더 유명해진 거지. 그게 가장 큰 수수께끼야. 왜냐하면…… 그자는 점점 더 강해지고 있었거든. ……왜 사라진 걸까? 그자가 죽었다는 사람들도 있어. 내가 보기엔 터무니없는 소리야. 그자한테 죽음을 맞이할 만큼의 인간적인 면이 남아 있었는지조차 모르겠는데 말이야. 어떤 사람들은 그자가 아직 저 바깥 어딘가에서 때를 기다리고 있다든가, 뭐 그렇게 말하지만 나는 그 말도 믿지 않아. 그자의 편에 섰던 사람들이 우리 쪽으로 돌아왔거든. 그중 몇몇은 최면 비슷한 것에서 깨어난 것 같았어. 그자가 돌아올 거라면 그럴 수 없었겠지. 우리 대부분은 그자가 저기 어딘가에 있는 건 맞지만 힘을 잃었다고 생각해. 너무 약해져서 움직일 수 없는 거지. 네 안에 있는 무언가가 그자를 끝장낸 거야, 해리. 그자가 계산에 넣지 못한 어떤 일이 그날 밤 벌어진 거지. ……무슨 일이 벌어졌는지는 나도 몰라. 아무도 모르지. 하지만 네 안에 있는 뭔가가 그자를 곤경에 빠뜨린 거야, 확실하게."

해그리드는 온기와 존경심이 이글거리는 눈으로 해리를 바라봤지만, 해리는 기쁘다거나 자랑스럽다는 느낌 대신 뭔가 끔찍한 실수가 있었던 게 틀림없다는 기분이 들었다. 마법사라고? 내가? 어떻게 그럴 수 있다는 거야? 해리는 더들리에게 두들겨 맞고 피튜니아 이모와 버넌 이모부에게 괴롭힘당하며 평생을 보냈다. 해리가 정말 마법사라면, 어째서 더즐리 가족이 그를 벽장에 가두려 들 때마다 혹투성이 두꺼비로 변해 버리지 않았을까? 해리가 정말로 세상에서 가장 대단한 마법사를 물리쳤다면 더들리가 어떻게 항상 그를 축구공처럼 걷어차고 다닐 수 있었을까?

"해그리드." 해리가 조용히 말했다. "무슨 실수가 있는 것 같아요. 제가 마법사일 리 없어요."

놀랍게도 해그리드는 킥킥 웃었다.

"마법사가 아니다? 네가 겁먹거나 화났을 때 무슨 일이 일어난 적이 한 번도 없었단 말이냐?"

해리는 벽난로를 들여다보았다. 이제 와서 생각해 보니…… 이모와 이모부를 분노하게 만든 그 모든 이상한 일은 그가, 해리가 곤경에 빠지거나 화가 났을 때만 일어났다. 더들리 패거리에게 쫓겼을 때는 어쩐지 녀석들의 손이 닿지 않는 곳에 가 있었고, 우스꽝스러운 머리 모양을 하고 학교 갈 일을 걱정했을 때는 머리카락을 다시 자라게 만들 수 있었다. 최근 더들리한테 맞았을 때도 그 자신도 모르게 복수하지 않았던가? 더들리에게 보아뱀을 풀어놓지 않았나?

해리는 미소를 머금고 다시 해그리드를 보았다. 해그리드는 엄청나게 환한 웃음을 지었다.

"그치?" 해그리드가 말했다. "해리 포터가 마법사가 아니라니……. 두고 봐라, 너는 곧 호그와트에서 유명해질 거야."

하지만 버넌 이모부는 싸워 보지도 않고 포기할 생각이 없는 듯했다.

"못 보낸다고 했을 텐데?" 버넌 이모부가 씩씩댔다. "얘는 스톤월 중등학교에 갈 거고, 그걸 감사히 여기게 될 거요. 나도 그놈의 편지를 읽어 봤어. 온갖 종류의 쓰레기가 필요하더군. 마법 주문책이니, 마법 지팡이니……."

"해리가 가길 바라면 댁처럼 대단한 머글도 절대 막을 수 없을 걸." 해그리드가 으르렁거렸다. "릴리와 제임스 포터의 아들이 호그와트에 가는 걸 막겠다니! 미친 소리지. 해리의 이름은 태어난 순간부터 학생 명단에 등록되어 있었어. 해리는 세계에서 가장 훌륭한 마법학교에 가게 될 거야. 거기서 7년만 있으면 자기 자신도 몰라볼 만큼 달라질 거라고. 지금부터는 자기랑 비슷한 아이들과 어울리게 될 거고, 역대 호그와트 교장 선생님 중 가장 위대한 분이신 알버스 덤블도어의 지도를 받게 될……."

"**난 얘한테 마법인지 뭔지를 가르치려고 정신 나간 늙은 멍청이한테 돈을 줄 생각이 없다니까!**" 버넌 이모부가 고함을 질렀다.

그러나 그는 넘어서는 안 될 선을 넘어 버렸다. 해그리드가 우산을 꽉 잡더니 머리 위로 빙그르르 돌렸다. "**절대로**……." 해그리드가 천둥처럼 소리쳤다. "**내 앞에서**…… **알버스**…… **덤블도어를**…… **모욕하지 마!**"

해그리드가 공중에 들어 올렸던 우산을 휙 내려 더들리를 겨눴다. 보라색 섬광이 번뜩이더니 폭죽 터지는 듯한 소리와 함께 날카롭게 꽥 하는 비명 소리가 났고, 다음 순간 더들리는 살찐 엉덩이를 두 손으로 감싸고 고통스럽게 울부짖으며 그 자리에서 폴짝폴짝 뛰었다. 더들리가 등을 돌리자, 바지에 난 구멍으로 꼬불꼬불한 돼지 꼬리가 삐죽 튀어나와 있는 것이 보였다.

버넌 이모부가 소리를 질렀다. 그는 피튜니아 이모와 더들리를 다른 방으로 끌고 들어가면서 마지막으로 한 번 겁에 질린 눈길로 해그리드를 바라보고 문을 세차게 닫았다.

해그리드가 우산을 내려다보며 턱수염을 어루만졌다.

"욱하지 말았어야 했는데." 해그리드가 후회스러운 듯 말했다. "뭐, 그래도 주문이 제대로 먹힌 건 아니니까. 원래는 저 녀석을 돼지로 바꿔 놓으려고 했는데, 어쨌거나 이미 너무 돼지 같아서 더 바꿀 게 없었던 것 같구나."

해그리드는 숱 많은 눈썹 아래로 해리를 슬쩍 곁눈질했다.

"호그와트에 있는 사람들한테는 방금 있었던 일을 얘기하지 말아 줬으면 참 고맙겠는데 말이야." 해그리드가 말했다. "나는…… 어…… 엄밀히 따지면 마법을 써선 안 되거든. 너를 쫓아가서 편지를 전해 주고 하는 동안에는 마법을 조금 사용해도 된다고 했지만……. 내가 이 일을 맡고 싶어 했던 이유 중 하나이기도 하지."

"왜 마법을 쓰면 안 되는데요?" 해리가 물었다.

"어, 그게…… 나도 호그와트에 다녔는데 그러다가…… 어…… 솔직히 말하면, 퇴학을 당했어. 3학년 때였지. 사람들이 내 마법 지팡이를 반으로 뚝 부러뜨리고, 뭐 그렇게 된 거야. 근데 덤블도어 교수님 덕분에 숲지기로 계속 머물 수 있었지. 정말 훌륭하신 분이야, 덤블도어 교수님은."

"왜 퇴학당하셨는데요?"

"시간이 늦었구나. 내일 할 일도 많은데." 해그리드가 큰 소리로 말했다. "시내에 나가서 네 책이랑 뭐 다른 것도 사야 하니까."

해그리드는 두꺼운 검은색 코트를 벗어 해리에게 던져 주었다.

"그걸 덮고 자거라." 해그리드가 말했다. "뭐가 꿈틀거리더라도 신경 쓰지 말고. 어느 주머니인지는 모르겠는데 겨울잠쥐 몇 마리가 아직 들어 있는 것 같거든."

## 5장
# 다이애건 앨리

 해리는 다음 날 아침 일찍 잠에서 깼다. 해가 떴다는 걸 알면서도 그는 눈을 꾹 감고 있었다.

 '꿈이었어.' 해리는 단호하게 자신을 타일렀다. '해그리드라는 거인이 찾아와서, 내가 마법사들이 다니는 학교에 가게 됐다고 말해 주는 꿈을 꾼 거야. 눈을 뜨면 다시 집에, 벽장 속에 있겠지.'

 갑자기 뭔가를 계속 두드리는 시끄러운 소리가 들렸다.

 '봐, 피튜니아 이모가 문을 두드리잖아.' 해리는 생각했다. 심장이 덜컥 내려앉았다. 하지만 여전히 눈은 뜨지 않았다. 그렇게 기분 좋은 꿈이라니.

 톡. 톡. 톡.

"알았어요." 해리가 중얼거렸다. "일어나요."

몸을 일으키자 해그리드의 무거운 코트가 떨어져 내렸다. 오두막은 햇빛으로 가득 차 있었고, 폭풍은 지나갔으며, 해그리드는 아예 주저앉아 버린 소파에서 잠을 자고 있었다. 부리에 신문을 물고 있는 부엉이 한 마리가 발톱으로 창문을 두드렸다.

해리는 허겁지겁 일어났다. 몸속에서 커다란 풍선이 부풀어 오르는 것처럼 행복했다. 곧장 창가로 다가가 창문을 홱 열었다. 부엉이가 날아들어 와 머리 위에 신문을 떨어뜨려도 해그리드는 일어나지 않았다. 부엉이는 푸드덕거리며 바닥으로 내려와 해그리드의 코트를 공격하기 시작했다.

"그러지 마."

해리가 손짓으로 부엉이를 쫓으려 했지만, 부엉이는 해리에게 부리를 사납게 딱딱거리며 코트를 계속 공격했다.

"해그리드!" 해리가 큰 소리로 말했다. "부엉이가……."

"돈을 좀 줘." 해그리드가 소파에 누운 채 웅얼거렸다.

"네?"

"신문을 배달했으니 돈을 달라는 거야. 주머니를 뒤져 봐."

해그리드의 코트는 오로지 주머니로만 이루어진 것 같았다. 열쇠 꾸러미, 민달팽이 살충제, 실뭉치, 박하사탕, 티백……. 마침내 해리는 이상하게 생긴 동전을 한 움큼 꺼냈다.

"5크넛 주면 돼." 해그리드가 졸음에 겨운 목소리로 말했다.

"크넛이라뇨?"

"청동으로 만든 작은 동전이야."

해리가 청동으로 된 작은 동전 다섯 개를 헤아리자 부엉이는 다리를 내밀어 거기 묶인 조그만 가죽 주머니에 돈을 넣어 줄 때까지 기다린 다음 열린 창문 밖으로 날아갔다.

해그리드는 요란하게 하품하고 똑바로 앉아 기지개를 켰다.

"슬슬 가는 게 좋겠다, 해리. 오늘 할 일이 많거든. 런던에 가서 학교에서 쓸 물건을 다 사야 돼."

해리는 마법사들이 쓰는 동전을 이리저리 뒤집어 보았다. 방금 떠오른 어떤 생각 때문에 마음속 풍선에 구멍이 난 것 같은 기분이 들었다.

"어…… 해그리드?"

"응?" 커다란 부츠를 신으며 해그리드가 말했다.

"저는 돈이 없어요. 그리고 어젯밤 버넌 이모부가 하는 얘기 들으셨잖아요. 이모부는 제가 호그와트에 가서 마법 배울 돈을 내주지 않을 거예요."

"그건 걱정하지 마라." 해그리드가 자리에서 일어나 머리를 긁으며 말했다. "네 부모님이 너한테 아무것도 안 남겨 주셨을까 봐?"

"그치만 집이 다 부서졌다고……."

"집에다 돈을 보관하지는 않지, 욘석아! 아니고말고. 우리가 가장 먼저 들를 곳은 그린고츠야. 마법사 은행이지. 소시지 하나 먹어라. 식었지만 못 먹을 정도는 아니야. 네 생일 케이크도, 나라면 싫다고는 안 할 거다."

"마법사들한테 은행이 있어요?"

"그거 하나뿐이야. 그린고츠. 고블린들이 운영한단다."

해리는 들고 있던 소시지를 떨어뜨렸다.

"고블린이라고요?"

"그래. 그러니까 미치지 않고서야 그린고츠를 털겠다는 생각은 할 수가 없다는 얘기지. 절대로 고블린들하고 얽혀선 안 된다, 해리. 뭔가를 안전하게 보관하고 싶다면 이 세상에서 그린고츠만큼 안전한 곳은 없어. 호그와트만 빼놓고 말이야. 말이 나와서 말인데, 해리 네 일이 아니더라도 난 그린고츠에 들러야 해. 덤블도어 교수님이 부탁하신 게 있거든. 호그와트 일이야." 해그리드는 자랑스러운 듯 가슴을 쭉 폈다. "덤블도어 교수님은 중요한 일은 대개 나한테 맡기시거든. 너를 데려오는 일이나, 그린고츠에서 물건을 가져오는 일이나……. 그만큼 날 믿으신다는 거지, 암. 다 챙겼니? 그럼 가자."

해리는 해그리드를 따라 바위섬으로 나갔다. 이제 하늘은 제법 맑았고 바다는 햇살을 받아 빛났다. 버넌 이모부가 빌린 배는 아직 거기에 있었는데, 폭풍우가 지나간 뒤라 바닥에 물이 잔뜩 고여 있었다.

"여기엔 어떻게 오셨어요?" 해리가 다른 배를 찾아 주위를 두리번거리며 물었다.

"날아왔지." 해그리드가 말했다.

"날아요?"

"그래. 근데 돌아갈 때는 이걸 타야겠구나. 너를 찾았으니 이제 마법을 쓰면 안 되거든."

그들은 배에 올랐다. 해리는 아직도 해그리드를 보면서 그가 날아다니는 모습을 상상해 보려 애쓰고 있었다.

"그래도 노를 젓는 건 좀 창피한데." 해그리드가 또 한 번 해리를 곁눈질하며 말했다. "내가…… 어…… 속도를 좀 빠르게 하더라도 호그와트 사람들한테는 얘기하지 말아 줄래?"

"당연히 얘기 안 하죠." 마법을 더 보고 싶은 간절한 마음에 해리가 말했다. 해그리드가 분홍색 우산을 다시 꺼내더니 배 옆구리를 두 번 두드렸다. 두 사람은 육지를 향해 속력을 올렸다.

"그린고츠를 터는 게 왜 미친 짓이에요?" 해리가 물었다.

"주문 때문이야. 마법이 걸려 있거든." 해그리드가 신문을 펼치며 말했다. "보안 수준이 높은 금고는 용들이 지키고 있다는 얘기도 있어. 게다가 찾기도 어렵지. 그린고츠는 런던 땅속 수백 킬로

미터 밑에 있거든. 지하철보다도 깊어. 어떻게든 뭔가를 손에 넣는다고 해도 거기서 빠져나오기 전에 아마 굶어 죽을 거다."

해리는 가만히 앉아 생각에 잠겼다. 한편 해그리드는 《예언자일보》라는 신문을 읽고 있었다. 해리는 사람들이 지금 해그리드와 같은 행동을 할 때는 가만히 놔두는 편이 좋다는 것을 버넌 이모부를 통해 배웠지만 질문을 참기가 너무 힘들었다. 여태껏 살면서 지금처럼 궁금한 게 많았던 적은 없었다.

"마법 정부 놈들이 또 일을 망치고 있군. 맨날 이런 식이지." 해그리드가 신문을 넘기며 중얼거렸다.

"마법 정부가 있어요?" 해리가 더 이상 참지 못하고 물었다.

"그럼." 해그리드가 말했다. "사람들은 물론 덤블도어 교수님이 총리를 맡아 줬으면 했어. 근데 덤블도어 교수님은 절대로 호그와트를 떠나지 않겠다고 하셨거든. 그래서 늙다리 코닐리어스 퍼지가 총리를 맡게 됐는데, 정말 무능한 사람이야. 매일 아침 덤블도어 교수님한테 부엉이 세례를 퍼붓고 있어. 조언 좀 해 달라면서 말이야."

"근데 마법 정부는 무슨 일을 해요?"

"뭐, 주요 업무는 아직도 나라 곳곳에 마법사들이 살고 있다는 사실을 머글들한테서 숨기는 거야."

"왜요?"

"왜냐니? 이런, 해리. 머글들이 우리에 대해서 알게 되면 죄다 자기들 문제를 마법으로 해결하고 싶어 할 거 아니냐. 안 되지, 우리 입장에서는 머글들이 우리를 가만히 놔두는 게 가장 좋아."

바로 그때 배가 항구 벽에 가볍게 부딪쳤다. 해그리드가 신문을 접어 들었다. 두 사람은 돌계단을 올라가 거리에 섰다.

작은 마을을 지나 역까지 걸어가는 동안 수많은 행인이 해그리드를 뚫어지게 쳐다보았다. 해리는 그들을 탓할 수 없었다. 해그리드는 누구와 비교하더라도 두 배는 컸고, 끊임없이 주차 미터기 같이 굉장히 평범한 사물들을 가리키며 "저거 보이냐, 해리? 머글들, 어쩜 저런 물건들을 생각해 내냐 그래?" 하고 큰 소리로 떠들어 댔다.

"해그리드." 해리가 해그리드를 따라잡느라 조금 숨을 헐떡거리며 말했다. "아까 그린고츠에 용이 있다고 하셨죠?"

"뭐, 그런 말이 있다는 거지." 해그리드가 말했다. "캬, 나한테도 용 한 마리 있었으면 좋겠다."

"용이 있었으면 좋겠다고요?"

"어렸을 때부터 꼭 한 마리 갖고 싶었어. 자, 가자."

그들은 역에 도착했다. 5분 뒤에 출발하는 런던행 열차가 있었다. 해그리드는 '머글 돈'이라고 부르는 것을 잘 알지 못했기에 해리에게 지폐를 주고 표를 사게 했다.

열차 안에서는 사람들이 더 뚫어지게 그들을 바라보았다. 해그리드가 좌석 두 개를 차지하고 앉아서, 카나리아빛 서커스 천막 같은 것을 뜨개바늘로 뜨고 있었기 때문이었다.

"편지 아직 갖고 있지, 해리?" 해그리드가 바늘 코를 세며 물었다.

해리는 주머니에서 양피지 봉투를 꺼냈다.

"좋아." 해그리드가 말했다. "거기에 너한테 필요한 물건 목록이 다 적혀 있어."

해리는 어젯밤 미처 확인하지 못한 두 번째 종이를 펼쳐 들고 읽었다.

## 호그와트 마법학교

### 교복

1학년 학생들은 다음과 같은 복장을 갖추어야 합니다.

　1. 무늬 없는 평상복 로브 세 벌(검정색)

　2. 평상복에 받쳐 쓸, 무늬 없는 뾰족한 모자(검정색)

　3. 보호용 장갑 한 켤레(용 가죽 소재 혹은 그와 유사한 것)

　4. 겨울용 망토 한 벌(검정색, 단추는 은색)

학생들은 모든 옷에 이름표를 부착하십시오.

### 교과서

모든 학생은 다음 도서를 각 1권씩 가지고 있어야 합니다.

미란다 고스호크, 《마법 주문에 관한 표준 교과서: 1학년용》

바틸다 백숏, 《마법의 역사》

애덜버트 워플링, 《마법 이론》

에머릭 스위치, 《입문자를 위한 변환 마법》

필리다 스포어, 《1,000가지 마법 약초와 버섯》

아시니어스 지거, 《마법의 약》

뉴트 스캐맨더, 《신비한 동물 사전》

퀜틴 트림블, 《어둠의 힘: 자기방어를 위한 안내서》

### 다른 준비물

마법 지팡이 1개

솥 1개(백랍 재질, 표준 사이즈 2호)

유리 또는 크리스털 병 1세트

망원경 1개

놋쇠 저울 1세트

학생들은 부엉이 또는 고양이 또는 두꺼비 중 한 마리를 선택해서 데려올 수 있습니다.

1학년 학생의 개인 빗자루 소지는 금지되어 있으니 학부모께서는 이 점 유의하시길 바랍니다.

"런던에서 이걸 다 살 수 있다고요?" 해리가 큰 소리로 물었다.
"어딜 가야 하는지만 알면." 해그리드가 말했다.

해리는 런던에 한 번도 가 본 적이 없었다. 해그리드는 어디로 가야 하는지 아는 듯했지만 평범한 방법으로 가는 데는 익숙지 않은 게 분명했다. 그는 지하철 개찰구에 몸이 끼었고, 좌석은 너무 좁고 열차는 너무 느리다고 큰 소리로 불평을 해 댔다.

"머글들은 마법 없이 어떻게 사는지 모르겠어." 망가진 에스컬레이터를 걸어 올라가며 해그리드가 말했다. 에스컬레이터는 양쪽으로 가게가 늘어선 붐비는 거리로 이어졌다.

해그리드는 어찌나 덩치가 큰지 인파를 그냥 뚫고 지나갔다. 해리는 해그리드의 뒤를 바짝 따라가기만 하면 되었다. 두 사람은 서점과 음반 가게, 햄버거 가게와 영화관을 지나쳤지만, 마법의 지팡이를 파는 것처럼 보이는 가게는 한 군데도 없었다. 이곳은 그저 평범한 사람들로 가득한 평범한 거리일 뿐이었다. 여기 수천 미터 아래 정말 마법사들의 황금이 잔뜩 묻혀 있을까? 어딘가에 정말 마법 주문 책과 빗자루를 파는 곳이 있는 걸까? 이 모든 게 더즐리 부부가 꾸민 엄청난 장난인 건 아닐까? 더즐리 부부에게 유머 감각이 전혀 없다는 사실을 알지 못했더라면 그런 생각이 들었을지도 모른다. 그러나 해그리드가 지금까지 해 준 이야기를 도저히 믿기 힘들었음에도 해리는 그를 믿지 않을 수 없었다.

"다 왔다." 해그리드가 우뚝 멈춰 서며 말했다. "리키 콜드런(Leaky Cauldron, '새는 솥단지'라는 뜻—옮긴이)이야. 유명한 가게란다."

리키 콜드런은 아주 작고 지저분해 보이는 술집이었다. 해그리드가 손가락으로 가리키지 않았더라면 해리는 거기에 그런 가게가 있는지조차 몰랐을 것이다. 사람들은 그쪽으로 눈길 한 번 주지 않고 서둘러 지나쳐 갔다. 그들의 시선은 리키 콜드런 옆에 있는 커다란 서점에서 반대쪽 옆에 있는 음반 가게로 옮겨 갈 뿐, 리키 콜드런을 아예 보지 못하는 것 같았다. 사실 해리는 마치 자신과 해그리드의 눈에만 리키 콜드런이 보이는 것 같은 굉장히 이상한 기분을 느끼고 있었다. 이 말을 꺼내기도 전에 해그리드가 해리를 안으로 이끌었다.

유명한 가게치고는 매우 어둡고 허름했다. 나이 든 여자 몇 명이 구석에 앉아 아주 작은 잔으로 셰리주를 마시고 있었다. 그중 한 사람은 기다란 파이프 담배를 피우고 있었다. 실크해트를 쓴 작달막한 남자가 대머리에 호두처럼 생긴 이빨 빠진 나이 든 바텐더와 이야기를 나누고 있었다. 낮게 웅성대던 사람들의 말소리가 해리와 해그리드가 들어오는 순간 멈췄다. 모두가 해그리드를 알고 있는 듯했다. 그들은 해그리드에게 손을 흔들고 미소를 머금었다. 바텐더가 유리잔으로 손을 뻗으며 말했다. "늘 마시던 걸로 하겠나, 해그리드?"

"오늘은 못 마셔, 톰. 호그와트 일을 하는 중이라." 해그리드가 거대한 손으로 해리의 어깨를 철썩 치며 말하는 바람에 해리는 무릎이 꺾이고 말았다.

"세상에……." 바텐더가 해리를 유심히 살펴보며 말했다. "이 아이가…… 설마 이 아이가……?"

순식간에 리키 콜드런이 완전한 고요와 침묵에 휩싸였다.

"이럴 수가." 늙은 바텐더가 속삭이듯 말했다. "해리 포터라니……. 이런 영광이!"

바텐더가 바 뒤에서 허겁지겁 달려 나와 해리의 손을 꽉 붙잡았다. 두 눈에는 눈물이 고여 있었다.

"잘 돌아왔어요, 포터 군. 잘 왔어."

해리는 무슨 말을 해야 할지 알 수 없었다. 모두가 그를 바라보고 있었다. 파이프를 물고 있던 나이 든 여자는 불이 꺼진 줄도 모르고 입을 뻐끔거렸다. 해그리드가 환하게 웃었다.

의자들이 바닥을 긁는 엄청난 소리가 나더니, 다음 순간 해리는 어느새 리키 콜드런에 있는 모든 사람과 악수를 나누고 있었다.

다이애건 앨리

"도리스 크록퍼드예요, 포터 군. 결국 이렇게 만나다니 믿을 수가 없네."

"정말 자랑스러워요, 포터 군. 그저, 자랑스러워."

"악수라도 하게 되길 늘 바랐는데, 아, 완전 떨려!"

"반가워요, 포터 군. 말이 안 나올 정도야. 내 이름은 디글이에요, 디덜러스 디글."

"전에 아저씨를 본 적이 있어요!" 해리가 말하자 흥분한 디덜러스 디글의 머리에서 모자가 떨어졌다. "어떤 가게에서 저한테 인사하셨잖아요."

"이 친구가 기억을 하네!" 디덜러스 디글이 모두를 돌아보며 소리쳤다. "방금 들었어? 이 아이가 날 기억한다고!"

해리는 악수를 하고 또 했다. 도리스 크록퍼드는 악수를 더 하겠다며 몇 번이고 다시 왔다.

얼굴빛이 창백한 젊은 남자 하나가 꽤 초조한 기색으로 인파를 헤치고 앞으로 나왔다. 그의 한쪽 눈이 움찔거리고 있었다.

"퀴럴 교수님!" 해그리드가 말했다. "해리, 퀴럴 교수님은 호그와트에서 널 가르치실 교수님이시다."

"포, 포, 포터." 퀴럴 교수가 해리의 손을 덥석 잡으며 말을 더듬었다. "이, 이렇게 만나게 돼, 돼서 얼마나 기, 기쁜지 모, 모르겠구나."

"어떤 마법을 가르치세요, 퀴럴 교수님?"

"어, 어, 어둠의 마법 바, 방어법." 퀴럴 교수가 생각조차 하기 싫다는 듯 웅얼거렸다. "그런 건 피, 필요없겠지, 응, 포, 포, 포터?" 퀴럴이 초조하게 웃었다. "준비물을 다 사, 사야겠구나. 그렇지? 나, 나도 뱀파이어에 대한 새 채, 책을 사, 사, 사야 해, 해서." 퀴럴은 뱀파이어를 생각하는 것만으로도 겁에 질린 표정이었다.

그러나 사람들은 퀴럴 교수가 해리를 독차지하도록 놔두지 않았다. 모두에게서 벗어나는 데 10분 가까이 걸렸다. 그제야 해그리드는 와자지껄 떠들어 대는 소리들을 누르고 말할 수 있었다.

"이제 가야겠다. 살 게 많아. 이리 와라, 해리."

도리스 크록퍼드가 마지막으로 한 번 더 해리와 악수를 나눴다. 해그리드는 벽으로 둘러싸인, 쓰레기통과 잡초뿐인 작은 뜰로 해리를 데리고 나왔다.

해그리드가 해리를 향해 씩 웃었다.

"내가 뭐랬냐, 응? 너 아주 유명하다고 했잖아. 퀴럴 교수님조차 너를 만나니 몸이 떨리나 보더라. 하긴, 평소에도 많이 떠는 분이긴 하지만."

"항상 그렇게 불안해하세요?"

"아, 그럼. 불쌍한 사람이지. 머리는 정말 좋은데 말이야. 책으로만 공부할 때는 괜찮았는데, 1년 동안 직접 경험해 보겠다고 떠났다가 그만……. 사람들 말로는 퀴럴 교수가 검은 숲에서 뱀파이어를 만났고 웬 마귀할멈과도 조금 문제가 있었단다. 그때 이후로 아주 딴사람이 됐지. 학생들을 두려워하고, 자기가 가르치는 과목도 무서워하고. ……근데 내 우산이 어디 있더라?"

뱀파이어? 마귀할멈? 해리는 머리가 어질어질했다. 한편 해그리드는 쓰레기통 위쪽의 벽돌들을 헤아리고 있었다.

"위로 세 칸…… 옆으로 두 칸……." 해그리드가 중얼거렸다. "좋아. 물러서라, 해리."

해그리드가 우산 끝으로 벽을 세 번 두드렸다.

해그리드가 두드린 벽돌이 흔들리고 움찔거리더니 벽 한가운데 조그만 구멍이 나타나 점점 커졌다. 다음 순간 두 사람은 해그리드도 충분히 들어갈 만큼 큰 아치형 입구를 마주 보고 있었다. 그 아래로 자갈길이 시선이 닿지 않는 곳까지 구불구불 이어져 있었다.

"어서 와라." 해그리드가 말했다. "여기가 다이애건 앨리야."

해리가 깜짝 놀라는 모습을 본 해그리드가 씩 웃었다. 두 사람은 아치를 통과했다. 해리가 재빨리 어깨 너머로 돌아보자, 입구가 곧바로 줄어들다가 단단한 벽으로 변하는 것이 보였다.

가장 가까이 있는 가게 앞에 쌓인 솥단지들에 환한 햇살이 비쳤다. 그 위에 걸린 간판에는 '솥 팝니다—각종 사이즈 취급—구리, 놋쇠, 백랍, 은—저절로 저어집니다—접어서 휴대 가능'이라고 적혀 있었다.

"그래, 저것도 하나 필요하겠구나." 해그리드가 말했다. "하지만 먼저 돈부터 찾아야지."

눈이 여덟 개쯤 더 있으면 좋을 것 같았다. 해리는 거리를 걸으면서 가게며 그 앞에 쌓아 놓은 물건들, 쇼핑하는 사람들 등 그 모든 것을 한꺼번에 보려고 머리를 이리저리 돌렸다. 약재상 앞에서 한 통통한 여자가 고개를 저으며 이렇게 말했다. "용의 간 28그램에 16시클이나 받겠다고? 미친 거 아냐?"

'아일롭스 부엉이 상점—황갈색올빼미, 가면올빼미, 외양간올빼미, 솔부엉이, 흰올빼미'라는 간판이 걸려 있는 어두운 가게에서 낮고 부드럽게 부엉부엉 우는 소리가 들려왔다. 해리 또래 남자아이 몇 명은 빗자루가 전시된 진열창에 코를 바짝 댄 채 들여다보고 있었다. "저것 봐." 그중 한 명이 하는 말이 들렸다. "신형 님부스 2000이야. 여태까지 나온 빗자루 중에서 가장 빠르대." 로브를 파는 가게, 망원경과 해리가 한 번도 본 적 없는 이상한 은제 기구들을 파는 가게가 있었고, 박쥐 내장이나 뱀장어 눈알이 들어 있는 통이 창문 안쪽에 차곡차곡 쌓여 있는 가게도 있었으며, 책과 깃펜, 양피지 두루마리, 마법약을 넣는 병, 지구본처럼 생긴 달 모형 등이 곧 쓰러질 듯 높이 쌓여 있는 가게도 있었다.

"그린고츠다." 해그리드가 말했다.

두 사람은 나머지 작은 가게들을 압도할 만큼 높이 솟은 새하얀 건물에 도착했다. 반짝반짝 윤이 나는 청동 문 앞에 진홍색과 황금색으로 된 제복을 입고 서 있는 것은……

"그래, 저게 고블린이야." 고블린이 서 있는 곳을 향해 하얀 돌계단을 오르며 해그리드가 조용히 말했다. 고블린은 해리보다 머리 하나쯤 작았다. 고블린은 거무스름하고 영악해 보이는 얼굴에 턱수염은 끝이 뾰족했는데, 손가락과 두 발이 아주 긴 것이 눈에 띄었다. 두 사람이 안으로 들어가자 고블린은 허리를 꾸벅 숙이면서 인사했다. 이제 해리와 해그리드는 그린고츠의 두 번째 문을 마주하고 있었다. 이번에는 은으로 된 문이었고, 문짝에는 이런 글이 새겨져 있었다.

들어오라, 낯선 이여, 그러나 주의하라
탐욕의 죄악을 기다리는 존재 있나니
차지하되 스스로 벌지 않는 자
비싼 대가를 치르리라
단 한 번도 그대 것이 아니었던 보물을
우리의 발밑에서 찾으려 든다면
경고하노니 도적이여, 명심하라
그대가 찾게 되는 건 보물만이 아님을

"내가 말했듯이 여기를 터는 건 정신 나간 짓이야." 해그리드가 말했다.

고블린 둘이 허리를 숙이며 그들을 은으로 된 문 안쪽으로 안내했고, 해리와 해그리드는 거대한 대리석 로비에 들어섰다. 100명이 넘는 고블린들이 기다란 접수대 너머 높은 의자에 앉아 커다란 장부에 뭔가를 휘갈겨 쓰거나, 놋쇠 저울로 동전의 무게를 달아 보거나, 외알 안경을 끼고 보석을 살펴보고 있었다. 로비를 따라 이어져 있는 문은 셀 수 없이 많았고, 더 많은 수의 고블린이 사람들을 그 문 안팎으로 안내하고 있었다. 해그리드와 해리는 접수대로 향했다.

"안녕하십니까." 해그리드가 손님이 없는 접수대의 고블린에게 말했다. "해리 포터 군의 금고에서 돈을 좀 꺼내려고 왔는데요."

"금고 열쇠를 갖고 계십니까, 선생님?"

"여기 어디 있었는데." 해그리드는 그렇게 말하더니 접수대 위에다 주머니 속 내용물을 꺼내 놓기 시작했다. 곰팡이 슨 개 먹이용 비스킷이 고블린의 장부에 흩뿌려졌다. 고블린의 코에 잔주름이 잡혔다. 해리는 오른쪽에 있는 고블린이 빨갛게 달아오른 석탄 같은 거대한 루비 더미의 무게를 재는 모습을 지켜보았다.

"찾았다." 마침내 해그리드가 아주 작은 황금 열쇠를 들고 말했다.

고블린은 열쇠를 자세히 들여다보았다.

"그거면 될 것 같군요."

"그리고 여기 덤블도어 교수님이 주신 편지도 있는데요." 해그리드가 가슴을 쭉 펴고 거드름을 피우며 말했다. "713번 금고에 있는 '그 물건' 일이외다."

고블린은 신중하게 편지를 읽었다.

"좋습니다." 고블린이 해그리드에게 편지를 돌려주며 말했다. "두 군데 지하 금고로 안내해 드리도록 하겠습니다. 그립훅!"

그립훅은 또 다른 고블린이었다. 해그리드는 개 비스킷을 모두 주머니에 도로 쑤셔 넣은 다음, 해리와 함께 그립훅을 따라 로비 바깥으로 나가는 문들 중 한 곳으로 향했다.

"713번 금고에 있는 '그 물건'이 뭔데요?" 해리가 물었다.

"그건 말 못 하지." 해그리드가 은밀한 어조로 말했다. "어마어마한 비밀이니까. 호그와트 일이야. 덤블도어 교수님이 나를 믿고 맡겨 주신 거거든. 너한테 말하는 건 내 임무를 넘어서는 일이야."

그립훅은 두 사람이 지나갈 수 있도록 문을 잡고 있었다. 문 뒤에도 대리석이 이어져 있을 거라 생각했던 해리는 깜짝 놀랐다. 그들은 횃불이 밝혀져 있는, 돌로 된 좁은 통로에 와 있었다. 통로는 아래로 가파르게 이어져 있었고 바닥에는 작은 철로가 깔려 있었다. 그립훅이 휘파람을 불자 조그만 수레가 철로를 따라 돌진해 왔다. 해그리드가 조금 애를 먹긴 했지만 그들은 수레에 올라 출발했다.

처음에 그들은 이리저리 꼬인 미로를 따라 그저 돌진하기만 했다. 해리는 길을 기억하려고 애썼다. 왼쪽, 오른쪽, 오른쪽, 왼쪽, 가운데 길, 오른쪽, 왼쪽. 하지만 불가능한 일이었다. 그립훅이 조종하지 않는 걸 보니 덜컹거리는 수레는 스스로 가야 할 길을 알고 있는 것 같았다.

차가운 바람이 불어와 눈이 따끔거렸지만 해리는 두 눈을 크게 뜨고 있었다. 한번은 한 통로 끝에서 불길이 터져 나오는 걸 본 듯해서, 용이 불을 내뿜은 건지 보려고 몸을 틀었지만 너무 늦었다. 일행은 거대한 종유석과 석순이 천장과 바닥에서 자란 지하의 호수를 지나치며 더욱더 깊은 곳으로 가파른 길을 내려갔다.

"전 진짜 모르겠더라고요." 수레가 달리면서 내는 소음 너머로 해리가 해그리드에게 소리쳤다. "종유석이랑 석순이 어떻게 다른 거예요?"

"종유석은 세 글자잖아." 해그리드가 말했다. "그리고 지금은 아무것도 묻지 말거라. 토할 것 같으니까."

정말이지 해그리드는 얼굴색이 좋지 않았다. 마침내 수레가 통로 벽에 난 작은 문 앞에 멈춰 섰을 때 해그리드는 무릎이 후들거리는 바람에 내리자마자 벽에 기대야 했다.

그립훅이 자물쇠를 열었다. 녹색 연기가 자욱하게 피어올랐다.

연기가 가시자 해리는 숨을 헉 들이켰다. 안에는 금화가 산더미처럼 쌓여 있었다. 은화가 쌓여 만든 기둥들도 있었다. 청동 크넛 더미들도 보였다.

"전부 네 거다." 해그리드가 미소를 머금었다.

전부 해리의 것이라니…… 믿을 수가 없었다. 더즐리 부부는 이 금고에 대해 아무것도 몰랐던 것이 틀림없었다. 알았더라면 눈도 깜빡하기 전에 다 빼앗아 갔을 테니까. 해리를 키우는 데 돈이 많이 든다고 얼마나 자주 불평했던가? 그런데 해리에게 어마어마한 재산이 남겨져 런던 깊숙한 곳에 줄곧 묻혀 있었던 것이다.

해리는 해그리드의 도움을 받아 그 돈의 일부를 가방에 쓸어 담았다.

"금으로 된 건 갈레온이라고 한다." 해그리드가 말했다. "은화는 시클이라고 하는데, 17시클이 1갈레온이야. 29크넛이 1시클이고. 아주 간단하지? 그래, 그 정도면 앞으로 몇 학기 준비물은 끄떡없겠구나. 나머지는 여기 금고에 놔두자." 해그리드가 그립훅에게 돌아섰다. "이번엔 713번 금고로 가 주십쇼. 그런데 좀 천천히 갈 수 있을까요?"

"속도 조절은 불가능합니다." 그립훅이 말했다.

그들은 조금 전보다 더 깊이 들어갔고, 이동 속도도 점점 빨라지고 있었다. 어마어마한 속도로 급격한 커브를 돌 때마다 공기는 더욱 차가워졌다. 그들은 덜컹거리며 지하 협곡을 건넜다. 해리는 옆으로 몸을 기울여 어두운 밑바닥에 뭐가 있는지 보려고 했지만 해그리드가 신음하면서 그의 목덜미를 잡아당겼다.

713번 금고에는 열쇠 구멍이 없었다.

"물러서세요." 그립훅이 거드름을 피우며 말했다. 그가 긴 손가락 하나로 부드럽게 쓸어내리자 문은 그대로 녹아 사라졌다.

"그린고츠 고블린이 아닌 누군가가 이런 짓을 했다간 저 문으로 빨려 들어가 갇히고 말 겁니다." 그립훅이 말했다.

"안에 누가 갇혔는지는 얼마 만에 한 번씩 확인해요?" 해리가 물었다.

"10년에 한 번 정도." 그립훅이 꽤나 고약하게 씩 웃으며 말했다.

일급 보안 금고 안에 뭔가 굉장히 특별한 것이 들어 있다고 확신한 해리는 적어도 엄청난 보석들을 보게 될 거라 기대하며 열심히 기웃거렸지만, 처음 봤을 때 금고는 텅 비어 있는 것 같았다. 조금 뒤에야 해리는 갈색 포장지에 싸인 작고 더러운 꾸러미가 바닥에 놓여 있는 것을 알아차렸다. 해그리드는 그 꾸러미를 집어 들고 코트 깊숙한 곳에 쑤셔 넣었다. 해리는 그게 뭔지 무척 궁금했지만 묻지 않는 게 상책이라는 것을 알았다.

"자, 이 지긋지긋한 수레를 다시 탈 시간이로구나. 돌아갈 때는 말 걸지 마라. 입을 다물고 있는 게 최선인 것 같거든." 해그리드가 말했다.

 한바탕 격렬한 수레 여행이 끝나고 두 사람은 그린고츠 바깥에서 햇빛에 눈을 깜빡이고 있었다. 돈으로 가득한 가방을 가진 지금 해리는 가장 먼저 어디로 가야 할지 알 수 없었다. 몇 갈레온이 1파운드인지 알 수 없었지만 해리가 평생 가졌던 것보다 많은 돈, 아니 더들리가 평생 가진 것보다 더 많은 돈을 들고 있다는 것만은 분명했다.
 "교복부터 사는 게 좋겠다." 해그리드가 '어디서나 잘 어울리는 말킨 부인의 로브 전문점'을 고갯짓하며 말했다. "저기, 해리. 난 리키 콜드런에 가서 술이라도 가볍게 한잔하고 기운을 차릴까 하는데, 괜찮겠니? 그놈의 그린고츠 수레는 정말 끔찍하단 말이야." 해그리드가 그때까지도 약간 멀미를 하는 것처럼 보였으므로 해리는 긴장한 채 혼자 말킨 부인의 가게에 들어갔다.
 말킨 부인은 웃는 인상의 땅딸막한 마법사로, 온통 연보라색 옷을 걸치고 있었다.
 "호그와트니, 애야?" 해리가 말하려는 순간 말킨 부인이 물었다. "여기서 많이들 사 간단다. 실은 지금도 어엿한 청년 하나가 치수를 재고 있어."
 가게 안쪽에서는 허여멀겋고 갸름한 얼굴의 남자아이가 발받침

위에 서 있었다. 또 다른 마법사 한 명이 그 애의 기다란 검은색 로브에 핀을 꽂아 넣고 있었다. 말킨 부인은 해리를 바로 옆 발받침에 세운 다음 머리 위로 긴 로브를 뒤집어씌우더니 적절한 길이에 핀을 꽂기 시작했다.

"안녕." 남자아이가 말했다. "너도 호그와트야?"

"응." 해리가 말했다.

"우리 아버지는 옆 가게에서 내 책을 사는 중이고, 어머니는 저쪽 거리에서 마법 지팡이를 보고 있어." 아이가 말했다. 따분한 듯 느릿느릿한 목소리였다. "그다음에는 부모님을 끌고 경주용 빗자루를 보러 갈 거야. 도대체 왜 1학년들은 개인 빗자루를 가져갈 수 없는 건지 모르겠네. 아버지를 졸라서 하나 사 달라고 해야겠어. 어떻게든 몰래 가지고 들어가게."

해리는 유난히 더들리가 생각났다.

"너는 빗자루 있어?" 아이가 말을 이었다.

"아니." 해리가 말했다.

"퀴디치는 전혀 안 해?"

"안 해." 해리가 다시 말했다. 도대체 퀴디치가 뭔지도 알 수가 없었다.

"나는 하는데. 아버지는 내가 기숙사 대표 선수로 뽑히지 않는 건 범죄나 다름없다고 하셨어. 그리고 솔직히 나도 그 말이 맞다고 생각해. 어느 기숙사에 들어가게 될지는 아직 모르니?"

"몰라." 해리가 말했다. 시간이 갈수록 점점 멍청이가 되는 기분이었다.

"뭐, 가 보기 전에는 아무도 모르지. 안 그래? 하지만 난 내가 슬리데린에 들어갈 거란 걸 알아. 우리 가문 사람 모두 슬리데린이었으니까. 후플푸프에 들어간다고 생각해 봐. 차라리 학교를 그만두고 말지. 안 그래?"

"음." 뭔가 좀 더 재미있는 말을 할 수 있었으면 좋겠다고 생각하며 해리가 말했다.

"아니, 저 사람 좀 봐!" 아이가 갑자기 창문 쪽을 고갯짓하며 말했다. 해그리드가 해리를 향해 씩 웃으며, 자기는 들어갈 수 없다는 뜻으로 커다란 아이스크림 두 개를 들어 보였다.

"저분은 해그리드 아저씨야." 해리가 말했다. 소년이 모르는 걸 하나라도 알고 있어서 기분이 좋았다. "호그와트에서 일하시는 분이야."

"아." 소년이 말했다. "들은 적 있어. 하인 같은 거 아니야?"

"해그리드는 숲지기야." 해리가 말했다. 해리는 갈수록 이 아이가 마음에 들지 않았다.

"내 말이 그 말이야. 저 사람 무슨 *야만인* 같은 거라고 들었는데. 교내에 있는 오두막에 살면서 아무 때나 술에 취하고, 마법을 부리려다가 자기 침대를 태워 먹기도 한다더라."

"내가 보기엔 아주 멋진 사람이야." 해리가 차가운 목소리로 말했다.

"그래?" 아이가 살짝 비웃으며 말했다. "왜 저 사람이랑 같이 다니는 거야? 너희 부모님은?"

"돌아가셨어." 해리가 짧게 대답했다. 이 아이와는 그 사실에 대해 더 이야기하고 싶은 기분이 조금도 들지 않았다.

"아, 미안." 아이가 말했다. 조금도 미안하다는 투가 아니었다. "그래도 우리랑 같은 부류긴 하셨지?"

"두 분 다 마법사였어. 그게 알고 싶은 건진 모르겠지만."

"솔직히 난 우리랑 다른 부류의 사람들을 입학시켜선 안 된다고 생각해. 안 그래? 걔들은 그냥, 우리랑 다르잖아. 우리가 사는 방식을 배운 적이 없으니까. 편지를 받기 전까지 호그와트라는 이름조차 들어 본 적 없는 애들도 있다더라. 상상이 가냐? 이런 일은 유서 깊은 마법사 가문들만의 것으로 남겨 놔야 한다고 생각해. 그건 그렇고, 네 성은 뭐야?"

하지만 해리가 대답하기도 전에 말킨 부인이 말했다. "다 됐다, 얘야." 해리는 그 애와 대화를 멈출 핑계가 생겼다는 데 조금의 아쉬움도 느끼지 않고 발받침에서 폴짝 뛰어내렸다.

"그래, 뭐, 호그와트에서 보게 되겠네." 아이가 질질 끄는 말투로 말했다.

해그리드가 사 준 아이스크림을 먹는 동안 해리는 아무 말도 하지 않았다(잘게 부순 견과류를 뿌린 초콜릿과 산딸기 맛 아이스크림이었다).

"왜 그러냐?" 해그리드가 물었다.

"아무것도 아니에요." 해리는 거짓말을 했다. 그들은 가게에 들러 양피지와 깃펜을 샀다. 해리는 글씨를 쓰면 색깔이 바뀌는 잉크를 발견하고 나서 기분이 조금 좋아졌다. 가게를 떠나면서 해리가 물었다. "해그리드, 퀴디치가 뭐예요?"

"이런, 해리. 네가 얼마나 아는 게 없는지 계속 잊어버리는구나. 퀴디치도 모른단 말이냐!"

"아저씨까지 그러지 않으셔도 저 기분 엉망이거든요." 해리는 그렇게 말한 뒤 해그리드에게 말킨 부인의 가게에서 만난 허여멀건 아이에 대해 이야기했다.

"……그러더니 머글 집안 출신은 입학조차 시켜선 안 된다는 거예요."

"너는 머글 집안 출신이 아니야. 그 녀석이 네 정체를 알기만 했어도……. 부모님이 마법사라면 그 녀석도 어렸을 때부터 네 이름을 들으며 자랐을 거다. 너도 봤잖아, 리키 콜드런에서 어땠는지. 그건 그렇고 그 자식, 뭘 안다고 그런 소리를 해? 내가 여태껏 본 최고의 마법사 중에는 조상 대대로 머글인 집안에서 태어나 오직 혼자서만 마법을 할 수 있었던 사람들도 꽤 있다고. 네 엄마를 봐라! 언니라고 하나 있는 게 어떤지를 보란 말이야!"

"아무튼 퀴디치는 뭐예요?"

"그건 우리가 하는 스포츠야. 마법사들의 스포츠지. 그러니까…… 머글 세계의 축구랑 비슷한 거야. 모두가 퀴디치를 보거든. 빗자루를 타고 하늘을 날면서 하는 경기인데, 공이 네 개 있고……. 규칙을 설명하는 게 좀 힘드네."

"그럼 슬리데린하고 후플푸프는요?"

"학교 기숙사 이름이야. 기숙사는 네 군데가 있어. 다들 후플푸프는 얼간이들이 모여 있는 데라고 하지만……."

"그럼 전 틀림없이 후플푸프에 들어가겠네요." 해리가 우울하게 말했다.

"슬리데린에 들어가느니 후플푸프가 낫지." 해그리드가 얼굴을 찌푸리며 말했다. "악당이 된 마법사 중에 슬리데린 출신이 아닌 사람은 한 명도 없어. '그 사람'도 슬리데린이었고."

"볼, 아니, 죄송해요. '그 사람'도 호그와트에 다녔어요?"

"아주 오래전 일이지만." 해그리드가 말했다.

두 사람은 '플러리시 앤 블러츠'라는 서점에서 해리가 쓸 교과서를 샀다. 그 가게의 책꽂이에는 도로포장용 돌만큼이나 크고 가죽

장정이 되어 있는 책, 비단 표지의 우표만 한 책, 기묘한 부호로 가득 찬 책, 아무것도 적혀 있지 않은 책 등이 천장까지 빼곡히 꽂혀 있었다. 뭔가를 읽는 일이 결코 없는 더들리조차 여기 있는 책들은 갖고 싶어서 난리를 칠 것 같았다. 해그리드는 빈딕터스 비리디언 교수가 쓴 《저주와 저주 해제》("친구들에게 마법을 걸고, 최신 복수 마법으로 적들의 혼을 빼놓으세요. 탈모, 흐느적 다리, 혀 묶기, 그 밖에도 아주아주 많은 저주 마법이 실려 있습니다")라는 책에 빠져 있는 해리를 거의 끌어내다시피 했다.

"더들리한테 저주 걸 방법을 찾고 있었단 말이에요."

"좋은 생각이 아니라고는 못 하겠지만, 머글 세계에서는 아주 특수한 상황이 아니면 마법을 써선 안 돼." 해그리드가 말했다. "게다가 어쨌든 넌 아직 저런 저주 가운데 어떤 것도 쓸 수 없어. 저 정도 수준이 되려면 공부를 아주 많이 해야 되거든."

해그리드는 황금 솥도 사지 못하게 했다("준비물 목록에 백랍이라고 적혀 있잖아"). 하지만 마법약에 들어가는 재료의 무게를 다는 저울과 접을 수 있는 놋쇠 망원경은 좋은 것으로 장만했다. 그런 다음 그들은 약재상에 들렀는데, 그곳은 상한 달걀과 썩은 양배추를 섞어 놓은 듯한 끔찍한 냄새를 보상하고도 남을 만큼 멋진 곳이었다. 바닥에는 뭔가 끈적끈적한 게 잔뜩 들어 있는 커다란 통이 여러 개 있었고, 벽을 따라 약초와 말린 뿌리, 밝은색 가루가 들어 있는 단지가 줄지어 있었으며, 천장에는 깃털 묶음이며 송곳니와 이리저리 얽힌 발톱들을 엮어 놓은 줄이 매달려 있었다. 해그리드가 계산대에 있는 남자에게 해리가 쓸 기초 마법약 재료를 부탁하는 동안, 정작 해리 본인은 하나에 21갈레온이나 하는 은색 유니콘 뿔과 매우 작고 반짝이는 딱정벌레 눈알(한 국자에 5크넛이었다)을 자세히 들여다보았다.

해그리드는 약재상을 나와서 해리의 준비물 목록을 다시 확인했다.

"이제 마법 지팡이만 사면 되겠구나. 아, 그래. 네 생일 선물도 아직 안 줬네."

해리는 얼굴이 빨개지는 듯했다.

"안 그러셔도 되는……."

"안 그래도 된다는 건 나도 알지. 있잖냐, 해리. 너한테 동물을 하나 사 줄 생각이다. 두꺼비는 별로야. 몇 년 전에 유행이 지났거든. 두꺼비를 데려가면 애들이 웃을 거야. 고양이는 내가 싫고. 고양이 근처에 가면 재채기가 나오거든. 올빼미를 한 마리 사 주마. 애들은 다 올빼미나 부엉이를 갖고 싶어 하지. 엄청나게 유용하거든. 편지도 배달해 주고, 다 해 줘."

20분 뒤 그들은 부스럭대는 소리와 보석처럼 빛나며 쉴 새 없이 깜빡이는 눈으로 가득 차 있던 어두운 아일롭스 부엉이 상점을 나섰다. 이제 해리의 손에는 커다란 새장이 하나 들려 있고 그 안에 아름다운 흰올빼미가 날갯죽지 아래 머리를 파묻고 깊이 잠들어 있었다. 해리는 고맙다는 인사를 멈출 수가 없었다. 자꾸만 말을 더듬어서 퀴럴 교수 같은 말투가 되었다.

"별거 아니라니까." 해그리드가 툴툴대듯 말했다. "더즐리네 인간들한테 선물을 많이 받아 보지 못했을 것 같아서 말이야. 이제 올리밴더 씨 가게에만 들르면 되겠다. 마법 지팡이를 사려면 거기, 올리밴더 씨네뿐이지. 거기 가면 최고의 마법 지팡이를 살 수 있단다."

마법 지팡이라……. 그거야말로 해리가 정말로 기대하던 물건이었다.

마지막으로 들른 그 가게는 비좁고 허름했다. 문 위에는 금박이 다 벗겨져 가는 글자로 '올리밴더: 서기전 382년부터 훌륭한 지팡이를 만들어 온 사람들'이라고 적혀 있었다. 먼지 낀 유리창 안쪽에는 색 바랜 보라색 쿠션 위에 마법 지팡이 하나가 놓여 있었다.

두 사람이 들어서자 가게 안쪽 깊은 곳에서 딸랑딸랑 종소리가 났다. 가냘픈 의자 하나를 빼면 아무것도 없는, 아주 작은 공간이었다. 해그리드는 그 의자에 앉아 기다렸다. 해리는 아주 엄숙한 도서관에 들어온 것 같은 이상한 기분을 느꼈다. 그는 방금 새롭게 떠오른 수많은 질문을 삼키고, 대신 천장까지 가지런하게 쌓여 있는 수천 개의 좁다란 상자들을 바라보았다. 왠지 모르게 목덜미가 따끔거렸다. 이곳의 먼지와 정적이 어떤 비밀스러운 마법으로 그렇게 만드는 것 같았다.

"어서 오시오." 부드러운 목소리가 말했다. 해리는 화들짝 놀랐다. 뭔가 우지직하는 큰 소리가 난 걸 보니 해그리드도 그런 듯했다. 해그리드는 얼른 가냘픈 의자에서 일어났다.

한 나이 든 남자가 그들 앞에 서 있었다. 옆으로 길고 창백한 노인의 눈이 가게의 어둠을 뚫고 달처럼 빛났다.

"안녕하세요." 해리가 어색하게 말했다.

"아, 그래." 그 남자가 말했다. "그래, 그렇지. 곧 보게 될 거라 생각했다. 해리 포터로구나." 그건 질문이 아니었다. "눈이 엄마를 닮았어. 그 애가 첫 마법 지팡이를 사려고 여기 들어왔던 게 어제 일 같은데. 26센티미터, 휙 소리가 나는, 버드나무로 만든 지팡이였지. 일반 마법을 걸기 좋은 지팡이였어."

올리밴더 씨가 해리에게 더 가까이 다가갔다. 해리는 그가 눈이라도 깜빡였으면 좋겠다고 생각했다. 은빛으로 빛나는 두 눈이 조금 으스스했다.

"반면에 네 아버지는 마호가니 소재 지팡이를 좋아했지. 28센티미터. 잘 휘었고. 좀 더 강력하고, 변환 마법에 특히 뛰어나지. 글쎄, 네 아버지가 그 지팡이를 좋아했다고 얘기하긴 했다만……실은 지팡이가 마법사를 고르는 거란다. 암, 그렇지."

올리밴더 씨는 해리와 코가 맞닿을 정도로 가까이 다가왔다. 그의 물기 어린 눈에 해리의 모습이 비쳤다.

"그럼 이게……"

올리밴더 씨가 길고 하얀 손가락으로 해리의 이마에 있는 번개 모양 흉터를 쓰다듬었다.

"유감이지만 이런 짓을 저지른 마법 지팡이를 판 것도 바로 나다." 올리밴더 씨가 나지막하게 말했다. "34센티미터. 주목 소재. 강력한, 아주 강력한 지팡이였지. 그런데 가져서는 안 될 사람 손에 들어간 거야. 그 지팡이가 이 세상에 어떤 짓을 저지를지 알았더라면……"

올리밴더 씨는 고개를 젓더니, 다행스럽게도 해그리드를 발견했다.

"루비우스! 루비우스 해그리드! 다시 만나서 정말 반갑군. ……오크나무 소재, 40센티미터, 잘 구부러지고. 안 그런가?"

"맞습니다, 선생님. 네." 해그리드가 말했다.

"그것도 좋은 지팡이였어. 하지만 자네가 퇴학당할 때 학교에서 그 지팡이를 두 동강 냈겠지?" 올리밴더 씨가 갑자기 엄격한 말투로 말했다.

"어…… 네, 그랬습니다. 네." 해그리드가 당황해서 발을 바닥에 대고 이리저리 움직이며 말했다. "그래도 조각은 아직 가지고 있어요." 해그리드가 밝은 목소리로 덧붙였다.

"그런데 그걸 사용하는 건 아니겠지?" 올리밴더 씨가 날카롭게 물었다.

"아이고, 그럼요, 선생님." 해그리드가 재빨리 말했다. 해리는 그가 그렇게 말하면서 분홍색 우산을 꽉 쥐는 것을 보았다.

"흠." 올리밴더 씨가 꿰뚫을 듯한 시선으로 해그리드를 바라보며 말했다. "그럼 포터 군, 어디 한번 보자." 올리밴더 씨는 주머니에서 은색 표시가 되어 있는 기다란 줄자를 꺼냈다. "지팡이 잡는 손이 어느 쪽이지?"

"어…… 글쎄요, 오른손잡이긴 한데." 해리가 말했다.

"팔 한번 뻗어 봐라. 그래, 됐다." 올리밴더 씨는 해리의 어깨부터 손가락까지, 그다음에는 손목에서 팔꿈치까지, 어깨에서 바닥까지, 무릎에서 겨드랑이까지를 재고 머리둘레도 쟀다. 치수를 재면서 올리밴더 씨가 말했다. "올리밴더에서 만든 마법 지팡이 속에는 하나같이 강력한 마법 물질이 들어가 있단다, 포터 군. 우리는 유니콘 털, 불사조 꼬리 깃, 용의 심장 근육을 사용하지. 올리밴더 지팡이 중에는 같은 게 하나도 없어. 똑같은 유니콘이나 용, 불사조가 없는 것과 마찬가지다. 그리고 당연한 얘기지만, 다른 마법사의 지팡이로는 자신의 지팡이를 사용할 때만큼 좋은 결과를 낼 수가 없지."

해리는 문득 콧구멍 사이를 재고 있던 줄자가 그 일을 혼자 알아서 하고 있다는 사실을 깨달았다. 올리밴더 씨는 선반 주위를 돌아다니며 상자들을 꺼내고 있었다.

"이제 됐다." 올리밴더 씨가 말하자 줄자는 바닥에 떨어져서 아무렇게나 뭉쳐졌다. "자 그럼, 포터 군. 이걸 한번 써 보렴. 너도밤나무 소재에 용의 심장 근육을 넣은 거다. 23센티미터짜리지. 다루기 좋고 유연하단다. 그냥 집어 들고 한번 흔들어 봐라."

해리는 마법 지팡이를 받아 들고 (바보가 된 기분을 느끼며) 살짝 흔들어 봤지만, 그러기 무섭게 올리밴더 씨가 해리의 손에서 지팡이를 낚아챘다.

"이건 단풍나무 소재에 불사조 깃털이다. 18센티미터. 상당히 탄력이 좋지. 어디……."

해리는 그 지팡이를 시험해 보려 했지만, 채 들어 올리기도 전에 올리밴더 씨가 도로 낚아채 버렸다.

"아니, 아니야. 여기, 흑단 소재에 유니콘 털이다. 22센티미터, 탄력 있는 재질이지. 자, 어서. 휘둘러 보거라."

해리는 계속 휘둘렀다. 대체 올리밴더 씨가 무엇을 기다리는 건지 알 수가 없었다. 해리가 휘둘러 본 지팡이들이 가냘픈 의자 위에 점점 높이 쌓여만 갔다. 그러나 올리밴더 씨는 선반에서 지팡이를 꺼내 올수록 점점 더 기분이 좋아지는 것 같았다.

"까다로운 손님이다 이거지? 걱정할 것 없다. 여기 어디에 너와 완벽하게 어울리는 마법 지팡이가 있을 테니까. 어디, 이건…… 그래, 좋지. 드문 조합이긴 하다만……. 호랑가시나무 소재에 불사조 깃털, 28센티미터. 다루기 쉽고 낭창낭창하단다."

해리는 지팡이를 받아 들었다. 갑자기 손가락에 온기가 느껴졌다. 해리는 지팡이를 머리 위로 들어 올렸다가 휙 하고 먼지투성이 공기를 갈랐다. 그러자 지팡이 끝에서 붉은색과 황금색 불꽃 물결이 폭죽처럼 쏘아져 나와, 춤추는 빛의 조각들을 벽에 흩뿌렸다. 해그리드가 와 하고 함성을 지르며 손뼉을 쳤고 올리밴더 씨도 소리쳤다. "브라보! 그래, 그렇지. 좋아, 아주 좋아. 자, 자, 자…… 이것 참 신기한 일이군……. 이렇게 기이한 일이……."

올리밴더 씨는 해리의 마법 지팡이를 다시 상자에 넣고 갈색 포장지로 싸면서 끊임없이 중얼거렸다. "신기해……. 정말 신기해……."

"죄송한데" 하고, 해리가 말했다. "뭐가 신기해요?"

올리밴더 씨는 창백한 시선으로 해리를 뚫어지게 바라보았다.

"나는 여태껏 팔았던 지팡이를 모두 기억한단다, 포터 군. 하나 하나 전부 다. 우연하게도 네 지팡이에 들어 있는 깃털을 준 불사조가 또 하나의 깃털을 내주었지. 딱 하나 더. 네가 이 마법 지팡이를 갖게 될 운명이라는 게 정말 신기한 까닭은, 이 지팡이의 형제가…… 그러니까, 이 지팡이의 형제가 너의 그 흉터를 만든 지팡이기 때문이다."

해리는 침을 삼켰다.

"그래. 34센티미터. 주목 소재. 어떻게 이런 일이 일어나는지 정말 신기하단 말이야. 마법사가 지팡이를 고르는 게 아니라 지팡이가 마법사를 고른다는 거, 기억하지? 네가 뭔가 엄청난 일을 해낼 거라고 기대해야 할 것 같다, 포터 군. ……어쨌든, '이름을 말해서는 안 되는 그 사람'도 엄청난 일들을 해냈으니까. 물론, 끔찍한 일이었지. 그러나 엄청난 일이기도 해."

해리는 몸을 떨었다. 그는 올리밴더 씨가 썩 마음에 들지는 않았다. 해리가 마법 지팡이 값으로 갈레온 금화 일곱 개를 내자 올리밴더 씨는 자신의 가게 안에서 허리 숙여 인사했다.

늦은 오후의 태양이 하늘에 낮게 걸려 있는 동안 해리와 해그리드는 다이애건 앨리의 골목을 되짚어 가서 다시 벽을 통과해, 지금은 비어 있는 리키 콜드런을 지났다. 길을 가는 동안 해리는 아무 말도 하지 않았다. 온갖 이상한 모양의 꾸러미들과 해리의 무릎에서 잠들어 있는 흰올빼미 때문에 지하철 안의 수많은 사람이 그와 해그리드를 빤히 쳐다보고 있는 것조차 알아채지 못했다. 두 사람은 갈 때와는 다른 에스컬레이터를 타고 패딩턴역으로 나왔다. 해그리드가 어깨를 톡톡 두드렸을 때에야 해리는 그곳이 어디인지 알아차렸다.

"열차가 떠나기 전에 뭐라도 좀 먹을 시간은 되겠구나." 해그리드가 말했다.

해그리드는 해리에게 햄버거를 사 주었다. 두 사람은 플라스틱 의자에 앉아 햄버거를 먹었다. 해리는 계속해서 주위를 둘러보았다. 왠지 모르게 모든 것이 너무나 이상하게 보였다.

"괜찮은 거냐, 해리? 너무 조용한데." 해그리드가 말했다.

해리는 어떻게 설명해야 할지 알 수가 없었다. 방금 그는 생애 최고의 생일을 보냈다. 그런데도 무슨 말을 해야 할지 고민하며 햄버거나 먹고 있다니.

"다들 저를 특별하다고 생각하잖아요." 마침내 해리가 입을 열었다. "리키 콜드런에 있던 사람들도 그렇고, 퀴럴 교수님에, 올리밴더 씨도 그렇고……. 하지만 저는 마법이라고는 하나도 몰라요. 어떻게 제가 엄청난 일을 해낼 거라고 생각할 수 있죠? 저는 유명하면서도 왜 유명해졌는지 기억조차 안 나는데요. 볼…… 죄송해요. 그러니까, 부모님이 돌아가셨던 그날 밤에 무슨 일이 일어났는지 전혀 모른다고요."

해그리드가 거친 턱수염과 눈썹 아래로 아주 상냥한 미소를 짓고 탁자 너머로 몸을 기울였다.

"걱정 마라, 해리. 너라면 금방 배울 거야. 호그와트에서는 모두가 처음 시작하니까. 괜찮을 거다. 그냥 평소처럼 하면 돼. 어려운 일인 거 안다. 너는 독특한 아이니까. 그런 건 언제나 힘들지. 하지만 호그와트에서 멋진 시간을 보내게 될 거야. 나도 그랬거든. ……사실은 지금도 그렇고."

해그리드는 해리를 더즐리네 집으로 돌아가는 열차에 태운 뒤 봉투 하나를 건넸다.

"호그와트로 가는 기차표다." 해그리드가 말했다. "9월 1일, 킹스크로스역이야. 표에 다 적혀 있어. 더즐리네하고 뭔가 문제가 생기면 네 올빼미로 나한테 편지를 보내라. 그 녀석은 내가 어디 있는지 알 거야. ……곧 보자, 해리."

열차가 역을 빠져나갔다. 해리는 해그리드가 더 이상 보이지 않게 될 때까지 그를 지켜보고 싶었다. 자리에서 몸을 일으켜 창에다 코를 바짝 갖다 댔지만, 눈을 깜빡인 다음 순간 해그리드는 사라지고 없었다.

6장
# 9와 4분의 3번 승강장에서
## 떠나는 여행

　더즐리 가족과 함께한 마지막 한 달은 전혀 즐겁지 않았다. 사실 더들리는 해리에게 너무 겁을 먹은 나머지 그와 한방에 있으려고 하지 않았고, 피튜니아 이모와 버넌 이모부도 해리를 벽장에 가둬 놓거나 억지로 뭔가를 하게 하거나 고함을 질러 대지 않았다. 그뿐만 아니라 그들은 해리에게 한 마디도 하지 않았다. 반쯤은 겁에 질리고 반쯤은 화가 난 채 해리가 어디 있든 그 자리에 아무도 없는 것처럼 굴었다. 여러 가지 면에서 전보다는 상황이 나아졌지만, 시간이 어느 정도 지나자 해리는 조금 우울한 기분이 들었다.

　해리는 새로 생긴 올빼미만을 친구 삼아 방에 틀어박혔다. 해리는 이 암컷 올빼미를 헤드위그라고 부르기로 했다. 《마법의 역사》에서 본 이름이었다. 교과서들은 아주 재미있었다. 해리는 침대에 누워 밤늦게까지 책을 읽었고, 헤드위그는 열린 창문으로 마음껏 드나들었다. 피튜니아 이모가 더 이상 청소기를 돌리러 들어오지 않아 다행이었다. 헤드위그가 계속 죽은 쥐들을 물어 왔기 때문이다. 매일 밤 잠들기 전 해리는 벽에 꽂아 놓은 종이에 하루하루를 표시하며 9월 1일까지 남은 날짜를 헤아렸다.

8월 마지막 날, 해리는 이모와 이모부에게 이튿날 킹스크로스역에 데려다 달라고 부탁해야겠다는 생각에 그들이 텔레비전 퀴즈 프로그램을 보고 있는 거실로 내려갔다. 해리가 인기척을 내려고 헛기침을 하자 더들리는 비명을 지르며 거실 밖으로 달려 나갔다.

"저…… 버넌 이모부?"

버넌 이모부는 듣고 있다는 걸 알려 주려고 끙 앓는 소리를 냈다.

"어…… 내일 킹스크로스역에 가야 해요. 호, 호그와트에 가려면요."

버넌 이모부가 또 한 번 끙 소리를 냈다.

"태워다 주실 수 있을까요?"

끙. 해리는 그걸 알겠다는 뜻으로 받아들였다.

"고맙습니다."

버넌 이모부가 입 밖으로 말을 내뱉었을 때 해리는 막 2층으로 올라가려던 참이었다.

"마법사 학교에 가는 방법치고는 우습구나. 기차라니. 마법 양탄자에 죄다 구멍이 났나 보지?"

해리는 아무 말도 하지 않았다.

"그건 그렇고, 그놈의 학교는 어디 있는 거냐?"

"저도 모르겠어요." 학교의 위치를 모른다는 사실을 처음 깨달으며 해리가 대답했다. 해리는 주머니에서 해그리드가 준 표를 꺼냈다.

"그냥 11시에 9와 4분의 3번 승강장에서 출발하는 기차를 타면 돼요." 해리가 표에 적힌 내용을 읽었다.

이모와 이모부가 해리를 뚫어지게 바라보았다.

"몇 번 승강장이라고?"

"9와 4분의 3번 승강장요."

"말도 안 되는 소리 하지 마라." 버넌 이모부가 말했다. "9와 4분의 3번 승강장 같은 건 없어."

"표에 그렇게 써 있는데요."

"헛소리." 버넌 이모부가 말했다. "아주 미친 소리를 하는군, 그놈의 자식들. 너도 알게 될 거다. 어디 두고 봐. 좋아, 킹스크로스 역에 데려다주마. 어쨌든 우리도 내일 런던에 갈 거니까. 그 일만 아니었다면 신경도 안 썼겠지만."

"런던에는 왜 가시는데요?" 해리는 우호적인 분위기를 유지하려고 물었다.

"더들리를 병원에 데려간다." 버넌 이모부가 으르렁거렸다. "스멜팅스에 가기 전에 저놈의 꼬리를 떼어 버려야 하니까."

해리는 다음 날 아침 5시에 눈을 떴지만 너무 흥분되고 긴장한 나머지 다시 잠들지 못했다. 마법사 로브를 입은 채 역에 들어가고 싶지는 않았으므로 해리는 자리에서 일어나 청바지를 입었다. 기차에서 갈아입으면 될 것이다. 필요한 물건을 모두 챙겼는지 호그와트 준비물 목록을 다시 한 번 확인하고 헤드위그가 새장 안에 안전하게 들어 있는지 살핀 다음, 더즐리 부부가 일어나기만을 기다리며 방 안을 서성거렸다. 두 시간 뒤 해리의 크고 묵직한 여행 가방이 더즐리네 자동차에 실리고 피튜니아 이모의 설득 끝에 더즐리가 해리 옆에 앉자 그들은 길을 떠났다.

킹스크로스역에 도착한 것은 10시 30분경이었다. 버넌 이모부는 해리의 여행 가방을 짐수레에 쾅 내려놓고 짐수레를 밀면서 역으로 들어갔다. 이상하게 친절하다는 생각이 들었을 때, 버넌 이모부가 심술궂은 웃음을 짓고 승강장을 마주 보며 우뚝 멈춰 섰다.

"자, 봐라, 녀석아. 9번 승강장…… 10번 승강장. 네가 가야 한다는 승강장이 중간 어디에 있어야 하는데, 보아하니 아직 짓지도 않은 것 같구나. 안 그러냐?"

물론 버넌 이모부의 말이 맞았다. 승강장 한 곳에 커다란 플라스틱 숫자 9가, 그 옆에 있는 승강장에는 커다란 플라스틱 숫자 10이 붙어 있었지만 그 사이에는 아무것도 없었다.

"학교 생활 잘해라." 버넌 이모부는 더욱 심술궂은 미소를 지으며 말하더니 다른 말은 한 마디도 없이 가 버렸다. 몸을 돌리자 더즐리 가족이 차를 타고 떠나는 모습이 보였다. 셋 다 웃고 있었다. 해리는 입이 바싹 말랐다. 대체 어떡해야 하지? 헤드위그 때문에 사람들이 호기심 어린 눈으로 해리를 쳐다보기 시작했다. 누군가에게 물어봐야 했다.

해리는 지나가는 역무원을 불러 세웠지만 감히 9와 4분의 3번 승강장이란 말을 꺼내지는 못했다. 역무원은 호그와트라는 곳에 대해서 한 번도 들어 본 적이 없었고, 해리가 그곳이 이 나라 어느 지역에 있는지조차 말하지 못하자 짜증을 내기 시작했다. 해리가 일부러 멍청하게 군다고 생각한 것이다. 해리가 절망감을 느끼며 11시에 출발하는 열차가 있느냐고 물었지만 역무원은 그런 열차는 없다고 말했다. 결국 역무원은 시간을 낭비했다느니 어쩌니 투덜거리며 성큼성큼 가 버렸다. 이제 해리는 공황에 빠지지 않으려고 애쓰는 것만으로도 벅찼다. 도착 시간을 알리는 전광판의 커다란 시계를 보니 호그와트행 열차 탑승 시간까지 겨우 10분이 남아 있었는데 그 열차를 탈 방법을 도무지 알 수가 없었다. 해리는 혼자서는 들어 올리기도 힘든 여행 가방과 마법사들의 돈으로 가득한 주머니, 커다란 올빼미와 함께 역 한가운데서 오도 가도 못했다.

왼쪽에서 세 번째 벽돌을 두드려 다이애건 앨리에 들어간 것처럼 뭔가 해야 할 일을 해그리드가 깜빡하고 말해 주지 않은 게 틀림없었다. 해리는 마법 지팡이를 꺼내 9번 승강장과 10번 승강장 사이의 벽을 두드려 봐야 하나 생각했다.

바로 그때, 한 무리의 사람들이 해리 바로 뒤를 지나가면서 하는 말 몇 마디가 우연히 그의 귀에 들려왔다.

"……머글이 바글바글했어, 당연하지만……."

해리는 몸을 홱 돌렸다. 그 말을 한 사람은 통통한 여자로, 하나같이 머리카락이 불타는 듯 빨간 소년 넷한테 이야기하고 있었다. 그들도 해리 앞에 있는 것과 같은 여행 가방을 하나씩 밀고 올빼미를 데리고 있었다.

해리는 두근거리는 가슴으로 짐수레를 밀면서 그들을 따라가다가 그들이 걸음을 멈추자 말소리가 겨우 들릴 만큼 떨어져서 멈춰섰다.

"그래, 몇 번 승강장이라고?" 소년들의 어머니가 물었다.

"9와 4분의 3번요!" 어머니 손을 잡고 있던, 마찬가지로 머리카락이 빨간 어린 여자아이가 높은 소리로 말했다. "엄마, 나도 가면 안……."

"넌 아직 갈 나이가 안 됐다니까, 지니. 이제 조용히 하렴. 좋아, 퍼시. 너부터 가거라."

가장 나이가 많아 보이는 소년이 9번과 10번 승강장을 향해 당당히 걸어갔다. 해리는 행여 놓칠세라 눈을 부릅뜨고 그 모습을 지켜보았다. 하지만 소년이 두 승강장 사이에 도달한 순간 엄청난 수의 관광객 무리가 해리 앞으로 쏟아져 들어왔고, 마지막 관광객의 배낭이 시야 밖으로 나갔을 때 소년은 이미 사라지고 없었다.

"프레드, 네 차례다." 통통한 여자가 말했다.

"나 프레드 아닌데요. 조지예요." 소년이 말했다. "아, 진짜, 그러고도 우리 엄마라고 할 수 있어요? 내가 조지인 걸 그렇게 모르겠어요?"

"미안하다, 조지, 애야."

"장난이에요. 나 프레드 맞아요." 소년은 그렇게 말하고 출발했다. 프레드의 쌍둥이 형제가 뒤에서 빨리 가라고 외치자 그 말대로 프레드는 순식간에 사라져 버렸다. 대체 어떻게 한 걸까?

이번에는 세 번째 형제가 벽 쪽으로 활기차게 걸어가더니 거의 벽에 이르렀을 때 갑자기 사라져 버렸다.

이제는 다른 방법이 없었다.

"실례합니다." 해리가 통통한 여자에게 말을 걸었다.

"안녕, 애야." 여자가 말했다. "호그와트에 처음 가는 모양이구나? 론도 신입생이란다."

여자는 마지막까지 남아 있던, 아들들 중에서 가장 어린 소년을 가리켰다. 소년은 키가 컸으며 마르고 호리호리한 체격에 주근깨 투성이에다 손발이 큼직하고 코가 길었다.

"네." 해리가 말했다. "실은…… 어떻게……."

"승강장에 들어가는 방법 말이니?" 여자가 다정하게 물었고 해리는 고개를 끄덕였다.

"걱정할 것 없어." 여자가 말했다. "9번과 10번 승강장 사이에 있는 벽으로 그냥 곧장 걸어가면 된단다. 멈추지 말고, 부딪힐까 봐 겁먹지도 마. 그게 가장 중요하단다. 긴장되면 가볍게 뛰어가는 게 가장 좋지. 론보다 먼저 가 보렴."

"어…… 네." 해리가 말했다.

해리는 짐수레를 돌려세우고 벽을 뚫어지게 바라보았다. 벽은 아주 단단해 보였다.

해리는 그쪽으로 걸음을 내딛기 시작했다. 사람들이 9번과 10번 승강장으로 가면서 해리를 떠밀었다. 해리는 좀 더 빨리 걸었다. 벽을 들이받기 일보 직전이었다. 그렇게 된다면 낭패겠지. 그는 짐수레에 몸을 기댄 채 무게를 실어 달리기 시작했다. 벽이 점점 더 가까이 다가왔다. 멈출 수 없을 것 같았다. 짐수레가 통제를 벗어났다. 이제 30센티미터도 채 떨어지지 않은 곳까지 와 있었다. 해리는 부딪히리라 생각하고 눈을 감았지만……

그런 일은 벌어지지 않았다. 그는 계속 달리고 있었다. 눈을 떴다.

진홍색 증기기관차가 사람들로 가득 찬 승강장에서 대기하고 있었다. 머리 위에 걸린 표지판에는 '호그와트 급행열차, 11시'라고 적혀 있었다. 해리는 뒤를 돌아보았다. 벽이 있던 곳에 연철로 만든 아치가 보였고, 거기에 '9와 4분의 3번 승강장'이라고 적혀 있었다. 해낸 것이다.

증기기관에서 나온 연기가 재잘거리는 사람들의 머리 위로 흘러 다니는 가운데, 온갖 색깔의 고양이들이 여기저기서 사람들의 다리 사이를 빙글빙글 돌아다녔다. 부엉이들은 사람들이 떠드는 소리와 무거운 짐 가방이 바닥에 긁히는 소리 너머로 불만스럽게 부엉부엉 울었다.

열차의 앞쪽 몇 칸은 이미 학생들로 가득 차 있었는데, 그중 몇 명은 창문에 매달려 가족들과 이야기를 나누었고, 몇 명은 서로 자리를 차지하겠다고 싸우고 있었다. 해리는 빈자리를 찾기 위해 짐수레를 밀며 승강장을 따라 걸었다. 동그란 얼굴의 한 소년 곁을 지나쳤을 때 그 아이는 이렇게 말하고 있었다. "할머니, 두꺼비가 또 없어졌어요."

"이런, *네빌*." 나이 든 여성이 한숨 쉬는 소리가 들렸다.

레게 머리를 한 어느 소년이 몇몇 사람에게 둘러싸여 있었다.

"어디 한번 보여 줘, 리. 자, 어서."

소년이 품에 안고 있던 상자의 뚜껑을 들어 올리자 안에서 뭔가 긴 털투성이 다리가 튀어나왔다. 주위에 있던 사람들이 새된 소리로 비명을 내뱉고 함성을 질렀다.

해리는 인파를 헤치고 계속 나아가다가 열차 거의 끝에 있는 빈 객실을 발견했다. 해리는 헤드위그를 먼저 안에 집어넣은 다음 열차 출입문 쪽으로 가방을 떠밀기 시작했다. 계단 위로 밀어 올리려고 애썼지만 한쪽 끝도 들기 힘들었고, 두 번이나 짐을 떨어뜨리는 바람에 발을 아프게 찧고 말았다.

"도와줄까?" 승강장에서 해리가 따라 들어갔던 빨간 머리 쌍둥이 중 한 명이었다.

"응, 부탁해." 해리가 숨을 헐떡였다.

"야, 프레드! 이리 와서 좀 도와줘."

해리는 쌍둥이 형제의 도움을 받아 마침내 객실 구석으로 짐을 밀어 넣었다.

"고마워." 해리가 땀 때문에 달라붙은 머리카락을 눈가에서 쓸어 내며 말했다.

"그게 뭐야?" 갑자기 쌍둥이 중 한 명이 해리의 번개 모양 흉터를 가리키며 물었다.

"와." 다른 쌍둥이가 말했다. "그럼 네가……?"

"괜찮아." 첫 번째 쌍둥이가 말했다. "맞지?" 그가 덧붙였다.

"뭐가?" 해리가 물었다.

"*해리 포터*." 쌍둥이가 합창했다.

"아, 걔." 해리가 말했다. "그러니까, 응, 맞아."

두 소년이 얼빠진 표정으로 바라보자 해리는 얼굴이 붉어지는 것을 느꼈다. 그때 다행스럽게도, 열린 열차 문으로 어떤 목소리가 날아들어 왔다.

"프레드? 조지? 거기 있니?"

"가요, 엄마."

쌍둥이는 마지막으로 해리를 한번 보더니 열차에서 뛰어내렸다.

해리는 창가에 자리를 잡았다. 거기서라면 몸을 반쯤 감추고 승강장에 있는 빨간 머리 가족을 지켜보며 그들이 하는 말을 들을 수 있었다. 형제의 어머니는 방금 손수건을 꺼내 든 참이었다.

"론, 코에 뭐 묻었다."

가장 어린 소년이 몸부림을 치며 빠져나가려 했지만, 그녀는 소년을 붙잡고 코끝을 문지르기 시작했다.

"*엄마*…… 좀 놔 봐요." 아이는 몸을 비틀어 풀려났다.

"이런, 우리 귀염둥이 로니 콧망울에 뭐가 묻었쪄요?" 쌍둥이 중 한 명이 말했다.

"닥쳐." 론이 말했다.

"퍼시는?" 형제의 어머니가 물었다.

"저기 오고 있어요."

그들 중 가장 나이 많은 소년이 해리의 시선이 닿는 곳으로 성큼성큼 걸어왔다. 그는 이미 바람에 나부끼는 검은색 호그와트 로브를 입고 있었다. 해리는 소년의 가슴에서 'P'(Prefect, 반장—옮긴이)라는 글자가 새겨진 배지가 빨간색과 황금색으로 반짝이는 것을 보았다.

"오래는 못 있어요, 어머니." 소년이 말했다. "제 자리는 맨 앞이라서요. 반장 전용으로 객실이 두 칸 배정되어서……."

"아, 언제 반장이 되셨사옵니까, 퍼시 형님?" 쌍둥이 중 한 명이 굉장히 놀라는 척하며 말했다. "귀띔이라도 해 주지, 우리는 전혀 몰랐네."

"잠깐, 난 형이 뭐라고 말했던 게 기억나는 것 같은데." 다른 쌍둥이가 말했다. "한 번인가……."

"두 번이었던가……."

"1분 동안 말했나……."

"여름 내내였던가……."

"아, 닥쳐." 반장 퍼시가 말했다.

"근데 왜 퍼시 교복만 새거예요?" 쌍둥이 중 한 명이 물었다.

"그야 퍼시는 반장이니까." 형제의 어머니가 애정이 듬뿍 담긴 어조로 말했다. "그래, 얘야. 그럼, 이번 학기도 즐겁게 보내라. 도착하면 올빼미 보내고."

그녀가 뺨에 입을 맞추자 퍼시는 그곳을 떠났다. 그런 다음 그녀는 쌍둥이에게로 눈을 돌렸다.

"자, 이제 너희 둘. 올해에는 얌전히 지내라. 또 한 번 올빼미가 와서 너희가…… 너희가 변기를 폭파했다거나 하는 얘기를 전하면……."

"변기를 폭파한다고요? 변기를 터뜨린 적은 한 번도 없어요."

"그래도 좋은 생각이네요. 고맙습니다, 엄마."

"웃을 일이 아니야. 그리고 론 좀 챙겨 주고."

"걱정 마세요. 우리랑 같이 있으니 귀염둥이 로니는 안전할 거예요."

"닥치라고." 론이 다시 말했다. 론은 이미 쌍둥이만큼이나 키가 컸고, 어머니가 문지른 코는 아직까지 벌겠다.

"근데요, 엄마. 우리가 기차에서 누굴 만났게요?"

엿보고 있는 것을 들키지 않으려고 해리는 얼른 몸을 뒤로 바짝 기댔다.

"아까 역에서 우리 근처에 있던 검은 머리 꼬마 기억하시죠? 걔가 누군지 아세요?"

"누군데?"

"해리 포터요!"

해리의 귀에 여자아이의 목소리가 들렸다.

"아, 엄마. 기차에 가서 해리 포터 보고 오면 안 돼요, 엄마? 제발……."

"벌써 봤잖니, 지니. 그리고 그 가엾은 아이는 동물원에서 눈 휘둥그렇게 뜨고 구경하는 동물이 아니야. 그런데 정말 해리 포터였니, 프레드? 네가 어떻게 알아?"

"물어봤죠. 흉터도 봤고. 진짜 있던데요. 번개 모양으로."

"불쌍해라……. 혼자 있었던 것도 이상할 게 없지. 왜 그런가 했다. 승강장 가는 법도 어찌나 그렇게 공손하게 물어보던지."

"그건 그렇고, 해리 포터는 '그 사람'이 어떻게 생겼는지 기억할까요?"

갑자기 그들의 어머니는 매우 엄해졌다.

"분명히 말하는데, 걔한테 물어볼 생각은 절대 하지 마라, 프레드. 절대, 꿈도 꾸지 마. 새 학기 첫날에 그런 걸 떠올려서야 되겠니?"

"알겠어요. 불이라도 뿜으시겠네."

경적 소리가 울렸다.

"서둘러라!" 형제의 어머니가 말했고, 세 소년은 열차에 올랐다. 그들은 창문 밖으로 몸을 내밀어 어머니가 작별의 입맞춤을 하게 해 주었다. 여동생이 울기 시작했다.

"울지 마, 지니. 올빼미 엄청 보내 줄게."

"호그와트 변기 뚜껑도 보내 주고."

"*조지!*"

"농담이에요, 엄마."

열차가 움직이기 시작했다. 형제의 어머니가 손을 흔드는 모습이며, 그들의 여동생이 반쯤은 웃고 반쯤은 울면서 열차를 따라 뛰는 모습이 해리의 눈에 들어왔다. 그러다가 열차가 더 속력을 내자 아이는 뒤처져서 손을 흔들었다.

해리는 열차가 모퉁이를 돌면서 여자아이와 그 애의 어머니가 사라지는 모습을 지켜보았다. 집들이 창밖을 휙휙 지나갔다. 흥분으로 가슴이 두근거렸다. 앞으로 무슨 일을 겪게 될지는 모르지만 어쨌든 뒤에 남겨 두고 온 지금까지의 삶보다는 나을 게 틀림없었다.

객실 문이 스르르 열리더니 빨간 머리 형제 중 가장 어린 소년이 들어왔다.

"여기 누구 앉는 애 있어?" 아이가 해리의 맞은편 자리를 가리키며 물었다. "딴 데는 다 찼길래."

해리는 고개를 저었고 아이는 자리에 앉았다. 아이는 해리를 곁눈질하다가, 안 그런 척 재빨리 창밖을 내다보았다. 코에는 여전히 검은 얼룩이 묻어 있었.

"야, 론."

쌍둥이들이 다시 왔다.

"들어 봐, 우린 열차 가운데 칸으로 갈 거야. 리 조던이 엄청나게 큰 거미를 갖고 있다더라."

"그러셔." 론이 웅얼거렸다.

"해리." 다른 쌍둥이가 말했다. "우리가 자기소개를 했던가? 프레드 위즐리, 조지 위즐리야. 얘는 동생 론이고. 그럼 나중에 보자."

"잘 가." 해리와 론이 말했다. 쌍둥이는 객실 문을 닫고 나갔다.

"너 진짜 해리 포터야?" 론이 못 참고 입을 열었다.

해리는 고개를 끄덕였다.

"아…… 그냥, 나는 프레드랑 조지가 또 장난치는 줄 알았거든." 론이 말했다. "그럼 너 진짜로…… 그거 있잖아……."

론이 해리의 이마를 가리켰다.

해리는 앞머리를 들어 올려 번개 모양 흉터를 보여 주었다. 론은 눈을 떼지 못했다.

"그럼 그게 '그 사람'이……."

"응." 해리가 말했다. "근데 기억은 안 나."

"아무것도?" 론이 뜨거운 관심을 보이며 물었다.

"뭐…… 초록색 빛이 엄청 번쩍거렸던 건 기억나는데, 그것뿐이야."

"우아." 론이 말했다. 그는 자리에 앉아 잠깐 동안 해리를 뚫어지게 바라보다가 자기가 무슨 짓을 하고 있는지 갑자기 깨달은 듯 빠르게 창밖으로 시선을 돌렸다.

"너희 가족은 전부 마법사야?" 해리가 물었다. 해리는 론이 자기에게 관심을 갖는 만큼이나 론에게 관심이 갔다.

"어…… 응, 그럴걸." 론이 말했다. "엄마한테 회계사인 육촌 아저씨가 있는 것 같긴 한데, 그분 얘기는 안 하니까."

"그럼 이미 마법을 많이 알겠구나."

위즐리 집안은 다이애건 앨리에서 만난 그 허여멀건 소년이 말했던 유서 깊은 마법사 가문 중 하나인 게 틀림없었다.

"너는 머글들하고 살았다며." 론이 말했다. "그 사람들은 어때?"

"끔찍해. ……뭐, 머글들이 다 그런 건 아닌데 우리 이모랑 이모부랑 사촌은 그래. 나한테도 마법사 형이 세 명이나 있었으면 좋겠다."

"다섯 명이야." 론이 말했다. 무슨 이유에서인지 론은 우울해 보였다. "우리 집에서 호그와트에 가는 건 내가 여섯 번째야. 쫓아가야 할 사람이 한둘이 아니라는 거지. 빌 형하고 찰리 형은 벌써 졸업했는데, 빌은 남학생 회장이었고 찰리는 퀴디치 팀 주장이었어. 퍼시는 올해 반장이 됐고. 프레드랑 조지는 말썽을 엄청 부리지만 그래도 성적이 꽤 좋고 모두 형들을 정말 재밌어해. 다들 내가 형들만큼 잘하기를 기대하지만 진짜로 잘한다고 해도 특별한 일은 아니야. 형들이 벌써 다 한 거니까. 게다가 형이 다섯이나 있으면 새 물건은 절대 가질 수가 없어. 교복은 빌이 입던 거고, 마법 지팡이는 찰리가 쓰던 거고, 쥐는 퍼시가 키우던 거지."

론이 재킷 안에 손을 넣어 뚱뚱한 회색 쥐를 꺼냈다. 쥐는 잠들어 있었다.

"얘 이름은 스캐버스('딱지투성이'라는 뜻—옮긴이)인데 아무짝에도 쓸모가 없어. 깨어 있을 때가 별로 없거든. 퍼시가 반장이 됐다고 아빠가 올빼미를 사 줬는데 우리 부모님은 여유가 없……아무튼, 그래서 내가 스캐버스를 받았지."

론의 귀가 빨개졌다. 다시 창밖을 뚫어지게 바라보는 걸 보니 말을 너무 많이 했다고 생각하는 모양이었다.

해리는 올빼미를 살 여유가 없다는 게 전혀 잘못된 일이라고 생각하지 않았다. 어쨌든 한 달 전까지만 해도 해리는 돈 한 푼 가져 본 적이 없었으니까. 해리는 론에게 더들리가 입던 옷을 입어야 했던 일이며, 제대로 된 생일 선물을 한 번도 받아 본 적이 없었던 일 등 모든 것을 말해 주었다. 그 말을 듣자 론은 기운을 차리는 것 같았다.

"……그리고 해그리드한테 설명을 듣기 전까지는 아무것도 몰랐어. 마법사가 되는 거라든가 부모님 얘기라든가 볼드모트라든가……."

론이 숨을 헉 들이켰다.

"왜?" 해리가 물었다.

"'그 사람' 이름을 말했잖아!" 론은 충격과 감동을 동시에 받은 듯한 목소리로 말했다. "다른 사람은 다 제쳐 놓더라도 넌……."

"용감하게 보이려고 한다거나 뭐 그러려고 그 이름을 말하는 게 아니야." 해리가 말했다. "그냥 이름을 말해서는 안 되는 이유를 잘 모르겠어. 그러니까 내 말은, 난 아직 배울 게 많아. 분명……." 해리는 이렇게 덧붙이며, 최근 가장 걱정했던 문제를 처음으로 입 밖에 꺼내 놓았다. "분명 내가 우리 학년에서 꼴찌 할걸."

"아닐걸. 머글 집안 출신도 많은데, 그 사람들도 빨리 배워."

둘이 이야기하는 동안 열차는 런던을 벗어났다. 이제 그들은 소 떼와 양 떼로 가득한 들판을 빠르게 지나가고 있었다. 해리와 론은 들판과 오솔길이 획획 지나가는 모습을 한동안 말없이 바라보았다.

12시 30분 즈음에는 객실 밖 통로에서 크게 딸그랑거리는 소리가 나더니, 얼굴에 보조개가 팬 여자가 미소 지으며 문을 열고 말했다. "간식 수레란다. 뭐 좀 먹을래, 얘들아?"

아침을 조금도 먹지 않은 해리는 자리에서 벌떡 일어났지만, 론은 또다시 귀가 빨개져서는 집에서 샌드위치를 가져왔다고 말했다. 해리는 통로로 나갔다.

더즐리네와 함께 살 때는 군것질할 돈을 한 푼도 가져 본 적이 없었지만, 주머니가 금화와 은화로 짤랑거리는 지금 해리는 들고 갈 수 있는 만큼 얼마든지 초코바를 살 준비가 되어 있었다. 그러나 초코바는 없었다. 간식 수레에서는 버티 보트의 모든 맛이 나는 강낭콩 젤리와 드루블의 엄청 잘 불어지는 풍선껌, 개구리 초콜릿, 호박 파이, 솥단지 케이크, 감초 마법 지팡이를 비롯해 해리가 살면서 한 번도 본 적이 없는 온갖 희한한 것들을 팔았다. 아무것도 놓치고 싶지 않았기에 해리는 이것저것 모두 조금씩 산 다음 은화 11시클과 청동 동전 7크넛을 냈다.

론은 해리가 산 것을 모두 들고 자리로 돌아와 빈 좌석에 쏟아 놓는 모습을 뚫어지게 바라보았다.

"너 배고프구나?"

"굶어 죽을 것 같아." 해리가 그렇게 말하며 호박 파이를 한입 크게 베어 물었다.

론은 울퉁불퉁한 꾸러미를 꺼내 포장을 풀었다. 샌드위치 네 개가 들어 있었다. 론이 그중 하나를 꺼내 들고 말했다. "콘드비프(소금, 향신료 따위를 넣어서 절인 쇠고기—옮긴이) 싫다니깐 엄만 꼭 이래."

"이거 하나랑 바꾸자." 해리가 호박 파이를 들어 올리며 말했다.

"먹어."

"내 건 진짜 별론데. 다 말랐거든." 론이 말했다. "엄마가 시간이 별로 없어서." 론이 재빨리 덧붙였다. "알잖아, 우리는 다섯 명이나 되니까."

"괜찮아. 파이 먹어." 해리가 말했다. 예전에는 나눠 먹을 것도 없었고, 실은 나눠 먹을 사람도 없었다. 론과 마주 앉아서 파이와 케이크를 먹어 치우자니 기분이 좋았다(샌드위치는 까맣게 잊혔다).

"이건 뭐야?" 해리가 개구리 초콜릿 한 상자를 들어 보이며 론에게 물었다. "*진짜* 개구리는 아니지?" 해리는 이제 무엇이 튀어나오더라도 놀라지 않을 것 같았다.

"응." 론이 말했다. "근데 카드는 한번 확인해 봐. 나는 아그리파가 없어서."

"뭐?"

"아, 넌 모르겠구나. 개구리 초콜릿에는 카드가 들어 있어. 그러니까, 수집용으로 말이야. 유명한 마법사들이 그려져 있어. 나는 500장 정도 모았는데 아그리파랑 프톨레마이오스가 없거든."

해리는 개구리 초콜릿 포장을 뜯은 뒤 카드를 집어 들었다. 한 남자의 얼굴이 보였다. 반달 모양 안경을 쓰고, 길고 구부러진 코에 은빛 머리카락과 턱수염, 콧수염을 늘어뜨리고 있는 인물이었다. 사진 아랫부분에 '알버스 덤블도어'라는 이름이 적혀 있었다.

"아, 이분이 덤블도어구나!" 해리가 말했다.

"설마 덤블도어에 대해서도 들어 본 적 없는 건 아니겠지!" 론이 말했다. "나도 하나만 주지 않을래? 아그리파가 나올 수도 있으니까…… 고마워."

해리는 자기 카드를 뒤집어 읽어 보았다.

알버스 덤블도어, 현 호그와트 교장. 현대의 가장 위대한 마법사라고 평가받는 덤블도어 교수는 1945년 어둠의 마법사 그린델왈드를 물리치고, 용의 피를 사용하는 열두 가지 방법을 발견했으며, 동료인 니콜라 플라멜과 연금술 연구를 함께한 것으로 특히 유명하다. 덤블도어 교수는 실내음악과 볼링을 즐긴다.

해리는 카드를 다시 뒤집어 봤다. 놀랍게도 덤블도어의 얼굴이 사라지고 없었다.

"없어졌어!"

"뭐, 하루 종일 거기에 있을 수는 없지." 론이 말했다. "다시 올 거야. 이럴 수가, 또 모가나야. 여섯 장이나 있는데……. 너 가질래? 너도 모으면 되잖아."

론의 눈이 포장을 뜯지 않은 채 남아 있는 개구리 초콜릿 더미로 향했다.

"마음껏 먹어." 해리가 말했다. "근데 있잖아, 머글 세계에서는 사람들이 그냥 사진 안에 가만히 있어."

"그래? 뭐, 아예 움직이지도 않는다는 거야?" 론은 꽤 놀란 것 같았다. "*진짜 이상하다!*"

해리는 덤블도어가 옆걸음질 하듯 카드로 다시 들어와 살짝 미소 짓는 모습을 빤히 바라보았다. 론은 유명 마법사 카드보다는 개구리를 먹어 치우는 데 더 관심을 보였지만 해리는 카드에서 눈을 뗄 수가 없었다. 머잖아 해리에게는 덤블도어와 모가나뿐만 아니라 우드크로프트의 헹기스트, 알버릭 그런니언, 키르케, 파라켈수스와 멀린이 생겼다. 한참이 지나서야 해리는 클리오드나라는, 코를 긁고 있던 드루이드(고대 켈트족의 종교인 드루이드교의 여자 사제―옮긴이)에게서 겨우 눈을 떼고 버티 보트의 모든 맛이 나는 강낭콩 젤리 한 봉지를 뜯었다.

"그거 조심해야 돼." 론이 해리에게 경고했다. "모든 맛이 난다는 말은 *진짜* 온갖 맛이 난다는 뜻이야. 뭐, 초콜릿 맛이나 박하 맛, 마멀레이드 맛 같은 평범한 맛도 있지만 시금치 맛이나 간(肝), 내장 맛 같은 것도 있어. 조지는 예전에 코딱지 맛도 먹어 본 적 있다더라."

론은 초록색 젤리를 집어 들고 신중히 살핀 다음 귀퉁이를 살짝 깨물었다.

"우웨에엑. 봤지? 새싹 맛이야."

해리와 론은 모든 맛이 나는 강낭콩 젤리를 먹으며 즐거운 시간을 보냈다. 해리는 토스트 맛, 코코넛 맛, 삶은 콩 맛, 딸기 맛, 카레 맛, 잔디 맛, 커피 맛, 정어리 맛을 먹었고, 론은 손도 대지 않으려 하던 수상한 회색 젤리 끄트머리를 조금 떼어 먹는 용기를 보였다. 먹어 보니 그건 후추 맛이었다.

창밖으로 빠르게 지나가는 시골 풍경이 점점 더 거칠어졌다. 깨끗한 들판은 사라지고 이제는 숲과 굽이굽이 흐르는 강, 어두운 초록색 언덕만 보였다.

누군가가 해리와 론이 있는 객실 문을 두드렸다. 9와 4분의 3번 승강장에서 지나쳤던 동그란 얼굴의 소년이 안으로 들어왔다. 그 애는 울먹이고 있었다.

"미안." 그 애가 말했다. "근데 혹시 두꺼비 못 봤어?"

해리와 론이 고개를 젓자 아이는 울음을 터뜨렸다. "잃어버렸어! 나한테서 계속 달아나!"

"다시 나오겠지." 해리가 말했다.

"응." 소년은 애처롭게 말했다. "저, 혹시라도 보게 되면……."

소년이 떠났다.

"뭘 저렇게까지 걱정하는지 모르겠네." 론이 말했다. "내가 두꺼비를 데려왔다면 최대한 빨리 잃어버리려고 했을 텐데. 하긴, 난 스캐버스를 데려왔는데 무슨 할 말이 있겠냐."

쥐는 그때까지도 론의 무릎 위에서 졸고 있었다.

"죽은 건지도 몰라. 그래도 별 차이 없을걸." 론이 지긋지긋하다는 듯 말했다. "어제는 스캐버스를 조금이라도 재미있게 만들 수 있을까 해서 노란색으로 바꿔 보려 했는데 주문이 듣지 않더라고. 보여 줄게, 봐 봐……."

론은 짐 가방을 뒤적거리더니 꽤 낡아 보이는 마법 지팡이를 꺼냈다. 여기저기 조금씩 깨져 있었고 끄트머리에서는 뭔가 하얀 것이 반짝거렸다.

"유니콘 털이 삐져나오려고 하는 거야. 아무튼……."

론이 막 지팡이를 들어 올렸을 때 객실 문이 다시 열렸다. 두꺼비를 잃어버린 아이가 이번에는 어떤 여자아이와 함께 다시 왔는데 여자아이는 벌써 새 호그와트 로브를 입고 있었다.

"누구 두꺼비 본 사람? 네빌이 잃어버렸대." 여자아이가 말했다. 왠지 명령조로 들리는 목소리에, 부스스한 갈색 머리는 숱이 제법 많았고 앞니가 조금 큰 편이었다.

"본 적 없다고 아까 말했는데." 론이 말했지만 여자아이는 듣지 않고 론의 손에 들려 있는 지팡이를 바라보았다.

"아, 지금 마법 쓰는 거야? 어디 봐 봐."

여자아이가 자리를 잡고 앉았다. 론은 당황한 것 같았다.

"어…… 그래."

론은 목을 가다듬었다.

"햇빛, 데이지, 버터 멜로여,

이 멍청하고 뚱뚱한 쥐를 노랗게 바꿔 주세요."

론이 지팡이를 휘둘렀지만 아무 일도 일어나지 않았다. 스캐버스는 여전히 잿빛을 띤 채 잠들어 있었다.

"그거 제대로 된 주문 맞아?" 여자아이가 물었다. "글쎄, 그렇게 좋은 주문은 아닌 것 같은데? 나도 연습 삼아서 간단한 주문 몇 가지를 직접 걸어 봤는데 잘되더라고. 우리 가족 중에는 마법을 쓸 줄 아는 사람이 없어서 편지를 받았을 땐 정말 놀랐지만, 물론 아주 기쁘기도 했어. 마법학교 중에서 최고라고 들었거든. 교과서는 당연히 다 외워 왔지. 이 정도만 해도 괜찮았으면 좋겠다. ……그건 그렇고, 나는 헤르미온느 그레인저야. 너흰 누구니?"

헤르미온느는 이 모든 얘기를 아주 빠르게 내뱉었다.

해리는 론을 바라보았다. 그리고 론의 넋 놓은 얼굴을 보고 마음을 놓았다. 교과서를 다 외워 오지 않은 사람이 해리 혼자만은 아니었던 것이다.

"나는 론 위즐리." 론이 웅얼거렸다.

"해리 포터야." 해리가 말했다.

"정말?" 헤르미온느가 물었다. "난 너에 대해서도 다 알고 있어, 당연한 얘기지만. 참고삼아서 책을 몇 권 더 읽었거든. 《현대 마법의 역사》랑 《어둠의 마법, 그 흥망성쇠》랑 《20세기 엄청난 마법 사건들》에 너에 대한 게 나오더라."

"내가?" 해리가 멍해져서 물었다.

"세상에, 몰랐구나. 내가 너였다면 알아볼 수 있는 건 벌써 다 알아봤을 텐데." 헤르미온느가 말했다. "너희 중에 어느 기숙사에 들어가게 될지 아는 사람 있어? 주위에 계속 물어봤는데, 나는 그리핀도르에 들어갔으면 좋겠어. 듣자니까 거기가 최고더라고. 덤블도어도 그리핀도르였다고 하고. 근데 래번클로도 그렇게 나쁘지는 않을 거야. ……어쨌든, 이제 가서 네빌의 두꺼비나 찾아봐야겠다. 너희 둘 다 옷을 갈아입는 게 좋을걸. 조금 있으면 도착할 테니까."

그리고 헤르미온느는 두꺼비를 잃어버린 소년을 데리고 떠났다.

"내가 어느 기숙사에 들어갈지는 모르겠지만, 쟤는 거기에 없었으면 좋겠다." 론이 말했다. 론은 지팡이를 다시 가방에 던져 넣었다. "멍청한 주문 같으니. 조지가 가르쳐 준 건데, 처음부터 엉터리라는 걸 알고 있었을 거야."

"너희 형들은 어느 기숙사야?" 해리가 물었다.

"그리핀도르." 론이 말했다. 우울한 기운이 다시 론을 덮치는 것 같았다. "엄마랑 아빠도 그리핀도르였어. 내가 다른 데로 가게 되면 다들 뭐라고 할지 모르겠다. 래번클로도 그렇게 나쁘진 않을 것 같지만, 슬리데린에라도 들어가 봐."

"거기가 볼…… 아니, '그 사람'이 있었던 기숙사지?"

"응." 론은 침울한 표정을 지으며 다시 좌석에 털썩 기댔다.

"저기, 스캐버스 수염 끄트머리 색깔이 조금 밝아진 것 같아." 해리는 론이 기숙사 생각을 잊게 해 주려고 그렇게 말했다. "근데 너희 큰형들은 졸업하고 지금 뭐 해?"

해리는 학교를 졸업한 다음 마법사가 무슨 일을 하게 되는지 궁금했다.

"찰리는 루마니아에서 용을 연구하고, 빌은 아프리카에서 그린고츠 일을 하고 있어." 론이 말했다. "근데 그린고츠 얘기 들었어? 《예언자일보》에 온통 그 얘기뿐이더라. 하긴 머글들하고 지내면 그런 얘기 못 듣겠구나. ……누가 일급 보안 금고를 털려고 했대."

해리가 론을 뚫어지게 바라보았다.

"진짜야? 그래서 어떻게 됐어?"

"아무 일도 없었어. 그래서 빅뉴스가 된 거야. 범인이 잡히질 않았거든. 아빠는 그린고츠를 뚫은 걸 보면 강력한 어둠의 마법사가 틀림없다고 하지만, 없어진 건 아무것도 없는 것 같대. 그게 더 이상하잖아. 당연히 이런 일이 일어날 때마다 '그 사람'이 배후에 있을까 봐 다들 겁을 먹어."

해리는 이 얘기에 대해 곰곰이 생각해 보았다. 이제는 해리도 '그 사람' 얘기가 나올 때마다 오싹한 공포가 느껴지기 시작했다. 이 모든 게 마법사들의 세계로 들어가는 과정이라는 생각이 들었지만, 아무 거리낌 없이 '볼드모트'라고 말할 때가 훨씬 편했다.

"너는 퀴디치 어느 팀 좋아해?"

"어…… 아는 팀이 없어." 해리가 고백했다.

"뭐라고!" 론은 놀라서 말문이 막힌 듯했다. "와, 이런. 퀴디치만큼 재미있는 스포츠가 어디 있다고." 그는 네 개의 공과 일곱 명의 선수가 맡는 포지션에 대해 설명하고, 형들과 함께 보러 갔던 유명한 경기며 돈이 있으면 갖고 싶은 빗자루에 대해 이야기했다. 객실 문이 다시 열렸을 때 론은 그 경기의 좀 더 상세한 부분을 설명하고 있었는데, 이번에 들어온 사람은 두꺼비를 잃어버린 소년 네빌도, 헤르미온느 그레인저도 아니었다.

남자아이 셋이었다. 해리는 가운데에 있는 소년을 한눈에 알아보았다. 말킨 부인의 로브 가게에서 봤던 그 허여멀건 소년이었다. 소년은 다이애건 앨리에서보다 훨씬 흥미로워하면서 해리를 바라보았다.

"진짜야?" 소년이 물었다. "열차 안의 모든 사람들이 이 객실에 해리 포터가 있다고 하던데. 그게 너야?"

"그래." 해리가 말했다. 해리는 다른 소년들을 보았다. 둘 다 체격이 떡 벌어졌고 아주 심술궂어 보였다. 허여멀건 소년 양쪽에 서 있는 모습이 꼭 경호원이라도 되는 것 같았다.

"아, 얘는 크래브고 얘는 고일이야." 해리의 시선을 눈치채고 창백한 소년이 무심하게 말했다. "그리고 내 이름은 말포이야, 드레이코 말포이."

론이 가볍게 기침을 했다. 웃음을 감추려는 기침 같았다. 드레이코 말포이가 론을 바라보았다.

"내 이름이 웃긴가 보지? 네가 누군지는 물어볼 필요도 없을 것 같다. 아버지가 위즐리 집안 사람들은 모두 빨간 머리에 주근깨가 있고, 먹여 살리지도 못하는 주제에 애들만 주렁주렁하다고 하셨거든."

말포이는 다시 해리에게로 눈을 돌렸다.

"조금 있으면 마법사 가문 사이에도 어마어마한 수준 차이가 있다는 걸 알게 될 거야, 포터. 엉뚱한 부류와 친구가 되고 싶진 않겠지. 그 부분은 내가 도와줄 수 있는데."

말포이가 악수를 하려고 손을 내밀었지만 해리는 그 손을 맞잡지 않았다.

"고맙지만, 어느 쪽이 엉뚱한 부류인지는 내가 알아서 판단할 수 있을 것 같다." 해리가 싸늘한 어조로 말했다.

얼굴을 붉히진 않았지만 드레이코 말포이의 하얀 두 뺨에 붉은 기가 살짝 돌았다.

"내가 너라면 좀 더 신중하게 처신할 거야, 포터." 말포이가 천천히 말했다. "좀 더 공손해지지 않으면 너희 부모님하고 같은 길을 가게 될걸. 그 사람들도 자기들한테 좋은 게 뭔지 몰랐잖아. 위즐리 집안 사람들이나 그 해그리드 같은 천민들이랑 어울리다간 너도 물들게 될 거야."

해리와 론 둘 다 자리에서 일어났다. 론의 얼굴은 머리카락만큼이나 빨갰다.

"다시 말해 봐." 론이 말했다.

"아, 우리랑 싸워 보시겠다?" 말포이가 코웃음을 쳤다.

"지금 당장 나가지 않으면, 그래, 싸울 거야." 크래브와 고일의 덩치가 해리나 론보다 훨씬 컸기 때문에 해리는 좀 더 용기를 내서 말했다.

"근데 나가고 싶지가 않은걸. 안 그래, 애들아? 우리 간식은 아까 다 먹었거든. 근데 너희 건 아직 좀 남은 것 같다."

고일이 론 옆에 있던 개구리 초콜릿으로 손을 뻗자 론이 달려들었다. 그러나 론이 건드리기도 전에 고일은 무시무시한 비명을 내질렀다.

쥐 스캐버스가 고일의 손마디 깊숙이 날카롭고 작은 이빨을 박아 넣은 채 매달려 있었다. 고일이 울부짖으며 스캐버스를 빙빙 돌리자 크래브와 말포이는 뒷걸음질을 쳤고, 스캐버스가 마침내 날아가 창문에 부딪히자 셋 모두 곧바로 도망쳤다. 아마도 간식들 사이에 더 많은 쥐가 웅크리고 있을 거라고 생각한 모양이었다. 아니면 누군가의 발소리를 들었는지도 몰랐다. 얼마 지나지 않아 헤르미온느 그레인저가 들어왔던 것이다.

"대체 무슨 일이야?" 헤르미온느가 바닥에 온통 널브러져 있는 간식들과, 스캐버스의 꼬리를 잡아 올리는 론을 보고 물었다.

"기절한 것 같아." 론이 해리에게 말하더니 스캐버스를 좀 더 자세히 들여다보았다. "이런…… 믿을 수가 없네. 또 잠들었어."

정말이었다.

"전에도 말포이 만난 적 있어?"

해리는 다이애건 앨리에서 말포이와 만났던 일을 이야기했다.

"걔네 집안 얘기를 들은 적이 있어." 론이 어두운 어조로 말했다. "'그 사람'이 사라지고 가장 먼저 우리 편으로 돌아선 사람들 중에 말포이네도 있었대. 자기들 말로는 마법에 걸려서 그랬다던데, 우리 아빠는 그 말을 믿지 않아. 말포이네 아버지는 어둠의 편으로 넘어갈 때 딱히 핑계조차 대지 않았다면서." 론이 헤르미온느에게 시선을 돌렸다. "뭐 볼일 있냐?"

"빨리 로브를 입는 게 좋을 거야. 방금 앞 칸으로 가서 기관사 아저씨한테 물어봤는데 거의 다 왔다고 했거든. 설마 싸우고 있었던 건 아니지? 그랬다간 학교에 도착하기도 전에 벌을 받게 될걸!"

"스캐버스가 싸운 거지 우린 아니야." 론이 헤르미온느를 노려보며 말했다. "옷 갈아입으려는데 좀 나가 줄래?"

"그래. 그냥 바깥에서 애들이 어린애들처럼 통로를 뛰어다니길래 들어온 것뿐이야." 헤르미온느가 한심하다는 듯 말했다. "그리고 너 코에 뭐 묻었어. 알고 있니?"

론이 객실을 나서는 헤르미온느에게 눈을 부라렸다. 해리는 창밖을 내다보았다. 날이 어두워지고 있었다. 짙은 자주색 하늘 아래로 산과 숲이 보였다. 기차는 정말 속도를 늦추고 있는 듯했다.

해리와 론은 재킷을 벗고 긴 검은색 로브를 입었다. 론의 로브는 약간 짧아서 옷자락 아래로 운동화가 보였다.

웬 목소리가 열차 안에 울려 퍼졌다. "5분 뒤에 호그와트에 도착합니다. 짐은 학교까지 따로 옮겨질 테니 열차에 그대로 두고 내리십시오."

해리는 긴장해서 배가 뒤틀리는 것 같았다. 보아하니 론 또한 주근깨 아래 피부가 하얗게 질려 있었다. 그들은 남은 간식을 주머니에 욱여넣고 통로에 몰려 있는 아이들 속에 섞였다.

열차가 속도를 늦추다가 마침내 멈춰 섰다. 아이들은 서로 밀치며 문으로 가서 코딱지만 한 어두운 승강장에 내렸다. 해리는 차가운 밤공기에 몸을 떨었다. 그때 학생들 머리 위로 등잔불이 까닥거리더니 해리의 귀에 익숙한 목소리가 들려왔다. "1학년! 1학년들은 이쪽이다! 별일 없지, 해리?"

수염으로 뒤덮인 해그리드의 커다란 얼굴이 머리들의 물결 위에서 환하게 웃었다.

"자, 날 따라와라. 1학년 더 없지? 발밑을 조심해라! 1학년들은 날 따라와!"

1학년들은 미끄러지고 비틀거리면서 해그리드를 쫓아 가파르고 좁은 길을 내려갔다. 사방이 너무 어두워서 해리는 주위가 나무들로 빽빽한 게 틀림없다고 생각했다. 누구도 말을 하지 않았다. 두꺼비를 계속 잃어버리던 네빌이란 아이만이 한두 번 코를 훌쩍였다.

"조금 있으면 처음으로 호그와트를 보게 될 거다." 해그리드가 어깨 너머로 돌아보며 소리쳤다. "여기 이 모퉁이만 돌면 돼."

"우아아아!" 하는 큰 소리가 들렸다.

좁은 오솔길이 갑자기 탁 트이더니 커다란 검은 호수가 나왔다. 맞은편 높은 산꼭대기에는 크고 작은 탑이 수없이 딸린 어마어마한 성이 별이 총총 뜬 밤하늘을 배경으로 창문들을 반짝거리고 있었다.

"배 한 척에 네 사람씩만 타라!" 해그리드가 호숫가에 정박한 조그만 나룻배들을 가리키며 소리쳤다. 해리와 론이 배에 오르자 네빌과 헤르미온느가 그 배에 따라 탔다.

"다들 탔지?" 해그리드가 소리쳤다. 그는 나룻배 하나를 혼자 타고 있었다. "자, 그럼…… **출발!**"

그러자 모든 나룻배가 동시에 출발해 유리처럼 매끄러운 수면을 미끄러져 갔다. 다들 머리 위의 거대한 성채를 올려다보느라 아무 말도 하지 않았다. 절벽 가까이 다가갈수록 성의 크기가 더욱 압도적으로 느껴졌다.

"머리 숙여라!" 맨 앞의 나룻배들이 절벽에 다다르자 해그리드가 고함을 질렀다. 모두가 고개를 숙였고, 1학년들을 실은 작은 배들은 절벽 면에 난 넓은 입구를 커튼처럼 가리고 있는 덩굴 사이를 지났다. 성 바로 아래로 이어지는 듯한 어두운 터널을 따라 흘러가다가 지하 항구 같은 곳에 도착하자 그들은 바위와 자갈로 이루어진 땅 위에 내려섰다.

"어이! 거기 너! 이거 네 두꺼비냐?" 아이들이 내리는 동안 나룻배를 확인하던 해그리드가 말했다.

"트레버!" 네빌이 더없이 행복한 듯 소리치며 손을 뻗었다. 잠시 후 해그리드의 등불 빛을 따라 바위 속 통로로 들어간 아이들은 마침내 성 그림자가 바로 드리워진 부드럽고 축축한 풀밭으로 나왔다.

그들은 돌계단을 한 층 올라가 커다란 오크나무 문 앞에 모여 섰다.

"다 왔지? 거기 너, 두꺼비 아직 데리고 있냐?"

해그리드가 커다란 주먹을 들어 성문을 세 번 두드렸다.

# 7장
# 기숙사 배정 모자

 문은 곧바로 홱 열렸다. 키가 큰 검은 머리카락의 여자 마법사가 에메랄드색 로브를 입고 서 있었다. 매우 완고한 얼굴이었다. 해리가 처음 떠올린 생각은 함부로 거슬러서는 안 되겠다는 것이었다.
 "1학년들입니다, 맥고나걸 교수님." 해그리드가 말했다.
 "고마워요, 해그리드. 여기서부터는 내가 맡겠습니다."
 맥고나걸 교수가 문을 당겨서 활짝 열었다. 현관홀은 더즐리네 집을 통째로 들여놔도 될 만큼 어마어마하게 컸다. 돌벽은 그린고츠에 있는 것과 같은 이글이글 타오르는 횃불로 밝혀져 있었고, 천장은 어디까지 뻗어 있는지 알 수 없을 만큼 높았으며, 맞은편에는 웅장한 대리석 계단이 위층으로 이어져 있었다.

1학년들은 맥고나걸 교수를 따라 돌이 깔린 바닥을 가로질러 갔다. 현관 오른쪽에서 수백 명이 내는 낮은 웅성거림이 들렸다. 나머지 학년들이 벌써 와 있는 게 틀림없었다. 그러나 맥고나걸 교수는 1학년들을 홀에서 떨어진 작은 빈방으로 안내했다. 아이들은 조금 전보다 더욱 바짝 붙어 서서 긴장한 눈으로 주위를 둘러보았다.

"호그와트에 온 것을 환영합니다." 맥고나걸 교수가 말했다. "곧 개강 연회가 시작됩니다. 하지만 대연회장에 자리를 잡기 전 여러분 모두가 기숙사에 배정될 겁니다. 기숙사 배정은 굉장히 중요한 의식입니다. 여기 있는 동안 여러분의 기숙사 친구들은 호그와트의 가족이 될 테니까요. 수업도 같은 기숙사 학생들과 함께 듣게 될 것이며, 잠도 기숙사 침실에서 자고, 자유 시간도 기숙사 휴게실에서 보내게 될 겁니다. 기숙사 네 곳의 이름은 각각 그리핀도르, 후플푸프, 래번클로, 슬리데린입니다. 각 기숙사는 고귀한 역사를 지니고 있으며 저마다 훌륭한 마법사들을 배출했습니다. 호그와트에 있는 동안 여러분이 거둔 승리는 여러분이 속한 기숙사의 점수가 될 테고, 어떤 식으로든 규칙을 위반하면 기숙사의 점수가 깎일 것입니다. 매년 연말에는 가장 많은 점수를 딴 기숙사가 기숙사 우승컵을 차지하게 됩니다. 대단한 영예지요. 어느 기숙사에 배정되든 여러분 모두 각자 속한 기숙사의 자랑거리가 되길 바랍니다. 기숙사 배정식은 잠시 후 학교의 모든 사람이 보는 앞에서 열릴 예정입니다. 기다리는 동안 모두 옷매무새를 가다듬기 바랍니다."

맥고나걸 교수의 시선이 왼쪽 귀 밑에서 매듭이 지어진 네빌의 망토와 론의 더러운 코에 잠깐 머물렀다. 해리는 잔뜩 긴장해서 머리를 납작하게 눌러 보려고 애썼다.

"배정식 준비가 끝나면 다시 오겠습니다." 맥고나걸 교수가 말했다. "조용히 기다리세요."

맥고나걸 교수가 방을 나갔다. 해리는 침을 꿀꺽 삼켰다.

"정확히 어떤 방식으로 기숙사에 배정되는 거지?" 해리가 론에게 물었다.

"무슨 시험 같은 걸걸. 프레드 말로는 굉장히 아프대. 근데 아마 거짓말이겠지."

해리의 심장이 무서울 만큼 거세게 뛰었다. 시험이라니? 전교생이 보는 앞에서? 그러나 해리는 아직 어떤 마법도 쓸 줄 몰랐다. 도대체 뭘 해야 한단 말인가? 도착하자마자 이런 일이 벌어질 거라고는 전혀 예상 못 했다. 해리는 불안에 떨며 주위를 둘러보다가 다른 아이들도 모두 겁에 질린 것처럼 보인다는 것을 알았다. 미리 외워 온 온갖 주문을 매우 빠르게 중얼거리며 그중 어떤 주문이 필요할지 고민하는 헤르미온느 그레인저만 빼면 누구도 떠들지 않았다. 해리는 헤르미온느가 중얼거리는 소리를 듣지 않으려고 애썼다. 지금처럼 긴장한 적은 여태껏 단 한 번도 없었다. 알 수 없는 영문으로 선생의 가발을 파랗게 만들어 버렸다는 내용의 학교 통지서를 더즐리 부부에게 내밀어야 했을 때도 이렇게 긴장하진 않았다. 해리는 문에서 눈을 떼지 않았다. 언제라도 맥고나걸 교수가 이곳으로 돌아와 해리를 참담한 운명으로 이끌 것만 같았다.

그때 해리를 공중으로 30센티미터쯤 펄쩍 뛰게 만든 어떤 일이 일어났다. 해리 뒤에 있던 몇몇 아이들이 비명을 질렀다.

"저게 무슨……?"

해리는 숨을 헉 들이켰다. 주위에 있던 아이들도 그랬다. 스무 명쯤 되는 유령들이 막 뒤쪽 벽을 뚫고 쏟아져 나온 것이다. 진주처럼 하얗고 약간 투명한 그 유령들은 1학년들에게 눈길조차 주지 않고 서로 이야기를 나누며 방을 미끄러지듯 지나갔다. 말다툼을 하고 있는 것 같았다. 뚱뚱하고 키 작은 수도승처럼 보이는 유령이 이렇게 말했다. "제 말은, 용서하고 잊어버리라는 겁니다. 그자에게 두 번째 기회는 줘야지요……."

"친애하는 수도사님, 이만하면 피브스에게 기회를 줄 만큼 준 것 아닙니까? 우리 유령들이 악명을 날리게 된 것도 다 그자 탓인데요. 아시다시피 그자는 사실 유령도 아니잖습니까. ……근데, 너희 모두 여기서 뭘 하고 있는 거냐?"

주름 옷깃에 타이츠를 입은 유령이 문득 1학년들을 발견하고 물었다.

아무도 대답하지 않았다.

"신입생들이네!" 뚱보 수도사가 그들을 향해 미소 지으며 말했다. "곧 기숙사 배정이 있을 모양이구나?"

몇몇 아이들이 말없이 고개를 끄덕였다.

"후플푸프에서 보자꾸나!" 수도사가 말했다. "나도 예전에 거기 있었단다."

"이제 갑시다." 날카로운 목소리가 말했다. "기숙사 배정식이 곧 시작될 겁니다."

맥고나걸 교수가 돌아온 것이다. 유령들은 하나씩 하나씩 반대쪽 벽을 뚫고 날아갔다.

"자, 줄을 서세요." 맥고나걸 교수가 1학년들에게 말했다. "그리고 나를 따라와요."

해리는 다리가 납덩이로 변한 것 같은 이상한 기분을 느끼며 모래색 머리 소년 뒤에 섰고, 론이 그 뒤에 섰다. 그렇게 그들은 방을 나서서 다시 홀을 가로지른 다음 양쪽 여닫이문을 지나 대연회장으로 들어갔다.

해리는 그토록 괴상하면서 멋진 곳은 상상조차 해 본 적 없었다. 수천수만 개의 촛불이 네 개의 기다란 식탁 위에 둥둥 뜬 채 주위를 밝혔고, 각각의 식탁에는 나머지 학년들이 앉아 있었다. 식탁마다 번쩍이는 황금 접시와 잔이 가득했다. 연회장 가장 안쪽에 있는 또 다른 긴 식탁에는 선생들이 앉아 있었다. 맥고나걸 교수는 1학년들을 거기로 데리고 가서 선생들을 등진 채 다른 학생들을 마주 보고 일렬로 서게 했다. 1학년들을 바라보는 수백 개의 얼굴이 촛불 빛을 받아 창백한 등불처럼 보였다. 학생들 사이사이에 흩어져 있는 유령들은 부연 은색으로 빛났다. 뚫어지게 바라보는 시선들을 피하려고 위를 올려다보자 벨벳 같은 검은색 천장에 별이 점점이 박혀 있는 모습이 해리의 눈에 들어왔다. 헤르미온느가 속삭이는 소리가 들렸다. "바깥 하늘과 똑같이 보이도록 마법을 걸어 놓은 거야.《호그와트의 역사》에서 읽었어."

천장이 있다는 게 결코 믿기지 않았다. 대연회장은 하늘로 뻥 뚫려 있는 것처럼 보였다.

해리가 재빨리 다시 시선을 내렸을 때 맥고나걸 교수가 1학년들 앞에 다리 네 개짜리 등받이 없는 의자를 조용히 가져다 놓았다. 맥고나걸 교수는 그 위에 끝이 뾰족한 마법사 모자를 올려놓았다. 모자는 여기저기에 천이 덧대어 있었고, 해진 데다 엄청나게 더러웠다. 피튜니아 이모라면 결코 집에 들여놓지 않았을 모자였다.

어쩌면 저기에서 토끼를 꺼내는 것 같은 일을 해야 할지도 모른다고, 해리는 대충 짐작했다. 그런 데 쓰는 물건 같았다. 해리는 연회장에 있는 모든 사람이 모자를 보고 있다는 것을 깨닫고 자신도 모자를 뚫어지게 바라보았다. 잠깐 동안 완벽한 침묵이 흘렀다. 잠시 후 모자가 꿈틀거렸다. 모자 챙 근처의 찢어진 부분이 흡사 입처럼 크게 벌어지더니, 노래를 부르기 시작했다.

오, 너흰 내가 예쁘다고 생각하지 않겠지만
보이는 것만으로 판단하지는 말라고.
나보다 더 똑똑한 모자를 찾을 수 있다면
없는 손에 장을 지진다.
검은색 중절모자도, 매끈하고 높다란 실크해트도
그냥 넣어 두라고.
나는야 호그와트 기숙사 배정 모자
그 모든 모자를 덮어 버릴 수 있어.
너희의 머릿속에 숨겨진 것 가운데
기숙사 배정 모자가 볼 수 없는 것은 없지.
그러니 나를 한번 써 봐.
너희가 어디로 가게 될지 알려 줄게.
어쩌면 그리핀도르가 될 수도 있겠지.
마음속 깊이 용기를 품은 자들이 사는 곳,
대담함과 용기, 기사도 정신이
단연 돋보인다네.
어쩌면 후플푸프가 될 수도 있겠지.

공정하고 신의 있는 자들이 사는 곳,
인내심 있는 후플푸프 사람들은 진실하고
고생을 두려워하지 않는다네.
현명함이 넘치는 래번클로에 갈 수도 있겠지.
그대가 영리한 사람이라면
재치와 학식이 넘치는 사람들이 있는 이곳에
어울릴 거야.
어쩌면 슬리데린이 될지도 모르겠군.
그곳에서는 진정한 친구들을 사귀게 될 거야.
그 꾀 많은 친구들은 목적만 이룰 수 있다면
어떤 수단이든 동원할 거야.
그러니 나를 한번 써 봐! 두려워 말고!
흥분해서 찢어 먹지도 말고!
너희는 안전한 손에 맡겨져 있단다(비록 손은 없지만)
나는 생각하는 모자니까!

 모자가 노래를 마치자 연회장 곳곳에서 박수갈채가 터져 나왔다. 모자는 네 군데 식탁에 각각 고개 숙여 인사하더니 다시 조용해졌다.
 "그러니까 모자만 써 보면 된다는 거잖아!" 론이 해리에게 귓속

말을 했다. "프레드 죽여 버릴 거야. 트롤하고 레슬링을 해야 된댔는데."

해리는 힘없이 미소 지었다. 그래, 주문을 거는 것보다야 모자를 쓰는 게 훨씬 낫기는 했지만, 해리는 다른 사람들이 지켜보지 않는 곳에서 모자를 써 보고 싶었다. 모자는 요구하는 게 조금 많은 듯했다. 지금 해리에게는 용기도, 재치도, 그 어떤 장점도 없는 것 같았다. 모자가 토할 것 같은 기분을 느끼는 사람들이 가는 기숙사를 이야기해 주었다면 그곳이야말로 해리에게 어울리는 곳일 것이다.

맥고나걸 교수가 긴 양피지 두루마리를 들고 앞으로 막 나섰다.

"내가 이름을 부르면 해당 학생은 모자를 쓰고 의자에 앉아 기숙사 배정을 받습니다." 그녀가 말했다. "애벗, 해너!"

곱슬곱슬한 금발을 땋아 늘어뜨린 불그레한 얼굴의 여자아이가 넘어질 것처럼 비틀거리며 줄에서 나와 눈을 덮을 만큼 내려오는 모자를 쓰고 앉았다. 잠시 후……

"**후플푸프!**" 모자가 외쳤다.

맨 오른쪽 식탁에 앉아 있던 사람들이 환성을 터뜨리고 손뼉을 치는 가운데 해너는 후플푸프 식탁으로 가서 앉았다. 뚱보 수도사 유령이 해너에게 다정스럽게 손을 흔드는 모습이 보였다.

"본즈, 수전!"

"후플푸프!" 모자가 다시 외쳤고, 수전은 얼른 달려가 해너 옆에 앉았다.

"부트, 테리!"

**"래번클로!"**

이번에는 왼쪽에서 두 번째 식탁 사람들이 손뼉을 쳤다. 테리가 합류하자 래번클로 학생 몇 사람이 자리에서 일어나 그와 악수했다.

"브로클허스트, 맨디"도 래번클로가 되었다. "브라운, 라벤더"가 첫 번째 그리핀도르 신입생이 되자, 왼쪽 끝 식탁 사람들이 환호성을 터뜨렸다. 론의 쌍둥이 형들이 휘파람을 부는 모습이 보였다.

그다음 "벌스트로드, 밀리선트"는 슬리데린이 되었다. 해리의 상상이겠지만, 슬리데린에 대해 들은 말이 하도 많아서 그런지 슬리데린 학생들은 하나같이 호감이 느껴지지 않았다.

이제는 확실히 속이 메스껍기 시작했다. 예전에 다니던 학교 체육 시간에 팀을 나누던 일이 생각났다. 해리는 늘 끝까지 선택받지 못했다. 해리의 실력이 안 좋아서가 아니라, 누구도 더들리에게 해리를 좋아하는 것처럼 보이고 싶어 하지 않았기 때문이다.

"핀치플레츨리, 저스틴!"

**"후플푸프!"**

해리는 모자가 어떨 때는 곧바로 기숙사 이름을 외치지만 어떨 때는 결정하는 데 조금 시간이 걸린다는 사실을 알아차렸다. 해리 앞에 서 있던 모래색 머리카락의 남자아이 "피니건, 셰이머스"는 모자가 그리핀도르를 선언할 때까지 거의 1분 내내 의자에 앉아 있었다.

"그레인저, 헤르미온느!"

헤르미온느가 달리다시피 의자로 가더니 열정적으로 모자를 눌러썼다.

"**그리핀도르!**" 모자가 소리쳤다. 론이 신음 소리를 냈다.

심하게 긴장할 때마다 늘 그렇듯이 끔찍한 생각들이 해리의 머리를 스쳤다. 아예 선택받지 못하면 어쩌지? 모자를 눈까지 눌러 쓴 채 저 자리에 오랫동안 앉아 있기만 한 끝에 맥고나걸 교수가 모자를 홱 벗기며 실수가 있었던 게 분명하다고, 기차를 타고 돌아가는 게 좋겠다고 말한다면?

계속해서 두꺼비를 잃어버리던 네빌 롱보텀이라는 아이는 이름이 불리자 의자로 걸어가다가 그만 넘어지고 말았다. 모자가 네빌의 기숙사를 결정하기까지 꽤 오랜 시간이 걸렸다. 마침내 모자가 "**그리핀도르!**"라고 외치자 네빌은 모자를 벗지도 않고 달려갔다. 그 바람에 왁자지껄한 웃음 속에서 종종걸음으로 돌아와 "맥두걸, 모랙"에게 모자를 넘겨주어야 했다.

말포이는 이름이 불리자 으스대듯 앞으로 걸어 나갔고 곧바로 소망을 이뤘다. 모자가 말포이의 머리에 닿기 무섭게 "**슬리데린!**"이라고 소리친 것이다.

말포이는 만족스럽다는 표정으로 친구 크래브와 고일 곁에 앉았다.

이제는 남은 사람이 별로 없었다.

"문"…… "노트"…… "파킨슨"…… 그다음 "파틸"과 "파틸"이라는 쌍둥이 여학생이 배정받았고…… 다음은 "퍽스, 샐리앤", 그리고 마침내……

"포터, 해리!"

해리가 앞으로 걸어 나가자, 갑자기 작게 쉭쉭거리는 불꽃 같은 소곤거림이 연회장 전체에 번졌다.

"지금 포터라고 한 거야?"

"그 해리 포터?"

모자가 눈을 덮기 전 해리의 눈에 마지막으로 들어온 광경은, 그를 잘 보려고 목을 쭉 빼고 있는 사람들로 가득 찬 연회장이었다. 다음 순간, 그는 모자 안쪽의 어둠을 바라보고 있었다. 해리는 기다렸다.

"흠." 작은 목소리가 들려왔다. "어려운데. 정말 어려워. 용기로 가득 차 있다는 건 알겠어. 머리도 나쁘지 않고. 재능이 있네. 오, 이럴 수가. 그래, 게다가 자신을 증명해 보이고 싶은 갈망. 이것 참 재미있는데……. 어디에 넣어야 할까?"

해리는 의자 가장자리를 꽉 잡고 생각했다. '슬리데린은 안 돼.

슬리데린은 안 돼.'

"슬리데린은 안 된다고?" 작은 목소리가 말했다. "정말? 거기 가면 위대해질 수 있을 텐데. 네 머릿속에 다 들어 있거든. 슬리데린은 네가 위대해지는 길에 도움이 될 거야. 의심할 여지가 없지. ……싫다고? 뭐, 정 그렇다면…… **그리핀도르!**"

모자가 연회장 전체에 마지막 한 마디를 크게 외치는 소리가 들렸다. 해리는 모자를 벗고 몸을 떨며 그리핀도르 식탁으로 향했다. 선택을 받았을 뿐 아니라 슬리데린에 배정되지도 않아 무척 안심한 나머지, 해리는 자기가 지금까지 나온 어떤 환호보다도 더 큰 환호를 받고 있다는 사실을 깨닫지 못했다. 반장 퍼시는 자리에서 일어나 열렬히 악수를 청해 왔고, 위즐리 쌍둥이는 "포터는 우리 것! 포터는 우리 것!" 하고 소리를 질렀다. 해리는 조금 전에 본 주름 옷깃의 유령 맞은편에 앉았다. 유령이 그의 팔을 가볍게 두드리자 갑자기 얼음처럼 차가운 물동이에 팔을 담근 것 같은 섬뜩함이 느껴졌다.

이제야 상석이 눈에 제대로 들어왔다. 해리와 가장 가까운 쪽 끝에 해그리드가 앉아 있었다. 해리와 눈이 마주치자 해그리드는 엄지를 들어 보였다. 해리도 마주 씩 웃었다. 그리고 바로 거기, 상석 한가운데 있는 커다란 황금빛 의자에 알버스 덤블도어가 앉아 있었다. 해리는 기차를 타고 오면서 봤던 개구리 초콜릿 카드

덕분에 덤블도어를 금방 알아보았다. 그 연회장 안에서 유령들만큼이나 밝게 빛나는 것은 오직 덤블도어의 은빛 머리카락뿐이었다. 리키 콜드런에서 만난 초조해 보이던 젊은 남자, 퀴럴 교수도 있었다. 큼직한 보라색 터번을 쓴 모습이 매우 특이해 보였다.

이제 배정받을 사람은 셋밖에 남지 않았다. "터핀, 리사"는 래번클로가 되었고, 그다음은 론 차례였다. 론은 이미 파랗게 질려 있었다. 해리는 행운을 비는 뜻으로 식탁 아래서 검지와 중지를 포갰다. 잠시 후 모자가 외쳤다. "**그리핀도르!**"

론이 옆자리에 쓰러지듯 주저앉자 해리는 다른 학생들과 함께 큰 소리로 박수를 보냈다.

"잘했다, 론. 아주 잘했어." 해리 맞은편에 앉아 있던 퍼시 위즐리가 거드름을 피우며 말하는 사이 마지막으로 "자비니, 블레이즈"가 슬리데린이 되었다. 맥고나걸 교수는 두루마리를 말아 올린 다음 기숙사 배정 모자를 치웠다.

해리는 빈 황금 접시를 내려다보았다. 이제야 얼마나 배가 고픈지 깨달았다. 호박 파이를 먹은 것이 먼 옛날 일 같았다.

알버스 덤블도어가 자리에서 일어났다. 그는 모두를 여기서 만나게 되어 더없이 기쁘다는 듯 양팔을 크게 벌린 채 학생들을 향해 환하게 웃었다.

"어서 오십시오!" 덤블도어가 말했다. "호그와트에서 새로운 한

해를 보내게 된 것을 환영합니다! 연회를 시작하기 전에 몇 마디 하고 싶군요. 바로 이겁니다. 멍청이! 울보! 찌꺼기! 속물! 이상입니다!"

덤블도어는 다시 자리에 앉았다. 모두 손뼉을 치며 환호성을 질렀다. 해리는 웃어야 할지 말아야 할지 알 수가 없었다.

"저분…… 정신이 좀 이상한 거야?" 해리가 머뭇거리며 퍼시에게 물었다.

"정신이 이상하냐고?" 퍼시가 대수롭지 않다는 듯 말했다. "저분은 천재야! 세계에서 가장 뛰어난 마법사라고. 근데 약간 정신이 나가긴 했지, 맞아. 감자 먹을래, 해리?"

해리는 입을 떡 벌렸다. 앞에 놓인 접시에는 어느새 음식이 잔뜩 쌓여 있었다. 한 식탁에 먹고 싶은 음식이 그렇게 많이 차려져 있는 것은 한 번도 본 적이 없었다. 구운 쇠고기, 구운 닭고기, 돼지갈비, 양갈비, 소시지, 베이컨, 스테이크, 삶은 감자, 구운 감자, 감자튀김, 요크셔 푸딩, 완두콩, 당근, 그레이비 소스, 케첩, 그리고 왜 있는지는 알 수 없지만 박하사탕까지 있었다.

엄밀히 말해서 더즐리 부부는 해리를 한 번도 굶기지 않았지만, 해리는 먹고 싶은 만큼 먹어 본 적이 없었다. 더들리는 자기가 싫어하는 음식이라도 해리가 먹고 싶어 하면 꼭 빼앗아 먹었다. 해리는 박하사탕을 뺀 모든 음식을 조금씩 접시에 담아 먹기 시작했다. 전부 맛있었다.

"그것 참 맛있어 보이는군그래." 해리가 스테이크 써는 모습을 바라보며 주름 옷깃의 유령이 슬픈 듯 말했다.

"드실 수가 없나요?"

"아무것도 못 먹은 지 거의 500년이 되어 가네." 유령이 말했다. "당연히 먹을 필요도 없지만, 그래도 생각은 나니까. 내가 아직 자기소개도 안 한 것 같군. 니컬러스 드 밈시포핑턴 경일세. 잘 부탁하네. 그리핀도르 탑에 상주하는 유령이지."

"저 아저씨 알아요!" 론이 갑자기 말했다. "형들이 말해 줬어요. 목이 달랑달랑한 닉이잖아요!"

"니컬러스 드 밈시 경이라 불러 주는 쪽을 더 선호하네만……." 유령이 굳은 어조로 입을 열었지만, 모래색 머리카락의 셰이머스 피니건이 끼어들었다.

"목이 달랑달랑하다고요? 어떻게 목이 달랑달랑할 수가 있어요?"

대화가 원하는 쪽과는 정반대로 흐른다는 듯 니컬러스 경은 심히 짜증이 난 표정이었다.

"*이렇게.*" 니컬러스 경이 성질을 내며 말하더니 왼쪽 귀를 잡아당겼다. 그의 머리 전체가 목에서 휙 꺾여서 흡사 경첩에 달린 문처럼 어깨 위로 떨어졌다. 누군가가 그의 목을 치려 했으나 제대로 해내지는 못한 모양이었다. 아이들의 얼굴에 떠오른 충격 어린 표정을 보고 만족스러웠는지, 목이 달랑달랑한 닉은 머리를 다시 목 위에 올려놓고 헛기침을 하더니 말했다. "자, 그리핀도르 신입생들! 제군들이 올해 기숙사 챔피언십에서 그리핀도르가 우승하는 데 보탬이 될 거라 기대해도 되겠나? 그리핀도르가 이렇게 오랫동안 우승하지 못한 적은 한 번도 없었네. 슬리데린이 6년 연속으로 우승컵을 차지했어! 피투성이 남작의 잘난 척을 더 이상 견딜 수 없을 지경이라네. 그자는 슬리데린 유령이거든."

슬리데린 식탁을 돌아본 해리는 끔찍한 모습의 유령이 앉아 있는 것을 보았다. 뭔가를 빤히 바라보는 듯한 텅 빈 눈에 수척한 얼굴을 하고 은색 혈흔으로 얼룩진 로브를 입고 있는 유령이었다. 남작은 말포이 바로 옆에 앉아 있었는데, 말포이가 그러한 좌석 배치에 그다지 만족스러워하지 않는 듯해서 해리는 기분이 좋았다.

"어쩌다가 피투성이가 된 거예요?" 셰이머스가 큰 흥미를 보이며 물었다.

"나도 물어본 적 없다네." 목이 달랑달랑한 닉이 우아하게 말했다.

모두가 먹을 만큼 먹고 나자 남은 음식이 천천히 사라지고 접시는 전처럼 깨끗해져 반짝반짝 빛났다. 잠시 후 디저트가 나타났다. 상상할 수 있는 모든 맛이 나는 아이스크림 덩어리에 애플 파이, 당밀 타르트, 초콜릿 에클레어와 잼이 들어간 도넛, 트라이플

(케이크와 과일 위에 포도주, 젤리를 붓고 그 위에 커스터드와 크림을 얹은 디저트—옮긴이), 딸기, 젤리, 라이스 푸딩까지……

해리가 당밀 타르트를 맛보는 사이 대화는 각자의 가족에 관한 이야기로 흘러갔다.

"나는 반반이야." 셰이머스가 말했다. "아빠가 머글이거든. 엄마는 결혼하고 나서도 아빠한테 자기가 마법사라는 말을 안 했대. 아빠한테는 조금 불쾌한 충격이었지."

다른 아이들이 웃음을 터뜨렸다.

"넌 어때, 네빌?" 론이 물었다.

"음, 나는 할머니가 키워 주셨는데 할머니는 마법사셔." 네빌이 말했다. "근데 우리 집 식구들은 꽤 오랫동안 내가 머글인 줄 알았대. 앨지 작은할아버지는 내가 방심한 틈을 노려서 억지로라도 내 안에 있는 마법을 끌어내려고 하셨어. 한번은 블랙풀 부두에서 나를 밀어 버리신 적도 있어. 죽을 뻔했지. 그런데 아무 일도 일어나지 않았대. 내가 여덟 살이 될 때까지 말이야. 그러다 언젠가 앨지 작은할아버지가 차를 마시러 오셨다가 내 발목을 잡고 2층 창밖으로 늘어뜨렸어. 하필 그때 이니드 작은할머니가 할아버지한테 머랭을 드시라고 하는 바람에 할아버지가 깜빡 손을 놓쳐 버리셨지. 근데 다음 순간 내가 통통 튀면서 정원을 지나 길 위에 내려선 거야. 다들 정말 기뻐했어. 할머니는 너무 행복하다면서 우셨고. 내가 여기 입학하게 됐을 때 그분들 표정을 너희가 봤어야 하는데. 그러니까, 다들 내가 여기 들어오기엔 마법 면에서 부족할지도 모른다고 생각하신 거야. 앨지 작은할아버지가 너무 좋아하시면서 두꺼비를 사 주셨어."

해리의 맞은편에서는 퍼시 위즐리와 헤르미온느가 수업 얘기를 하고 있었다("정말이지 바로 시작했으면 좋겠어. 배울 게 너무 많으니까. 나는 특히 변환 마법에 관심이 많아. 한 사물을 다른 사물로 바꾸는 것 말이야. 물론 아주 어렵겠지만……", "작은 것부터 시작하게 될 거야. 성냥을 바늘로 바꾼다든지 뭐 그런 거……").

점점 몸이 따뜻해지고 졸리기 시작하자 해리는 눈을 들어 다시 상석을 보았다. 해그리드는 잔에 담긴 것을 벌컥벌컥 들이켜는 중이었다. 맥고나걸 교수는 덤블도어 교수와 이야기를 나누고 있었다. 우스꽝스러운 터번을 쓴 퀴럴 교수는 기름진 검은 머리카락에 매부리코, 누르께한 피부색의 어떤 선생과 대화를 나누고 있었다.

그 일은 정말 갑작스럽게 일어났다. 그 매부리코 선생이 퀴럴의 터번을 지나 해리의 눈을 똑바로 바라보자 이마의 흉터에서 날카롭고 뜨거운 통증이 느껴졌다.

"아얏!" 해리가 손바닥으로 머리를 감쌌다.

"왜 그래?" 퍼시가 물었다.

"아, 아무것도 아냐."

통증은 처음 나타났을 때처럼 빠르게 사라졌다. 그보다 더 떨치기 어려운 건 그 선생의 시선에서 전해 오던 느낌이었다. 해리를 조금도 좋아하지 않는 느낌.

"퀴럴 교수님하고 얘기하는 저 교수님은 누구야?" 해리가 퍼시에게 물었다.

"아, 퀴럴은 벌써 아는구나? 저렇게 긴장하는 것도 무리는 아니지. 저 사람은 스네이프 교수야. 마법약 과목을 가르치는데, 그 과목을 맡고 싶어 하진 않아. 스네이프 교수가 퀴럴의 자리를 노리고 있다는 건 모두가 아는 사실이야. 스네이프는 어둠의 마법에 대해서 지독하게 많이 알고 있거든."

해리는 잠시 스네이프를 지켜봤지만 스네이프는 다시 해리를 바라보지 않았다.

마침내 디저트까지 다 사라졌을 때 덤블도어 교수가 또 한 번 자리에서 일어났다. 연회장이 조용해졌다.

"에헴. 모두 충분히 먹고 마셨으니 이제 몇 마디 더 하도록 하겠습니다. 새 학기 공지사항이 몇 가지 있어요. 1학년들은 교내에 있는 숲에는 누구도 들어갈 수 없다는 점을 명심하길 바랍니다. 상급생 중에도 이 점을 기억해 줬으면 하는 학생들이 몇 있습니다만."

덤블도어의 반짝거리는 두 눈이 위즐리 쌍둥이 쪽으로 번뜩였다.

"또 건물 관리를 맡고 계시는 필치 씨가 쉬는 시간 복도에서 절대 마법을 써서는 안 된다는 점을 다시 상기시켜 달라고 하더군요. 퀴디치 대표팀 선발은 학기가 시작되고 두 번째 주에 실시될 예정입니다. 기숙사 대표 선수가 되고 싶은 학생은 후치 선생님에게 말씀드리도록 하세요. 그리고 마지막으로, 올해에는 4층 오른쪽 복도에 아무도 접근해서는 안 된다는 말씀을 드립니다. 굉장히 고통스러운 죽음을 맞고 싶은 게 아니라면 말이죠."

해리는 웃었지만, 그렇게 웃은 사람은 해리를 포함해 몇 명밖에 되지 않았다.

"농담이지?" 해리가 퍼시에게 숨죽여 물었다.

"진담일걸." 퍼시가 덤블도어를 향해 얼굴을 찌푸리며 말했다. "이상하네. 평소 어디에 가서는 안 된다고 할 때 항상 이유를 말해 주시는데. 숲에 위험한 짐승들이 잔뜩 있다는 건 다들 아는 일이고. 적어도 우리 반장들한테는 말씀을 해 주셔야 하는 게 아닌가 싶다."

"자 그럼, 잠자리에 들기 전에 교가를 제창하도록 합시다!" 덤블도어가 소리쳤다. 해리가 보니 다른 교수들의 미소는 약간 억지웃음으로 변해 있었다.

덤블도어가 끄트머리에 앉은 파리를 쫓듯 마법 지팡이를 가볍게 튕기자 지팡이 끝에서 긴 황금색 리본이 튀어나와 식탁들 위로 높이 떠오르더니 뱀처럼 구부러지며 단어들을 만들어 냈다.

"다들 노랫가락은 마음에 드는 것으로 고르세요." 덤블도어가 말했다. "자 그럼, 시작!"

그러자 학생들은 우렁차게 노래를 불렀다.

"호그와트, 호그와트, 호기 위티 호그와트여,
우리를 가르쳐 다오.
나이 들고 머리가 벗겨졌건
무릎이 까진 어린애건
우리 모두 머릿속에
여러 가지 재미있는 것들을 채워 넣을 수 있으니,
지금 우리의 머릿속은 텅 빈 공기로만
죽은 파리와 솜털로만 가득 차 있으니,
우리에게 알 가치가 있는 것들을 가르쳐 다오.
우리가 잊어버린 것들을 돌려다오.
그대가 최선을 다하면 나머지는 우리가 하리라.
머리가 썩어 없어질 때까지 열심히 배우리라."

모두 저마다 다른 때에 노래를 끝마쳤다. 마지막에는 아주 느린 장송곡에 맞춰 노래를 부르던 위즐리 쌍둥이만 남았다. 덤블도어는 쌍둥이가 마지막 몇 소절을 다 부를 때까지 지팡이로 지휘했고, 그들이 노래를 마쳤을 때는 누구보다 큰 소리로 박수갈채를 보내기도 했다.

"아, 음악이란." 덤블도어가 눈가를 닦으며 말했다. "우리가 여기서 하는 것 이상의 마법이지요! 자 이제, 잘 시간입니다. 빨리 들 가세요!"

그리핀도르의 1학년들은 웅성대는 사람들을 헤치고 퍼시를 따라 대연회장을 나선 뒤 대리석 계단을 올라갔다. 해리는 다리가 또 한 번 납덩이처럼 느껴졌는데, 이번에는 오로지 너무 피곤하고 배가 불렀기 때문이었다. 복도에 쭉 걸려 있는 초상화 속 사람들이 지나가는 아이들을 가리키며 소곤거렸을 때도, 퍼시가 두 차례나 그들을 밀면 움직이는 벽이며 태피스트리 벽걸이 뒤에 숨겨진 문으로 안내했을 때도, 하도 졸린 바람에 놀라지 않았다. 학생들은 하품을 하고 발을 질질 끌면서 계단을 더 올라갔다. 해리가 얼마나 더 가야 하는지 궁금해하고 있을 때 그들은 갑자기 멈춰 섰다.

걸을 때 짚고 다니는 지팡이 한 묶음이 눈앞에 떠 있었고, 퍼시가 그리로 한 걸음 다가가자 지팡이들이 저절로 퍼시 쪽으로 날아오기 시작했다.

"피브스야." 퍼시가 1학년들에게 속삭였다. "폴터가이스트(사물을 움직이거나 집어던져 시끄러운 소동을 부리는 에너지의 집합체로, 유령과는 다르다—옮긴이)지." 퍼시가 목소리를 높였다. "피브스, 모습을 드러내."

풍선에서 바람 빠지는 듯한, 요란하고 귀에 거슬리는 소리가 대답 대신 들려왔다.

"피투성이 남작한테 이른다?"

갑자기 '펑' 하는 소리가 나더니 사악한 검은 눈에 커다란 입을 가진 조그만 남자가 나타났다. 그는 책상다리를 하고 공중에 둥둥 떠서 지팡이들을 움켜쥐고 있었다.

"우후후후후후!" 피브스가 사악하게 낄낄거리며 외쳤다. "귀염둥이 1학년들이네! 정말 즐겁군!"

피브스가 갑자기 1학년들을 향해 휙 날아왔다. 모두가 몸을 숙였다.

"저리 가, 피브스. 아니면 남작 귀에 오늘 일이 들어가게 될 테니까. 장난하는 거 아니야!" 퍼시가 단호하게 소리쳤다.

피브스는 혀를 내밀더니 사라졌고, 그 바람에 지팡이들이 네빌의 머리 위로 떨어졌다. 피브스가 쌩 날아가는 소리와 그 바람에 갑옷들이 덜그럭거리는 소리가 들려왔다.

"피브스는 조심하는 게 좋아." 다시 출발하며 퍼시가 말했다. "저 녀석을 통제할 수 있는 건 피투성이 남작뿐이야. 우리 반장들 말도 안 듣는다니까. 자, 다 왔다."

복도 맨 끝에 분홍색 비단 드레스를 입은 아주 뚱뚱한 여자의 초상화가 걸려 있었다.

"암호?" 그 여자가 말했다.

"카푸트 드라코니스." 퍼시가 말하자 초상화가 앞으로 열리더니 벽에 난 둥근 구멍을 드러냈다. 모두 그 구멍으로 허둥지둥 들어갔다(네빌은 다른 사람의 도움을 받아야만 했다). 푹신한 안락의자로 가득한 아늑하고 둥근 방, 그리핀도르 휴게실에 도착한 것이다.

퍼시는 한쪽에 난 문을 통해 여자아이들을 침실로 들여보내고, 남자아이들은 다른 문으로 들여보냈다. 그들은 성의 첨탑 중 한 곳에 와 있는 게 틀림없었다. 마침내 그들은 나선형 계단 꼭대기에서 침대를 발견했다. 네 귀퉁이에 기둥이 있는 침대 다섯 개에는 짙은 붉은색 벨벳 커튼이 걸려 있었다. 짐은 이미 누군가가 가져다 놓았다. 말할 기운도 없을 만큼 지쳤기에 다들 잠옷을 입자마자 침대 위에 쓰러졌다.

"음식 정말 맛있었지?" 론이 커튼 너머로 해리에게 중얼거렸다. "저리 *비켜, 스캐버스*! 왜 이불을 뜯어먹는 거야?"

해리는 론에게 당밀 타르트를 먹어 봤냐고 물으려 했지만 그럴 겨를도 없이 곯아떨어지고 말았다.

정말 이상한 꿈을 꾼 걸 보면 과식을 했는지도 모른다. 꿈에서 해리는 퀴럴 교수의 터번을 두르고 있었는데, 그 터번은 끊임없이 해리에게 지금 당장 슬리데린으로 옮겨야 한다고 말했다. 그게 해리의 운명이라는 것이었다. 해리가 슬리데린에 가고 싶지 않다고 말하자 터번은 점점 무거워졌고, 벗으려고 하자 아플 만큼 세게 조여 왔다. 그리고 말포이가 터번과 씨름하는 해리를 비웃었다. 이윽고 말포이는 매부리코 교수, 스네이프의 모습으로 변했다. 웃음소리는 높고 차가워졌다. 초록색 빛이 터져 나왔고, 해리는 땀으로 범벅된 채 떨면서 깨어났다.

해리는 뒤척거리다 다시 잠들었고, 다음 날 일어났을 때는 그 꿈을 전혀 기억하지 못했다.

# 8장
# 마법약 교수

"저기 있잖아, 봐 봐."

"어디?"

"저 키 큰 빨간 머리 옆에."

"안경 쓴 애?"

"얼굴 봤어?"

"흉터는?"

소곤거림은 다음 날 해리가 기숙사 침실을 나선 순간부터 그를 따라다녔다. 아이들은 해리를 한번 보겠다며 까치발을 들고 교실 밖에 늘어서 있거나, 복도에서는 갔던 길을 되돌아와 해리를 지나치면서 빤히 쳐다보기도 했다. 해리는 그들이 그러지 말았으면 싶었다. 교실을 찾는 데 온 정신을 집중해야 했기 때문이었다.

 호그와트에는 모두 142군데의 계단이 있었다. 넓고 부드럽게 구부러진 계단, 좁고 곧 무너질 것 같은 계단, 금요일에는 다른 곳으로 통하는 계단, 올라가다 보면 중간에 단 하나가 사라져 버려서 기억해 두었다가 뛰어넘어야 하는 계단도 있었다. 게다가 공손하게 부탁하거나 특정한 곳을 간지럽히지 않으면 열리지 않는 문도 있었고, 사실은 문이 아닌데 그냥 단단한 벽이 문인 척하는 곳도 있었다. 더구나 모든 것이 시시때때로 자리를 옮겨 다니는 것처럼 보였기 때문에 처음 위치를 기억하기가 굉장히 어려웠다. 초상화 속 사람들은 끊임없이 서로를 방문했고, 해리가 보기에는 갑옷들도 걸어 다니는 게 틀림없었다.

 유령들도 도움이 되지 않기는 마찬가지였다. 문을 열려는데 유령 중 하나가 갑자기 그 문을 뚫고 나오면 화들짝 놀라기 마련이었다. 목이 달랑달랑한 닉은 그리핀도르 학생들에게 언제나 기꺼이 옳은 방향을 알려 주었지만, 폴터가이스트 피브스를 만나는 건 안 그래도 수업에 늦었는데 잠긴 문 두 곳과 속임수 계단 한 군데에 걸려드는 것과 맞먹는 일이었다. 피브스는 폐지가 들어 있는 쓰레기통을 학생들의 머리 위에 쏟아 버리거나 발밑에 깔린 깔개를 잡아당기고, 분필 조각을 던지고, 모습을 감춘 채 살금살금 뒤따라와 코를 꽉 잡고서는 **"네 코 가져갔다!"** 하고 소리를 지르곤

했다.

 가능한 일인지는 모르겠지만 피브스보다도 더 안 좋은 게 있다면, 바로 건물 관리인인 아거스 필치였다. 해리와 론은 다름 아닌 첫날 아침부터 필치의 노여움을 사게 되었다. 그들은 어떤 문을 억지로 열려다가 필치의 눈에 띄었는데, 알고 보니 그 문은 불행하게도 금지된 4층 복도로 가는 입구였다. 길을 잃었다는 두 사람의 말을 믿을 생각이 없었던 필치는 해리와 론이 일부러 그곳에 침입하려 했다 확신하고 그들을 지하 감옥에 가둬 버리겠다고 위협했다. 두 사람은 마침 근처를 지나던 퀴럴 교수 덕분에 간신히 빠져나왔다.

 필치한테는 노리스 부인이라는 이름의 고양이가 한 마리 있었다. 필치랑 꼭 닮은 툭 튀어나온 등불 같은 눈을 가진 비쩍 마른 옅은 갈색 고양이였다. 노리스 부인은 혼자서 복도를 순찰하고 다녔다. 규칙 하나라도 어기거나 조금이라도 선을 넘는 행동을 했다간 노리스 부인이 필치에게 빠르게 달려갈 테고, 2초쯤 뒤에 필치가 씩씩거리며 나타날 것이었다. 필치는 (아마 위즐리 쌍둥이를 제외하면) 누구보다도 교내의 비밀 통로를 잘 알고 있었기에 여느 유령들만큼이나 갑자기 나타날 수 있었다. 학생들 모두 필치를 끔찍이 싫어했으며, 노리스 부인을 제대로 한번 걷어차 주는 것이 많은 학생들의 간절한 바람이었다.

이 모든 장애물을 통과해 일단 교실을 찾는다고 해도 그 수업 자체가 또 하나의 난관이었다. 머잖아 해리는 마법에는 마법 지팡이를 휘두르며 우스꽝스러운 단어 몇 마디를 내뱉는 것보다 훨씬 많은 일이 필요하다는 것을 알게 되었다.

학생들은 매주 수요일 자정마다 망원경을 가지고 밤하늘을 연구하며 다양한 별 이름과 행성의 움직임을 배워야 했다. 1주일에 세 번은 성채 뒤의 온실로 가서 스프라우트 교수라는 땅딸막한 여자 마법사와 함께 약초학을 공부했다. 약초학 시간에는 온갖 기이한 식물 및 버섯 들을 돌보는 방법과 그 용도를 배웠다.

가장 지겨운 수업을 꼽는 건 어렵지 않았다. 유령이 가르치는 유일한 수업인 마법의 역사였다. 교무실 난로 앞에서 잠들었던 그날 밤에도 이미 나이가 굉장히 많았던 빈스 교수는 다음 날 아침 자신의 시체를 내버려 두고 수업을 하러 갔다. 학생들이 이름과 날짜를 받아 적으며 사악한 에머릭과 괴짜 어릭을 헷갈려 하는 동안 그는 낮은 목소리로 말을 이어 갔다.

일반 마법 선생인 플리트윅 교수는 교탁 너머를 보려면 책을 쌓아 놓고 그 위에 서야만 하는, 키가 아주 작은 남자 마법사였다. 플리트윅은 첫 수업을 시작하면서 출석을 불렀는데, 해리의 이름을 부를 차례가 되자 흥분한 듯 높은 소리로 꽥꽥거리다가 넘어져 보이지 않게 되었다.

맥고나걸 교수는 역시 어딘가 달랐다. 함부로 거슬러서는 안 되는 교수일 거라는 해리의 생각이 맞았다. 엄격하고 똑 부러지는 성격의 맥고나걸 교수는 학생들이 첫 수업에 들어와 자리에 앉자마자 훈계부터 했다.

"변환 마법은 여러분이 호그와트에서 배우게 될 마법 가운데 가장 복잡하고 위험한 마법에 속합니다." 그녀가 말했다. "내 수업 시간에 말썽을 피우는 학생은 누구든 그 즉시 교실을 떠나 다시는 돌아오지 못할 겁니다. 미리 경고했어요."

그런 다음 맥고나걸 교수는 자기 책상을 돼지로 바꾸었다가 원래대로 돌려놓았다. 학생들 모두 매우 깊은 인상을 받았기에 얼른 마법을 시작하고 싶어 안달이 났지만, 가구를 동물로 바꾸는 일은 아주 오랜 시간이 지난 뒤에야 할 수 있다는 사실을 곧 깨달았다. 학생들은 복잡한 필기를 잔뜩 한 다음 각자 성냥개비를 하나씩 받아 바늘로 바꾸는 연습을 시작했다. 수업이 끝날 때쯤에는 오직 헤르미온느 그레인저만이 성냥을 어떤 형태로든 바꿔 놓을 수 있었다. 맥고나걸 교수는 성냥이 어떻게 완전히 은색으로, 또 뾰족하게 변했는지를 학생 모두에게 보여 주고 헤르미온느에게 좀처럼 짓지 않는 미소를 지어 보였다.

모두가 정말로 고대하던 수업은 어둠의 마법 방어법이었지만, 퀴럴의 수업은 우스갯소리나 다름없는 것으로 밝혀졌다. 그의 교실에서는 마늘 냄새가 심하게 났는데, 사람들은 퀴럴이 루마니아에서 만난 뱀파이어가 당장에라도 자기를 잡으러 올까 봐 겁을 먹고 놈을 쫓으려고 그렇게 한 것이라고 했다. 퀴럴은 그의 터번이 골치 아픈 좀비를 쫓아 준 대가로 아프리카의 어느 왕자가 준 감사의 선물이라고 했지만, 학생들은 그 이야기를 확실히 믿을 수가 없었다. 일단, 셰이머스 피니건이 좀비와 어떻게 싸웠느냐고 기대에 차서 묻자 퀴럴이 얼굴을 붉히고 날씨 이야기를 늘어놓기 시작했던 것이다. 또 학생들은 퀴럴의 터번 근처에서 이상한 냄새가 난다는 것을 알아챘는데, 위즐리 쌍둥이는 그것이 퀴럴이 어디에 가든 자기 몸을 지키려고 터번 안을 마늘로 가득 채웠기 때문이라고 주장했다.

해리는 자신이 다른 학생들보다 한참 뒤처지는 건 아니라는 사실을 알게 되어 무척 마음이 놓였다. 머글 가족 출신도 많았는데, 그들은 해리와 마찬가지로 자기들이 마법사라는 사실을 여태껏 전혀 몰랐다. 배울 게 너무 많아서, 론 같은 아이들도 처음부터 많이 앞서 나가지는 못했다.

해리와 론에게 금요일은 중요한 날이었다. 마침내 두 사람은 한 번도 길을 잃지 않고 대연회장까지 아침을 먹으러 갈 수 있었다.

"오늘 수업은 뭐지?" 해리가 포리지에 설탕을 부어 넣으며 론에게 물었다.

"마법약 연강이야, 슬리데린 애들이랑 같이 들어야 한대." 론이 말했다. "스네이프는 슬리데린 기숙사 담임 교수야. 사람들 말로는 슬리데린 애들을 편애한다는데, 조금 있으면 그 말이 사실인지 알 수 있겠지."

"맥고나걸 교수님도 우리를 편애했으면 좋겠다." 맥고나걸 교수는 그리핀도르 기숙사 담임 교수였지만 어제만 해도 전혀 봐주는 것 없이 엄청난 숙제를 내주었다.

바로 그때 우편물이 도착했다. 지금은 해리도 익숙해졌지만, 첫날 아침 식사 시간에는 100마리쯤 되는 부엉이와 올빼미가 갑자기 대연회장으로 쏟아져 들어와 주인을 찾을 때까지 식탁 주위를 빙빙 돌다가 그들의 무릎 위에 편지와 소포를 떨어뜨리는 것을 보고 조금 충격을 받았다.

헤드위그는 지금까지 해리에게 아무것도 가져다준 적이 없었다. 그냥 가끔씩 날아와 해리의 귀를 잘근잘근 깨물거나 토스트를 조금 떼어 먹은 다음 부엉이장으로 돌아가 학교의 다른 부엉이, 올빼미 들과 함께 잠을 잤다. 하지만 오늘 아침에는 헤드위그가 마멀레이드 그릇과 설탕 그릇 사이에 사뿐히 내려앉더니 해리의 접시에 편지를 떨어뜨렸다. 해리는 곧바로 편지를 뜯어 보았다.

> 해리에게(라고, 아주 지저분하게 휘갈긴 글씨가 쓰여 있었다)
> 금요일 오후에는 수업이 없는 걸로 안다. 3시쯤 와서 나랑 차 한잔하지 않을래? 학교에서 보낸 첫 주가 어땠는지 아주 궁금하구나. 헤드위그 통해서 답장 바란다.
>
> 해그리드

해리는 론의 깃펜을 빌려 편지 뒷면에 '네, 꼭 만나요'라고 휘갈겨 쓴 다음 헤드위그를 다시 날려 보냈다.

해그리드와 차를 마신다는 기대할 만한 일이 생겨서 다행이었다. 알고 보니 마법약 수업은 지금까지 일어난 일 중 최악이었기 때문이다.

개강 연회에서 해리는 스네이프 교수가 자신을 싫어한다는 느낌을 받았다. 마법약 첫 수업이 끝났을 때, 해리는 자신의 생각이 틀렸다는 것을 깨달았다. 스네이프는 해리를 싫어하지 않았다. 그는 해리를 증오했다.

마법약 수업은 지하 감옥으로 쓰던 방 중 한 곳에서 진행됐다. 그곳은 성의 지상층보다 추웠으며 사방 벽에 늘어선 유리병 속에 둥둥 떠 있는 절여진 동물들이 아니더라도 상당히 으스스했다.

스네이프도 플리트윅처럼 출석을 부르는 것으로 수업을 시작했고, 역시 플리트윅처럼 해리의 이름에서 잠깐 멈췄다.

"아, 그래." 스네이프가 조용히 말했다. "해리 포터. 우리의 새로운…… 유명 인사로군."

드레이코 말포이와 그의 친구 크래브, 고일이 손으로 입을 가리고 기분 나쁘게 킬킬거렸다. 스네이프는 출석을 다 부르고 나서 학생들을 바라보았다. 스네이프의 눈은 해그리드처럼 검었지만 해그리드의 눈이 품고 있는 온기는 어디에서도 찾아볼 수 없었다. 차갑고 공허하고 어두운 터널을 생각나게 하는 눈이었다.

"여러분은 마법약 만들기라는, 정밀한 과학이자 정확한 기술을 배우고자 이 자리에 모였다." 스네이프가 이야기를 시작했다. 그의 목소리는 속삭이는 것보다 조금 큰 정도였지만 모두가 한 마디 한 마디를 놓치지 않고 귀를 기울였다. 맥고나걸 교수처럼 스네이프도 별다른 노력 없이 학생들을 조용하게 만드는 능력을 갖고 있었다. "이곳에서는 멍청하게 지팡이나 휘두를 일이 별로 없으므로 너희 중 다수는 이게 마법이라는 것을 믿기 힘들 것이다. 나는 너희가 희미하게 빛나는 연기를 내며 부드럽게 끓어오르는 솥단지의 아름다움이나, 사람의 혈관을 타고 몰래 스며들어 정신을 사로잡고 감각을 흐트러뜨리는 액체의 섬세한 힘을 진정으로 이해할 거라고는 기대하지 않는다. ……하지만 나는 너희에게 유리병 하나에 명성을 담아내고, 솥으로 영광을 끓이고, 심지어는 약병 마개로 죽음을 막는 방법을 알려 줄 수 있다. 너희가 평소 내가 가르쳐야 했던 멍청이들만큼 머리가 나쁘지 않다면 말이지만."

이 짧은 연설이 끝나자 더 조용해졌다. 해리와 론은 눈썹을 치켜들고 눈짓을 교환했다. 헤르미온느 그레인저는 의자에서 거의 일어날 것 같은 자세였다. 자신이 멍청이가 아니라는 걸 필사적으로 증명해 보이고 싶은 모양이었다.

"포터!" 스네이프가 갑자기 말했다. "아스포델 뿌리 가루를 약쑥 우린 물에 넣으면 뭐가 되지?"

'뭔 뿌리 가루를 뭘 우린 물에 넣는다고?' 해리는 론을 힐끗 보았다. 론 역시 당황한 표정이었다. 헤르미온느의 손이 머리 위로 번쩍 올라갔다.

"모르겠습니다, 교수님." 해리가 말했다.

스네이프의 입꼬리가 비틀어지며 그 얼굴에 비웃음이 번졌다.

"쯧쯧. 명성이 전부가 아니라는 건 분명하군."

스네이프는 헤르미온느의 손을 무시했다.

"다시 해 보지. 포터, 내가 베조아르를 찾아오라고 하면 어디를 살펴보겠나?"

헤르미온느가 앉은 자세에서 머리 위로 최대한 높이 손을 뻗었지만, 해리는 베조아르가 뭔지 어렴풋이나마 알 수가 없었다. 해리는 키득거리느라 부들부들 떠는 말포이, 크래브, 고일을 보지 않으려고 애썼다.

"잘 모르겠습니다, 교수님."

"수업에 들어오기 전에 책 한번 펴 볼 생각을 안 했나 보군. 응, 포터?"

해리는 애써 저 차가운 눈을 계속 똑바로 바라보았다. 더즐리네 집에 있을 때 해리는 분명히 책을 훑어보았다. 그래도 그렇지, 《1,000가지 마법 약초와 버섯》을 어떻게 다 기억한단 말인가?

스네이프는 여전히 헤르미온느의 부들부들 떨리는 손을 무시하고 있었다.

"그렇다면 투구꽃과 바꽃의 차이는 뭐지, 포터?"

이 질문에 헤르미온느는 아예 자리에서 일어나 지하 감옥 천장에 닿도록 손을 들고 있었다.

"모르겠습니다." 해리가 조용히 말했다. "헤르미온느는 아는 것 같은데 한번 물어보시죠."

몇몇이 웃었다. 셰이머스는 해리와 눈이 마주치자 한쪽 눈을 찡긋했다. 하지만 스네이프는 재밌어하지 않았다.

"앉아." 스네이프가 헤르미온느에게 쏘아붙였다. "참고하길 바란다, 포터. 아스포델과 약쑥을 섞으면 '살아 있는 죽음의 물약'이라 불리는 아주 강력한 수면 마법약이 만들어진다. 베조아르는 염소의 위에서 채취한 돌로, 그걸 쓰면 대부분의 독이 듣지 않게 된다. 투구꽃과 바꽃에 대해 말해 주자면, 둘은 같은 식물로 백부자라고도 불린다. 뭐 하고 있나? 어째서 다들 받아 적지 않는 거지?"

모두가 갑자기 깃펜과 양피지를 뒤적거렸다. 그 소음 너머로 스네이프가 말했다. "그리고 네 건방진 태도 때문에 그리핀도르 기숙사는 1점 감점이다, 포터."

마법약 수업이 계속되는 동안 그리핀도르의 상황은 나아지지 않았다. 스네이프는 학생들을 모두 둘씩 짝지어 종기를 치료하는 데 쓰는 간단한 마법약을 혼합하도록 했다. 그는 긴 검은색 망토 자락으로 이곳저곳을 쓸고 다니며 학생들이 마른 쐐기풀의 무게를 달고 뱀의 송곳니를 빻는 모습을 지켜보는 내내 모두를 나무랐지만, 그의 마음에 든 듯한 말포이만은 예외였다. 산성을 띤 녹색 연기와 시끄럽게 쉬익 하는 소리가 지하 감옥을 가득 채웠을 때도 그는 모두에게 말포이가 뿔달팽이를 얼마나 완벽하게 우려냈는지 보라는 얘기만 하고 있었다. 어찌 된 일인지 네빌이 셰이머스의 솥을 녹여 일그러뜨리는 바람에 돌바닥에 물약이 쏟아져 학생들의 신발에 구멍을 내 버렸다. 잠시 뒤 학생 모두가 의자 위에 올라섰다. 솥이 망가지면서 물약을 뒤집어쓴 네빌은 팔다리에 온통 벌겋게 곪은 종기가 돋자 아파서 신음했다.

"멍청한 녀석!" 스네이프가 마법 지팡이를 단 한 번 휘둘러 쏟아진 물약을 치우면서 으르렁거렸다. "솥의 불을 끄기 전에 호저의 가시를 넣었지?"

코 전체에 종기가 돋아나기 시작하자 네빌이 훌쩍거렸다.

"병동으로 데려가라." 스네이프가 셰이머스에게 내뱉더니 네빌의 옆자리에서 작업하고 있던 해리와 론을 돌아보았다.

"너, 포터. 가시를 넣지 말라는 얘기를 왜 안 해 줬지? 저 녀석이 제대로 하지 못하면 네가 상대적으로 더 나아 보일 거라 생각했나? 너 때문에 그리핀도르는 1점 더 감점이다."

너무도 불공평한 일이라 해리는 말대꾸하려고 입을 열었지만, 론이 솥 뒤에서 해리를 툭 찼다.

"그러지 마." 론이 웅얼거렸다. "스네이프는 아주 고약한 짓도 할 수 있다고 들었어."

한 시간 뒤 지하 감옥에서 올라왔을 때 해리는 머리가 혼란스럽고 기분이 좋지 않았다. 첫 주에 그리핀도르 점수를 2점이나 까먹다니. 스네이프는 왜 그렇게 해리를 싫어하는 걸까?

"기운 내." 론이 말했다. "스네이프는 프레드랑 조지한테서도 항상 점수를 깎으니까. 해그리드 만나러 갈 때 나도 같이 가도 돼?"

3시 5분 전, 둘은 성을 나서서 교정을 걸어갔다. 해그리드는 금지된 숲 가장자리에 있는 조그만 나무 집에서 살았다. 석궁 하나와 방수용 덧신이 현관 앞에 놓여 있었다.

해리가 문을 두드리자 안에서 정신없이 발톱으로 긁어 대는 소리와 쿵쿵 울리는 듯한 개 짖는 소리가 몇 차례 났다. 이어서 해그리드의 목소리가 밖에까지 울려 퍼졌다. "물러서, 팽. 물러서라고."

문이 열리자 문틈으로 수염이 덥수룩한 해그리드의 커다란 얼굴이 나타났다.

"잠깐만." 해그리드가 말했다. "물러서, 팽."

해그리드는 집채만 한 검은색 사냥개의 목줄을 놓치지 않으려고 용을 쓰면서 두 사람을 들여보내 주었다.

단칸짜리 오두막이었다. 햄과 꿩고기가 천장에 걸려 있고, 구리 주전자는 난로 위에서 부글부글 끓고 있었으며, 구석에는 조각보 이불이 덮인 어마어마하게 큰 침대가 있었다.

"편하게 있어라." 해그리드가 팽을 풀어 주며 말했다. 팽은 그대로 론에게 달려들어 그의 귀를 핥기 시작했다. 해그리드가 그렇듯 팽도 보기만큼 사납지 않은 게 분명했다.

"얘는 론이에요." 해리가 해그리드에게 말했다. 해그리드는 끓는 물을 커다란 찻주전자에 붓고 록케이크(겉이 울퉁불퉁하고 속에 말린 과일을 넣은 작은 쿠키—옮긴이)를 접시에 담았다.

"너도 위즐리구나?" 해그리드가 론의 주근깨를 힐긋 보며 말했다. "나는 네 쌍둥이 형들을 금지된 숲 밖으로 쫓아내느라 인생의 반을 보냈다."

록케이크를 먹다가 이가 부러질 뻔했지만 해리와 론은 맛있는 척하면서 첫 수업에 대해 온갖 이야기를 늘어놓았다. 팽은 해리의 무릎에 머리를 올려놓고 로브를 온통 침으로 적셨다.

해그리드가 필치를 "그 재수 없는 늙은이"라고 부르자 해리와 론은 즐거웠다.

"그리고 그놈의 고양이, 노리스 부인 말이야. 언젠가 팽한테 한 번 소개해 주고 싶어. 내가 학교에만 가면 그놈의 고양이가 어디든 나를 졸졸 따라다닌다니까? 도저히 따돌릴 수가 없어. 필치가 그러라고 시킨 거야."

해리는 스네이프의 수업에 대해서도 이야기했다. 론이 그랬듯 해그리드도 해리에게 걱정하지 말라고 말했다. 스네이프는 어떤 학생이든 그다지 좋아하지 않는다면서.

"하지만 저를 정말로 증오하는 것 같았어요."

"말도 안 돼!" 해그리드가 말했다. "그럴 이유가 있겠냐?"

하지만 해리는 해그리드가 그 말을 하면서 그의 눈을 피했다는 생각을 떨칠 수가 없었다.

"너희 형 찰리는 어떻게 지내냐?" 해그리드가 론에게 물었다. "그 녀석 참 마음에 들었는데. 동물들하고 아주 잘 지냈거든."

해리는 해그리드가 일부러 화제를 돌렸는지도 모른다고 생각했다. 론이 찰리가 하는 용 관련 일을 시시콜콜 늘어놓는 동안 해리는 탁자 위 찻주전자 덮개 아래 놓여 있던 종잇조각을 집어 들었다. 《예언자일보》에서 잘라 낸 기사였다.

## 그린고츠 침입 사건
## 최신 속보

지난 7월 31일 그린고츠에서 발생한 침입 사건에 대한 수사가 지속되는 가운데, 많은 사람이 이 사건이 밝혀지지 않은 어둠의 마법사의 소행이라 믿고 있다.

오늘, 그린고츠의 고블린들은 해당 금고는 실제로 침입이 있던 날 이미 비어 있었다면서 도난당한 물품은 아무것도 없다고 주장했다.

오늘 오후 그린고츠의 고블린 대변인은 "그 금고에 무엇이 보관되어 있었는지는 알려 줄 수 없으니 괜한 참견은 않는 게 좋을 거요"라고 말했다.

기차를 타고 오면서 론이 누가 그린고츠를 털려 했다고 얘기했던 게 기억났다. 하지만 그때 론은 날짜는 말하지 않았다.

"해그리드!" 해리가 말했다. "저 그린고츠 침입 사건, 제 생일에 일어난 일이었어요! 우리가 거기 가 있는 동안 사건이 일어났는지도 모르겠네요!"

이번에는 틀림없었다. 해그리드는 확실히 해리의 눈을 피했다. 그는 뭐라고 툴툴거리더니 해리에게 록케이크를 하나 더 권했다. 해리는 다시 기사를 읽어 보았다. '해당 금고는 실제로 침입이 있던 날 이미 비어 있었다.' 작고 지저분한 꾸러미를 꺼내는 것도 금고를 비우는 것이라 할 수 있다면 그날 해그리드는 713번 금고를 비웠다. 그게 바로 도둑들이 찾는 물건이었을까?

저녁을 먹으러 성으로 돌아가는 해리와 론의 주머니는 예의 바른 마음에 도저히 거절할 수 없었던 록케이크의 무게로 축 늘어져 있었다. 여태까지 들은 어떤 수업도 해그리드와 마신 차 한 잔만큼의 생각거리를 던져 주지 못했다. 해그리드가 때마침 그 꾸러미를 가지고 나왔던 걸까? 그 꾸러미는 지금 어디에 있을까? 그리고 해그리드는 스네이프에 관해 해리에게는 알려 주고 싶지 않은 뭔가를 아는 걸까?

## 9장
# 한밤의 결투

해리는 평생 더들리보다 더 싫은 아이를 만나게 될 거라고 생각해 본 적이 없었다. 하지만 그것은 드레이코 말포이를 만나기 전의 얘기였다. 그리핀도르 1학년들이 슬리데린 학생들과 마주치는 건 마법약 수업 시간뿐이었으므로 그들이 말포이를 참아 내야 할 일은 그렇게 많지 않았다. 적어도 그리핀도르 휴게실에 붙은 공고문을 발견하기 전까지는 그랬다. 공고문을 읽은 학생들 모두 짜증 섞인 신음을 냈다. 화요일에 비행 수업이 시작될 예정이었는데, 그리핀도르와 슬리데린이 함께 수업을 듣도록 되어 있었다.

"이럴 줄 알았어." 해리가 음울하게 말했다. "아주 내가 원하던 그대로네. 말포이 앞에서 빗자루를 타고 망신당하다니."

여태껏 해리는 비행 배우는 날만을 손꼽아 기다리고 있었다.

"망신을 당할지 어떨지는 모르는 거지." 론이 이성적으로 말했다. "뭐, 말포이가 자기 입으로 퀴디치를 잘한다고 떠들어 대는 건 나도 아는데, 장담해. 그냥 말뿐일 거야."

확실히 말포이는 비행에 대해서 수도 없이 떠들어 댔다. 1학년들은 왜 기숙사 퀴디치 대표팀에 들어갈 수 없느냐며 큰 소리로 불평했고, 언제나 헬리콥터를 탄 머글들을 간발의 차이로 따돌리는 장면에서 끝나는 자기 자랑을 길게 늘어놓았다. 말포이뿐만이 아니었다. 셰이머스 피니건은 어린 시절 대부분을 빗자루를 타고 시골 하늘을 쌩쌩 날아다니며 보냈다고 했다. 론조차도 누구든 자기 얘기를 들어주는 사람만 있으면, 찰리의 낡은 빗자루를 타고 날아가다가 행글라이더에 부딪힐 뻔한 이야기를 하곤 했다. 마법사 가족 출신들은 모두 끊임없이 퀴디치 이야기를 했다. 론은 같은 기숙사 침실을 쓰는 딘 토머스와 축구 얘기를 하다가 벌써 한바탕 말다툼을 벌였다. 론은 공도 한 개밖에 사용하지 않고 아무도 날지 않는 경기가 뭐가 재미있는지 이해하지 못했다. 해리는 론이 딘의 웨스트햄 축구팀 포스터 속 선수들을 움직이게 만들겠다며 마법 지팡이로 포스터를 쿡쿡 찌르는 것을 보기도 했다.

네빌은 살면서 한 번도 빗자루를 타 본 적이 없었다. 할머니가 아예 빗자루 근처에도 가지 못하게 했기 때문이다. 해리는 속으로 네빌의 할머니가 그렇게 하신 데는 다 이유가 있다고 생각했다. 네빌은 두 발을 땅에 디딘 채로도 놀랄 만큼 많은 사고를 일으킬 수 있었던 것이다.

헤르미온느 그레인저는 비행 수업 때문에 네빌만큼이나 초조해했다. 비행이란 책을 외운다고 배울 수 있는 게 아니었기 때문이다. 그렇다고 헤르미온느가 시도조차 해 보지 않은 건 아니었다. 목요일 아침 식사 시간, 헤르미온느는 도서관에서 빌려 온 《퀴디치의 역사》라는 책에서 읽은 비행 관련 팁을 주절주절 늘어놓아 모두를 질리게 했다. 빗자루에 붙어 있게 해 주는 거라면 무엇이든 절박했던 네빌은 헤르미온느가 하는 말 한 마디 한 마디에 매달렸지만 다른 아이들은 우편물이 도착해 그녀의 강의가 끊기자 굉장히 기뻐했다.

해리는 해그리드의 편지 이후 단 한 통의 편지도 받지 못했다. 아니나 다를까, 말포이는 금세 이 사실을 알아차리고 그의 수리부엉이가 집에서 간식 꾸러미를 날라다 줄 때마다 슬리데린 식탁에서 뽐내듯 포장을 풀어 보곤 했다.

외양간올빼미 한 마리가 네빌에게 할머니가 보낸 작은 꾸러미를 전해 주었다. 네빌은 신이 나서 꾸러미를 열고 아이들에게 하얀 연기로 가득 차 있는 것처럼 보이는 커다란 구슬만 한 유리 공을 보여 주었다.

"리멤브럴이야!" 네빌이 설명했다. "할머니는 내가 뭘 자꾸 까먹는다는 걸 아시거든. 리멤브럴은 혹시 뭔가 잊어버린 일이 있는지 알려 줘. 봐, 이렇게 꽉 쥐었을 때 리멤브럴이 빨갛게 변하면……이런……." 리멤브럴이 갑자기 짙은 빨간색으로 빛나자 네빌은 낙담한 얼굴이 되었다. "……뭔가를 잊어버린 거야……."

네빌이 뭘 잊어버렸는지 기억해 내려 애쓰고 있을 때 그리핀도르 식탁 근처를 지나던 말포이가 그의 손에서 리멤브럴을 낚아챘다.

해리와 론이 자리에서 벌떡 일어났다. 안 그래도 말포이와 한판 붙을 일이 생기기를 반쯤 바라고 있었던 것이다. 하지만 그때 어떤 선생보다도 학교에서 일어나는 문제를 빠르게 알아채는 맥고나걸 교수가 눈 깜짝할 사이에 나타났다.

"무슨 일이지?"

"말포이가 제 리멤브럴을 가져갔어요, 교수님."

말포이가 무서운 얼굴로 네빌을 쏘아보며 리멤브럴을 얼른 식탁 위에 도로 떨어뜨렸다.

"그냥 한번 본 건데요." 말포이는 그렇게 말하더니 크래브와 고일을 거느리고 슬며시 빠져나갔다.

그날 오후 3시 30분, 해리와 론, 그리고 다른 그리핀도르 학생들은 첫 번째 비행 수업을 받으러 서둘러 정문 계단을 내려가 교정으로 나갔다. 산들바람이 불어오는 화창한 날이었다. 발밑에서는 풀잎이 물결쳤다. 그들은 금지된 숲 반대편에 있는 부드러운 잔디밭을 향해 경사진 풀밭을 걸어갔다. 금지된 숲의 나무들이 저 멀리서 음산하게 흔들리고 있었다.

슬리데린 학생들은 이미 와 있었고, 스무 자루의 빗자루도 줄 맞춰 바닥에 놓여 있었다. 해리는 프레드와 조지 위즐리가 학교 빗자루에 대해 불평하는 얘기를 들은 적이 있었다. 너무 높이 날면 덜덜 떨리거나 늘 방향이 왼쪽으로 약간씩 틀어지는 것들도 있다고 했다.

그들에게 비행을 가르쳐 줄 후치 선생이 도착했다. 그녀는 짧게 자른 잿빛 머리카락에, 노란 두 눈은 꼭 매 같았다.

"자, 다들 뭘 기다리는 거지?" 후치 선생이 곧바로 외쳤다. "모두 빗자루 옆에 서도록. 어서, 서둘러라."

해리는 자기 빗자루를 힐긋 내려다보았다. 낡은 빗자루였다. 잔가지 몇 개가 이상한 각도로 삐져나와 있었다.

"오른손을 빗자루 위로 뻗는다." 후치 선생이 앞에 서서 소리쳤다. "그리고 이렇게 말해라. 위로!"

"**위로!**" 모두가 외쳤다.

해리의 빗자루는 즉시 그의 손 안으로 날아들었다. 하지만 그렇게 된 사람은 몇 명 없었다. 헤르미온느 그레인저의 빗자루는 그냥 바닥을 굴러다녔고 네빌의 빗자루는 조금도 움직이지 않았다. 어쩌면 말들이 그러하듯 빗자루도 사람이 겁먹은 것을 눈치채는지도 모른다는 생각이 들었다. 네빌의 목소리에 깃든 떨림은 땅에 두 발을 대고 있을 수만 있으면 더 바랄 게 없겠다는 마음을 너무도 분명하게 드러내고 있었다.

후치 선생은 미끄러지지 않고 빗자루에 올라타는 방법을 보여 준 다음 학생들이 서 있는 줄을 왔다 갔다 하며 빗자루 쥐는 법을 바로잡아 주었다. 그녀가 말포이에게 오랫동안 잘못된 방법으로 빗자루를 잡아 왔다고 한 덕분에 해리와 론은 무척 기분이 좋아졌다.

"자, 내가 호루라기를 불면 모두 땅을 세게 박차고 오르는 거다." 후치 선생이 말했다. "빗자루를 흔들리지 않게 잡고 1미터 정도만 떠올랐다가, 앞으로 살짝 기울여 그대로 땅에 내려선다. 호루라기를 불면 시작해라. 셋, 둘······."

그러나 혼자만 땅에 남겨질까 봐 긴장하고 조마조마하고 겁먹은 네빌은 후치 선생의 입술에 호루라기가 채 닿기도 전에 세차게 날아올랐다.

"돌아와, 이 녀석아!" 후치 선생이 소리쳤지만, 네빌은 샴페인 병에서 튀어 나간 코르크 마개처럼 곧장 솟구쳐 올라갔다. 3미터······ 6미터. 네빌이 하얗게 질린 얼굴로 저만치 멀어지는 땅을 내려다보는 모습이 보였다. 그가 헉하고 숨을 들이켜는 것이 보이고, 이어 빗자루에서 미끄러지는 모습이 보이더니……

**쾅**, 하는 둔탁한 소리와 함께 우적 부서지는 소리가 나면서 네빌은 얼굴을 아래로 한 채 잔디밭에 엎어졌다. 그의 빗자루는 계속해서 높이높이 올라가더니 금지된 숲으로, 사람들의 시선이 미치지 않는 곳으로 한가로이 날아가 버렸다.

후치 선생이 네빌에게로 몸을 구부렸다. 그녀의 얼굴은 네빌만큼이나 하얗게 질려 있었다.

"손목이 부러졌구나." 후치 선생이 중얼거렸다. "가자, 애야. 괜찮아, 일어나라."

후치 선생이 나머지 학생들을 돌아보았다.

"내가 이 아이를 병동에 데려다주는 동안 절대 움직여선 안 된다! 빗자루는 지금 있는 자리에 그대로 놔두도록. 안 그러면 퀴디치의 '퀴' 자를 입에 올리기도 전에 호그와트에서 쫓겨날 줄 알아라. 가자, 애야."

네빌은 눈물범벅이 된 얼굴로 손목을 부여잡고 후치 선생의 부축을 받아 절뚝거리며 걸어갔다.

그들이 말소리가 들리지 않을 만큼 멀어지자 말포이가 웃음을 터뜨렸다.

"쟤 얼굴 봤냐? 덩치는 커다란 게 물렁물렁해 가지고."

다른 슬리데린 학생들도 동조했다.

"닥쳐, 말포이." 파르바티 파틸이 쏘아붙였다.

"오오, 롱보텀 편을 드는 거야?" 감정이라곤 없어 보이는 표정의 슬리데린 여학생 팬지 파킨슨이 말했다. "다른 사람도 아니고 파르바티 네가 뚱뚱한 울보 아기들을 좋아하는 줄은 몰랐네."

"이것 봐!" 말포이가 앞으로 달려 나와 잔디밭에서 무언가를 주워 올리며 말했다. "롱보텀네 할머니가 보내 준 그 멍청한 구슬이잖아."

말포이가 높이 들어 올리자 리멤브럴이 햇빛을 받아 반짝였다.

"그거 이리 줘, 말포이." 해리가 조용히 말했다. 모두가 말을 멈추고 지켜보았다.

말포이가 심술궂은 미소를 머금었다.

"롱보텀이 가져갈 수 있도록 어디 갖다 놓는 게 좋을 것 같은데. 음…… 나무 위는 어떨까?"

"이리 내놓으라고!" 해리가 소리쳤지만 말포이는 이미 빗자루를 타고 날아오른 뒤였다. 말포이가 지금껏 했던 말은 거짓이 아니었다. 그는 실제로 잘 날아다녔다. 말포이가 오크나무 가장 높은 가지 근처를 맴돌며 외쳤다. "와서 가져가 봐, 포터!"

해리가 빗자루를 움켜잡았다.

"안 돼!" 헤르미온느 그레인저가 소리쳤다. "후치 선생님이 움직이지 말라고 하셨잖아. 너희 때문에 우리 모두 혼날 거야."

해리는 헤르미온느의 말을 무시했다. 귓속에서 심장이 쿵쾅거렸다. 해리는 빗자루에 올라타 땅을 세게 박차고 위로 위로 날아올랐다. 공기가 머리카락 사이를 휙휙 갈랐고 로브 자락은 뒤에서 마구 휘날렸다. 배우지 않고도 할 줄 아는 뭔가를 찾아냈다는 깨달음에 즐거움이 마구 솟구쳤다. 이거 쉽잖아. 멋진데. 해리가 빗자루를 살짝 위로 잡아당겨 더욱더 높이 날아오르자, 저 아래 여자아이들의 비명 소리와 숨 들이켜는 소리, 론이 내지르는 감탄 어린 환호성이 들려왔다.

해리는 빗자루를 급하게 틀어 공중에서 말포이와 마주했다. 말포이는 충격을 받은 듯했다.

"이리 내놔." 해리가 소리쳤다. "안 그러면 빗자루에서 떨어뜨릴 거야!"

"아, 그러셔?" 말포이가 말했다. 코웃음을 치려고 애쓰면서도 표정은 굳어 있었다.

왠지는 몰라도 해리는 뭘 해야 할지 알고 있었다. 몸을 앞으로 기울이면서 두 손으로 빗자루를 꽉 잡자 빗자루는 마치 투창처럼 말포이를 향해 쏜살같이 날아갔다. 말포이는 간신히 피할 뿐이었다. 해리는 급격히 방향을 틀면서도 빗자루를 안정적으로 잡고 있었다. 밑에서 몇몇 아이들이 박수를 쳤다.

"여기엔 너를 지켜 줄 크래브도 고일도 없어, 말포이." 해리가 외쳤다.

같은 생각이 말포이에게도 스친 모양이었다.

"그럼, 잡을 수 있으면 잡아 봐!" 말포이는 그렇게 소리치더니 유리 공을 하늘 높이 던지고 다시 땅으로 쏜살같이 내려갔다.

유리 공이 하늘 높이 솟아올랐다가 떨어지기 시작하는 모습이 슬로모션처럼 보였다. 해리는 몸을 앞으로 기울이고 빗자루 손잡이를 아래로 겨눴다. 다음 순간, 그는 가파르게 하강하면서 점점 속도를 높여 유리 공을 향해 돌진했다. 귓가를 쌩쌩 스치는 바람 소리에 지켜보는 사람들의 비명 소리가 섞였다. 해리는 한 손을 뻗어 땅에서 겨우 30센티미터 떨어진 지점에서 리멤브럴을 움켜쥐었다. 그리고 아슬아슬한 순간 빗자루를 똑바로 당겨, 리멤브럴을 주먹에 안전하게 쥔 채 잔디밭 위에 부드럽게 넘어졌다.

"**해리 포터!**"

해리의 심장이 그가 방금 내려온 속도보다도 더 빠르게 뚝 떨어졌다. 맥고나걸 교수가 달려오고 있었다. 해리는 몸을 떨면서 자리에서 일어났다.

"한 번도…… 호그와트에 있는 동안 단 한 번도……."

맥고나걸 교수는 충격으로 거의 말을 잇지 못했다. 안경 너머 두 눈은 격렬한 분노로 번뜩였다. "……어떻게 그렇게 무모하게…… 목이 부러질 수도 있었는데……."

"해리 잘못이 아니에요, 교수님."

"조용히 하세요, 파틸 양."

"하지만 말포이가……."

"그만하라고 했습니다, 위즐리 군. 포터, 따라오너라, 지금 당장."

자리를 떠나면서 해리는 승리감으로 가득한 말포이, 크래브, 고일의 얼굴을 힐끗 보고 망연자실한 채, 성을 향해 성큼성큼 걸어가는 맥고나걸 교수를 따라갔다. 퇴학당할 게 뻔했다. 뭔가 변명이라도 하고 싶었지만 뭐가 잘못됐는지 목소리가 나오지 않았다. 맥고나걸 교수는 해리를 아예 보지도 않은 채 미끄러지듯 나아갔고, 해리는 쫓아가느라 종종걸음을 쳐야 했다. 결국 일을 저지르고 말았다. 겨우 2주도 못 버티다니. 10분만 있으면 짐을 싸게 될 것이다. 해리가 현관 앞에 나타나면 더즐리 가족은 뭐라고 할까?

성 정문 계단을 지나 실내의 대리석 계단을 오르면서도 맥고나걸 교수는 해리에게 한 마디도 하지 않았다. 그녀가 여러 개의 문을 홱홱 열어젖히고 복도를 성큼성큼 나아가는 동안 해리는 처량하게 그 뒤에서 걸음을 재우쳤다. 어쩌면 덤블도어에게 데려가는지도 몰랐다. 해리는 해그리드를 떠올렸다. 해그리드는 퇴학을 당했지만 숲지기로 학교에 남을 수 있었다. 어쩌면 해그리드의 조수가 될 수 있을지 몰랐다. 론과 다른 아이들이 마법사가 되는 동안 해그리드의 자루를 들고 터덜터덜 걸어 다닐 생각을 하니 속이 뒤틀렸다.

맥고나걸 교수가 한 교실 앞에서 멈춰 섰다. 그녀는 문을 열고 교실 안으로 머리를 쑥 들이밀었다.

"실례합니다, 플리트윅 교수님. 우드를 잠깐만 빌려 가도 될까요?"

우드? 해리는 당황해서 생각했다. 우드(wood)라면, 해리를 때리는 데 쓸 회초리를 말하는 걸까?

하지만 알고 보니 우드는 사람, 건장한 5학년 남학생이었다. 우드는 영문을 모르겠다는 표정으로 플리트윅의 교실에서 나왔다.

"따라와라, 둘 다." 맥고나걸 교수가 말했고, 그들은 복도를 걸어갔다. 우드가 호기심 어린 표정으로 해리를 바라보았다.

"여기면 되겠구나."

맥고나걸 교수가 두 사람에게 한 교실을 가리켰다. 빈 교실이었다. 칠판에 저속한 내용의 낙서를 하고 있는 피브스를 빼면.

"나가, 피브스!" 맥고나걸 교수가 호통쳤다. 피브스가 쓰레기통에 분필을 던져 넣자 요란하게 댕그랑거리는 소리가 났다. 피브스는 욕지거리를 내뱉으며 밖으로 휙 날아갔다. 맥고나걸 교수는 문을 쾅 닫고 두 소년에게로 눈을 돌렸다.

"포터, 이쪽은 올리버 우드란다. 우드, 내가 우리 팀 수색꾼을 찾았다."

우드의 표정이 순식간에 어리둥절함에서 기쁨으로 바뀌었다.

"정말이세요, 교수님?"

"확실해." 맥고나걸 교수가 신이 나서 말했다. "타고났더구나. 그런 건 한 번도 본 적이 없어. 빗자루를 탄 건 이번이 처음이냐, 포터?"

해리는 조용히 고개를 끄덕였다. 무슨 일이 벌어지고 있는지 감을 잡을 수 없었지만, 퇴학을 당할 것 같지는 않았다. 두 다리에 조금씩 감각이 돌아오기 시작했다.

"지금 손에 쥐고 있는 저 물건을 15미터나 낙하해서 잡았다." 맥고나걸 교수가 우드에게 말했다. "몸에 긁힌 상처 하나 없이 말이야. 찰리 위즐리도 그렇겐 못 했을 거야."

우드는 이제 모든 꿈이 한꺼번에 이루어진 것 같은 표정이었다.

"퀴디치 경기 본 적 있니, 포터?" 우드가 흥분한 목소리로 물었다.

"우드는 그리핀도르 팀 주장이란다." 맥고나걸 교수가 설명했다.

"체격도 딱 수색꾼이네요." 우드는 해리 주위를 돌며 그를 살펴보았다. "가볍고, 빠르고, 괜찮은 빗자루를 하나 구해 줘야겠는데요, 교수님. 님부스 2000이나 클린스윕 7이 좋을 것 같아요."

"덤블도어 교수님한테 말씀드려서 1학년 제한 규정에 예외를 둘 수 있는지 한번 알아보마. 정말이지, 작년보다는 좋은 팀이 필요해. 그 마지막 시합에서 슬리데린한테 *완패*하는 바람에 몇 주 동안이나 세베루스 스네이프 교수 얼굴을 똑바로 못 쳐다봤다."

맥고나걸 교수가 안경 너머 가차 없는 눈빛으로 해리를 바라보앉다.

"열심히 훈련하고 있다는 얘기가 들리길 바란다, 포터. 그렇지 않으면 생각을 바꿔서 너에게 벌을 줘야 할지도 모르겠으니 말이야."

그러더니 맥고나걸 교수는 갑자기 미소 지었다.

"아버지가 아주 자랑스러워하셨을 거다." 그녀가 말했다. "너희 아버지도 아주 뛰어난 퀴디치 선수였으니까."


"말도 안 돼."

저녁 식사 시간이었다. 해리는 맥고나걸 교수를 따라간 뒤에 있었던 일을 지금 막 론에게 말해 주었다. 론은 스테이크앤키드니 파이 한 조각을 반쯤 입에 넣다가 파이 따위는 완전히 잊어버리고 말았다.

"수색꾼이라고?" 론이 말했다. "하지만 1학년 중에선 한 번도……. 아마 너는 기숙사 대표 선수 중 최연소일 거야. 거의……."

"100년 만이래." 해리가 파이를 입속에 밀어 넣으며 말했다. 오후에 하도 흥분해서 그런지 유난히 배가 고팠다. "우드가 말해 줬어."

론은 너무도 놀라고 감명받은 나머지 입을 떡 벌리고 앉아 해리를 바라보기만 했다.

"다음 주부터 훈련 시작이야." 해리가 말했다. "다른 애들한테 얘기하지만 말아 줘. 우드가 비밀로 하고 싶어 해서."

대연회장으로 들어온 프레드와 조지 위즐리가 해리를 발견하고 얼른 다가왔다.

"잘했어." 조지가 나직한 목소리로 말했다. "우드한테 들었어. 우리도 대표팀이거든. 포지션은 몰이꾼이야."

"올해 퀴디치 우승컵은 우리 차지일 거야." 프레드가 말했다. "찰리가 졸업한 뒤로 한 번도 우승한 적 없지만, 올해 팀은 끝내줄 테니까. 너 아주 실력이 좋은 모양이더라, 해리. 우드가 네 얘기를 하면서 거의 폴짝폴짝 뛰던데."

"아무튼 우린 가 봐야 돼. 리 조던이 학교 밖으로 나가는 새로운 비밀 통로를 하나 찾아낸 것 같대."

"틀림없이 우리가 입학한 첫 주에 찾아낸 역겨운 그레고리 동상 뒤에 있는 그 통로일걸. 그럼 나중에 보자."

프레드와 조지가 떠나기 무섭게 그보다 훨씬 덜 반가운 사람이 나타났다. 크래브와 고일을 양옆에 거느리고 있는 말포이였다.

"최후의 만찬 중이냐, 포터? 머글 세계로 돌아가는 기차는 언제 타는 거야?"

"땅에도 내려왔겠다, 네 귀여운 친구들도 같이 있겠다, 훨씬 용감해졌구나." 해리가 싸늘하게 말했다. 물론 귀여운 구석이라고는 전혀 없는 크래브와 고일은 교수들이 상석을 가득 채우고 있었기에 손마디를 꺾으며 노려보기만 할 뿐이었다.

"너 정도는 나 혼자서도 언제든 처리할 수 있어." 말포이가 말했다. "원한다면 오늘 밤에라도. 마법사 결투를 하는 거야. 신체 접촉은 없이 마법 지팡이로만. 왜 그래? 마법사 결투에 대해 들어 본 적 없나 보지?"

"당연히 들어 봤지." 론이 몸을 돌리며 말했다. "내가 해리의 보조자야. 넌?"

말포이는 크래브와 고일을 바라보면서 견줘 보았다.

"크래브." 말포이가 말했다. "자정에 보면 되겠지? 트로피 전시실에서 만나자. 거긴 항상 열려 있으니까."

말포이가 가 버리자 론과 해리는 서로를 바라보았다.

"마법사 결투가 뭔데?" 해리가 물었다. "그리고 네가 내 보조자라는 건 무슨 뜻이야?"

"음, 보조자란 네가 죽을 경우 결투를 이어받는 사람이야." 론이 식어 버린 파이를 이제야 한입 베어 물면서 아무렇지도 않게 말했다. 해리의 얼굴에 떠오른 표정을 본 론이 얼른 덧붙였다. "근데 제대로 된 결투에서나 사람이 죽지. 그러니까, 진짜 마법사들끼리 하는 결투 말이야. 너랑 말포이는 기껏 해야 서로 불꽃이나 쏘아 대겠지. 너희 둘 다 진짜로 다치게 할 만큼 마법을 배우진 못했으니까. 그 자식은 어쨌거나 네가 거절할 거라고 생각했을걸."

"내가 지팡이를 휘둘렀는데 아무 일도 안 일어나면?"

"지팡이를 내던지고 그 자식 코에 주먹을 날려." 론이 제안했다.

"저기, 잠깐."

해리와 론이 동시에 고개를 들었다. 헤르미온느 그레인저였다.

"여기선 도대체 왜 뭘 좀 먹게 내버려 두질 않는 거야?" 론이 말했다.

헤르미온느는 론의 말을 못 들은 체하고 해리에게 말했다.

"너랑 말포이가 하는 말을 어쩔 수 없이 듣게 됐는데……."

"뭐가 어쩔 수 없다는 거야." 론이 투덜거렸다.

"……한밤중에 학교를 돌아다녀선 안 돼. 그러다가 들켜서 너 때문에 그리핀도르 점수가 깎인다고 생각해 봐. 들킬 게 뻔해. 그건 정말 엄청나게 이기적인 행동이야."

"너랑은 정말 아무 상관 없는 일이기도 하고." 해리가 말했다.

"잘 가." 론이 말했다.

그래도 역시 딘과 셰이머스가 곯아떨어지는 소리를 들으며 늦게까지 깨어 있으려니(네빌은 아직 병동에서 돌아오지 않았다) 이것이 하루를 완벽히 마무리 짓는 방법은 아니라는 생각이 들었다. 론은 저녁 내내 해리에게 "그 녀석이 저주를 걸려고 하면 피하는 게 좋아. 어떻게 막는지는 생각 안 나거든" 같은 조언을 했다. 필치나 노리스 부인의 눈에 띌 확률도 굉장히 높았고, 오늘 하루에만 두 번이나 교칙을 어기다니 운을 너무 믿고 자만하는 게 아닌가 하는 기분도 들었다. 하지만 한편으로는 말포이의 비웃는 얼굴이 어둠 속에서 계속 떠올랐다. 이건 말포이와 정면으로 맞서 녀석의 코를 납작하게 해 줄 절호의 기회였다. 그 기회를 놓칠 수는 없었다.

"11시 30분이야." 마침내 론이 중얼거렸다. "이제 가야 돼."

그들은 가운을 걸친 뒤 마법 지팡이를 집어 들고 탑 꼭대기 방을 나서서 그리핀도르 휴게실까지 나선형 계단을 내려갔다. 벽난로에 남아 있는 불씨 탓에, 휴게실에 있는 안락의자들이 하나같이 웅크린 검은 그림자처럼 보였다. 가장 가까운 의자에서 웬 목소리가 들려왔을 때, 해리와 론은 초상화 구멍에 거의 다다라 있었다.

"이런 짓을 하려고 하다니 믿을 수가 없다, 해리."

등불이 깜빡이다 켜졌다. 분홍색 가운을 입고 얼굴을 찌푸리고 있는 그 아이는 헤르미온느 그레인저였다.

"너!" 론이 맹렬히 화를 내며 말했다. "돌아가서 잠이나 자!"

"너희 형한테 말하려고 했어." 헤르미온느가 쏘아붙였다. "퍼시 말이야. 퍼시는 반장이니까 너희를 막겠지."

해리는 남의 일에 저렇게까지 참견하는 사람이 있다니 믿을 수가 없을 지경이었다.

"가자." 해리가 론에게 말했다. 그는 뚱뚱한 귀부인 초상화를 밀어쩔히고 구멍으로 나갔다.

헤르미온느는 쉽게 포기하지 않았다. 그녀는 론을 따라 초상화 구멍 밖으로 나오며 화난 거위처럼 씩씩거렸다.

"그리핀도르는 아예 신경도 안 쓰는 거야? 오로지 너희 생각만 하는구나. 나는 슬리데린이 기숙사 우승컵을 차지하는 모습을 보고 싶지 않아. 근데 내가 바꾸기 마법 주문들을 알고 있던 덕분에 맥고나걸 교수님께 받은 점수를 너희 때문에 까먹게 생겼잖아."

"저리 가."

"그래, 갈 거야. 근데 난 분명히 경고했어. 내일 집으로 가는 기차를 타게 되더라도 내가 경고했다는 건 기억해. 너희는 너무……."

하지만 너무 어떻다는 건지 그 뒷말은 들을 수가 없었다. 헤르미온느가 기숙사로 돌아가려고 몸을 돌렸을 때 눈앞의 뚱뚱한 귀부인 초상화는 비어 있었다. 뚱뚱한 귀부인이 한밤중에 누군가를 만나러 가는 바람에 그리핀도르 탑이 잠겨 버렸고 헤르미온느가 안으로 들어가지 못하게 된 것이다.

"이제 어떡해!" 헤르미온느가 새된 목소리로 따졌다.

"그거야 네가 알아서 할 일이지." 론이 말했다. "우리는 가야 하거든. 이러다가 늦겠어."

해리와 론이 복도 끝에 다다르기도 전에 헤르미온느가 두 사람을 따라잡았다.

"나도 같이 가." 헤르미온느가 말했다.

"안 돼."

"그럼 여기 가만히 서서 필치가 잡으러 올 때까지 기다리란 말이야? 우리 셋이 필치한테 들키면 나는 진실을 말할 거야. 내가 너희를 말렸다고. 너희가 내 말이 맞다는 걸 확인해 주면 되겠네."

"뭐 이런 뻔뻔한……." 론이 큰 소리로 말했다.

"둘 다 입 다물어!" 해리가 날카롭게 소리쳤다. "무슨 소리가 들렸어."

뭔가가 쿵쿵거리는 소리였다.

"노리스 부인인가?" 론이 눈을 가늘게 뜨고 어둠 속을 바라보며 속삭였다.

노리스 부인이 아니었다. 네빌이었다. 그는 바닥에 몸을 웅크리고 깊이 잠들어 있다가, 세 사람이 살금살금 다가가자 갑자기 흠칫 떨면서 깨어났다.

"다행이다, 너희 눈에 띄어서! 벌써 몇 시간째 바깥에 있었어. 새 암호를 잊어버리는 바람에 침실로 들어갈 수가 없었어."

"목소리 낮춰, 네빌. 암호는 '돼지 코'지만 지금은 아무 도움이 안 될 거야. 뚱뚱한 귀부인이 어디로 가 버렸거든."

"팔은 좀 어때?" 해리가 물었다.

"괜찮아." 네빌이 팔을 들어 보이며 말했다. "폼프리 선생님이 금방 고쳐 주셨어."

"잘됐네. 근데 있잖아, 네빌. 우리가 지금 어딜 좀 가야 해서, 나중에 보……."

"날 두고 가지 마!" 네빌이 허둥지둥 일어나며 말했다. "여기 혼자 있고 싶지 않아. 피투성이 남작이 벌써 두 번이나 지나갔단 말이야."

론은 손목시계를 들여다보고 헤르미온느와 네빌을 향해 사납게 눈을 부라렸다.

"너희 둘 때문에 걸리기만 해 봐, 퀴럴이 얘기한 악령의 저주를 죽어라 공부해서 너희한테 써먹고 말 테니."

아마도 론에게 악령의 저주를 거는 방법을 정확히 알려 주려는 듯 헤르미온느가 입을 열었지만, 해리는 쉿 하며 그녀를 조용히 시키고 모두에게 앞으로 가자고 손짓했다.

그들은 높은 창문으로 들어온 달빛이 줄무늬를 드리우고 있는 복도를 지났다. 해리는 모퉁이를 돌 때마다 필치나 노리스 부인이 나타날까 봐 마음 졸였지만 아직까지는 운이 좋았다. 네 사람은 4층으로 이어지는 계단까지 속도를 낸 다음 트로피 전시실을 향해 까치발로 걸어갔다.

말포이와 크래브는 아직 오지 않았다. 크리스털로 만든 트로피 장식장이 달빛이 닿는 곳마다 희미하게 빛났다. 우승컵이며 방패 모양 상패, 접시 모양 상패와 동상 들이 어둠 속에서 은빛과 금빛으로 번쩍거렸다. 그들은 전시실 양 끝에 있는 문에서 눈을 떼지 않은 채 벽에 몸을 바짝 붙이고 움직였다. 해리는 말포이가 튀어나와 곧바로 결투가 시작될 것에 대비해 지팡이를 꺼내 들었다. 시간이 아주 천천히 흘렀다.

"늦는데. 겁먹고 안 오는 걸지도 몰라." 론이 속삭였다.

그때 옆방에서 무슨 소리가 나자 모두가 화들짝 놀랐다. 해리가 막 지팡이를 치켜들었을 때 누군가의 말소리가 들렸다. 그런데 그 사람은 말포이가 아니었다.

"냄새 맡아 보렴, 귀염둥이야. 어느 구석에 웅크리고 있을지도 모르니."

필치가 노리스 부인에게 말하고 있었다. 해리는 공포에 사로잡힌 채 다른 세 사람에게 되도록 빨리 자기를 따라오라고 미친 듯이 손짓했다. 그들은 필치의 목소리가 들려오는 곳과 반대 방향에 있는 문을 향해 조용히 종종걸음 쳤다. 네빌의 로브가 모퉁이를 쓸고 지나가기 무섭게 필치가 트로피 전시실로 들어오는 소리가 들렸다.

"여기 어디 있을 거야." 필치가 중얼거리는 소리가 들렸다. "아마 숨어 있겠지."

"이쪽이야!" 해리가 다른 아이들에게 입 모양으로만 말하자, 그들은 겁에 질린 채 갑옷으로 가득한 긴 전시실을 살금살금 나아가기 시작했다. 필치가 점점 가까워지는 소리가 들렸다. 한껏 겁을 집어먹은 네빌이 갑자기 소리를 지르며 달려가다가 발을 헛디디면서 론의 허리를 붙잡았고, 두 사람은 갑옷 한 벌을 그대로 들이받으며 쓰러졌다.

땡그랑하는 소리와 뭔가 부서지는 소리가 성 전체를 깨우고도 남을 정도였다.

"**뛰어!**" 해리가 소리치자 그들은 필치가 쫓아오고 있는지 돌아볼 겨를도 없이 긴 방을 전력 질주했다. 문기둥을 휙 돌아서 여러 개의 복도를 계속 달려갔다. 해리는 여기가 어딘지, 어디로 향하고 있는지도 모르면서 맨 앞에서 달렸다. 태피스트리 하나를 거칠게 젖히고 지나가자 숨겨진 통로가 나왔고, 그곳을 따라 돌진한 끝에 그들이 알기로 트로피 전시실에서 아주 멀리 떨어진 일반 마법 교실 근처에 도착했다.

"따돌린 것 같아." 해리가 차가운 벽에 기대 이마의 땀을 훔치며 헐떡거렸다. 네빌은 허리를 아예 반으로 접은 채 쌕쌕 헐떡이고 있었다.

"내가…… 말했지." 헤르미온느가 숨이 차서 결리는 가슴을 움켜쥐고 말했다. "내가…… 분명히…… 말했어."

"그리핀도르 탑으로 돌아가야 돼." 론이 말했다. "되도록 빨리."

"말포이가 너를 속인 거야." 헤르미온느가 해리에게 말했다. "너도 눈치챘지? 처음부터 널 만날 생각이 없었던 거라고. 필치는 누군가가 트로피 전시실에 올 거라는 사실을 알고 있었어. 말포이가 알려 준 게 분명해."

해리는 아마 헤르미온느의 말이 맞을 거라고 생각했지만 그 말을 해 줄 마음은 없었다.

"가자."

일이 그렇게 간단하진 않았다. 고작 열 몇 걸음 나아갔을 때 문고리가 덜컥거리더니 앞에 있는 교실에서 뭔가가 튀어나왔다.

피브스였다. 그가 그들을 보고 기쁨의 비명을 질렀다.

"닥쳐, 피브스. 제발…… 우리 전부 퇴학당할지도 몰라."

피브스가 낄낄거렸다.

"귀염둥이 1학년들이 한밤중에 이렇게 돌아다녀도 된단 말이지? 쯧, 쯧, 쯧. 못됐어, 못됐어. 잡히게 생겼네."

"네가 이르지만 않으면 되잖아, 피브스. 제발 부탁이야."

"필치한테 말해야 돼. 나도 어쩔 수 없어." 피브스가 성자인 척 말했지만 두 눈은 사악하게 반짝거렸다. "다 너희를 위해서야."

"비켜." 론이 피브스를 향해 주먹을 크게 휘두르며 쏘아붙였다. 크나큰 실수였다.

**"학생들이 밖에 나와 있다!"** 피브스가 소리쳤다. **"학생들이 일**

반 마법 교실 복도에 나와 있다!"

그들은 피브스를 피해 몸을 숙인 채 복도가 끝나는 지점까지 목숨 걸고 달리다가 문에 쾅 부딪히고 말았다. 문은 잠겨 있었다.

"이제 끝났어!" 모두가 애꿎은 문만 밀어 대는 와중에 론이 신음했다. "우린 끝났어! 끝났다고!"

발소리가 들렸다. 필치가 피브스의 고함 소리가 들려온 곳으로 최대한 빠르게 달려오고 있었다.

"아, 좀 비켜 봐." 헤르미온느가 으르렁거리더니 해리의 지팡이를 낚아채 자물쇠를 톡톡 두드리며 속삭였다. "알로호모라."

자물쇠에서 찰칵 소리가 나더니 문이 활짝 열렸다. 그들은 누가 먼저랄 것도 없이 안으로 들어간 다음 재빨리 문을 닫고 문에 바짝 붙어서 귀를 기울였다.

"어느 쪽으로 갔지, 피브스?" 필치가 말했다. "빨리, 말해 봐."

"'말씀해 주세요'라고 해 봐."

"장난치지 말고, 피브스. 어디로 갔냐니까?"

"'말씀해 주세요'라고 안 하면 아무 말 안 해 줄 거야." 피브스가 그 특유의 노래 부르는 듯한 목소리로 말하며 짜증을 유발했다.

"그래⋯⋯. 말씀해 주세요."

"**아무 말!** 하하하하! 말씀해 주세요라고 안 하면 아무 말 안 하겠다고 했잖아! 하하! 하하하하!" 이어서 피브스가 휙 날아가는 소리와 필치가 길길이 뛰며 욕설을 내뱉는 소리가 들렸다.

"이 문이 잠겨 있다고 생각하는 거야." 해리가 속삭였다. "이제 괜찮을 것 같아. ……*이거 놔, 네빌!*" 네빌은 마지막 순간까지 해리의 가운 소매를 잡아당기고 있었다. "*왜 그래?*"

해리는 뒤돌아보았다. 그리고 보았다. 너무도 확실하게, 뭔가를. 잠깐 동안 해리는 악몽 속으로 걸어 들어온 게 틀림없다고 생각했다. 여태껏 온갖 일을 겪었지만 이건 너무 심했다.

해리가 처음 생각한 것과 달리 그들이 들어선 곳은 방이 아니었다. 복도였다. 출입이 금지된 4층 복도. 그리고 이제 그들은 그 복도의 출입이 금지된 이유를 알았다.

그들은 천장과 바닥 사이의 공간을 가득 채우고 있는, 무시무시할 정도로 큰 개의 눈을 똑바로 바라보고 있었다. 머리가 셋이었다. 이리저리 두리번거리는 광기 어린 세 쌍의 눈, 그들을 향해 씰룩거리며 떨리는 세 개의 코, 누런 송곳니 끝에 미끈거리는 침방울이 늘어져 있는 침 흘리는 세 개의 입.

개는 여섯 개의 눈을 모두 그들에게 고정한 채 가만히 서 있었다. 해리는 그들 자신이 진작에 죽지 않은 이유는 단지 그 개가 그들의 갑작스러운 등장에 놀랐기 때문이라는 것을 알았다. 그러나 개는 놀라움에서 빠르게 벗어났고, 천둥처럼 울리는 저 으르렁거림의 의미는 오해할 수가 없었다.

해리는 문고리를 더듬었다. 필치와 죽음 중에서 고르라면 필치를 택할 것이다.

문을 홱 여는 바람에 그들은 뒤로 넘어졌다. 해리가 문을 쾅 닫자 모두 달렸고 그들은 날다시피 복도를 되짚어 갔다. 어디에도 보이지 않는 걸 보니 필치는 허겁지겁 다른 곳을 찾아보려고 나선 게 틀림없었다. 아무래도 상관없었다. 그들이 바라는 것은 오직 조금 전의 그 괴물과 가능한 한 거리를 벌리는 것뿐이었다. 그들은 8층에 있는 뚱뚱한 귀부인 초상화에 이를 때까지 멈추지 않고 달렸다.

"도대체 어디들 갔다 온 게냐?" 가운은 어깨까지 늘어져 있고 붉어진 얼굴은 땀으로 범벅된 그들의 모습을 본 뚱뚱한 귀부인이 물었다.

"별일 아니에요. 돼지 코, 돼지 코." 해리가 헐떡이며 말하자 초상화가 홱 열렸다. 그들은 허둥지둥 휴게실로 들어가 부들부들 떨면서 안락의자 위에 쓰러졌다.

한동안 누구도 입을 열지 않았다. 네빌은 정말이지 다시는 말을 하지 않을 것처럼 보였다.

"대체 무슨 생각으로 저런 짓을 하는 거야? 저런 걸 학교에 가둬 놓다니." 론이 마침내 입을 열었다. "저런 개를 운동도 안 시켜 주고."

헤르미온느는 숨을 고르더니 못된 성질을 되찾았다.

"너희 다 눈은 뒀다 뭐에 쓸래?" 헤르미온느가 쏘아붙였다. "그 개가 뭘 밟고 있는지 못 봤어?"

"바닥 말하는 거야?" 해리가 한마디 던졌다. "발이 눈에 들어오냐? 머리만 봐도 정신이 없는데."

"아니, 바닥이 *아니었어*. 그 개는 바닥에 난 문을 밟고 있었단 말이야. 틀림없이 뭔가를 지키고 있는 거야."

헤르미온느가 자리에서 일어나 모두를 노려봤다.

"이런 짓을 해서 아주 자랑스럽겠구나. 하마터면 우리 모두 죽을 뻔했어. 최악의 경우, 퇴학당하거나. 아무튼, 괜찮다면 난 이만 자러 갈게."

론은 입을 벌린 채 헤르미온느의 뒷모습을 바라보았다.

"그래, 그러든가." 론이 말했다. "누가 들으면 우리가 억지로 끌고 간 줄 알겠네."

하지만 헤르미온느는 침대로 기어들어 가는 해리에게 또 한 가지 생각할 거리를 주었다. 그 개는 무언가를 지키고 있었다……. 해그리드가 뭐라고 했더라? 뭔가를 숨기고 싶다면 그린고츠야말로 세상에서 가장 안전한 곳이라고 했다. 아마도 호그와트를 제외하면.

해리는 713번 금고에 있었던 그 작고 지저분한 꾸러미의 행방을 알 것 같았다.

## 10장
# 핼러윈

 다음 날에도 해리와 론이 호그와트에 있는 것을 본 말포이는 자기 눈을 의심했다. 그들은 지쳐 보이기는 했지만 아주 신난 얼굴을 하고 있었다. 사실, 다음 날 아침이 되자 해리와 론은 머리 세 개 달린 개와의 만남을 멋진 모험이라고 생각하게 되었으며 그런 모험을 또 한 번 하게 되기를 간절히 바랐다. 그사이 해리는 론에게 그린고츠에서 호그와트로 자리를 옮긴 것으로 추정되는 꾸러미에 대해 이야기해 주었고, 두 사람은 그토록 삼엄한 보호를 받아야 하는 물건이 대체 뭘까 궁금해하며 시간을 보냈다.
 "진짜 귀중하거나 진짜 위험한 물건일 거야." 론이 말했다.
 "아니면 둘 다든지." 해리가 말했다.

하지만 그들이 그 신비로운 물건에 대해 확실히 아는 거라고는 길이가 5센티미터 정도라는 것뿐이었으므로 그 이상의 단서가 없다면 그것이 뭔지 알아맞힐 가능성은 거의 없었다.

네빌도 헤르미온느도, 그 개와 개가 지키고 있던 뚜껑문 아래 뭐가 있는지에 대해서는 눈곱만큼도 관심을 보이지 않았다. 네빌이 신경 쓰는 것은 오직, 다시는 그 개 근처에 가지 않는 일뿐이었다.

헤르미온느는 이제 해리랑 론과 말도 섞지 않으려고 했는데, 워낙 남의 머리 꼭대기에 서서 똑똑한 체하는 아이였기 때문에 해리와 론은 오히려 다행이라고 생각했다. 지금 두 사람이 진정 바라는 것은 말포이에게 앙갚음할 기회였다. 그리고 굉장히 기쁘게도, 1주일 뒤 우편물과 함께 바로 그 기회가 도착했다.

부엉이들이 평소와 다름없이 대연회장으로 쏟아져 들어왔을 때 모두의 관심은 곧바로 여섯 마리의 커다란 가면올빼미가 들고 온 길쭉한 꾸러미에 쏠렸다. 다른 학생들처럼 그 커다란 소포를 궁금해하던 해리는 가면올빼미들이 휙 내려와 그 앞에 떨어뜨린 소포 때문에 베이컨이 바닥에 쏟아지자 깜짝 놀라고 말았다. 가면올빼미들이 퍼덕거리며 길을 비키기 무섭게 또 다른 부엉이 한 마리가 소포 위에 편지 한 통을 떨어뜨렸다.

편지를 먼저 뜯어봐서 다행이었다. 편지에는 이렇게 적혀 있었다.

**식탁에서 소포를 뜯어보지 말 것.**

소포 안에 네가 쓸 신형 님부스 2000이 들어 있는데, 너한테 빗자루가 생겼다는 사실을 다른 학생들이 알지 못했으면 좋겠구나. 그랬다간 다른 아이들도 저마다 하나씩 갖고 싶어 할 테니 말이다. 올리버 우드가 오늘 밤 너와 첫 훈련을 하기 위해 저녁 7시에 퀴디치 경기장에서 기다리고 있을 거다.

M. 맥고나걸 교수

론에게 읽어 보라고 편지를 넘기면서도 해리는 신나는 기분을 감추기가 어려웠다.

"님부스 2000이라니!" 론이 부러움에 신음 소리를 냈다. "나는 한 번 만져 본 적도 없는데."

해리와 론은 첫 번째 수업에 들어가기 전 남몰래 빗자루를 뜯어 보고 싶어서 서둘러 대연회장을 나섰다. 그런데 현관홀로 가는 길에 보니 크래브와 고일이 위층으로 가는 길을 막고 있었다. 말포이가 해리에게서 소포를 빼앗더니 만지작거렸다.

"빗자루잖아." 말포이가 질투와 악의가 섞인 얼굴로 해리에게 소포를 던지며 말했다. "이번에야말로 그냥 못 넘어갈 거다, 포터. 1학년들은 빗자루를 가질 수 없어."

론이 참지 못하고 말해 버렸다.

"이건 그냥 빗자루가 아니야." 론이 말했다. "님부스 2000이라고. 너희 집에 있다는 빗자루가 뭐였지, 말포이? 코밋 260이었나?" 론이 해리를 보고 씩 웃었다. "코밋 시리즈도 화려해 보이기는 하지. 님부스랑은 비교도 안 되지만."

"네가 뭘 알겠냐, 위즐리. 코밋 손잡이 반 토막 살 돈도 없으면서." 말포이가 마주 쏘아붙였다. "너랑 너희 형들이 코밋을 갖고 싶으면 잔가지부터 한 가닥씩 모아야 할걸."

론이 뭐라고 대답하기도 전에 플리트윅 교수가 말포이의 팔꿈치 근처에서 모습을 드러냈다.

"싸우고 있는 건 아니겠지, 얘들아?" 플리트윅 교수가 높은 목소리로 말했다.

"포터가 빗자루를 받았어요, 교수님." 말포이가 재빨리 말했다.

"아, 그래그래." 플리트윅 교수가 해리를 향해 환하게 웃으며 말했다. "맥고나걸 교수님이 특수한 상황에 대해서 얘기해 주셨다, 포터. 무슨 모델이라고 했지?"

"님부스 2000입니다, 교수님." 일그러지는 말포이의 표정을 본 해리가 웃음이 나오려는 것을 참으며 말했다. "제가 이 빗자루를 갖게 된 건 여기 있는 말포이 덕분이에요." 해리가 덧붙였다.

해리와 론은 말포이가 분노와 혼란스러움을 감추지 못하는 모습을 보고 웃음을 억누르며 위층으로 향했다.

"뭐, 사실이잖아." 대리석 계단 꼭대기에 다다랐을 때쯤 해리가 깔깔대고 웃었다. "걔가 네빌의 리멤브럴을 가져가지 않았다면 내가 대표팀에 들어갈 일도 없었을 테니까……."

"그러니까 규칙을 어겨서 상을 받았다고 생각한다는 거니?" 뒤에서 화난 목소리가 들려왔다. 헤르미온느가 해리의 손에 들린 꾸러미를 못마땅하게 바라보면서 계단을 쿵쿵대며 올라오고 있었다.

"우리랑 말 안 하기로 한 줄 알았는데?" 해리가 말했다.

"그래, 이제 와서 결심을 꺾지 말라고." 론이 말했다. "우리한텐 정말 좋은 결정이었거든."

헤르미온느는 도도한 표정을 지으며 당당한 발걸음으로 멀어져 갔다.

해리는 그날 수업에 집중하기가 정말 힘들었다. 붕 뜬 마음이 자꾸만 침대 밑에 새 빗자루가 놓여 있는 기숙사 침실이나, 그날 밤 경기 규칙을 배우기로 한 퀴디치 경기장을 떠돌아다녔기 때문이다. 해리는 뭘 먹는지도 모른 채 빠르게 저녁 식사를 마치고 론과 함께 위층으로 달려가 마침내 님부스 2000의 포장을 뜯었다.

"와." 빗자루가 해리의 침대보 위로 굴러 나오자 론이 한숨과도 같은 탄성을 내뱉었다.

빗자루들이 서로 어떻게 다른지 전혀 모르는 해리의 눈에도 님부스 2000은 훌륭해 보였다. 마호가니나무 손잡이가 달린 매끈하고 반짝거리는 빗자루 끝에는 깔끔하니 곧은 긴 가지들이 달려 있고, 손잡이 맨 앞쪽에는 '님부스 2000'이라는 글자가 금색으로 새겨져 있었다.

7시가 다가올 즈음 해리는 성을 나와 어두워진 퀴디치 경기장으로 향했다. 전에는 한 번도 경기장 안에 들어가 본 적이 없었다. 수백 개의 좌석이 경기장 둘레에 높이 솟아 있어, 관중은 높은 곳에서 경기를 지켜볼 수 있었다. 경기장 양쪽 끝에는 꼭대기에 고리가 달린 황금 장대가 세 개씩 있었다. 그 고리를 보자 머글 아이들이 비눗방울을 불 때 쓰는 작은 플라스틱 막대기가 떠올랐다. 다만 저 고리는 높이가 15미터나 되었다.

마냥 우드만 기다리기에는 다시 날아 보고 싶은 마음이 너무 간절해서 해리는 빗자루에 올라타 땅을 박차고 올랐다. 정말 기분이 좋았다. 해리는 골대 안팎을 휙휙 드나들고 경기장 위아래로 속도를 냈다. 님부스 2000은 해리가 살짝 건드리기만 해도 어디로든 방향을 틀었다.

"어이, 포터, 내려와!"

올리버 우드가 도착했다. 팔에 커다란 나무 상자를 낀 채였다. 해리는 우드 옆에 내려섰다.

"정말 멋진데." 우드가 눈을 빛내며 말했다. "맥고나걸 교수님이 왜 그런 말씀을 하셨는지 알겠다. 너 정말 타고났구나. 오늘 저녁에는 규칙만 알려 줄 생각이야. 그런 다음 팀에 합류해서 1주일에 세 번씩 훈련하게 될 거고."

우드가 상자를 열었다. 안에는 크기가 서로 다른 공 네 개가 들어 있었다.

"좋아." 우드가 말했다. "자, 퀴디치 규칙은 그렇게 어렵지 않아. 어려운 건 실제로 경기를 하는 거지. 각 팀에는 일곱 명의 선수가 있어. 그중 세 명을 추격꾼이라고 해."

"추격꾼이 세 명." 해리가 되풀이했다. 그사이 우드는 축구공만 한 밝은 빨간색 공을 꺼냈다.

"이 공은 쿼플이라고 해." 우드가 말했다. "추격꾼들은 서로 쿼플을 주고받다가 저 고리 중 하나에 통과시켜 골을 넣지. 쿼플이 고리를 한 번 통과할 때마다 10점이야. 여기까지 이해 가지?"

"추격꾼들이 쿼플을 던져서 고리에 통과시키면 점수를 얻는다." 해리는 우드가 한 말을 외워 보았다. "그러니까…… 빗자루를 타고 하는, 골대 여섯 개짜리 농구 같은 거네?"

"농구가 뭔데?" 우드가 궁금하다는 듯 물었다.

"아무것도 아냐." 해리가 재빨리 말했다.

"자, 그다음 양 팀에는 파수꾼이라는 선수가 한 명씩 있어. 내가 그리핀도르 파수꾼이야. 나는 고리 주위를 날아다니면서 상대 팀이 득점하는 걸 막아야 해."

"추격꾼 셋, 파수꾼 하나." 규칙을 모조리 외우기로 마음먹은 해리가 말했다. "추격꾼과 파수꾼은 쿼플을 가지고 경기한다. 응, 그건 알겠어. 그럼 저건 뭐에 쓰는 거야?" 해리가 상자에 남아 있는 공 세 개를 가리켰다.

"보여 줄게." 우드가 말했다. "이거 받아."

우드는 해리에게 라운더스(영국 학생들이 하는 야구 비슷한 경기—옮긴이) 방망이와 비슷하게 생긴 작은 방망이 하나를 건네주었다.

"이제 블러저가 어떤 역할을 하는지 보여 줄게." 우드가 말했다. "이 공 두 개가 블러저야."

우드가 똑같이 생긴 공 두 개를 보여 주었다. 새까맣고, 크기는 빨간색 쿼플보다 조금 작았다. 상자 안에 가죽끈으로 묶여 있는 공들이 탈출하려고 안간힘을 쓰는 듯한 모습이 해리의 눈에 띄었다.

"물러서." 우드가 해리에게 경고하더니 허리를 구부려 블러저 하나를 풀어 주었다.

그 순간, 검은 공이 하늘 높이 솟아올랐다가 해리의 얼굴로 곧장 날아왔다. 해리는 공에 맞아 코가 부러질까 봐 얼른 방망이를 휘둘렀다. 얻어맞은 공은 지그재그를 그리며 공중으로 멀리 날아갔다. 블러저가 두 사람의 머리 주위로 붕 날아오더니 우드에게 돌진하자, 우드는 공 위로 몸을 던져 간신히 바닥에 고정시켰다.

"봤지?" 우드가 몸부림치는 블러저를 다시 상자에 넣고 끈으로 안전하게 묶으며 숨을 헐떡였다. "블러저는 주위를 빠르게 날아다니면서 선수들을 빗자루에서 떨어뜨리려고 해. 그래서 팀마다 두 명의 몰이꾼이 있는 거야. 우리 팀 몰이꾼은 위즐리 쌍둥이야. 블러저한테서 우리 편을 지키고, 블러저를 상대편 쪽으로 쳐 내는 게 몰이꾼의 일이지. 그래서…… 다 이해한 거 맞지?"

"추격꾼 세 명은 퀴플을 가지고 득점을 시도한다. 파수꾼은 골대를 지킨다. 몰이꾼은 블러저를 자기 팀에서 멀리 쳐 낸다." 해리가 술술 이야기했다.

"아주 좋아." 우드가 말했다.

"어…… 블러저에 맞아서 죽은 사람도 있어?" 해리는 무심코 떠올린 질문처럼 들리기를 바라면서 물었다.

"호그와트에서는 한 번도 없었어. 턱이 부러진 적은 두어 번 있지만 그 이상의 일이 벌어진 적은 없지. 자, 팀의 마지막 선수는 수색꾼이야. 바로 너지. 그리고 너는 퀴플이나 블러저를 걱정할 필요가 없어."

"그 공에 맞아서 머리가 깨지는 일만 없다면."

"걱정 마. 블러저 같은 건 위즐리 쌍둥이한테 상대도 안 되니까. 걔들 자체가 인간 블러저 한 쌍이나 다름없거든."

우드가 나무 상자로 손을 뻗어 네 번째이자 마지막 공을 꺼냈다. 쿼플이나 블러저와 비교하면 턱없이 작은 그 공은 조금 큰 호두알만 했다. 밝은 황금색이었으며, 파닥거리는 작은 은색 날개가 달려 있었다.

"*이게*" 하고, 우드가 말했다. "골든 스니치야. 이 중에서 가장 중요한 공이지. 너무 빠르고 눈에 잘 보이지도 않아서 스니치를 잡는 건 아주 어려워. 이걸 잡는 게 수색꾼의 임무야. 추격꾼, 몰이꾼, 블러저, 쿼플 사이를 이리저리 누비고 다니면서 상대 팀 수색꾼보다 먼저 스니치를 잡아야 해. 왜냐하면 스니치를 먼저 잡은 팀이 추가로 150점을 얻고, 그래서 거의 항상 이기거든. 수색꾼들이 반칙을 엄청나게 당하는 이유가 그거지. 퀴디치 경기는 스니치를 잡아야만 끝나기 때문에 아주 오랫동안 이어질 수도 있어. 내가 알기로 최장 기록은 3개월인데, 선수들이 잠을 잘 수 있도록 계속해서 교체 선수를 투입해야 했대. 자, 이게 다야. ……질문 있니?"

해리는 고개를 저었다. 그는 자기가 뭘 해야 하는지 아주 잘 알았다. 그 임무를 제대로 해내느냐는 다른 문제였지만.

"아직 스니치를 갖고 연습하지는 않을 거야." 우드가 스니치를 조심스럽게 다시 상자에 넣으며 말했다. "너무 어두워서 잃어버릴 수도 있거든. 대신 이걸 가지고 한번 연습해 보자."

우드가 주머니에서 평범한 골프공이 여러 개 들어 있는 자루를 꺼냈다. 잠시 뒤, 우드와 해리는 하늘로 올라갔다. 우드는 있는 힘껏 온 방향으로 골프공을 던지며 해리에게 잡게 했다.

해리가 단 한 개의 공도 놓치지 않자 우드는 굉장히 기뻐했다. 30분 뒤에는 밤이 깊어져서 연습을 계속할 수가 없었다.

"올해 퀴디치 우승컵에는 우리 이름이 새겨질 거야." 성을 향해 터벅터벅 걸어가며 우드가 기분 좋게 말했다. "네가 찰리 위즐리보다 훌륭한 선수라는 게 밝혀져도 난 놀라지 않을 거야. 찰리는 용을 쫓아서 떠나지만 않았다면 잉글랜드 국가대표가 될 실력이었어."

온갖 숙제에 더해 1주일에 세 번 저녁마다 퀴디치 훈련까지 해야 하는 엄청나게 바쁜 일정 탓이겠지만, 해리는 호그와트에 온 지 벌써 두 달이 지났다는 사실을 도저히 믿을 수가 없었다. 호그와트가 프리빗가보다 더 집처럼 느껴졌다. 기초를 다 익히고 나니 수업도 점점 재미있어졌다.

핼러윈 아침 학생들은 복도에 은은하게 퍼지는 호박 굽는 구수한 냄새에 잠을 깼다. 그보다 좋았던 일은 일반 마법 수업 시간에 플리트윅 교수가 이제 학생들이 사물을 날릴 준비가 된 것 같다고 선언한 일이었다. 그가 네빌의 두꺼비를 공중에 띄워 교실을 붕붕 날아다니게 만드는 것을 본 이후로 아이들은 모두 해 보고 싶어서 안달 난 상태였다. 플리트윅 교수는 학생들을 둘씩 짝지어 연습하도록 했다. 해리의 상대는 셰이머스 피니건이었다(다행이었다. 네빌이 계속해서 해리와 눈을 마주치려 애쓰고 있었으니까). 반면 론은 헤르미온느 그레인저와 함께 연습을 하게 됐다. 그 때문에 더 화가 난 쪽이 론인지 헤르미온느인지는 알기 어려웠다. 해리의 빗자루가 도착한 날 이래로 헤르미온느는 해리와 론 누구와도 말을 하지 않았다.

"자, 지금까지 연습해 온 손목의 섬세한 움직임을 잊지 말도록 해요!" 플리트윅 교수가 평소처럼 책 더미 위에 걸터앉아 높은 목소리로 말했다. "휙 휘두르고 탁 튕기는 겁니다. 기억하세요, 휙 하고 탁. 그리고 마법의 주문을 제대로 외우는 것도 아주 중요해요. '프'를 '스'로 발음했다가 버팔로 밑에 깔린 마법사 바루피오를 잊지 맙시다."

굉장히 어려웠다. 해리와 셰이머스는 마법 지팡이를 휙 휘두르고 탁 튕겼지만, 하늘로 올라가야 할 깃털은 책상에 가만히 놓여 있기만 했다. 셰이머스가 조바심을 내며 깃털을 지팡이로 쿡 찔렀다가 불을 내는 바람에 해리는 재빨리 모자를 벗어서 불을 꺼야 했다.

옆자리에 있던 론에게도 그다지 운이 따르지 않았다.

"윙가르디움 레비오사!" 론이 긴 팔을 풍차처럼 휘두르며 소리쳤다.

"주문이 틀렸잖아." 헤르미온느가 쏘아붙이는 소리가 들렸다. "윙-가르-디움 레비-오-사야. '가르'를 제대로, 길게 발음해야지."

"그렇게 잘났으면 네가 해 보지 그러냐." 론이 으르렁거렸다.

헤르미온느가 소매를 걷어 올리고 마법 지팡이를 탁 튕기며 말했다. "윙가르디움 레비오사!"

깃털이 책상에서 날아오르더니 머리 위 1미터 넘는 곳을 떠다녔다.

"와, 잘했어요!" 플리트윅 교수가 손뼉을 치면서 환호했다. "다들 여기 좀 봐요. 그레인저 양이 해냈군요!"

수업이 끝날 때쯤 론은 기분이 상당히 안 좋은 상태였다.

"걔를 참아 주는 사람이 한 명도 없는 게 당연해." 아이들로 붐비는 복도에서 길을 뚫고 나아가며 론이 해리에게 말했다. "걘 진짜 악몽 그 자체야."

아이들이 빠르게 옆을 지나갈 때 누군가가 해리를 툭 쳤다. 헤르미온느였다. 해리는 그녀의 얼굴을 힐끗 봤다가 그 애가 울고 있는 것을 보고 깜짝 놀랐다.

"네 말을 들었나 봐."

"그래서?" 론은 그렇게 말했지만 조금 불편한 표정이었다. "친구가 한 명도 없다는 것쯤은 쟤도 당연히 알 거 아냐."

헤르미온느는 다음 수업에도 나타나지 않았고 오후 내내 보이지 않았다. 핼러윈 연회에 참석하려고 대연회장으로 내려가던 해리와 론은 파르바티 파틸이 친구 라벤더에게 하는 말을 우연히 들었다. 헤르미온느가 여학생 화장실에서 울고 있으며 혼자 있고 싶어 한다는 것이었다. 론은 이 얘기를 듣자 더더욱 불편해했지만, 잠시 후 두 사람은 핼러윈 장식이 되어 있는 대연회장에 들어서면서 헤르미온느에 관한 생각을 싹 잊고 말았다.

살아 있는 박쥐 천 마리가 벽과 천장에서 퍼드덕거렸고, 한쪽에서는 또 다른 박쥐 천 마리가 낮게 드리운 먹구름 속에서 식탁으로 날아 내려오며 호박 안에 켜진 촛불을 흔들어 놓았다. 개강 연회 때처럼 황금 접시에 잔치 음식이 갑자기 나타났다.

퀴럴 교수가 대연회장 안으로 전속력으로 달려 들어왔을 때 해리는 막 껍질째 삶은 감자를 먹고 있었다. 퀴럴의 터번은 비뚤어져 있었고 얼굴은 공포에 질려 있었다. 모두가 쳐다보는 가운데 퀴럴은 덤블도어 교수의 자리로 가더니 고꾸라질 것처럼 식탁을 짚고 숨을 헐떡였다. "트롤이…… 지하 감옥에……. 교수님이 아셔야 할 것 같아서요."

그런 다음 퀴럴은 정신을 잃고 바닥에 쓰러졌다.

엄청난 소동이 일었다. 덤블도어 교수가 마법 지팡이 끝에서 보라색 폭죽을 몇 차례 쏘자 모두가 조용해졌다.

"반장들." 덤블도어가 우렁차게 말했다. "학생들을 데리고 즉시 기숙사로 돌아가세요!"

퍼시는 물 만난 물고기 같았다.

"따라와! 1학년들은 서로 가까이 붙어 서! 내 말만 잘 들으면 트롤 따위에 겁먹을 이유가 없어! 자, 이제 내 뒤에 바짝 붙어. 비켜 주세요, 1학년들입니다! 지나갈게요, 반장이에요!"

"트롤이 어떻게 들어왔지?" 해리가 계단을 오르며 물었다.

"나야 모르지. 트롤들은 엄청 멍청하다던데." 론이 말했다. "핼러윈에 장난 한번 쳐 보겠다고 피브스가 들여보냈을지도 몰라."

해리와 론은 이곳저곳으로 다급히 걸어가는 사람들의 무리를 여럿 지나쳤다. 우왕좌왕하는 후플푸프 학생들을 밀치며 지나가던 중 해리가 갑자기 론의 팔을 잡았다.

"방금 생각났는데, 헤르미온느 말이야."

"걔가 왜?"

"걔는 트롤이 들어온 걸 모르잖아."

론이 입술을 깨물었다.

"에휴, 알았어." 론이 화난 목소리로 말했다. "그래도 퍼시한테는 들키지 않는 게 좋을 거야."

두 사람은 몸을 수그리고 후플푸프 학생들 사이에 끼어 다른 길로 가다가 인적 없는 복도로 슬쩍 빠져나와 재빨리 여학생 화장실 쪽으로 향했다. 두 사람이 막 모퉁이를 돌았을 때 뒤에서 빠른 발소리가 들려왔다.

"퍼시다!" 론이 쉿 하며 해리를 커다란 그리핀 석상 뒤로 끌어당겼다.

자세히 보니 퍼시가 아니라 스네이프였다. 스네이프는 복도를 가로질러 가더니 보이지 않는 곳으로 사라졌다.

"저 사람 뭐 하는 거야?" 해리가 속삭였다. "왜 다른 교수님들이랑 지하 감옥에 가지 않는 거지?"

"난들 아나."

가능한 한 조용하게, 두 사람은 점점 멀어져 가는 스네이프의 발소리를 따라 옆 복도를 살금살금 나아갔다.

"4층 쪽으로 가는데." 해리가 말했다. 론이 손을 들어 올렸다.

"무슨 냄새 안 나?"

해리가 코를 킁킁거렸다. 오래된 양말 냄새와 아무도 청소하지 않는 듯한 공중화장실 냄새가 뒤섞인 고약한 악취가 콧구멍으로 흘러 들어왔다.

그때 그 소리가 들렸다. 낮게 꾸르륵거리는 소리와 커다란 두 발을 질질 끄는 소리. 론이 통로 왼쪽 끝을 가리켰다. 뭔가 거대한 것이 이쪽을 향하고 있었다. 두 사람은 몸을 움츠리고 어둠 속에 숨어서, 그 형체가 한 조각 달빛을 받아 모습을 드러내는 것을 지켜보았다.

오금이 저리는 광경이었다. 3미터가 넘는 키에 화강암 같은 칙칙한 회색 피부, 바위처럼 거대한 혹투성이 몸과 그 꼭대기에 코코넛처럼 얹힌 작은 대머리. 짧은 다리는 나무 몸통처럼 굵었으며 납작한 두 발은 단단하고 거칠었다. 놈에게서 나는 냄새는 믿을 수 없을 정도였다. 놈은 엄청나게 큰 나무 몽둥이를 들고 있었는데, 팔이 너무 길어서 몽둥이가 바닥에 질질 끌렸다.

트롤은 어느 문 앞에 멈춰 서서 안을 들여다보았다. 그리고 기다란 귀를 쫑긋거리더니, 없다시피 한 지능을 발휘해 구부정한 자세로 천천히 안으로 들어갔다.

"자물쇠에 열쇠가 꽂혀 있어." 해리가 중얼거렸다. "안에 가두고 문을 잠그면 되겠는데."

"좋은 생각이야." 론이 초조해하며 말했다.

두 사람은 열려 있는 문 쪽으로 조금씩 움직였다. 입이 바싹 말랐다. 트롤이 그곳에서 막 나오려는 게 아니길 간절히 바랐다. 해리는 한 차례 훌쩍 뛰어서 간신히 열쇠를 잡아챈 다음 문을 쾅 닫고 잠갔다.

"됐어!"

둘은 승리감에 흠뻑 젖어서 통로를 되짚어 달리기 시작했다. 하지만 모퉁이에 다다랐을 때 그들의 심장을 멎게 하는 어떤 소리가 들려왔다. 극도로 겁에 질린 높은 비명 소리. 그 소리는 방금 두 사람이 문을 잠근 그 방에서 들려오고 있었다.

"이런, 안 돼." 론이 피투성이 남작만큼이나 창백해진 얼굴로 말했다.

"거기가 여학생 화장실이었어!" 해리가 숨을 헉 들이켰다.

"*헤르미온느!*" 둘이 동시에 외쳤다.

정말 하기 싫은 일이었지만 선택의 여지가 없지 않은가? 황급히 몸을 돌린 그들은 그 문을 향해 전력 질주해서는 어찌할 바를 모르고 더듬거리며 열쇠를 돌렸다. 해리가 문을 열자마자 둘은 안으로 달려 들어갔다.

헤르미온느 그레인저가 금방이라도 기절할 것 같은 얼굴로 맞은편 벽에 바짝 움츠리고 있었다. 트롤은 걸음을 옮길 때마다 벽에 붙은 세면대를 쳐서 떨어뜨리며 헤르미온느에게 다가갔다.

"주의를 끌어 봐!" 해리가 절박한 목소리로 론에게 말하면서 수도꼭지 하나를 주워 들고 있는 힘껏 벽에다 던졌다.

트롤은 헤르미온느와 조금 떨어진 곳에서 멈춰 섰다. 놈은 느릿느릿 돌아서더니 무슨 소리가 났는지 보려고 멍청하게 눈을 깜빡였다. 사악한 작은 두 눈이 해리를 발견했다. 놈은 잠깐 망설이더니 이번에는 해리에게 다가가며 몽둥이를 들어 올렸다.

"어이, 새대가리!" 론이 반대편에서 소리치며 금속 파이프를 던졌다. 트롤은 파이프가 어깨에 날아와 부딪친 것을 알아차리지도 못한 듯했으나 외침을 듣고 다시 멈춰 서서 이번에는 론에게 그 흉측한 주둥이를 돌렸다. 덕분에 해리는 놈의 주위를 빙 둘러 갈 수 있었다.

"어서 뛰어, 도망가라고!" 해리가 헤르미온느를 문 쪽으로 잡아당기려고 애쓰며 소리쳤지만 헤르미온느는 꼼짝도 할 수 없는 상태였다. 여전히 벽에 딱 달라붙은 채 겁에 질려서 입만 벌리고 있었다.

그 고함 소리가 메아리쳐서 트롤을 광포하게 만드는 것 같았다. 놈이 또 한 차례 포효하더니, 가장 가까이 있던 론에게 다가가기 시작했다. 론은 도망갈 데가 없었다.

그때 해리는 매우 용감하기도 하고 매우 멍청하기도 한 행동을 했다. 그는 힘껏 도움닫기 한 끝에 간신히 트롤의 목을 뒤에서 꽉 끌어안았다. 트롤은 해리가 매달려 있는 것도 느끼지 못했지만, 긴 나무 막대기를 코에 쑤셔 넣는다면 아무리 트롤이라도 알아차릴 수밖에 없었다. 해리는 뛰어오르면서도 여전히 손에 마법 지팡이를 쥐고 있었는데, 바로 그 지팡이가 트롤의 한쪽 콧구멍으로 쑥 들어갔다.

트롤이 고통으로 울부짖으며 몸을 비틀고 몽둥이를 휘둘렀다. 해리는 죽기 살기로 놈에게 매달렸다. 트롤은 당장에라도 해리를 패대기치거나 무시무시한 기세로 몽둥이를 휘둘러 해리를 맞힐 것 같았다.

헤르미온느는 겁에 질린 채 바닥에 주저앉아 있었다. 론이 마법 지팡이를 꺼내 들었다. 뭘 해야 할지도 알지 못한 채, 론은 머릿속에 처음 떠오른 주문을 외치는 그 자신의 목소리를 들었다. "윙가르디움 레비오사!"

갑자기 트롤의 손에서 몽둥이가 공중으로 높이높이 떠오르더니 천천히 뒤집어졌다. 그런 다음 와지끈하는 섬뜩한 소리를 내며 트롤의 머리 위로 떨어졌다. 트롤은 그 자리에서 비틀거리다가 화장실 전체가 진동하는 쿵 소리와 함께 바닥에 얼굴을 처박고 쓰러졌다.

해리는 자리에서 일어났다. 몸이 떨렸고 숨도 찼다. 론은 그때까지도 지팡이를 쳐든 채 가만히 서서, 자기가 해낸 일을 뚫어지게 바라보고 있었다.

처음으로 입을 연 사람은 헤르미온느였다.

"저거…… 죽은 거야?"

"그건 아닌 것 같아." 해리가 말했다. "그냥 기절했나 봐."

해리가 허리를 구부려 트롤의 코에서 마법 지팡이를 빼냈다. 지팡이는 덩어리진 회색 풀 같은 것으로 잔뜩 뒤덮여 있었다.

"우웩…… 트롤 코딱지야."

해리는 트롤의 바지에 지팡이를 닦았다.

갑자기 쾅 하는 소리와 함께 시끄러운 발소리가 들려서 세 사람은 고개를 들었다. 그들은 자신들이 얼마나 시끄러운 소리를 냈는지 깨닫지 못했지만, 당연히 아래층에 있는 누군가는 뭔가 부서지는 소리와 트롤의 포효를 들었을 것이다. 잠시 후 맥고나걸 교수가 화장실 안으로 들이닥쳤고, 스네이프가 그 뒤를 바짝 따랐으며, 마지막으로 퀴럴이 들어왔다. 퀴럴은 트롤을 한번 보고 희미하게 훌쩍이는 소리를 내더니 가슴을 부여잡으며 얼른 변기 위에 주저앉았다.

스네이프가 트롤 위로 몸을 구부렸다. 맥고나걸 교수는 론과 해리를 바라보고 있었다. 맥고나걸 교수가 그렇게 화난 모습은 한 번도 본 적이 없었다. 입술이 아예 하얗게 질려 있었다. 트롤을 잡았으니 그리핀도르가 50점을 딸지도 모른다는 희망이 해리의 머릿속에서 빠르게 사라져 갔다.

"도대체 무슨 생각을 한 거냐?" 맥고나걸 교수가 말했다. 그녀의 목소리에는 서릿발 같은 분노가 어려 있었다. 해리는 여전히 공중에 지팡이를 쳐들고 있는 론을 바라보았다. "죽지 않은 게 다행이다. 어째서 기숙사에 있지 않은 거지?"

스네이프가 꿰뚫어 보는 듯한 눈으로 해리를 흘끗 보았다. 해리는 바닥을 내려다보았다. 론이 지팡이를 좀 내렸으면 싶었다.

그때 어둠 속에서 작은 목소리가 들려왔다.

"죄송합니다, 맥고나걸 교수님……. 저 애들은 절 찾으러 온 거예요."

"그레인저 양!"

헤르미온느가 간신히 자리에서 일어났다.

"제가 트롤을 찾으러 나왔어요. 왜냐하면 저는…… 저는…… 혼자서 트롤을 해치울 수 있을 거라고 생각했거든요. ……책에서 다 읽었으니까요."

론이 지팡이를 떨어뜨렸다. 그 헤르미온느 그레인저가 교수님한테 새빨간 거짓말을 하고 있다니?

"쟤들이 찾아내지 못했다면 저는 지금쯤 죽었을 거예요. 해리는 트롤 코에 지팡이를 쑤셔 넣었고, 론은 트롤의 몽둥이로 놈을 기절시켰어요. 다른 사람을 데려올 시간이 없었거든요. 쟤들이 도착했을 땐 트롤이 저를 끝장내기 직전이었어요."

해리와 론은 그 얘기를 처음 듣는 것처럼 보이지 않으려고 애썼다.

"그래…… 그랬다면……." 맥고나걸 교수가 셋 모두를 뚫어지게 바라보며 말했다. "그레인저 양, 이렇게 바보 같은 짓을 하다니. 어떻게 혼자서 산트롤을 처치할 마음을 먹을 수 있지?"

헤르미온느가 고개를 푹 숙였다. 해리는 아무 말도 할 수 없었다. 세상 모든 사람이 규칙을 어긴다 해도 헤르미온느는 끝까지 규칙을 지킬 사람이었다. 그런데 지금 그 헤르미온느가 해리와 론이 벌을 받지 않게 하려고 규칙을 어긴 척하고 있었다. 이는 스네이프가 사탕을 나눠 주기 시작한 것이나 마찬가지의 일이었다.

"그레인저 양, 이번 일로 그리핀도르에 5점 감점하도록 하겠다." 맥고나걸 교수가 말했다. "정말 실망했다. 다친 데가 없다면 그만 그리핀도르 탑으로 가는 게 좋겠구나. 학생들은 각자 기숙사에서 연회를 마저 끝내고 있으니까."

헤르미온느가 자리를 떠났다.

맥고나걸 교수가 해리와 론에게로 돌아섰다.

"글쎄, 너희 둘 다 운이 좋았다는 생각에는 아직도 변함이 없다만 1학년 중에 성체가 된 산트롤을 처리할 수 있는 사람은 별로 없지. 그리핀도르에 너희 두 사람 각각 5점씩 주마. 덤블도어 교수님도 이 일을 알게 되실 거다. 이제 가도 좋아."

해리와 론은 허둥지둥 여학생 화장실을 나가 두 층을 올라갈 때까지 한 마디도 하지 않았다. 무엇보다 냄새 나는 트롤에게서 멀리 떨어지게 되어 안심이 되었다.

"겨우 10점이라니." 론이 투덜거렸다.

"겨우 5점이겠지. 헤르미온느한테서 5점 감점했잖아."

"우리가 벌받을까 봐 그렇게까지 하다니, 착하네." 론이 인정했다. "그렇지만 우리가 걔를 구해 줬잖아."

"우리가 그 괴물을 헤르미온느가 있는 곳에 가두지 않았다면 애초에 구해 줄 필요도 없었겠지." 해리가 상기시켜 주었다.

둘은 뚱뚱한 귀부인 초상화에 다다랐다.

"돼지 코." 해리와 론은 암호를 말하고 안으로 들어갔다.

휴게실은 사람들로 가득 차 있었고 시끄러웠다. 모두가 아래층에서 올라온 음식을 먹고 있었다. 그러나 헤르미온느만은 문 옆에 홀로 서서 두 사람을 기다리고 있었다. 꽤 어색한 순간이 지나갔다. 잠시 후, 아무도 서로를 바라보지 않은 채 그들 모두 "고마워"라고 말했다. 그리고는 셋 다 서둘러 접시를 집으러 갔다.

그 순간부터 헤르미온느 그레인저는 그들의 친구가 되었다. 세상에는 함께 겪고 나면 서로를 좋아하게 될 수밖에 없는 일이 몇 있는데, 3미터 넘는 산트롤을 쓰러뜨리는 것도 그런 일 가운데 하나다.

## 11장
# 퀴디치

 11월에 접어들자 날이 매우 추워졌다. 학교 주변의 산은 잿빛으로 얼어붙었고 호수는 차갑게 식은 강철 같았다. 매일 아침 교정은 서리로 뒤덮였다. 위층 창문에서 내다보면 해그리드가 긴 두더지 가죽 코트와 토끼털 장갑, 커다란 비버 가죽 부츠로 몸을 따뜻하게 하고 퀴디치 경기장에서 빗자루에 낀 서리를 제거하는 모습이 보였다.
 퀴디치 시즌이 시작됐다. 토요일이면 해리는 몇 주간의 훈련 끝에 마침내 첫 시합을 치를 것이다. 그리핀도르 대 슬리데린. 이번 시합에서 이기면 그리핀도르는 기숙사 챔피언십에서 2위로 올라서게 된다.

우드가 비밀 병기 해리의 존재를 말 그대로 비밀로 해야 한다고 결정했기 때문에 그가 경기하는 모습을 본 사람은 거의 없었다. 하지만 어떻게 된 일인지 해리가 수색꾼으로 출전할 거라는 소식이 새어 나갔고, 해리는 그가 뛰어난 선수일 거라는 말과, 그가 떨어질 것에 대비해 매트리스를 들고 경기장을 뛰어다녀야겠다는 말 중 어느 쪽이 더 싫은지 알 수 없었다.

헤르미온느와 친구가 되어서 정말 다행이었다. 그녀가 없었다면 우드가 시키는 막바지 퀴디치 훈련과 그 모든 숙제를 어떻게 병행했을지 몰랐다. 헤르미온느는 해리에게 《퀴디치의 역사》를 빌려주기도 했는데, 읽어 보니 꽤 재미있는 책이었다.

해리는 퀴디치에서 반칙을 범하는 방법이 700가지나 있는데 1473년 월드컵에서 단 한 번의 시합 중에 그 모든 반칙이 일어난 적이 있다는 것과, 보통 가장 체구가 작고 빠른 선수가 수색꾼을 맡는다는 것, 퀴디치 경기 중 가장 심각한 부상은 수색꾼들이 당하는 듯하다는 것, 퀴디치를 하다가 사람이 죽는 일은 드물지만 심판들이 갑자기 사라졌다가 몇 달 뒤 사하라 사막에서 나타난 적은 있다는 사실을 알게 되었다.

헤르미온느는 해리와 론이 산트롤에게서 구해 준 이래로 규칙 위반에도 한결 관대해졌고 태도도 훨씬 친절해졌다. 해리의 첫 번째 퀴디치 시합 전날 셋은 쉬는 시간에 얼어붙을 듯 추운 교정으로 나갔다. 헤르미온느는 마법으로 잼 병에 넣어 가지고 다닐 수 있는 밝은 파란색 불을 만들었다. 스네이프가 마당을 가로질러 갔을 때 세 사람은 그 불을 뒤로하고 서서 온기를 쬐고 있었다. 해리는 스네이프가 다리를 절고 있다는 사실을 단번에 알아차렸다. 해리, 론, 헤르미온느는 불이 보이지 않도록 더 가까이 붙어 섰다. 이런 일은 금지됐을 게 뻔했으므로. 유감스럽게도 그들의 뭔가 죄책감 어린 표정이 스네이프의 눈길을 끈 모양이었다. 그가 다리를 절며 다가왔다. 불을 보지는 못했지만, 어찌 되었든 뭔가 야단칠 구실을 찾는 듯 보였다.

"그게 뭐지, 포터?"

그것은 《퀴디치의 역사》였다. 해리는 스네이프에게 책을 보여 주었다.

"도서관 책을 학교 건물 밖으로 가지고 나와선 안 된다." 스네이프가 말했다. "이리 내놔. 그리핀도르는 5점 감점이다."

"방금 만들어 낸 규칙일 거야." 스네이프가 다리를 절면서 멀어져 가자 해리가 화난 목소리로 중얼거렸다. "다리는 왜 저래?"

"모르지. 어쨌든 엄청 아팠으면 좋겠다." 론이 분한 듯 말했다.

그날 저녁 그리핀도르 휴게실은 매우 소란스러웠다. 해리, 론, 헤르미온느는 창가에 함께 자리를 잡았다. 헤르미온느가 해리와 론의 일반 마법 숙제를 봐 주고 있었다. 그녀는 결코 자기 숙제를 베끼게 해 주는 법이 없었지만("베끼면 대체 어떻게 배우겠다는 거야?") 그녀에게 숙제를 건네주고 한번 읽어 달라고 하면 어쨌든 정답을 알 수 있었다.

해리는 초조했다. 내일 경기를 앞두고 긴장된 마음에서 신경을 돌리기 위해 《퀴디치의 역사》를 돌려받고 싶었다. 왜 스네이프를 두려워해야 하지? 해리는 자리에서 일어나며 론과 헤르미온느에게 스네이프한테 가서 책을 돌려받을 수 있는지 물어보겠다고 말했다.

"나라면 안 그럴 거야." 론과 헤르미온느가 동시에 말했다. 하지만 해리는 다른 교수들이 듣고 있다면 아무리 스네이프라도 거절할 수 없을 거라고 생각했다.

해리는 교무실로 내려가 문을 두드렸다. 아무 대답이 없었다. 다시 두드렸다. 이번에도 아무런 응답이 없었다.

혹시 스네이프가 책을 저 안에 놔두지 않았을까? 한번 살펴볼 가치는 있었다. 해리는 문을 살짝 열고 안을 들여다보았다. 그러자 끔찍한 광경이 눈에 들어왔다.

안에는 스네이프와 필치 둘뿐이었다. 스네이프는 로브를 무릎 위로 들어 올린 채였다. 한쪽 다리가 피투성이에 엉망진창이었다. 필치가 스네이프에게 붕대를 건네고 있었다.

"빌어먹을." 스네이프가 말했다. "어떻게 머리 세 개에서 동시에 눈을 떼지 말라는 거지?"

해리는 조용히 문을 닫으려 했지만······

**"포터!"**

황급히 로브 자락을 내려 다리를 가리는 스네이프의 얼굴이 분노로 잔뜩 뒤틀렸다. 해리는 침을 꿀꺽 삼켰다.

"그냥, 책을 돌려받을 수 있는지 궁금해서요."

**"나가! 나가!"**

스네이프가 그리핀도르의 점수를 조금이라도 더 깎기 전에 해리는 얼른 그곳을 빠져나왔다. 그는 전속력으로 달려 위층으로 올라갔다.

"책 받았어?" 해리가 창가 자리로 돌아오자 론이 물었다. "왜 그래?"

해리는 목소리를 낮추고 자기가 본 광경을 이야기해 주었다.

"이게 무슨 뜻인지 알겠어?" 해리가 가쁜 숨을 내쉬며 말을 마쳤다. "핼러윈 날 스네이프는 그 머리 세 개 달린 개를 지나가려고 했어! 우리가 스네이프를 봤을 때 바로 거기로 가고 있었던 거야. 뭔지는 몰라도 그 개가 지키고 있는 걸 노리고! 내 빗자루를 걸고 말하는데 트롤을 들여보낸 것도 스네이프일 거야. 사람들 시선을 돌리려 한 거라고!"

헤르미온느가 눈을 크게 떴다.

"아냐…… 그럴 리가 없어." 헤르미온느가 말했다. "스네이프 교수님이 그렇게 친절한 사람이 아니라는 건 나도 알지만, 덤블도어 교수님이 안전하게 보관하고 있는 물건을 훔치려 들지는 않을 거야."

"나 참, 헤르미온느, 네가 보기에는 교수들이 전부 성자나 뭐 그런 거라도 되는 것 같냐?" 론이 쏘아붙였다. "해리 말이 맞아. 스네이프라면 충분히 그럴 수 있다고. 근데 뭘 노리는 걸까? 그 개가 지키고 있는 게 뭐지?"

잠자리에 들어서도 해리의 머릿속에서는 같은 질문이 윙윙 맴돌고 있었다. 네빌은 큰 소리로 코를 골았지만 해리는 잠이 오지 않았다. 머리를 비워 보려고 애썼다. 자야 했다. 자야만 한다. 몇 시간 뒤에는 생애 첫 퀴디치 시합에 나가야 한다. 하지만 해리는 자신이 스네이프의 다리를 봤을 때 그가 지었던 표정을 좀처럼 잊을 수 없었다.

꽤 청명하고 추운 아침이 밝았다. 대연회장은 튀긴 소시지의 구수한 냄새며, 멋진 퀴디치 시합을 기대하는 사람들의 활기찬 재잘거림으로 가득했다.

"조금이라도 먹어야지."

"아무것도 먹고 싶지 않아."

"토스트라도 조금 먹어." 헤르미온느가 달래듯 말했다.

"배 안 고프다니까."

끔찍한 기분이었다. 한 시간쯤 뒤엔 경기장으로 나가고 있을 것이다.

"해리, 너 힘 없으면 안 된다." 셰이머스 피니건이 말했다. "상대 팀한테 가장 많이 견제당하는 건 언제나 수색꾼이거든."

"고마워, 셰이머스." 셰이머스가 소시지 위에 케첩을 잔뜩 뿌리는 걸 바라보며 해리가 말했다.

11시 즈음에는 학교 전체가 퀴디치 경기장 관중석에 나가 있는 것 같았다. 수많은 학생이 쌍안경을 들고 있었다. 좌석이 공중 높은 곳에 설치되어 있기는 했지만 그곳에서도 때로는 무슨 일이 벌어지고 있는지 보기 어려웠던 것이다.

론과 헤르미온느는 네빌과 셰이머스, 그리고 축구팀 웨스트햄의 광팬인 딘과 함께 맨 윗줄에 앉았다. 그들은 해리를 놀래 주려고 스캐버스가 망쳐 놓은 이불 하나로 커다란 현수막을 만들었다. 현수막에는 '포터가 최고야'라는 글자가 적혀 있었고, 그림을 잘 그리는 딘이 그 밑에 커다란 그리핀도르 사자를 그려 놓았다. 거기에 헤르미온느가 까다롭지만 귀여운 마법을 걸어 글자와 그림이 서로 다른 색깔로 번쩍이게 만들었다.

한편 해리와 다른 선수들은 탈의실에서 진홍색 퀴디치 로브로 갈아입고 있었다(슬리데린은 초록색 로브를 입고 경기를 할 예정이었다).

우드가 헛기침을 하며 선수들을 조용히 시켰다.

"좋아, 진짜 사나이들." 우드가 말했다.

"여자들도 있는데." 추격꾼인 앤젤리나 존슨이 말했다.

"여성 여러분도." 우드가 동의했다. "드디어 때가 왔다."

"엄청난 기회야." 프레드 위즐리가 말했다.

"우리 모두가 기다리던 바로 그 순간이라고." 조지가 말했다.

"우리는 올리버가 하려는 말을 다 외우고 있어." 프레드가 해리에게 말했다. "작년에도 이 팀에 있었으니까."

"닥쳐, 둘 다." 우드가 말했다. "이번 팀은 최근 몇 년간 그리핀도르 대표팀 중 최강이야. 우리가 이길 거다. 난 알아."

우드는 '못 이기면 두고 보자'는 표정으로 모두에게 눈을 부라렸다.

"좋아. 이제 나갈 시간이야. 다들 행운을 빈다."

해리는 프레드와 조지를 따라 탈의실을 나섰다. 무릎이 푹 꺾이는 일만 없기를 바라며, 그는 커다란 함성이 들려오는 경기장으로 나갔다.

후치 선생이 심판이었다. 그녀는 경기장 한가운데에 서서 빗자루를 들고 양 팀 선수들을 기다리고 있었다.

"자 선수들, 모두 멋진 페어플레이 보여 주기 바란다." 선수들이 주위에 모여서자 후치 선생이 말했다. 그녀가 슬리데린 주장인 5학년생 마커스 플린트에게 특별히 주의를 주는 듯한 모습이 해리의 눈에 띄었다. 플린트는 꼭 트롤 혈통 같았다. 해리는 '포터가 최고야'를 번쩍거리며 관중의 머리 위에서 펄럭이는 현수막을 흘끗 보았다. 심장이 두근거렸다. 조금 더 용기가 솟는 것 같았다.

"전원, 빗자루에 오른다."

해리는 님부스 2000에 올랐다.

후치 선생이 은색 호루라기를 힘차게 불었다.

열다섯 자루의 빗자루가 하늘로 높이높이 날아올랐다. 경기가 시작됐다.

"그리핀도르의 앤젤리나 존슨 선수, 곧바로 쿼플을 차지합니다. 굉장한 추격꾼이죠, 존슨 선수. 그리고 꽤 매력적이기도 합……."

"조던!"

"죄송합니다, 교수님."

위즐리 쌍둥이의 친구인 리 조던이 맥고나걸 교수의 삼엄한 감시 아래 경기 중계를 하고 있었다.

"존슨 선수, 말 그대로 하늘을 질주하고 있습니다. 얼리샤 스피넛에게 깔끔한 패스. 스피넛은 올리버 우드가 발굴한 좋은 선수입니다. 작년에는 후보였습니다만…… 다시 존슨이 받습니다……. 안 돼, 슬리데린이 퀴플을 가져갔어요. 슬리데린 주장 마커스 플린트가 퀴플을 갖고 날아갑니다. 꼭 독수리처럼 날아다니는데요. 득점……으로 연결되진 않습니다. 그리핀도르의 파수꾼, 우드가 훌륭한 움직임으로 막아 내 그리핀도르가 퀴플을 차지합니다. 그리핀도르의 추격꾼 케이티 벨이 퀴플을 갖고 플린트를 우회해 멋지게 급강하, 경기장 위를 날아가…… **아이고!** 저거 아프겠는데요. 뒤통수에 블러저를 맞았습니다. 퀴플은 다시 슬리데린이 가져갑니다. 에이드리언 퓨시가 골대 쪽으로 빠르게 나아가다가 또다시 블러저에 가로막히고 맙니다. 프레드인지 조지인지, 아무튼 위즐리 쌍둥이 중 하나가 쳐 낸 거로군요. 그리핀도르 몰이꾼의 멋진 플레이가 나왔습니다. 존슨이 다시 퀴플을 차지합니다. 앞이 텅 비었네요, 그대로 갑니다…… 엄청난 비행 실력…… 빠르게 날아오는 블러저를 피해 냅니다. 바로 앞에 골대가…… 어서, 지금이야, 앤젤리나…… 슬리데린의 파수꾼 블레츨리가 몸을 날려 보지만…… 놓칩니다! **그리핀도르 골!**"

그리핀도르 학생들의 환호성이 추운 경기장을 가득 채웠다. 슬리데린 쪽에서는 야유와 신음이 터져 나왔다.

"옆으로 좀만 비켜 봐라."

"해그리드!"

론과 헤르미온느는 해그리드가 함께 앉을 수 있도록 바짝 붙어 앉았다.

"오두막에서 보고 있었지." 해그리드가 목에 걸고 있는 커다란 쌍안경을 툭툭 치며 말했다. "그래도 관중석에서 보는 거랑은 다르니까. 스니치는 아직 안 보이는 모양이지?"

"네." 론이 말했다. "아직 해리가 할 일은 별로 없어요."

"그래도 무슨 말썽에 휘말리지는 않았잖아. 그게 중요하지." 해그리드가 쌍안경을 하늘로 들어 올려 작은 점으로 보이는 해리를 바라보며 말했다.

그들로부터 한참 올라간 곳에서, 해리는 경기가 벌어지는 현장 위를 미끄러지듯 날아다니며 혹 스니치가 나타날까 눈을 가늘게 뜨고 있었다. 해리와 우드가 미리 세워 놓은 작전의 일환이었다.

"스니치를 발견할 때까지는 멀리 떨어져 있어." 우드는 그렇게 말했다. "네가 활약하기도 전에 공격당하는 일은 없어야 하니까."

앤젤리나가 득점했을 때 해리는 기쁜 마음을 주체할 수 없어 두어 차례 공중제비를 돌았다. 그리고 지금은 다시 스니치를 찾아 주위를 뚫어지게 살피고 있었다. 금빛이 번뜩이는 것을 보기도 했지만, 위즐리 쌍둥이 중 하나가 차고 있던 손목시계에서 반사된

빛이었다. 블러저가 작심한 듯 해리 쪽으로 맹렬히 날아왔다. 꼭 대포알 같았지만 해리는 블러저를 피했고 프레드 위즐리가 와서 그 블러저를 뒤쫓았다.

"괜찮냐, 해리?" 프레드는 블러저를 마커스 플린트 쪽으로 강하게 날려 보내면서도 소리칠 여유가 있었다.

"슬리데린이 쿼플을 잡았습니다." 리 조던이 중계를 이었다. "슬리데린의 추격꾼 퓨시가 두 개의 블러저와 위즐리 형제, 추격꾼 벨을 피해 속도를 냅…… 잠깐, 그거 스니치였나요?"

에이드리언 퓨시가 어깨 너머를 돌아보고 그의 왼쪽 귀를 스쳐 간 금빛 섬광을 찾는 데 정신이 팔려 쿼플을 떨어뜨리자 관중 사이에 웅성거림이 퍼져 나갔다.

해리는 보았다. 엄청나게 밀려오는 흥분 속에서 그는 황금색 빛줄기를 쫓아 급강하했다. 슬리데린의 수색꾼 테런스 힉스도 스니치를 보았다. 그들은 앞서거니 뒤서거니 하며 스니치를 향해 돌진했다. 추격꾼 모두가 자기 역할을 잊어버린 듯 공중에 가만히 떠서 그 모습을 지켜보았다.

해리가 힉스보다 빨랐다. 조그마한 둥근 공이 날개를 퍼덕이며 쏜살같이 날아가는 모습이 보였다. 해리는 속도를 더욱 끌어 올렸고……

**쾅!** 아래에서 그리핀도르 학생들의 분노 섞인 함성이 메아리쳤다. 마커스 플린트가 의도적으로 해리를 막아선 바람에 해리의 빗자루가 진로를 벗어난 것이다. 해리는 필사적으로 빗자루를 붙들었다.

"반칙!" 그리핀도르 학생들이 소리쳤다.

후치 선생이 화난 목소리로 플린트에게 주의를 주고, 그리핀도르에 골대 앞 페널티 슛을 지시했다. 하지만 그 모든 혼란 속에서 골든 스니치는 당연히 다시 자취를 감추고 말았다.

아래 관중석에서는 딘 토머스가 소리를 지르고 있었다. "심판, 퇴장시켜요! 레드카드!"

"이건 축구가 아니라니까, 딘." 론이 일깨워 주었다. "퀴디치에서는 선수를 퇴장시킬 수 없어. 레드카드는 또 뭐야?"

하지만 해그리드는 딘의 편이었다.

"규칙을 바꾸든지 해야지. 플린트 저 녀석, 해리를 공중으로 날려 버릴 뻔했잖아."

리 조던은 한쪽 편을 들지 않기가 점점 어려워지는 모양이었다.

"그래서, 이렇게 명백하고도 역겨운 반칙이 벌어진 가운데……."

"조던!" 맥고나걸 교수가 버럭 소리쳤다.

"그러니까, 뻔뻔스럽고 혐오스러운 반칙……."

"조던, 경고하는데……."

"알겠어요, 알겠습니다. 플린트가 그리핀도르 수색꾼을 죽일 뻔 했습니다만 누구한테나 일어날 수 있는 일이죠. 암요. 그래서 그리핀도르가 페널티 슛 기회를 얻었고요. 스피넛이 나서서 던집니다. 빗나가지 않습니다. 경기가 계속됩니다. 퀘플은 여전히 그리핀도르가 가지고 있습니다."

그 일은 해리가 또 한 번 빙빙 돌면서 위험하게 머리 근처를 지나가는 블러저를 피한 직후에 벌어졌다. 갑자기 빗자루가 무서울 정도로 요동쳤다. 아주 짧은 순간 해리는 밑으로 떨어질 거라고 생각했다. 그는 양손과 양 무릎으로 빗자루를 꽉 붙들었다. 이런 느낌은 처음이었다.

똑같은 일이 한 번 더 일어났다. 마치 빗자루가 해리를 떨어뜨리려고 기를 쓰는 것 같았다. 하지만 님부스 2000이 갑자기 타고 있는 사람을 떨어뜨리려고 작정했을 리는 없었다. 해리는 그리핀도르 골대 쪽으로 방향을 돌리려고 애썼다. 우드에게 타임아웃을 요청할지 말지 고민하다가…… 다음 순간 해리는 자신이 빗자루에 대한 통제력을 완전히 잃었음을 알았다. 방향을 돌릴 수가 없었다. 조종할 수가 없었다. 빗자루가 지그재그로 하늘을 날아다니며 이따금 격렬하게 획획 움직이는 바람에 해리는 하마터면 떨어질 뻔했다.

리 조던이 중계를 이어 갔다.

"슬리데린의 플린트가 쿼플을 소유하고 있습니다……. 플린트가 그대로 스피넛을 제칩니다. 벨을 제치고…… 블러저로 얼굴을 세게 얻어맞습니다. 코라도 부러졌으면 좋겠네요. 농담입니다, 교수님. 슬리데린이 득점합니다. 이럴 수가…….'

슬리데린 학생들이 환호했다. 해리의 빗자루가 보이는 이상한 행동은 아무도 눈치채지 못한 듯했다. 빗자루는 홱 움직이거나 들썩들썩하면서 해리를 경기가 벌어지는 데서 한참 높은 곳으로 천천히 데려가고 있었다.

"해리가 왜 저러는지 모르겠네." 해그리드가 중얼거렸다. 그는 쌍안경 너머를 뚫어지게 바라보았다. "누가 보면 해리가 빗자루를 조종하지 못하게 된 줄 알겠지만…… 그럴 리가……."

갑자기 사람들이 관중석 위에 있는 해리를 가리켰다. 빗자루가 빙글빙글 돌기 시작했고, 해리는 간신히 매달려 있을 뿐이었다. 다음 순간 관중 모두가 숨을 들이켰다. 빗자루가 거칠게 요동치면서 해리가 그 위에서 미끄러진 것이다. 해리는 이제 빗자루에 한 손으로만 매달려 있었다.

"플린트가 막아섰을 때 뭐가 잘못된 걸까요?" 셰이머스가 속삭였다.

"그럴 리가." 해그리드의 목소리가 떨렸다. "아주 강력한 어둠의 마법이 아니면 빗자루에 영향을 줄 수 없어……. 님부스 2000

에 그런 짓을 할 수 있는 학생도 없고."

이 말을 들은 헤르미온느가 해그리드의 쌍안경을 잡아채더니 해리를 올려다보는 대신 미친 듯이 관중석을 살피기 시작했다.

"왜 그래?" 얼굴이 허옇게 질린 론이 신음했다.

"저럴 줄 알았어." 헤르미온느가 헉하고 숨을 들이켰다. "스네이프야. ……봐."

론이 쌍안경을 움켜쥐었다. 스네이프는 맞은편 관중석 한가운데 있었다. 그는 해리에게서 눈을 떼지 않은 채 뭔가를 끊임없이 숨죽여 중얼거리고 있었다.

"뭔가 하고 있잖아……. 빗자루에 저주를 거는 거야." 헤르미온느가 말했다.

"어떻게 하지?"

"나한테 맡겨."

헤르미온느는 론이 더 말할 새도 없이 사라져 버렸다. 론은 쌍안경을 다시 해리에게로 돌렸다. 빗자루가 너무 심하게 흔들려서 해리가 더 매달려 있기도 거의 불가능했다. 모든 관중이 자리에서 일어나 겁에 질린 채 지켜보는 가운데 위즐리 쌍둥이가 해리를 자기들의 빗자루로 안전하게 끌어당기려고 했지만 별 소용 없었다. 위즐리 형제가 가까이 갈 때마다 빗자루는 더 높은 곳으로 훌쩍 올라갔다. 위즐리 형제는 고도를 낮춰 해리 밑에서 맴돌았다. 해리가 떨어지면 잡아 주려는 게 틀림없었다. 마커스 플린트가 쿼플을 낚아채 아무도 보지 않는 와중에 다섯 차례나 득점을 올렸다.

"어서, 헤르미온느." 론이 간절하게 중얼거렸다.

인파를 뚫고 스네이프가 서 있는 관중석으로 간 헤르미온느는 지금 스네이프가 있는 자리의 뒷줄을 따라 달리고 있었다. 퀴럴 교수에게 부딪혀 그를 앞줄로 넘어뜨리고도 멈춰 서서 사과도 하지 않았다. 스네이프에게 다다르자 헤르미온느는 쭈그리고 앉아 마법 지팡이를 꺼낸 뒤 신중하게 고른 단어 몇 마디를 속삭였다. 헤르미온느의 지팡이에서 밝은 푸른색 불길이 튀어나가 스네이프의 로브 자락에 옮겨 붙었다.

스네이프가 옷에 불이 붙었다는 사실을 알아차리기까지는 아마 30초쯤 걸렸을 것이다. 갑작스럽게 터져 나온 비명 덕분에 헤르미온느는 임무를 완수했다는 사실을 알 수 있었다. 헤르미온느는 스네이프의 로브 자락에서 불꽃을 떼내 주머니에 들어 있던 작은 병에 옮겨 담으며 재빨리 좌석을 따라 되돌아갔다. 스네이프는 무슨 일이 있었는지 결코 알지 못할 것이다.

그것으로 충분했다. 공중에 있던 해리는 재빨리 다시 빗자루에 올라탈 수 있었다.

"네빌, 이제 눈 떠도 돼!" 론이 네빌에게 소리쳤다. 네빌은 5분 전부터 해그리드의 외투에 얼굴을 묻고 훌쩍이고 있었다.

관중은 해리가 땅으로 급강하하면서 마치 토악질하려는 것처럼 손으로 입을 막는 모습을 보았다. 그는 경기장 바닥에 착지해 납작 엎드렸다. 기침을 했다. 그러자 황금빛 무언가가 그의 손바닥 위에 떨어졌다.

"스니치를 잡았어!" 해리가 머리 위로 스니치를 흔들며 소리치자, 경기는 완전한 혼란 속에서 종료되었다.

"저건 잡았다고 볼 수 없어. 거의 삼킬 뻔했잖아." 20분이 지날 때까지 플린트가 그렇게 울부짖었지만 달라지는 건 아무것도 없었다. 해리는 어떤 규칙도 어기지 않았고, 리 조던은 그때까지도 기꺼이 큰 소리로 경기 결과를 전하고 있었다. 170 대 60으로 그리핀도르가 이겼다. 하지만 해리는 아무 소리도 듣지 못했다. 잠시 후 그는 론, 헤르미온느와 함께 해그리드의 오두막에서 진한 차를 마시고 있었다.

"스네이프였어." 론이 설명했다. "헤르미온느랑 내가 봤어. 스네이프가 네 빗자루에 저주를 걸고 있었어. 뭐라고 중얼거리면서, 너한테서 눈을 떼지 않더라고."

"말도 안 돼." 관중석에 있을 때 바로 옆자리에서 오간 이야기인데도 한 마디도 듣지 못한 해그리드가 그렇게 말했다. "스네이프 교수가 왜 그런 짓을 하겠냐?"

해리, 론, 헤르미온느는 딱히 뭐라고 말해야 할지 몰라서 서로를 바라보았다. 해리는 진실을 말하기로 마음을 굳혔다.

"스네이프에 대해 뭔가 알아낸 게 있어서 그래요." 해리가 해그리드에게 말했다. "핼러윈 날 스네이프는 머리 세 개 달린 개를 지나가려고 했어요. 그러다 물렸고요. 뭔진 모르지만 우리는 스네이프가 그 개가 지키고 있는 물건을 훔치려 한다고 생각해요."

해그리드가 찻주전자를 떨어뜨렸다.

"너희가 복슬이를 어떻게 알아?" 해그리드가 말했다.

"복슬이요?"

"그래, 복슬이는 내가 기르는 개야. 작년에 술집에서 만난 그리스 녀석한테 샀지. 뭘 좀 지켜야 한다길래 덤블도어 교수님께 빌려 드렸는데……."

"그래요?" 해리가 기대에 차서 물었다.

"자, 더 이상은 묻지 마라." 해그리드가 퉁명스럽게 말했다. "이건 극비 사항이야. 비밀이라고."

"하지만 스네이프는 그걸 훔치려고 해요."

"말이 되는 소리를 해라." 해그리드가 다시 말했다. "스네이프는 호그와트의 교수잖아. 그런 짓은 절대 안 한다."

"그럼 왜 해리를 죽이려고 한 건데요?" 헤르미온느가 소리쳤다.

그날 오후에 있었던 일이 스네이프에 대한 헤르미온느의 생각을 바꿔 놓은 게 분명했다.

"저주인지 아닌지는 보면 알아요, 해그리드. 책에서 다 읽었다고요! 저주를 걸려면 눈을 계속 맞추고 있어야 해요. 스네이프가 눈 한 번 깜빡거리지 않는 걸 제가 봤다니까요!"

"분명히 말하는데, 네가 틀린 거야!" 해그리드도 물러서지 않았다. "해리의 빗자루가 왜 그렇게 움직였는지는 모르겠다만, 스네이프 교수가 학생을 죽이려 들 리 없잖냐! 잘 들어라. 셋 다 너희랑 아무 상관도 없는 일에 끼어들고 있는 거야. 위험한 일이다. 개도 잊고, 그 개가 지키는 물건에 대해서도 잊어버려. 그건 덤블도어 교수님이랑 니콜라 플라멜 사이의……."

"아하!" 해리가 말했다. "그러니까 니콜라 플라멜이라는 사람이랑 관련된 일이라는 거네요. 그쵸?"

해그리드는 자기 자신에게 굉장히 화가 난 것 같았다.

## 12장

# 소망의 거울

 크리스마스가 다가오고 있었다. 12월 중순의 어느 날 아침, 호그와트는 1미터나 되는 눈으로 뒤덮인 채 잠에서 깨어났다. 호수는 꽁꽁 얼어붙었고, 위즐리 쌍둥이는 여러 개의 눈덩이가 퀴럴을 쫓아다니면서 터번 뒤에 부딪쳐 튕겨 나오게끔 마법을 건 탓에 벌을 받기도 했다. 눈보라가 몰아치는 하늘을 뚫고 날아와 우편물을 배달해 준 몇 안 되는 부엉이와 올빼미는 다시 날아가기 전 해그리드의 간호를 받고 체력을 회복해야 했다.

 모두 연휴가 시작되기만을 기다렸다. 그리핀도르 휴게실과 대연회장에는 난롯불이 맹렬히 타올랐지만 찬바람이 들어오는 복도는 얼음장처럼 변했고, 교실에서는 살을 에는 바람이 창문을 흔들어 댔다. 무엇보다 최악은 저 아래 지하 감옥에서 진행되는 스네이프 교수의 수업이었다. 그곳은 숨을 내쉬면 곧장 입김으로 바뀔 정도로 싸늘했으므로 학생들은 되도록 뜨거운 솥 가까이 붙어 섰다.

"정말 안됐어." 한번은 마법약 시간에 드레이코 말포이가 말했다. "집에서 기다리는 사람 하나 없어서 크리스마스 때도 어쩔 수 없이 호그와트에 있어야 하는 애들 말이야."

그렇게 말하면서 말포이는 해리 쪽을 보고 있었다. 크래브와 고일이 낄낄거렸다. 라이언피시 등뼈를 빻은 가루의 무게를 재던 해리는 그들을 무시했다. 퀴디치 시합 이후 말포이는 전보다 더 짜증 나는 아이가 됐다. 슬리데린이 졌다는 사실을 참을 수 없었던 모양인지, 다음번 경기에서는 해리 대신 입 큰 청개구리를 수색꾼으로 쓰는 게 어떠냐며 모두를 웃기려 했다. 다음 순간 말포이는 아무도 그 말을 재밌어하지 않는다는 것을 깨달았다. 아이들은 해리가 이리저리 날뛰는 빗자루에서 떨어지지 않은 것만으로도 깊이 감명받았던 것이다. 그리하여 말포이는 질투와 분노에 사로잡힌 채, 가족이라 할 만한 사람이 없다는 사실을 들먹여 해리를 조롱하는 방식으로 돌아갔다.

크리스마스 동안 해리가 프리빗가에 돌아가지 않는 것은 사실이었다. 지난주 맥고나걸 교수가 와서 연휴 동안 학교에 남아 있을 학생들의 명단을 만들었는데, 해리는 즉시 그 명단에 이름을 적었다. 해리는 결코 자기가 불쌍하다고 생각하지 않았다. 이번 크리스마스는 아마도 그가 지금껏 보낸 크리스마스 중 최고일 테니까. 위즐리 부부가 찰리를 만나러 루마니아에 가기로 했기에 론과 그의 형들도 학교에 남을 예정이었다.

마법약 수업이 끝나고 지하 감옥을 나서자 엄청나게 큰 전나무가 눈앞의 복도를 가로막고 있었다. 그 아래 삐죽 튀어나온 거대한 두 발과 헉헉거리는 커다란 숨소리가 나무 뒤에 해그리드가 있다는 것을 알려 주었다.

"안녕하세요, 해그리드. 도와드릴까요?" 론이 나뭇가지 사이로 고개를 들이밀며 물었다.

"아니, 괜찮아. 고맙다, 론."

"길 좀 비켜 줄래?" 뒤에서 말포이의 차갑고 느릿느릿한 말투가 들려왔다. "용돈이라도 벌어 보려는 거야, 위즐리? 너도 호그와트를 졸업하면 숲지기가 되고 싶은 모양인데…… 하긴 너희 가족이 살던 곳에 비하면 해그리드의 오두막은 궁전 같겠지."

론이 말포이에게 달려든 순간 스네이프가 계단을 올라왔다.

"위즐리!"

론은 움켜쥐고 있던 말포이의 로브 앞자락을 놓았다.

"말포이가 시비를 걸어서 그런 겁니다, 스네이프 교수님." 해그리드가 나무 뒤에서 커다란 수염투성이 얼굴을 내밀며 말했다.

"말포이가 론의 가족을 모욕했어요."

"뭐가 어쨌든 싸움은 호그와트 교칙 위반이오, 해그리드." 스네이프가 입바른 소리를 했다. "그리핀도르는 5점 감점이다, 위즐리. 그 이상 감점하지 않은 걸 다행으로 알아라. 다들 비켜."

말포이, 크래브, 고일이 나무를 거칠게 밀치고 지나가면서 뾰족한 나뭇잎을 사방에 흩뿌리고 기분 나쁘게 히죽거렸다.

"두고 봐." 론이 말포이의 등에 대고 이를 갈며 말했다. "조만간 꼭 혼내 줄 거야……."

"둘 다 꼴 보기 싫어." 해리가 말했다. "말포이도 스네이프도."

"자자, 기분 풀어라. 크리스마스도 다가오는데." 해그리드가 말했다. "저기 말이지, 나랑 같이 대연회장에 가자. 근사한 걸 보여 주마."

해리, 론, 헤르미온느는 나무를 들고 있는 해그리드를 따라 대연회장으로 갔다. 그곳에서는 맥고나걸 교수와 플리트윅 교수가 분주하게 크리스마스 장식을 하고 있었다.

"아, 해그리드. 그게 마지막 나무로군요……. 저쪽 구석에 놔 주겠어요?"

연회장은 가히 장관이었다. 호랑가시나무와 겨우살이로 엮은 장식용 줄이 벽마다 가득 걸려 있고, 열두 그루나 되는 높다란 크리스마스트리가 연회장 안에 빙 둘러 서 있었다. 그중 몇 그루에는 아주 작은 고드름이 여러 개 달려 반짝거렸고, 또 몇 그루는 수백 개의 촛불로 빛나고 있었다.

"연휴까지 며칠 남았지?" 해그리드가 물었다.

"딱 하루 남았어요." 헤르미온느가 말했다. "아, 생각났다…… 해리, 론, 점심시간 전에 30분 정도 시간이 있잖아. 우리 그때 도서관에 가야 돼."

"아, 그래. 맞다." 론이 지팡이 끝에서 황금빛 거품을 만들어 새로 가져온 나무의 가지들에 자취를 남기고 있는 플리트윅 교수에게서 시선을 떼고 말했다.

"도서관?" 해그리드가 연회장 바깥으로 그들을 따라 나오며 말했다. "연휴 직전에 도서관에 간다고? 너무 열심히 하는 거 아니냐?"

"아, 공부하러 가는 거 아니에요." 해리가 밝은 목소리로 말했다. "아저씨가 니콜라 플라멜 얘기를 한 이후로 그 사람이 누군지 계속 찾고 있었거든요."

"뭘 한다고?" 해그리드는 충격을 받은 얼굴이었다. "잘 들어라. 전에도 말했지만, 그만둬. 그 개가 지키고 있는 물건은 너희랑 아무 상관도 없어."

"그냥 니콜라 플라멜이 누군지 알고 싶을 뿐이에요. 그게 다예요." 헤르미온느가 말했다.

"아니면 아저씨가 말해 주시면 되잖아요. 그럼 굳이 고생할 필요도 없을 텐데." 해리가 덧붙였다. "책을 벌써 수백 권은 봤는데 어디에서도 찾지 못했어요. 그냥 힌트 하나만 주세요. 분명히 그 이름을 어디서 본 적이 있어요."

"나는 아무 말도 안 할 거다." 해그리드가 단호하게 말했다.

"그럼 그냥 우리가 직접 찾아봐야겠네요." 론이 말했다. 그들은 언짢아 보이는 해그리드를 뒤로하고 서둘러 도서관으로 향했다.

해그리드가 말을 흘린 이후로 그들은 정말로 책들을 뒤지며 플라멜의 이름을 찾고 있었다. 그러지 않고서는 스네이프가 훔치려는 물건이 뭔지 알아낼 방법이 없었던 것이다. 문제는, 플라멜이 어떤 일로 책에 실렸는지 모르기 때문에 어디에서부터 조사를 시작해야 하는지 알 수 없다는 것이었다. 플라멜은 《20세기의 위대한 마법사들》이나 《우리 시대의 주목할 만한 마법계 인물 백과》에도 실려 있지 않았다. 《현대의 중요한 마법적 발견들》에도, 《마법학의 최근 발전상에 관한 연구》에도 없었다. 게다가 당연한 일이지만, 도서관 자체가 너무 컸다. 그곳에는 수만 권의 책과 수천 개의 책꽂이와 수백 개의 좁은 통로가 있었다.

헤르미온느가 조사하기로 한 주제와 책 제목 목록을 꺼내는 동안 론은 줄지은 책들 사이를 성큼성큼 걸어 다니며 책꽂이에서 책을 무작위로 뽑기 시작했다. 해리는 이리저리 돌아다니다가 제한구역으로 향했다. 제한구역 안 어딘가에 플라멜과 관련된 책이 있지 않을까 하는 생각이 잠깐 들었다. 유감스럽게도 제한구역에 있는 책들을 보려면 선생 한 명한테서 특별히 서명을 받아야 했는데, 해리는 결코 그 서명을 받을 수 없다는 것을 알았다. 제한구역의 책들은 호그와트에서는 절대로 가르치지 않는 강력한 어둠의 마법에 관한 내용을 담고 있는 것들로, 고급 어둠의 마법 방어법을 공부하는 고학년들만 볼 수 있었다.

"뭘 찾고 있니, 애야?"

"아무것도 아녜요." 해리가 말했다.

사서인 핀스 선생이 그에게 깃털로 만든 먼지떨이를 휘둘렀다.

"그럼 나가는 게 좋겠구나. 어서, 나가!"

해리는 진작 무슨 얘기라도 지어낼 걸 그랬다고 생각하며 도서관을 나갔다. 해리, 론, 헤르미온느는 핀스 선생에게 플라멜을 어디에서 찾을 수 있느냐고 묻지 않는 게 좋겠다는 데 이미 합의했다. 그녀는 분명 답을 줄 수 있겠지만, 그들이 무슨 일을 하고 다니는지 스네이프가 알게 되는 위험을 감수할 수는 없었다.

해리는 두 친구가 뭐라도 찾아냈는지 궁금해하며 도서관 앞에서 기다리면서도 별다른 기대는 하지 않았다. 조사를 시작한 지 벌써 2주나 됐지만 수업 시간 사이사이에 짬을 낼 뿐이었으므로 아무런 소득이 없는 것도 이상한 일이 아니었다. 그들에게 정말로 필요한 것은 일거수일투족을 감시하는 핀스 선생 없이 충분히 오랫동안 조사하는 일이었다.

5분 뒤, 론과 헤르미온느가 고개를 저으며 해리에게 왔다. 셋은 점심을 먹으러 갔다.

"내가 집에 가 있는 동안에도 계속 찾아볼 거지?" 헤르미온느가 말했다. "그리고 뭐라도 찾으면 올빼미를 보내 줘."

"넌 부모님한테 플라멜이 누군지 아냐고 한번 여쭤봐." 론이 말했다. "그분들한테는 물어봐도 안전하겠지."

"안전하기야 하지, 두 분 다 치과 의사니까." 헤르미온느가 말했다.

연휴가 시작되자마자 즐길 게 너무 많아 론과 해리는 플라멜 생각을 할 겨를이 없었다. 기숙사 침실은 둘의 차지가 되었고, 휴게실도 평소보다 사람이 훨씬 줄어 둘이서 벽난로 근처에 있는 좋은 안락의자를 차지할 수 있었다. 해리와 론은 몇 시간이고 앉아서 빵과 크럼핏(동글납작한 잉글랜드 전통 팬케이크—옮긴이), 마시멜로 등 꼬치에 꽂을 수 있는 것이라면 뭐든 구워 먹으며 말포이를 퇴학시킬 계획을 짰는데, 실현 가능성과는 상관없이 이야기하는 것만으로도 재미있었다.

론은 또한 해리에게 마법사 체스를 가르쳐 주었다. 마법사 체스는 말들이 살아 움직이는 덕분에 실제로 전쟁터에 나가 군대를 이

끄는 기분이 든다는 것만 빼면 머글 체스와 똑같았다. 론의 체스 세트는 매우 낡고 닳은 것이었다. 론이 가진 다른 물건들과 마찬가지로 한때는 그의 가족 중 한 사람의 것이었는데, 이 체스 세트는 론의 할아버지가 쓰던 것이었다. 하지만 오래된 체스 말들은 전혀 문제가 되지 않았다. 론은 그 말들을 아주 잘 알고 있어서 아무런 어려움 없이 원하는 대로 말들을 움직일 수 있었다.

해리는 셰이머스 피니건이 빌려준 말로 체스를 뒀는데, 그 말들은 해리를 전혀 신뢰하지 않았다. 해리가 아직 체스를 잘 두지 못해서인지 말들은 계속해서 서로 다른 조언들을 외치며 해리를 헷갈리게 만들었다. "날 저쪽으로 보내면 안 되지. 저기 나이트 안 보여? *저놈을 보내. 저놈 정도는 잃어도 되잖아.*"

해리는 크리스마스이브에 잠자리에 들면서 다음 날 맛있는 음식을 먹고 재미있는 일도 많이 하게 될 것을 고대했지만 선물은 아예 기대도 하지 않았다. 그러나 다음 날 아침에 일어났을 때 가장 먼저 눈에 들어온 것은 침대 발치에 조그맣게 쌓인 선물 더미였다.

"메리 크리스마스." 해리가 허둥지둥 침대에서 내려와 가운을 걸치고 있자니 론이 잠이 덜 깬 목소리로 말했다.

"너도." 해리가 말했다. "이것 좀 볼래? 나한테 선물이 왔어!"

"그럼 뭘 기대한 거야? 순무?" 론이 자신의 선물 더미로 눈을 돌리며 말했다. 론의 선물 더미는 해리 것보다 훨씬 컸다.

해리는 맨 위에 있는 선물 꾸러미를 집어 들었다. 두꺼운 갈색 포장지에 '해리에게, 해그리드가'라는 글자가 휘갈겨 써 있었다. 안에는 거칠게 깎아 만든 나무 피리가 들어 있었다. 해그리드가 직접 깎아서 만든 게 틀림없었다. 해리는 피리를 불어 보았다. 부엉이 비슷한 소리가 났다.

아주 작은 두 번째 소포에는 쪽지가 들어 있었다.

'못 온다는 소식 잘 받았다. 크리스마스 선물을 동봉한다. 버넌 이모부와 피튜니아 이모가.' 쪽지에는 50펜스짜리 동전이 셀로판테이프로 붙여져 있었다.

"다정도 하시지." 해리가 중얼거렸다.

론은 50펜스 동전에 온통 마음을 빼앗겼다.

"*진짜 신기하다!*" 론이 말했다. "무슨 모양이 이래? 이게 돈이야?"

"너 가져." 해리가 말했다. 뛸 듯이 기뻐하는 론을 보자 웃음이 나왔다. "해그리드랑 이모, 이모부……. 그럼 다른 것들은 누가 보냈지?"

"저건 누가 보냈는지 알겠다." 론이 살짝 얼굴을 붉히며 울퉁불퉁한 꾸러미를 가리켰다. "우리 엄마야. 내가 엄마한테 네가 선물 같은 건 기대도 안 한다고 말했거든……. 아, 이런." 론이 신음했다. "엄마가 너한테도 위즐리 스웨터를 만들어 주셨네."

해리가 포장을 뜯자, 손으로 직접 뜬 에메랄드색 두꺼운 스웨터와 집에서 만든 퍼지(설탕, 버터, 우유로 만든 물렁물렁한 사탕의 하나—옮긴이)가 들어 있는 커다란 상자가 나왔다.

"엄마는 매년 우리한테 스웨터를 만들어 주시거든." 론이 자기 스웨터를 꺼내며 말했다. "근데 내 건 *맨날* 고동색이야."

"정말 좋은 분인걸." 해리가 퍼지를 베어 먹으며 말했다. 굉장히 맛있었다.

해리의 다음 선물에도 간식거리가 들어 있었다. 헤르미온느가 보내 준, 커다란 개구리 초콜릿 상자였다.

선물 꾸러미가 딱 하나 남았다. 해리는 선물을 집어 들고 손으로 만져 보았다. 꽤 가벼웠다. 해리는 포장을 풀었다.

부드러운 은회색 물체가 바닥에 스르륵 떨어져 내리더니 그대로 접혀서 환하게 빛났다. 론이 숨을 들이켰다.

"전에 들은 적 있어." 론이 헤르미온느에게서 받은 모든 맛이 나는 강낭콩 젤리 상자를 떨어뜨리며 목소리를 죽인 채 말했다. "내가 생각하는 게 맞다면…… 이거 진짜 보기 드문 거야. *진짜 비싸고.*"

"이게 뭔데?"

해리는 바닥에서 빛나는 은빛 천을 들어 올렸다. 마치 물로 짠

듯 촉감이 이상했다.

"투명 망토야." 그렇게 말하는 론의 얼굴에는 경이로운 표정이 떠올라 있었다. "확실해. 한번 걸쳐 봐."

해리가 어깨에 망토를 걸친 모습을 본 론이 소리를 질렀다.

"*진짜였어! 밑을 봐!*"

해리가 발치를 내려다보니 발은 사라지고 없었다. 그는 거울 쪽으로 달려갔다. 거울에 비친 해리가 그 자신을 마주 본 것까지는 당연한 일이었다. 다만 몸은 완전히 투명했고 머리만 공중에 떠 있었다. 투명 망토를 머리 위로 끌어 올리자 거울 속 모습은 완전히 사라졌다.

"편지가 있어!" 론이 갑자기 말했다. "거기서 편지가 떨어졌다고!"

해리는 망토를 벗고 편지를 집었다. 한 번도 본 적 없는 폭 좁고 특이한 글씨체로 다음과 같이 적혀 있었다.

*너희 아버지가 돌아가시기 전에 이걸 나에게 맡기셨다.*
*이제 너에게 돌려줄 때가 된 것 같구나.*
*잘 쓰거라.*
*메리 크리스마스.*

서명은 없었다. 해리는 편지를 뚫어지게 바라보았다. 론은 감탄

하느라 여념이 없었다.

"이걸 가질 수만 있으면 뭐든 내놓겠다." 론이 말했다. "뭐든지. 왜 그래?"

"아무것도 아냐." 해리가 말했다. 아주 이상한 기분이 들었다. 누가 이 망토를 보냈을까? 이게 정말로 아버지의 물건이었을까?

해리가 무슨 말이나 생각을 할 새도 없이 침실 문이 벌컥 열리더니 프레드와 조지 위즐리가 뛰어 들어왔다. 해리는 투명 망토를 보이지 않는 곳에 재빨리 쑤셔 넣었다. 아직은 다른 사람과 이 망토를 같이 쓰고 싶은 마음이 없었다.

"메리 크리스마스!"

"야, 이것 봐. 해리도 위즐리 스웨터를 받았네!"

프레드와 조지는 파란색 스웨터를 입고 있었다. 한 벌에는 커다란 노란색 글자로 F가, 다른 한 벌에는 커다란 노란색 글자로 G가 적혀 있었다.

"해리 스웨터가 우리 것보다 좋은데." 프레드가 해리의 스웨터를 들어 올리며 말했다. "가족이 아닌 사람한테 짜 줄 때 더 공을 들이는 게 틀림없어."

"너는 왜 스웨터 안 입고 있냐, 론?" 조지가 물었다. "자, 얼른 입어. 아주 사랑스럽고 따뜻해."

"난 고동색이 싫어." 론이 스웨터에 머리를 집어넣으며 심드렁하게 말했다.

"네 스웨터엔 글자가 없네." 조지가 말했다. "너는 네 이름을 까먹지 않는다고 생각하시나 봐. 하지만 우리도 바보는 아닌데……. 우리 이름이 그레드랑 포지라는 것 정도는 알거든."

"왜 이렇게 시끄러워?"

퍼시 위즐리가 탐탁지 않은 표정을 지으며 문으로 고개를 들이밀었다. 울퉁불퉁한 스웨터를 팔에 걸친 걸 보니 퍼시 역시 선물을 풀다 말고 온 게 분명했다. 프레드가 그의 스웨터를 낚아챘다.

"반장이라 P라고 적혀 있나 보네! 입어 봐, 퍼시. 얼른. 우린 다 입고 있잖아. 해리도 한 벌 받았어."

"나는…… 입고…… 싫지……." 퍼시가 우물거렸다. 쌍둥이들이 머리에 억지로 스웨터를 뒤집어씌우는 바람에 그의 안경이 비뚤어졌다.

"오늘은 반장들하고만 어울리지 말고 우리랑도 좀 있어." 조지가 말했다. "크리스마스는 가족과 함께 보내는 날이니까."

쌍둥이는 스웨터에 꽉 껴서 옆구리에 딱 붙은 퍼시의 양팔을 붙든 채 그를 끌고 나갔다.

해리는 여태껏 단 한 번도 그런 크리스마스 만찬을 즐겨 본 적이 없었다. 100마리나 되는 통통한 칠면조 구이, 산처럼 쌓인 구운 감자와 삶은 감자가 있었고, 빵빵한 치폴라타 소시지가 접시마다 그득했으며, 버터 바른 완두콩이 담긴 큰 그릇들과, 걸쭉하고 진한 그레이비 소스와 크랜베리 소스가 담긴 보트 모양 은그릇들이 있었다. 게다가 식탁을 따라 30센티미터 간격으로 마법사용 크리스마스 크래커(크리스마스 크래커는 영국 아이들이 즐기는 크리스마스 장난감의 하나로, 세 칸으로 나뉘어 있으며 두 사람이 각각 한쪽 끝을 잡고 잡아당기면 포장이 뜯어지면서 가운데 칸에 있는 선물이 나오는데, 이때 포장지에 묻은 화학약품 때문에 펑 소리가 난다—옮긴이)가 쌓여 있었다. 이 환상적인 크리스마스 크래커는 더즐리 부부가 사왔던, 조그만 플라스틱 장난감과 조잡한 종이 모자가 들어 있는 시시한 머글 물건과는 비교도 되지 않았다. 해리와 프레드가 각각 양 끝을 잡고 당기자 그것은 그냥 터지는 정도가 아니라 대포처럼 폭발해서는 두 사람을 파란 연기구름 속에 삼켜 버렸고 안에서는 해군 제독 모자와 살아 있는 흰생쥐 몇 마리가 튀어나왔다. 상석에서는 덤블도어가 뾰족한 마법사 모자 대신 꽃 달린 보닛을 쓰고 플리트윅 교수가 방금 읽어 준 우스갯소리에 즐겁게 키득거리고 있었다.

 칠면조에 이어 불붙은 크리스마스 푸딩이 나왔다. 퍼시는 자기 몫의 푸딩 조각에 파묻혀 있던 1시클 은화를 깨물었다가 이가 부러질 뻔했다. 해리는 해그리드가 얼굴이 점점 붉어지는 와중에도 와인을 더 마시다가 급기야 맥고나걸 교수의 뺨에 입 맞추는 것을 보았다. 놀랍게도 맥고나걸 교수는 정장 모자를 비뚜름하게 쓴 채 킥킥 웃으며 얼굴을 붉혔다.

마침내 식탁에서 일어났을 때 해리의 손에는 크리스마스 크래커에서 나온 절대로 터지지 않는 야광 풍선과 티눈 만들기 세트, 그가 쓸 새 마법사 체스 세트 같은 물건들이 잔뜩 들려 있었다. 흰 쥐는 사라졌는데, 해리는 그 쥐들이 노리스 부인의 크리스마스 만찬 메뉴가 될 것 같다는 끔찍한 기분이 들었다.

해리와 위즐리 형제들은 교정에 나가 격렬한 눈싸움을 하면서 그날 오후를 즐겁게 보냈다. 그런 다음 그들은 춥고 젖은 몸으로 숨을 헐떡거리며 그리핀도르 휴게실의 난롯가로 돌아왔다. 그곳에서 해리는 론에게 보기 좋게 지면서 새 체스 세트를 훈련시켰다. 퍼시가 그렇게까지 훈수를 두지만 않았다면 그토록 심하게 지지는 않았을 것이다.

칠면조 샌드위치와 크럼핏, 트라이플, 크리스마스 케이크를 곁들여 차를 한 잔 마시고 난 뒤에는 모두 너무 배가 부르고 졸린 나머지 잠들기 전까지 가만히 앉아, 퍼시가 반장 배지를 훔쳐 간 프레드와 조지를 쫓아 그리핀도르 탑 여기저기를 뛰어다니는 광경을 구경하기만 했다.

해리 평생 최고의 크리스마스였다. 하지만 온종일 머리 한구석을 찜찜하게 맴도는 생각이 있었다. 침대에 누운 뒤에야 왜 그런 기분이 드는지 생각할 여유가 생겼다. 바로 투명 망토와, 그 망토를 보낸 정체 모를 사람 때문이었다.

칠면조와 케이크를 잔뜩 먹은 데다 고민거리도 없는 론은 침대 커튼을 치자마자 곯아떨어졌다. 해리는 침대 옆으로 몸을 구부려 그 아래 넣어 두었던 투명 망토를 끌어당겼다.

아빠의 물건……. 이게 아빠가 쓰던 물건이었다니. 해리는 투명 망토가 손을 따라 흐르도록 내버려 두었다. 비단보다도 부드럽고 공기처럼 가벼웠다. '잘 쓰거라.' 편지에는 그렇게 적혀 있었다.

당장 써 봐야 했다. 해리는 재빨리 침대에서 나와 투명 망토로 몸을 감쌌다. 다리를 내려다보니 달빛과 그림자만 보였다. 기분이 매우 이상했다.

'잘 쓰거라.'

갑자기 정신이 번쩍 드는 것 같았다. 이것만 있으면 호그와트 전체가 그에게 활짝 열려 있는 것이나 다름없었다. 어둠과 침묵 속에 서 있으려니 흥분이 홍수처럼 밀려왔다. 이것만 두르면 어디든 갈 수 있다. 어디를 가더라도 필치는 결코 모를 것이다.

론이 잠결에 웅얼거렸다. 론을 깨워야 할까? 뭔가가 해리를 말렸다. 이건 아빠의 투명 망토다. 해리는 이번만은, 처음 한 번만큼은 이것을 혼자 써 보고 싶었다.

해리는 기숙사 침실을 몰래 빠져나와 계단을 내려간 다음 휴게실을 가로질러 초상화 구멍으로 나갔다.

"게 누구냐?" 뚱뚱한 귀부인이 꽥 소리쳤다. 해리는 아무런 대답도 하지 않고 빠르게 복도를 걸어갔다.

어디로 가야 할까? 심장이 두방망이질하는 가운데 해리는 잠시 멈춰서 생각했다. 그러자 그 생각이 떠올랐다. 도서관 제한구역. 거기에 가면 플라멜이 누구인지 알아낼 때까지 마음껏 책을 볼 수 있을 것이다. 해리는 투명 망토를 단단히 잡아당기면서 조심스럽게 발걸음을 옮겼다.

도서관은 칠흑같이 깜깜하고 매우 으스스했다. 해리는 여러 줄로 늘어선 책들 사이를 움직이면서 앞을 보려고 등을 켰다. 내려다보니 등불은 꼭 공중에 떠 있는 것처럼 보였다. 등불을 들고 있는 게 느껴지는데도 그 광경에 소름이 돋았다.

제한구역은 도서관 가장 안쪽에 있었다. 해리는 도서관의 나머지 구역과 제한구역을 분리해 놓은 밧줄을 조심스럽게 넘은 뒤 그곳에 있는 책들의 제목을 읽으려고 등불을 들어 올렸다.

제목만 봐서는 알 수 있는 게 별로 없었다. 다 벗겨져 가는 빛바랜 금색 글자들은 해리가 알지 못하는 언어로 쓰여 있었다. 아예 제목이 없는 책도 몇 권 있었다. 어떤 책에는 끔찍하게도 핏자국처럼 보이는 어두운 빛깔의 얼룩이 묻어 있었다. 해리의 목덜미

털이 곤두섰다. 상상인지 아닌지 모르겠지만, 여기에 들어와서는 안 되는 누군가가 들어와 있다는 걸 안다는 듯 책들이 희미하게 소곤대는 소리가 들리는 것 같았다.

어딘가에서는 조사를 시작해야 했다. 해리는 등불을 조심스럽게 바닥에 내려놓고 흥미를 끄는 책을 찾아 책꽂이 맨 아래 칸을 살펴보았다. 검은색과 은색으로 된 커다란 책이 시선을 잡아끌었다. 책이 너무 무거운 탓에 간신히 빼냈다. 무릎에 올려놓자 무게 때문에 책이 저절로 펼쳐졌다.

귀청을 찢는, 피가 얼어붙을 듯 날카로운 소리가 정적을 깨뜨렸다. 책이 비명을 지르고 있었다! 해리가 책을 탁 덮었지만 비명은 단 한 줄기 높고 끊기지 않고 고막을 찢을 듯한 음으로 계속되었다. 해리가 비틀거리며 물러나다가 쳐서 넘어뜨리는 바람에 등불이 바로 꺼졌다. 허둥거리는 해리의 귀에 바깥 복도에서 이쪽으로 다가오는 발소리가 들렸다. 해리는 비명을 지르는 책을 책꽂이에 도로 쑤셔 넣고 도망쳤다. 그리고 문 가까이에 와 있던 필치를 지나쳤다. 필치의 흐릿하고 커다란 눈이 해리의 뒤쪽을 곧장 바라보았다. 해리는 필치가 뻗은 팔 아래로 살짝 빠져나가 복도를 살금살금 걸어갔다. 책의 비명 소리가 여전히 귓가에 울리고 있었다.

해리는 키 큰 갑옷 앞에서 우뚝 멈춰 섰다. 도서관에서 도망치기 급급해 어디로 가고 있는지는 신경 쓰지 못했다. 해리는 지금 어디에 와 있는지 전혀 가늠할 수 없었다. 아마 어두웠기 때문일 것이다. 주방 근처에 갑옷이 있다는 건 알았지만, 그는 분명 주방에서 다섯 층은 더 올라와 있었다.

"누가 밤에 학교를 돌아다니면 곧장 보고하라고 하셨죠, 교수님. 누군가가 도서관에 있었습니다. ……제한구역에요."

해리의 얼굴에서 핏기가 싹 가셨다. 여기가 어딘지는 몰라도 필치는 지름길을 알고 있는 게 틀림없었다. 그의 나긋나긋하고 알랑거리는 목소리가 점점 가까이 다가왔다. 끔찍하게도, 그 말에 대꾸한 사람은 스네이프였다.

"제한구역? 뭐, 멀리 가지는 못했겠군. 잡을 수 있을 거요."

필치와 스네이프가 앞의 모퉁이를 돌아 나왔을 때 해리는 그 자리에 붙박인 듯 서 있었다. 그들은 물론 해리를 볼 수 없었지만, 복도가 좁은 탓에 더 가까이 온다면 그대로 해리와 부딪칠 수밖에 없었다. 투명 망토를 두른다고 몸 자체가 사라지는 건 아니었으니까.

해리는 되도록 조용히 뒷걸음쳤다. 왼쪽에 웬 문이 조금 열려 있었다. 그것이 해리의 유일한 희망이었다. 문을 건드리지 않으려고 숨을 참으며 몸을 집어넣은 덕분에 해리는 스네이프와 필치에게 들키지 않고 안으로 들어갈 수 있었다. 필치와 스네이프가 곧장 지나쳐 가자 해리는 두 사람의 발소리가 멀어지는 것을 들으며 벽에 기댄 채 심호흡을 했다. 하마터면 들킬 뻔했다. 정말 위험했다. 몇 초가 지나서야 해리는 자기가 숨은 곳을 살펴볼 수 있었다.

그곳은 사용하지 않는 교실 같았다. 어두운 형체로만 보이는 책상과 의자가 벽에 쌓여 있고, 뒤집어진 폐지함도 하나 있었다. 맞은편 벽에는 처음부터 그곳에 있지는 않았던 것처럼 보이는 뭔가가 기대어 있었다. 걸리적거리지 않게 누가 여기다 치워 놓은 듯했다.

그것은 천장만큼 높은, 굉장히 아름다운 거울이었다. 정교하게 장식된 황금 테두리가 둘러져 있고, 갈고리 모양 다리가 두 개 달려 있었다. 거울 윗부분에는 글귀가 새겨져 있었다. '다준여보 을것 는하망소 이음마 의대그 닌아 이굴얼 의대그.'

필치와 스네이프의 소리가 더 이상 들려오지 않자 해리는 마음이 진정되는 것을 느끼며 거울 가까이 다가갔다. 자신의 모습을 보고 싶었지만 거울에는 아무것도 비치지 않았다. 해리는 거울 앞으로 다가섰다.

그는 비명을 지르지 않기 위해 두 손으로 입을 막아야 했다. 휙 돌아보았다. 심장이 비명 지르는 책을 펼쳤을 때보다 더 세차게 뛰었다. 거울 속에 그 자신의 모습뿐만 아니라 뒤에 서 있는 수많은 사람이 보였던 것이다.

하지만 방은 텅 비어 있었다. 해리는 숨을 빠르게 몰아쉬며 다시 천천히 거울을 돌아보았다.

거울에 비친 해리는 하얗게 겁에 질린 얼굴이었고, 적어도 열 명은 되는 사람들이 그의 뒤에 있었다. 해리는 어깨 너머를 돌아보았다. 하지만 여전히 아무도 없었다. 아니면 저 사람들도 모두 투명해진 걸까? 그는 지금 투명한 사람들로 가득한 방에 와 있고, 이 거울이 투명하든 아니든 모든 사람을 비추는 재주를 부린 걸까?

해리는 다시 거울을 들여다보았다. 거울 속 해리 바로 뒤에 서 있는 여자가 미소 지으며 손을 흔들고 있었다. 해리는 손을 뻗어 등 뒤의 허공을 더듬어 보았다. 여자가 정말로 거기 있다면, 거울에 비친 사람들은 무척 가까운 곳에 있었으므로 손이 닿아야 했다. 하지만 그저 공기만 느껴졌다. 여자와 다른 사람들은 오직 거울 안에만 존재했다.

그녀는 매우 예뻤다. 짙은 빨간색 머리카락에 두 눈은…… 내 눈이랑 똑같잖아? 해리는 그렇게 생각하며 거울 쪽으로 좀 더 다가섰다. 밝은 초록색 눈동자에 눈 모양도 완전히 똑같았다. 그 순간, 해리는 여자가 울고 있다는 것을 눈치챘다. 미소 짓는 동시에 울고 있었다. 키가 크고 마른 체격의 검은 머리 남자가 그 옆에 서서 여자에게 팔을 두르고 있었다. 남자는 안경을 쓰고 있었고 머리카락은 매우 단정치 못했다. 해리처럼 뒷머리가 삐죽 튀어나와 있었다.

해리는 거울에 너무 가까이 다가간 탓에 거울 속 자신과 코가 맞닿을 지경이었다.

"엄마?" 해리가 속삭였다. "아빠?"

두 사람은 미소를 머금고 해리를 바라보기만 했다. 해리는 천천히 거울 속에 있는 다른 사람들의 얼굴을 보았다. 해리와 같은 초록색 눈, 해리의 코와 똑같이 생긴 코, 해리처럼 무릎이 울퉁불퉁할 것 같은 약간 나이 든 사람도 보였다. ……해리는 태어나서 처음으로 자신의 가족을 보고 있었다.

포터 가족이 미소 지으며 그에게 손을 흔들자 해리는 갈망하듯 그들을 빤히 바라보았다. 두 손은 마치 그 속으로 들어가 그들에게 가닿고 싶은 듯 거울에 납작하게 눌렸다. 마음속에서 기쁨과 끔찍한 슬픔이 뒤섞인 강렬한 통증이 느껴졌다.

얼마나 오래 서 있었는지 알 수 없었다. 거울 속 형상들은 사라지지 않았고, 해리는 멀찍이서 들려온 소음을 듣고 정신을 차릴 때까지 그것을 보고 또 보았다. 여기에 계속 있을 수는 없었다. 침실로 돌아가는 길을 찾아야 했다. 해리는 엄마의 얼굴에서 억지로 눈을 떼고는 속삭였다. "다시 올게요." 그러고는 서둘러 방을 빠져나갔다.

"날 깨웠어야지." 론이 뿌루퉁하니 말했다.

"오늘 밤에 가 보자. 난 다시 갈 거거든. 너한테 그 거울을 보여 주고 싶어."

"나도 너희 엄마 아빠 보고 싶다." 론이 기대에 차서 말했다.

"나도 너희 가족 다 보고 싶어. 위즐리 가족 전부 말이야. 나한테 네 다른 형들이나 가족들을 보여 줘."

"우리 가족이야 아무 때나 볼 수 있잖아." 론이 말했다. "이번 여름방학 때 우리 집에 놀러 오면 돼. 어쨌거나, 돌아가신 분들만 보여 주는 거울인지도 모르잖아. 그런데 플라멜에 대해서 알아내지 못한 건 아쉽다. 베이컨이든 뭐든 좀 먹지, 왜 아무것도 안 먹어?"

해리는 먹을 수가 없었다. 그는 부모님을 보았고, 오늘 밤에 또 한 번 보게 될 것이다. 플라멜에 대해서는 까맣게 잊었다. 그건 더 이상 중요한 문제가 아닌 것 같았다. 머리 세 개 달린 개가 뭘 지키고 있든 그게 무슨 상관이란 말인가? 스네이프가 그걸 훔치든 말든, 정말이지 뭐가 문제인가?

"너 괜찮아?" 론이 말했다. "좀 이상해 보여."

해리에게 가장 두려운 일은 거울이 있는 방을 다시 찾을 수 없을지도 모른다는 것이었다. 론과 함께 투명 망토를 뒤집어썼기에 다음 날에는 훨씬 느린 속도로 걸어야 했다. 그들은 도서관에서부터 해리가 갔던 길을 되짚어 보려고 애쓰며 한 시간 가까이 어두운 통로를 헤매고 다녔다.

"얼어 죽겠다." 론이 말했다. "그만 돌아가자."

"안 돼!" 해리가 숨죽여 소리쳤다. "확실해. 이 근처에 있어."

그들은 반대 방향으로 미끄러져 가는 키 큰 여자 마법사 유령과 한 차례 마주쳤을 뿐 그 밖에는 아무도 보지 못했다. 너무 추워서 발에 감각이 없어졌다고 론이 투덜거리기 시작할 때쯤 해리는 그 갑옷을 발견했다.

"여기다…… 바로 여기야…… 맞아!"

두 사람은 문을 열었다. 해리는 어깨에 둘렀던 투명 망토를 떨어뜨리고 거울로 달려갔다.

그곳에 그들이 있었다. 엄마와 아빠가 해리를 보고 환하게 웃었다.

"보여?" 해리가 속삭였다.

"아무것도 안 보이는데."

"봐! 저 사람들을 봐……. 저기 많이 있잖아……."

"너밖에 안 보여."

"제대로 한번 봐 봐, 얼른. 내가 있는 자리에 서서 봐."

해리는 옆으로 비켜섰다. 하지만 론이 거울 앞에 서자 해리의 가족들은 더 이상 보이지 않고, 페이즐리 무늬(깃털이 휘어진 듯한 모양의 무늬—옮긴이) 잠옷을 입고 있는 론만 거울에 비칠 뿐이었다.

그런데 론은 거울을 뚫어 버릴 것처럼 자기 모습을 바라보고 있었다.

"나 좀 봐!" 론이 말했다.

"너도 너희 가족이 널 둘러싸고 있는 게 보여?"

"아니, 난 혼자야. 근데 모습이 달라. 나이가 좀 더 들어 보이고…… 내가 남학생 회장이야!"

"뭐?"

"내가…… 내가 예전에 빌이 달았던 거랑 똑같은 배지를 달고 있어. 기숙사 우승컵이랑 퀴디치 우승컵도 들고 있고. 퀴디치 주장도 됐어!"

론은 그 멋진 장면에서 겨우 눈을 떼고 흥분해서 해리를 바라보았다.

"이 거울이 미래를 보여 주는 걸까?"

"그럴 리가 없잖아. 우리 가족은 전부 죽었는데. 나 한 번 더 보자."

"어젯밤에는 너 혼자서 실컷 봤잖아. 나 좀만 더 보자."

"넌 퀴디치 우승컵이나 들고 있다면서. 그게 뭐가 재미있냐? 난 우리 부모님을 보고 싶단 말이야."

"밀지 마……."

갑자기 복도에서 소리가 들려오는 바람에 두 사람은 싸움을 멈췄다. 그들은 자신들이 얼마나 큰 소리로 이야기하고 있었는지도 의식하지 못했다.

"빨리!"

론이 두 사람 위로 다시 투명 망토를 뒤집어씌운 순간 어둠 속에서 빛나는 노리스 부인의 눈이 문으로 다가왔다. 론과 해리는 가만히 서서 둘 다 같은 생각을 하고 있었다. 투명 망토가 고양이한테도 통할까? 길게만 느껴지는 시간이 지난 뒤 노리스 부인은 몸을 돌려 가 버렸다.

"불안한데. 필치를 부르러 갔는지도 몰라. 분명 우리 소리를 들었을 거야. 가자."

론은 해리를 방 밖으로 끌어냈다.

다음 날 아침까지도 눈은 녹지 않았다.

"체스 할래, 해리?" 론이 물었다.

"아니."

"해그리드한테 갈까?"

"아니…… 너나 갔다 와……."

"네가 지금 무슨 생각 하는지 알아, 해리. 그 거울 생각하는 거잖아. 오늘 밤에는 가지 마."

"왜?"

"잘 모르겠지만, 뭔가 안 좋은 느낌이 들어. 어쨌든 이미 아슬아슬한 일이 많았잖아. 필치에, 스네이프에, 노리스 부인까지 돌아다니고 있어. 널 보지 못한다지만 그래서 뭐? 걸어가다가 부딪히면 어떻게 해? 네가 부딪혀서 뭘 쓰러뜨리기라도 하면 어쩌냐고."

"헤르미온느처럼 말하네."

"진지하게 말하는 거야, 해리. 가지 마."

하지만 해리의 머릿속에는 오직 거울 앞으로 돌아가고 말겠다는 한 가지 생각밖에 없었다. 론도 막지 못할 것이다.

그렇게 돌아온 세 번째 밤에 해리는 전보다 빨리 길을 찾아냈다. 그는 이렇게 시끄러운 소리를 내는 것은 현명하지 못한 일이라는 걸 알면서도 빨리 걷고 있었다. 그러나 누구와도 마주치지 않았다.

거울 속에서는 여전히 엄마와 아빠가 해리를 보며 웃고 있었고, 할아버지 한 명이 기쁘게 고개를 끄덕이기도 했다. 해리는 거울 앞에 털썩 주저앉았다. 해리가 가족과 함께 여기 밤새도록 머물러 있지 못하게 하는 건 아무것도 없었다. 아무것도.

예외가 있다면……

"그래…… 다시 온 게로구나, 해리?"

해리는 온몸이 얼어붙는 것 같았다. 그는 황급히 뒤를 돌아보았다. 벽 쪽에 있는 책상에 걸터앉아 있는 사람은 다름 아닌 알버스 덤블도어였다. 거울 앞으로 가고 싶은 마음이 너무도 간절한 나머지 덤블도어의 존재를 알아채지 못하고 그 앞을 그대로 지나친 것이다.

"거, 거기 계시는 줄 몰랐어요, 교수님."

"이상한 일이지. 다른 사람 눈에 보이지 않게 되면 자기 코앞에 있는 것도 못 보게 되니 말이다." 덤블도어가 말했다. 해리는 덤블도어가 웃는 걸 보자 마음이 놓였다.

"그러니까" 하고, 덤블도어가 책상에서 미끄러지듯 내려와 해리 옆에 앉으며 입을 열었다. "너도 앞서 간 수많은 사람들처럼, 소망의 거울이 주는 기쁨을 발견한 모양이구나."

"그런 이름인 줄 몰랐어요."

"그래도 지금쯤은 이게 어떤 거울인지 눈치챘겠지?"

"이 거울은…… 그러니까…… 제 가족들을 보여 주고……."

"그리고 네 친구 론에게는 남학생 회장이 된 그 자신의 모습을 보여 줬지."

"그걸 어떻게……?"

"나는 망토를 쓰지 않아도 사람들 눈에 띄지 않을 수 있단다." 덤블도어가 부드럽게 말했다. "자, 이제 소망의 거울이 우리 모두에게 뭘 보여 주는지 알겠니?"

해리는 고개를 저었다.

"설명해 주마. 세상에서 가장 행복한 사람은 소망의 거울을 보통 거울처럼 쓸 수 있을 게다. 그 사람이 거울을 들여다보면 정확히 자기 모습 그대로가 보일 거라는 얘기지. 이 설명이 도움이 되겠니?"

 해리는 생각해 보더니 천천히 입을 열었다. "이 거울은 우리가 바라는 걸 보여 주는 거네요……. 그게 뭐든지 간에요……."

 "그렇기도 하고, 아니기도 하지." 덤블도어가 조용히 말했다. "이 거울이 보여 주는 건 우리 마음속 가장 깊고도 간절한 욕망 그 이상도 이하도 아니란다. 가족을 전혀 몰랐던 너는 가족들이 네 주위에 서 있는 모습을 보지. 늘 형들에게 가려져 있던 로널드 위즐리는 어떤 형제보다도 뛰어난 모습으로 홀로 서 있는 자기 모습을 보고. 하지만 이 거울은 우리에게 지식이나 진실을 전해 주지 않는단다. 많은 사람이 이 앞에서 인생을 허비했어. 여기에 비치는 모습에 도취되거나 광기에 빠져서, 거울이 보여 주는 게 현실인지, 심지어 가능한 일인지조차 알지 못하는 채로 말이다. 이 거울은 내일 새집으로 옮길 거란다, 해리. 다시는 이 거울을 찾지 말아 다오. 어쩌다 이 거울과 다시 마주치게 *된다면*, 그때는 준비가 되어 있겠지만 말이다. 꿈에 사로잡혀 삶을 잊는 것은 아무 소용 없는 일이라는 것을 꼭 기억하거라. 자, 이제 그 훌륭한 망토를 다시 두르고 자러 가는 게 어떻겠니?"

 해리는 자리에서 일어났다.

 "저…… 덤블도어 교수님? 뭐 좀 여쭤봐도 될까요?"

 "당연하지, 방금도 하나 물어보지 않았니." 덤블도어가 미소 지었다. "하지만 하나 더 물어봐도 괜찮다."

"교수님은 거울을 보면 뭐가 보이세요?"

"나? 나는 두꺼운 모직 양말을 들고 있는 내 모습이 보인단다."

해리는 덤블도어를 빤히 바라보았다.

"양말은 아무리 있어도 모자라니까 말이야." 덤블도어가 말했다. "크리스마스가 또 한 번 왔다 갔는데 양말은 한 켤레도 받지 못했단다. 사람들은 나한테 부득부득 책만 주려고 하거든."

해리가 침대에 다시 누웠을 때에야 덤블도어가 진실을 말한 게 아닐지도 모른다는 생각이 불현듯 떠올랐다. 하지만 다음 순간 해리는 베개에서 스캐버스를 밀어내면서, 그것이 꽤 개인적인 질문이었다고 생각했다.

## 13장
## 니콜라 플라멜

덤블도어가 다시는 소망의 거울을 찾지 말라고 설득한 덕분에 투명 망토는 남은 크리스마스 연휴 동안 잘 개어진 채 해리의 짐 가방 맨 밑바닥에 놓여 있었다. 해리는 거울에서 본 것을 금방 잊고 싶었지만 그럴 수 없었다. 그는 악몽을 꾸기 시작했다. 그는 누군가가 높은 목소리로 낄낄거리는 가운데 부모님이 녹색 섬광 속으로 사라져 가는 꿈을 꾸고 또 꾸었다.

"거봐, 덤블도어 말이 맞지. 그 거울 때문에 미칠 수도 있다니까." 해리가 꿈 이야기를 하자 론이 말했다.

학기 시작 하루 전에 돌아온 헤르미온느는 다른 시각에서 상황을 바라보았다. 그녀는 해리가 침대 밖으로 나와 사흘 밤을 연달아 학교를 헤매고 다닌 것에 대한 끔찍함과("필치한테 잡히기라도 했어 봐!") 해리가 니콜라 플라멜이 누군지 알아내지 못한 데서 오는 실망감 사이에서 어쩔 줄 몰라 했다.

세 사람은 도서관 책에서 플라멜을 찾을 수 있으리라는 희망을 포기하기 일보 직전이었다. 물론 해리는 그때까지도 어딘가에서 플라멜이라는 이름을 본 적이 있다고 굳게 믿고 있었다. 일단 학기가 시작되자, 그들은 쉬는 시간 10분 동안 책들을 후루룩 넘겨 보는 일과로 돌아왔다. 해리는 다른 두 사람보다 더 시간에 쫓겼다. 퀴디치 훈련이 다시 시작됐기 때문이다.

우드는 어느 때보다도 선수들을 심하게 굴리고 있었다. 눈이 그친 뒤 내리는 끝없는 비조차 우드의 사기를 꺾지 못했다. 위즐리 형제는 우드가 너무 광적이 되어 간다고 불평했지만 해리는 우드 편이었다. 후플푸프와 붙는 다음 시합에서 이기기만 하면 그리핀도르는 7년 만에 처음으로 기숙사 챔피언십에서 슬리데린을 앞설 수 있었다. 이기고 싶은 마음 외에 또 다른 이유도 있었다. 훈련으로 몸이 지치면 악몽을 덜 꾸었다.

그 뒤 유난히 축축하고 진흙 튀기는 훈련을 하던 중, 끊임없이 서로를 향해 급강하하며 빗자루에서 떨어지는 시늉을 하는 위즐리 형제 때문에 매우 화가 나 있던 우드가 선수들에게 나쁜 소식 하나를 전해 주었다.

"장난 좀 그만 칠 수 없냐!" 우드가 소리쳤다. "꼭 그런 짓을 하다가 시합에서 지는 거야! 이번에는 스네이프가 심판을 본다고. 그리핀도르의 점수를 깎을 핑계를 찾느라 눈이 벌게져 있을 텐데!"

그 말을 들은 조지 위즐리가 진짜로 빗자루에서 떨어졌다.

"스네이프가 심판을 본다고?" 조지가 입안의 진흙을 마구 튀기며 말했다. "대체 언제부터 퀴디치 심판을 봤다고? 우리가 슬리데린을 따라잡을지도 모르는 상황인데 공정하게 심판을 보지 않을 거 아냐."

나머지 선수들도 조지 옆에 내려서서 불평을 해 댔다.

"그게 내 잘못이냐?" 우드가 말했다. "우리로서는 정정당당하게 시합을 해서 스네이프가 꼬투리 잡을 구실 자체를 주지 않는 수밖에 없어."

모두 맞는 말이라고 해리는 생각했다. 그러나 퀴디치 경기를 할 때 스네이프가 근처에 없길 바라는 데는 또 다른 이유가 있었다.

다른 선수들은 훈련이 끝나자 평소처럼 뒤에 남아 수다를 떨었지만 해리는 곧장 그리핀도르 휴게실로 향했다. 론과 헤르미온느가 체스를 두고 있었다. 헤르미온느는 체스를 통해 처음으로 패배를 맛봤는데, 해리와 론은 그것이 그녀에게 매우 좋은 일이라고 생각했다.

"잠깐 말 걸지 말아 봐." 해리가 옆에 앉자 론이 말했다. "내가 지금 집중을……." 론이 해리의 얼굴을 보았다. "왜 그래? 표정이 엄청 안 좋네."

다른 사람들은 듣지 못하도록 목소리를 낮춘 채 해리는 두 친구에게 퀴디치 심판을 보겠다는 스네이프의 갑작스럽고도 불길한 욕망에 대해 이야기해 주었다.

"시합에 나가지 마." 해리의 말을 듣자마자 헤르미온느가 말했다.

"아프다고 그래." 론이 말했다.

"다리가 부러진 척해." 헤르미온느가 아이디어를 냈다.

"*진짜로* 다리를 부러뜨려 버려." 론이 말했다.

"그럴 수는 없어." 해리가 말했다. "후보 수색꾼이 없으니까. 내가 빠지면 그리핀도르는 아예 경기를 할 수가 없어."

바로 그때, 네빌이 휴게실 안으로 넘어져 들어왔다. 어떻게 초상화 구멍으로 들어왔는지가 의문이었다. 네빌의 양다리가 서로 붙어 있었기 때문이다. 그들은 단번에 다리 묶기 저주 때문임을 알아차렸다. 분명 그리핀도르 탑까지 토끼뜀으로 올라왔을 것이다.

헤르미온느만 빼고 모두가 배꼽이 빠져라 웃어 댔다. 그녀는 벌떡 일어나 저주 해제 마법을 걸었다. 붙어 있던 다리가 탁 떨어지자 네빌은 부르르 떨면서 바닥에서 일어났다.

"무슨 일이야?" 헤르미온느가 네빌을 데려와 해리와 론 옆에 앉히며 물었다.

"말포이가 그랬어." 네빌이 떨리는 목소리로 말했다. "도서관 앞에서 만났거든. 그 저주를 연습해 볼 상대를 찾고 있었다면서……."

"맥고나걸 교수님한테 가!" 헤르미온느가 네빌을 부추겼다. "이르라고!"

네빌은 고개를 저었다.

"일이 더 커지는 건 싫어." 네빌이 중얼거렸다.

"맞서 싸워야지, 네빌!" 론이 말했다. "그놈이 사람들을 짓밟고 다니는데 더 쉽게 밟으라고 그 앞에 드러누울 필요는 없잖아?"

"내가 용감하지도 않고, 그래서 그리핀도르에 어울리지 않는다는 얘기라면 안 해도 돼. 그 얘긴 말포이가 이미 했으니까." 네빌이 목멘 소리로 말했다.

해리는 로브 주머니를 뒤적여 개구리 초콜릿을 꺼냈다. 헤르미온느가 크리스마스 선물로 준 상자에 마지막으로 하나 남아 있던 것이었다. 해리는 울음을 터뜨릴 것처럼 보이는 네빌에게 초콜릿을 건넸다.

"말포이 같은 녀석이 열두 명 있어도 너만 못해." 해리가 말했다. "기숙사 배정 모자가 너를 그리핀도르로 선택한 거 아니야? 근데 말포이는 지금 어디 있냐? 구린내 나는 슬리데린에 있잖아."

개구리 초콜릿의 포장을 뜯던 네빌의 입술이 움찔하더니 희미한 미소를 띠었다.

"고마워, 해리. ……이제 자러 가야겠어. 카드 가질래? 너 이거

모으잖아."

네빌이 멀어져 가는 사이 해리는 유명 마법사 카드를 보았다.

"또 덤블도어네." 해리가 말했다. "내가 처음 뽑았던 것도……."

해리는 숨을 헉 들이켰다. 카드 뒷면을 뚫어지게 보던 해리가 눈을 들어 론과 헤르미온느를 보았다.

"찾았어!" 해리는 목소리를 낮추고 말했다. "플라멜을 찾았다고! 내가 말했잖아, 어디서 그 이름을 본 적 있다고. 호그와트로 오는 기차에서 본 거야. ……들어 봐. '덤블도어 교수는 1945년 어둠의 마법사 그린델왈드를 물리치고, 용의 피를 사용하는 열두 가지 방법을 발견했으며, 동료인 니콜라 플라멜과 연금술 연구를 함께한 것으로 특히 유명하다'!"

헤르미온느가 자리에서 벌떡 일어났다. 첫 숙제의 채점 결과를 돌려받은 이래로 헤르미온느가 지금처럼 신나 보인 건 처음이었다.

"여기 있어 봐!" 헤르미온느는 그렇게 말하더니 여학생 기숙사로 향하는 계단을 전력 질주해서 올라갔다. 해리와 론이 어리둥절한 시선을 교환할 틈도 없이 헤르미온느는 양팔로 엄청난 크기의 낡은 책을 안고 달려왔다.

"이 책을 찾아볼 생각을 못 했어!" 헤르미온느가 들뜬 어조로 속삭였다. "몇 주 전에 가볍게 읽어 보려고 도서관에서 빌렸거든."

"가볍게?" 론이 말했다. 헤르미온느는 뭘 좀 찾을 때까지 조용히 하라고 말하더니 혼자 뭔가를 중얼거리며 정신없이 책장을 넘기기 시작했다.

마침내 헤르미온느가 찾던 것을 발견했다.

"이럴 줄 알았어! 이럴 줄 알았다고!"

"이제 입을 열어도 되겠사옵니까?" 론이 툴툴거렸다. 헤르미온느는 못 들은 척했다.

"니콜라 플라멜은" 하고, 헤르미온느가 극적인 말투로 속삭였다. "마법사의 돌을 만든 유일한 인물로 알려져 있다."

이 말은 헤르미온느가 기대한 반응을 전혀 이끌어 내지 못했다.

"뭘 만들었다고?" 해리와 론이 말했다.

"아, *진짜*. 너흰 책을 아예 안 읽니? 자, 여기 읽어 봐. 거기."

헤르미온느가 두 사람 쪽으로 책을 밀자 해리와 론은 그것을 읽었다.

연금술이라는 고대 학문은 놀라운 힘을 가진 전설의 물질, 마법사의 돌을 만드는 것과 관련돼 있다. 이 돌은 어떠한 금속이든 순금으로 바꾼다. 또한 마시는 사람을 불사의 몸으로 만드는 생명의 영약을 만들어 낸다.

지난 몇 세기에 걸쳐 마법사의 돌에 관한 수많은 보고가 있었지만, 현존하는 유일한 돌은 유명한 연금술사이자 오페라 애호가인 니콜라 플라멜 씨가 가지고 있다. 작년에 665번째 생일을 맞이한 플라멜 씨는 데번에서 부인 페레넬(658세)과 함께 조용한 삶을 즐기고 있다.

"봤지?" 해리와 론이 읽기를 마치자 헤르미온느가 말했다. "그 개는 플라멜이 가지고 있던 마법사의 돌을 지키고 있는 게 틀림없어! 분명 플라멜이 자기 대신 안전하게 맡아 달라고 덤블도어 교수님한테 부탁했을 거야. 두 사람은 친구 사이니까. 플라멜은 누군가가 그 돌을 노린다는 걸 알았겠지. 그래서 마법사의 돌을 그린고츠 밖으로 옮기고 싶어 했던 거야!"

"금을 만들어 내고 영원히 죽지 않게 하는 돌이라니!" 해리가 말했다. "스네이프가 노리는 것도 이상할 게 없네! 누구라도 갖고 싶겠다."

"《마법학의 최근 발전상에 관한 연구》에서 플라멜을 찾을 수 없었던 것도 이상할 게 없고." 론이 말했다. "665세라면, 딱히 최근 사람이라고 할 수 없잖아?"

다음 날 아침, 어둠의 마법 방어법 시간에 늑대인간에게 물린 상처를 치료하는 다양한 방법을 받아 적으면서도 해리와 론은 여전히 마법사의 돌을 손에 넣으면 무엇을 할지 이야기하고 있었다.

론이 퀴디치 팀을 하나 사겠다고 말한 다음에야 해리는 다가오는 퀴디치 시합과 스네이프를 떠올렸다.

"시합에 나갈 거야." 해리가 론과 헤르미온느에게 말했다. "내가 안 나가면 슬리데린 애들은 다들 내가 겁을 먹고 스네이프를 피한다고 생각할걸. 걔들한테 증명해 보일 거야……. 우리가 이기면 걔들 얼굴에서 웃음기를 싹 거둘 수 있겠지."

"우리가 너를 경기장에서 싹 거둘 일만 안 생긴다면 말이지." 헤르미온느가 말했다.

그러나 론과 헤르미온느에게 말은 그렇게 했어도, 해리는 시합이 다가올수록 점점 더 긴장했다. 다른 선수들도 그다지 침착하지는 못했다. 지난 7년 동안 누구도 해내지 못한 일, 즉 기숙사 챔피언십에서 슬리데린을 앞선다는 생각만으로도 무척 신났지만, 그렇게 불공정한 심판이 있는데 과연 그럴 수 있을까?

상상인지는 모르겠지만, 해리는 어디를 가든 스네이프와 마주치는 것 같았다. 어떤 때는 스네이프가 그를 잡으려고 쫓아다니는 게 아닌가 하는 생각마저 들었다. 스네이프가 해리를 너무 괴롭히는 바람에 마법약 수업은 주간 고문 시간 비슷하게 되어 가고 있었다. 마법사의 돌에 대해 알아냈다는 것을 스네이프가 눈치챈 걸까? 그런 일은 있을 수 없다고 생각하면서도 해리는 가끔 스네이프가 사람의 마음을 읽을 수 있다는 끔찍한 느낌이 들기도 했다.

다음 날 오후, 해리는 론과 헤르미온느가 탈의실 앞에서 행운을 빌어 주면서도 그의 살아 있는 모습을 다시 볼 수 있을지 확신하지 못한다는 것을 눈치챘다. 딱히 위안이 된다고 할 수 없는 상황이었다. 퀴디치 로브를 입고 님부스 2000을 집어 드는 동안 우드가 격려 연설을 했지만 한 마디도 들리지 않았다.

한편 론과 헤르미온느는 관중석에서 네빌 옆에 자리를 잡았다. 네빌은 두 사람이 왜 그토록 침울하고 근심에 차 있는지, 어째서 경기장에 마법 지팡이를 들고 왔는지 이해하지 못했다. 해리는 론과 헤르미온느가 몰래 다리 묶기 저주를 연습하고 있었다는 걸 전혀 알지 못했다. 말포이가 네빌에게 그 저주를 쓴 것을 보고 얻은 아이디어였다. 스네이프가 해리를 해치려는 어떤 조짐이라도 보이면 저주를 걸 준비가 되어 있었다.

"자, 잊으면 안 돼. 주문은 *로코모토르 모르티스*야." 론이 마법 지팡이를 소매 속에 숨기자 헤르미온느가 중얼거렸다.

"나도 알아." 론이 쏘아붙였다. "잔소리 좀 그만해."

탈의실에서는 우드가 해리를 한쪽으로 불러냈다.

"부담을 주려는 건 아닌데, 포터, 지금이야말로 스니치를 빨리 잡아야 할 때야. 스네이프가 후플푸프한테 유리한 판정을 너무 많이 하기 전에 경기를 끝내야 해."

"학교 전체가 와 있어!" 프레드 위즐리가 문 밖을 내다보며 말했다. "심지어…… 세상에, 덤블도어까지 보러 왔어!"

해리의 심장이 격하게 뛰었다.

"덤블도어 *교수님이*?" 해리가 정말인지 확인하려고 문으로 달려가면서 말했다. 프레드의 말이 맞았다. 저 은빛 턱수염을 잘못 볼 리는 없었다.

해리는 안도감에 큰 소리로 웃을 뻔했다. 그는 안전했다. 덤블도어가 지켜보고 있는데 스네이프가 감히 해리를 해치려 들 리 없었다.

어쩌면 선수들이 경기장으로 행진해 들어올 때 스네이프가 그토록 화나 보였던 것도 그 때문일지 몰랐다. 론도 그 점을 눈치챘다.

"스네이프가 저렇게 심통 난 건 또 처음 보네." 론이 헤르미온느에게 말했다. "봐, 시작한다. 아얏!"

누군가가 론의 뒤통수를 쿡 찔렀다. 말포이였다.

"아, 미안, 위즐리. 거기 있는지 몰랐다."

말포이가 크래브와 고일을 보며 씩 웃었다.

"이번에는 포터가 빗자루에서 얼마나 버틸지 모르겠네? 누구 내기할 사람? 넌 어때, 위즐리?"

론은 대꾸하지 않았다. 조지 위즐리가 자기 쪽으로 블러저를 날러 보냈다며 스네이프가 방금 후플푸프에 페널티 슛 기회를 줬기 때문이다. 헤르미온느는 무릎 위에서 집게손가락과 가운뎃손가락을 포갠 채 눈을 가늘게 뜨고, 스니치를 찾아 한 마리 매처럼 경기장을 빙빙 도는 해리를 뚫어지게 바라보고 있었다.

"그리핀도르는 선수를 어떻게 뽑는지 알아?" 몇 분 뒤 말포이가 큰 소리로 말했다. 스네이프가 아무 이유 없이 후플푸프에게 또 한 번 페널티 슛 기회를 선사한 직후였다. "불쌍한 순서대로 뽑는 거야. 봐, 일단 부모 없는 포터가 있지. 그리고 돈 한 푼 없는 위즐리 형제가 있잖아. 너도 저 팀에 들어가는 게 어때, 롱보텀? 너는 뇌가 없잖아."

네빌은 얼굴이 빨개졌지만 앉은 채로 몸을 돌려 말포이를 마주 보았다.

"너 같은 녀석이 열두 명 있어도 나보다 못해, 말포이." 네빌이 더듬더듬 말했다.

말포이와 크래브와 고일이 자지러지게 웃었다. 여전히 경기에서 눈을 떼지 못하고 있던 론이 말했다. "잘했어, 네빌."

"롱보텀, 만약 사람의 뇌가 금으로 돼 있다면 너는 위즐리보다 더 가난할 거야. 이거 보통 일이 아니라고."

해리에 대한 걱정으로 론의 신경은 이미 극도로 날카로워져 있었다.

"경고하는데, 말포이. 한 마디라도 더 하면……."

"론!" 헤르미온느가 갑작스럽게 소리쳤다. "해리가……!"

"뭐? 어디?"

해리가 돌연 묘기에 가깝게 급강하하자 관중석에서 숨 들이켜는 소리와 환호성이 터져 나왔다. 해리가 총알처럼 땅을 향해 전속력으로 날아가자 헤르미온느는 꼬고 있던 손가락을 입에 넣은 채 자리에서 일어났다.

"너 운 좋다, 위즐리. 포터가 땅에서 돈이라도 찾은 모양인데!" 말포이가 말했다.

론은 폭발하고 말았다. 말포이가 무슨 일이 벌어지는지 채 깨닫기도 전에 론이 그를 바닥에 넘어뜨리고 올라탔다. 네빌은 망설이다가, 론을 돕기 위해 의자 등받이를 타 넘어갔다.

"힘내, 해리!" 헤르미온느가 스네이프를 향해 곧장 내닫는 해리를 보려고 의자 위로 껑충 뛰어오르며 소리쳤다. 헤르미온느는 말포이와 론이 그녀의 자리 밑에서 뒹굴고 있는 것도, 네빌과 크래브, 고일이 주먹다짐을 하면서 옥신각신 소리를 지르고 있는 것도 알아차리지 못했다.

공중에서는 스네이프가 빗자루의 방향을 틀자마자 쏜살같이 날아와 그를 아슬아슬하게 비켜 가는 진홍색 무언가를 보았다. 다음 순간 해리는 빗자루를 당겨 하강을 멈추고 의기양양하게 팔을 들어 올렸다. 손에는 스니치가 쥐어 있었다.

관중석에서 함성이 터져 나왔다. 신기록이었다. 스니치가 이렇게 빨리 잡힌 건 처음이었다.

"론! 론! 어딨어? 경기 끝났어! 해리가 이겼어! 우리가 이겼다고! 그리핀도르가 1등이야!" 헤르미온느는 의자 위에서 춤을 추듯 폴짝폴짝 뛰다가 앞줄에 있는 파르바티 파틸을 와락 끌어안으며 소리를 질렀다.

해리는 지상 30센티미터 높이에 다다라 빗자루에서 뛰어내렸다. 믿을 수가 없었다. 그가 해냈다……. 경기는 끝났다. 5분도 채 걸리지 않았다. 그리핀도르 학생들이 경기장으로 쏟아져 들어왔다. 스네이프가 하얗게 질린 얼굴로 입을 꽉 다물고 근처에 내려서는 모습이 보였다. 다음 순간 해리는 누군가의 손이 어깨에 닿는 것을 느끼고 눈을 들었다. 미소를 머금은 덤블도어의 얼굴이 보였다.

"잘했다." 덤블도어가 해리에게만 들리는 나지막한 목소리로 말했다. "그 거울에 대한 생각을 다시 안 하는 걸 보니 참 좋다. 계속 바쁘게 지낸 모양이구나……. 훌륭하다……."

스네이프는 입맛이 쓴지 땅바닥에 침을 뱉었다.


해리는 얼마 후 홀로 탈의실을 나와 님부스 2000을 경기장 빗자루 보관소에 갖다 놓으러 갔다. 이보다 행복했던 적은 없었다. 이제는 정말로 자랑스러워할 만한 일을 해낸 것이다. 더 이상 누구도 해리더러 그저 이름만 유명할 뿐이라고 말할 수 없었다. 저녁 공기가 지금처럼 달콤하게 느껴진 적이 없었다. 해리는 지난 한 시간을 머릿속에 떠올리면서 축축한 잔디밭을 걸어갔다. 행복하고도 흐릿한 기억이었다. 그리핀도르 학생들이 달려와 해리를 어깨 위로 들어 올렸다. 론과 헤르미온느는 멀찍이 떨어진 곳에서 폴짝폴짝 뛰고 있었다. 론은 코피를 잔뜩 흘리면서도 환호했.

해리는 빗자루 보관소에 도착했다. 그는 나무 문에 기대서서 석양에 창문들이 붉게 빛나는 호그와트 성을 올려다보았다. 그리핀도르가 1등을 달리고 있었다. 해리가 해냈다. 스네이프에게 본때를 보여 주었다…….

그러고 보니 스네이프는…….

망토에 달린 후드를 뒤집어쓴 형체 하나가 호그와트 성 정문 계단을 잽싸게 내려왔다. 그 형체는 눈에 띄고 싶지 않은 듯 되도록 빠른 걸음으로 금지된 숲으로 향했다. 그 모습을 지켜보던 해리의 머릿속에서 승리의 순간이 점점 흐려졌다. 그는 발소리를 죽이고 살금살금 내딛는 그 걸음걸이를 알아보았다. 모두가 저녁 식사를 하는 와중에 스네이프는 몰래 금지된 숲으로 가고 있었다……. 무슨 일이지?

해리는 님부스 2000에 다시 훌쩍 올라탄 뒤 날아올랐다. 그는 성 너머로 조용히 미끄러지듯 날아가면서 스네이프가 금지된 숲으로 달려 들어가는 모습을 보았다. 해리는 그 뒤를 쫓았다.

나무가 울창한 탓에 해리는 스네이프가 어디로 갔는지 보지 못했다. 빙빙 돌면서 나무 맨 꼭대기 가지를 스칠 정도로 계속 고도를 낮추던 중에 어떤 목소리가 들렸다. 해리는 목소리가 들려오는 쪽으로 살며시 날아가 키 큰 너도밤나무 위에 조용히 내려앉았다.

그는 나뭇가지 하나에 조심스럽게 기어올라 빗자루를 꽉 움켜쥔 채 나뭇잎 사이로 내다보려고 애썼다.

아래쪽 어둑한 공터에 스네이프가 서 있었다. 그런데 그는 혼자가 아니었다. 퀴럴도 있었다. 표정은 보이지 않았지만 퀴럴은 여느 때보다 심하게 말을 더듬고 있었다. 해리는 그들이 주고받는 말을 들으려고 안간힘을 썼다.

"……따, 따, 딴 데도 많은데 왜 하필 여기서 마, 만나자고 한 건지 모, 모르겠네요, 세베루스……."

"아, 나는 이 일은 우리끼리 얘기로 남겨 두는 게 좋을 거라 생각했지." 스네이프가 얼음장 같은 목소리로 말했다. "학생들은 마법사의 돌에 대해 몰라야 하니까 말이야."

해리는 몸을 앞으로 기울였다. 퀴럴이 뭔가를 중얼거리고 있었다. 스네이프가 그의 말을 끊었다.

"해그리드가 데려다 놓은 그 짐승을 지나가는 방법은 알아냈나?"

"하, 하, 하지만 세베루스, 나는……."

"나를 적으로 돌리고 싶지는 않을 텐데, 퀴럴." 스네이프가 퀴럴에게 한 발짝 다가서며 말했다.

"무, 무슨 말인지 자, 잘……."

"내 말이 무슨 뜻인지 잘 알잖나."

부엉이 한 마리가 큰 소리로 우는 바람에 해리는 하마터면 나무에서 떨어질 뻔했지만 제때 균형을 잡은 덕에 가까스로 스네이프의 말을 들을 수 있었다. "……자네의 그 귀여운 장난질도 그렇고. 아주 기대가 되는군."

"하, 하지만 내가 하, 한 게 아니……."

"그래, 좋아." 스네이프가 말을 잘랐다. "조만간 또 한 번 가볍게 수다나 떨지. 자네가 충분히 생각할 시간을 갖고 어디에 충성을 바쳐야 할지 결정한 다음에 말이야."

스네이프는 머리에 후드를 뒤집어쓰고 성큼성큼 공터를 벗어났다. 주위가 거의 어두워졌지만, 해리는 공포에 질려 꼼짝도 못 하고 서 있는 퀴럴의 모습을 볼 수 있었다.

"*해리, 어디 갔었어?*" 헤르미온느가 높은 목소리로 소리쳤다.

"우리가 이겼어! 네가 이겼어! 우리가 이겼다고!" 론이 해리의 등을 툭 치며 소리 질렀다. "게다가 나는 말포이의 눈을 밤탱이로 만들었고, 네빌은 혼자서 크래브와 고일에게 맞서려고 했어! 네빌은 아직도 기절한 상태지만 폼프리 선생님 말로는 괜찮을 거래. 슬리데린 놈들한테 본때를 보여 준 거지! 다들 휴게실에서 널 기다리고 있어. 프레드랑 조지가 주방에서 케이크랑 먹을 것들을 좀 훔쳐 와서 파티를 하던 중이었거든."

"지금 그게 문제가 아니야." 해리가 숨을 가쁘게 내쉬며 말했다. "빈 교실을 찾아보자. 꼭 들려줄 얘기가 있어……."

해리는 안에 피브스가 없는 걸 확인한 다음 문을 닫고, 자신이 보고 들은 것을 이야기해 주었다.

"그러니까 우리 생각이 맞았어. 그건 정말 마법사의 돌이고, 스네이프는 그 돌을 차지하게 도와 달라고 퀴럴을 압박하고 있는 거야. 스네이프가 퀴럴한테 복슬이를 지나가는 방법을 알아냈냐고 묻더라니까. 그리고 퀴럴의 '장난질'에 대해서도 뭐라고 말했어. 내 생각엔 복슬이 말고도 그 돌을 지키는 것들이 더 있는 것 같아. 아마 엄청나게 많은 마법이 걸려 있겠지. 퀴럴은 어둠의 마법을 막을 수 있는 뭔가를 해 놓았을 거야. 스네이프가 깨뜨려야 하는……."

"그러니까 네 말은, 퀴럴이 스네이프한테 맞서는 한 마법사의 돌은 안전하다는 거야?" 헤르미온느가 깜짝 놀라서 물었다.

"다음 주 화요일쯤이면 사라지겠는데." 론이 말했다.

## 14장
## 노르웨이 리지백 노버트

그러나 퀴렐은 그들이 생각했던 것보다 용감한 게 틀림없었다. 몇 주가 지나는 동안 퀴렐은 점점 더 창백해지고 야위는 것 같았지만 아직 무너진 것처럼 보이지는 않았다.

4층 복도를 지날 때마다 해리, 론, 헤르미온느는 문에 귀를 바짝 대고 복슬이가 여전히 안에서 으르렁대고 있는지 확인해 보았다. 스네이프는 평소처럼 성질을 부리고 다녔는데, 그것은 분명 마법사의 돌이 아직 안전하다는 뜻이었다. 요즘 해리는 퀴렐을 지나칠 적마다 응원에 가까운 미소를 보냈고, 론은 퀴렐의 말더듬는 버릇을 놀리는 사람들을 나무라기 시작했다.

반면 헤르미온느에게는 마법사의 돌 말고도 신경 쓸 것이 많았다. 그녀는 시험공부 시간표를 그린 다음 색깔을 칠해 가며 모든 필기 노트를 정리하기 시작했다. 해리와 론은 평소와 마찬가지로 신경 쓰지도 않았지만 헤르미온느는 두 사람에게 자기처럼 하라고 계속 잔소리를 했다.

"헤르미온느, 시험은 아직 멀었어."

"10주 뒤거든." 헤르미온느가 쏘아붙였다. "그렇게 먼 일도 아니야. 니콜라 플라멜한테 10주는 1초나 다름없을걸."

"하지만 우린 600살이 아니잖냐." 론이 헤르미온느에게 상기시켜 주었다. "그건 그렇고, 넌 대체 왜 시험공부를 하는 거야? 이미 다 아는 내용이잖아."

"시험공부를 왜 하느냐고? 너 미쳤니? 이번 시험을 통과해야 2학년에 올라갈 수 있다는 거 알아? 아주 중요한 시험이라고. 지난달부터 준비했어야 했는데, 내가 어떻게 됐나 봐······."

안타깝게도 교수들은 헤르미온느와 같은 생각을 하는 것처럼 보였다. 교수들이 숙제를 하도 많이 내준 탓에 부활절 연휴는 크리스마스 연휴와는 비교도 할 수 없을 만큼 재미가 없었다. 용의 피를 사용하는 열두 가지 방법을 소리 내어 외거나 지팡이 휘두르는 동작을 연습하는 헤르미온느 옆에서 휴식을 취하는 건 어려운 일이었다. 해리와 론은 투덜거리고 하품을 하면서도 그 모든 보충 과제를 끝내려고 애쓰며 자유 시간 대부분을 헤르미온느와 함께 도서관에서 보냈다.

"이건 절대로 못 외울 거야." 어느 날 오후 론은 마침내 폭발하고 말았다. 그는 깃펜을 집어 던지고 갈망하듯 도서관 창밖을 내다보았다. 정말이지 몇 달 만에 처음으로 맞는 화창한 날이었다. 구름 한 점 없는 하늘은 물망초처럼 파랬고 공기 중에는 여름이 다가오는 기운이 스며 있었다.

《1,000가지 마법 약초와 버섯》에서 '꽃박하'를 찾던 해리는 론이 "해그리드! 도서관에서 뭐 하세요?"라고 말하는 소리를 듣고서야 고개를 들었다.

해그리드가 등 뒤에 뭔가를 숨긴 채 슬금슬금 시야에 들어왔다. 두더지 가죽 코트를 입고 있는 모습이 도서관과는 영 어울리지 않았다.

"그냥 들러 본 거야." 해그리드가 말했다. 뭔가 켕기는 목소리가 곧바로 세 사람의 관심을 끌었다. "근데 너희는 여기서 뭐 하는 거냐?" 해그리드가 갑자기 의심 어린 표정을 지었다. "아직도 니콜라 플라멜을 찾고 있는 건 아니겠지?"

"아, 니콜라 플라멜이 누군지는 옛날에 알아냈죠." 론이 의기양양하게 말했다. "*게다가 그 개가 지키고 있는 게 뭔지도 알아냈고요. 마법사의…….*"

"*쉬잇!*" 해그리드는 혹시 듣는 사람이 있는지 재빨리 주위를 둘러보았다. "그렇게 큰 소리로 말하면 안 돼. 도대체 왜 이러냐?"

"실은 아저씨한테 여쭤보고 싶은 게 몇 가지 있어요." 해리가 말했다. "복슬이 말고 그 돌을 지키고 있는 게 또 뭐……."

"*쉬이잇!*" 해그리드가 다시 말했다. "잘 들어. 이따가 날 만나러 와라. 뭔가 말해 주겠다는 약속은 못 한다. 아무튼, 여기서 그런 얘기를 마구 떠들어선 안 돼. 학생들은 몰라야 한단 말이다. 누가 들으면 내가 너희한테 말해 준 줄……."

"그럼 이따가 봐요." 해리가 말했다.

해그리드는 터덜터덜 돌아갔다.

"등 뒤에 숨기고 있던 게 뭐지?" 헤르미온느가 생각에 잠겨서 말했다.

"그 돌하고 관련된 물건인 것 같아?"

"해그리드가 어떤 책을 보고 있었는지 보고 올게." 공부라면 할 만큼 했다 싶었는지 론이 말했다. 잠시 후 론이 양팔 가득 책을 안고 와서 책상 위에 쾅 내려놓았다.

"*용이야!*" 론이 속삭거렸다. "해그리드는 용에 관한 것들을 찾아보고 있었어. 이것 좀 봐. 《영국과 아일랜드의 용》, 《알에서부터 불지옥까지: 용 사육을 위한 안내서》."

"해그리드는 아주 오래전부터 용을 갖고 싶어 했어. 나랑 처음 만났을 때도 그렇게 말하던걸." 해리가 말했다.

"하지만 그건 불법이야." 론이 말했다. "모두가 아는 얘기지만 용 사육은 1709년에 열린 고위 마법사 총회에서 금지됐어. 뒤뜰에 용을 키우면서 머글들한테 들키지 않기는 어려우니까. 게다가 용을 길들이는 건 불가능해. 위험하기도 하고. 너희도 찰리가 루마니아에서 야생 용에게 입은 화상을 봤어야 하는데."

"그래도 영국에는 야생 용이 없지 않아?" 해리가 물었다.

"당연히 있지." 론이 말했다. "웨일스 그린이랑 헤브리디스 블랙. 마법 정부 사람들이 용을 숨기느라 애를 먹고 있는 건 확실해. 머글들이 용을 발견할 때마다 우리 쪽 사람들이 주문을 걸어서 그 기억을 지워야 하거든."

"그럼 해그리드는 도대체 무슨 생각인 거야?" 헤르미온느가 말했다.

한 시간 뒤 세 사람은 숲지기의 오두막 문을 두드리면서 커튼이 모두 닫혀 있는 것을 보고 깜짝 놀랐다. 해그리드는 "누구세요?"라고 외치더니 그들이 안으로 들어오자마자 황급히 문을 닫았다.

오두막 안은 숨 막힐 정도로 더웠다. 날이 이렇게 따뜻한데 벽난로에서는 불길이 활활 타오르고 있었다. 해그리드가 차를 타 주고 담비 고기 샌드위치를 권했지만 그들은 거절했다.

"그래…… 나한테 물어볼 게 있다고?"

노르웨이 리지백 노버트

"네." 해리가 말했다. 말을 빙빙 돌릴 까닭이 없었다. "복슬이 말고 또 뭐가 마법사의 돌을 지키고 있는지 말해 주실 수 있을까 해서요."

해그리드가 해리를 보며 얼굴을 찌푸렸다.

"당연히 말해 줄 수 없지." 해그리드가 말했다. "첫째, 나도 모르니까. 둘째, 너희는 지금도 너무 많은 것을 알고 있어. 그러니 알고 있다고 해도 말해 주지 않을 거다. 그 돌이 여기에 있는 데는 그럴 만한 이유가 있어. 하마터면 그린고츠에서 도둑맞을 뻔했잖냐. ……그건 이미 다 알아냈겠지? 도대체 복슬이에 대해서는 어떻게 알았는지 모르겠구나."

"아, 그러지 말고요, 해그리드. 우리한테 말해 주고 싶진 않으실지 몰라도, 알기는 *하시잖아요.* 아저씬 여기에서 벌어지는 모든 일을 아시니까요." 헤르미온느가 다정하게 구슬리듯 말했다. 해그리드의 턱수염이 씰룩거렸다. 그들은 해그리드가 웃고 있다는 것을 알았다. "우리는 그저 누가 돌을 지키고 있는지가 궁금할 뿐이에요." 헤르미온느가 말을 이었다. "덤블도어 교수님이 도움을 청할 만큼 신뢰하는 사람이 아저씨 말고 또 누가 있는지 궁금하니까 그러죠."

헤르미온느의 마지막 말에 해그리드의 가슴이 부풀어 올랐다. 해리와 론은 헤르미온느에게 씩 웃어 보였다.

"뭐, 그 정도야 말해 줘도 큰 문제 없겠지. 어디 보자…… 나한테서는 복슬이를 빌려 가셨고…… 교수님 몇 분이 마법을 걸었어. 스프라우트 교수님, 플리트윅 교수님, 맥고나걸 교수님……." 해그리드는 손가락을 꼽아 가며 수를 헤아렸다. "퀴럴 교수님…… 그리고 당연히 덤블도어 교수님도 직접 뭔가를 하셨지. 잠깐, 한 명 빼먹었는데. 아 맞다, 스네이프 교수님도 있었지."

"스네이프요?"

"그래. ……아직도 그 생각 하고 있는 건 아니겠지? 자, 봐라. 스네이프 교수님은 그 돌을 훔치는 게 아니라 *지키는* 걸 도왔어."

해리는 론과 헤르미온느도 자기와 똑같은 생각을 하고 있다는 것을 눈치챘다. 스네이프가 돌을 지키는 작업에 참여했다면 다른 교수들이 그 돌에 어떤 보호 마법을 걸었는지도 쉽게 알아낼 게 틀림없었다. 아마 다 알았을 것이다. 퀴럴의 주문과 복슬이를 지나가는 방법만 빼고.

"복슬이를 지나가는 방법을 아는 사람은 아저씨뿐이죠, 해그리드?" 해리가 불안한 듯 물었다. "그리고 아무한테도 얘기 안 하실 거죠? 교수님들한테도요."

"나랑 덤블도어 교수님을 빼면 이 세상에 그 비밀을 아는 사람은 한 명도 없어." 해그리드가 자랑스럽게 말했다.

"뭐, 그럼 됐네." 해리가 다른 친구들을 보며 중얼거렸다. "해그리드, 창문 좀 열면 안 돼요? 쪄 죽겠어요."

"안 돼, 해리. 미안하다." 해그리드가 말했다. 그가 벽난로를 힐끔거리는 모습이 해리의 눈에 띄었다. 해리도 그쪽을 바라보았다.

"해그리드…… 뭐예요, *저게?*"

그러나 해리는 이미 그것의 정체를 알고 있었다. 불길 한가운데, 주전자 아래에 거대한 검은색 알이 놓여 있었다.

"아." 해그리드가 초조하게 턱수염을 만지작거리며 말했다. "저건…… 어……."

"저거 어디서 났어요, 해그리드?" 론이 알을 좀 더 가까이에서 들여다보려고 불 위로 몸을 숙이며 말했다. "엄청 비쌀 텐데."

"내기에서 얻었어." 해그리드가 말했다. "어젯밤에. 술 한잔하러 마을에 내려갔다가 처음 보는 사람하고 카드 게임을 했거든. 솔직히 그 사람은 저걸 처분하게 돼서 정말 기뻐하는 것 같았지만."

"하지만 부화한 다음에는 어쩌시려고요?" 헤르미온느가 물었다.

"뭐, 책을 좀 읽어 봤지." 해그리드가 베개 밑에서 두꺼운 책을 한 권 꺼내며 말했다. "도서관에서 빌려 왔어. 《즐거움도 주고 돈벌이도 되는 용 기르기》라는 책이야. 물론 좀 오래된 책이긴 해도 필요한 내용은 다 들어 있어. 어미 용은 알에 끊임없이 숨결을 뿜어 주므로 알은 불 속에 두어야 한다. 부화하면 30분마다 닭 피를 섞은 브랜디를 한 양동이 먹여야 하고. 여길 봐……. 서로 다른 종의 알을 구분하는 방법. 내가 얻은 건 노르웨이 리지백이야. 희귀종이지."

해그리드는 매우 만족하는 것처럼 보였지만 헤르미온느는 그렇지 않았다.

"해그리드, 여긴 나무로 지은 집이잖아요." 헤르미온느가 말했다.

하지만 해그리드는 도통 들을 생각이 없는지 난롯불에 땔감을 더 집어넣으며 즐겁게 콧노래를 불렀다.

그리하여 이제 그들에게는 걱정거리가 하나 더 생겼다. 해그리드가 법을 어기고 오두막에 용을 숨기고 있다는 사실을 누군가 알면 어떻게 될까?

"평화로운 삶을 산다는 건 대체 어떤 걸까." 매일 저녁, 점점 늘어나는 보충 과제 속에서 허우적거리고 있을 때 론이 한숨을 쉬었다. 헤르미온느는 이제 해리와 론을 위한 시험공부 시간표도 만들기 시작했다. 그것 때문에 둘은 돌아 버릴 지경이었다.

그러던 중 어느 아침 식사 시간, 헤드위그가 해리에게 해그리드가 보낸 편지를 배달해 주었다. 해그리드는 오직 두 단어만을 적어 놓았다. '부화 중.'

론은 약초학 수업을 빼먹고 곧바로 오두막으로 달려가고 싶어 했다. 헤르미온느는 들은 척도 하지 않았다.

"헤르미온느, 우리가 살면서 용이 부화하는 장면을 몇 번이나 보겠어?"

"수업이 있잖아. 혼도 날 거고. 하긴 그건 해그리드가 지금 하고 있는 일을 들켰을 때 겪을 일에 비하면 아무것도……."

"조용히 해!" 해리가 작게 소리쳤다.

말포이가 조금 떨어진 곳에 멈춰 서서 가만히 듣고 있었던 것이다. 어디까지 들었을까? 해리는 말포이의 표정이 마음에 들지 않았다.

론과 헤르미온느는 약초학 수업을 들으러 가는 내내 말다툼을 벌인 끝에 아침 쉬는 시간에 셋이서 해그리드의 오두막에 가기로 했다. 성에서 수업을 마치는 종소리가 들리자마자 세 사람은 모종삽을 던지고 황급히 교정을 가로질러 금지된 숲 쪽으로 갔다. 해그리드는 잔뜩 상기된 얼굴로 신이 나서 그들을 맞이했다.

"거의 다 나왔어." 해그리드가 그들을 오두막 안으로 들여보내 주었다.

알은 탁자 위에 놓여 있었다. 금이 여러 개 쫙 가 있었다. 알 속에서 뭔가가 움직였다. 딸칵딸칵하는 이상한 소리가 새어 나오고 있었다.

모두 탁자 가까이 의자를 끌어당기고 숨죽인 채 그 모습을 지켜보았다.

갑자기 뭔가 긁히는 소리가 나더니 알이 쪼개졌다. 알에서 나온 아기 용이 탁자 위에 털썩 주저앉았다. 딱히 귀엽다고는 할 수 없었다. 해리가 보기에는 꼭 구겨진 검은색 우산 같았다. 가시 돋친 날개는 깡마른 석탄 같은 몸에 비해 너무 컸고 긴 주둥이에는 넓은 콧구멍이 뚫려 있었으며, 뭉툭한 뿔에, 툭 튀어나온 눈은 오렌지색이었다.

용이 재채기를 했다. 주둥이에서 불꽃 두어 조각이 뿜어 나왔다.

"아름답지 않니?" 해그리드가 중얼거렸다. 그가 한 손을 뻗어 용의 머리를 가볍게 쓰다듬었다. 녀석이 날카로운 이빨을 드러내며 해그리드의 손가락을 덥석 물었다.

"착하기도 하지. 봐, 이 녀석이 엄마를 알아보네!" 해그리드가 말했다.

"해그리드." 헤르미온느가 입을 열었다. "노르웨이 리지백이 다 자랄 때까지 정확히 얼마나 걸려요?"

막 대답하려는 순간 해그리드의 얼굴에서 돌연 핏기가 사라졌다. 그는 자리에서 벌떡 일어나 창가로 달려갔다.

"왜 그래요?"

"누가 커튼 사이로 안을 들여다보고 있었어. 어린애였는데. 다시 학교로 뛰어가고 있어."

해리는 쏜살같이 문으로 달려가 밖을 내다보았다. 먼 거리였지만 잘못 봤을 리 없었다.

 말포이가 용을 보고 말았다.

 그다음 주 내내 말포이의 얼굴에 도사리고 있는 미소 때문에 해리, 론, 헤르미온느는 매우 초조했다. 그들은 자유 시간 대부분을 해그리드의 어두운 오두막에서 보내며 그를 설득하려고 애썼다.

 "그냥 놔줘요." 해리가 힘주어 말했다. "풀어 주라고요."

 "그럴 수는 없어." 해그리드가 말했다. "너무 어리잖아. 죽고 말 거야."

 그들은 용을 바라보았다. 용은 겨우 1주일 사이에 길이가 세 배나 자랐다. 콧구멍에서는 끊임없이 연기가 흘러나왔다. 용을 돌보느라 바쁜 탓에 해그리드는 숲지기 일을 하지 못했다. 바닥은 빈 브랜디 병과 닭털 천지였다.

 "녀석을 노버트라고 부르기로 했어." 해그리드가 촉촉한 눈으로 용을 바라보며 말했다. "이제는 정말로 나를 알아봐. 봐라. 노버트! 노버트! 엄마 어딨니?"

 "정신이 나갔나 봐." 론이 해리의 귀에 대고 중얼거렸다.

 "해그리드." 해리가 큰 소리로 말했다. "보름만 있으면 노버트는 아저씨 집만큼 커질 거예요. 지금 당장 말포이가 덤블도어 교수님한테 일러바칠 수도 있어요."

해그리드는 입술을 깨물었다.

"나도…… 나도 저 녀석을 영원히 데리고 있을 수 없다는 걸 알아. 하지만 그냥 버릴 수는 없잖아. 그럴 순 없어."

해리가 갑자기 론을 돌아보았다.

"찰리." 해리가 말했다.

"너도 정신이 나가려나 보다." 론이 말했다. "난 론이야, 잊었어?"

"그게 아니라, 찰리 있잖아. 너희 형 찰리. 루마니아에 있는 형 말이야. 용을 연구한다면서. 찰리한테 노버트를 보내면 되잖아. 노버트를 돌봐주다가 야생으로 돌려보낼 수 있을 거야!"

"기발한데!" 론이 소리 높여 물었다. "그건 어때요, 해그리드?"

그리하여 결국 해그리드는 찰리에게 올빼미를 보내 의견을 물어보는 데 동의했다.

그다음 주는 아주 천천히 흘렀다. 수요일 밤, 헤르미온느와 해리는 모두가 잠자리에 들고 한참이 지나서까지 단둘이 휴게실에 남아 있었다. 벽시계가 막 자정을 알리는 종을 쳤을 때 초상화 구멍이 홱 열렸다. 해리의 투명 망토를 벗으며 난데없이 론이 나타났다. 론은 해그리드의 오두막에서 노버트에게 먹이 주는 일을 도와주고 왔는데, 노버트는 이제 죽은 쥐를 상자 단위로 먹어 치우고 있었다.

노르웨이 리지백 노버트

"물렸어!" 론이 피투성이가 된 손수건으로 싸맨 자신의 손을 보여 주며 말했다. "1주일 동안 깃펜도 못 잡을 거야. 정말이지 저 용은 내가 여태까지 만났던 짐승 중에서 제일 끔찍한 놈이야. 하지만 해그리드가 그놈을 다루는 걸 보면 다들 용이 아니라 무슨 복슬복슬하고 귀여운 토끼라도 되는 줄 알걸. 녀석이 날 무니까 내가 겁줘서 그런 거라고 나한테 뭐라 하더라니까. 내가 오두막을 나설 때는 자장가까지 불러 주고 있었어."

어두운 창문을 톡톡 두드리는 소리가 났다.

"헤드위그다!" 해리가 얼른 달려가 헤드위그를 들여보내 주면서 말했다. "찰리의 답장을 가지고 왔을 거야!"

세 사람은 편지를 읽으려고 머리를 맞댔다.

론에게.

잘 지내지? 편지 고맙다. 노르웨이 리지백이라면 기꺼이 받아 줄 수 있지만 여기까지 데려오는 게 쉽지 않을 거야. 다음 주에 나를 만나러 오기로 한 친구들이 있는데 그 친구들을 통해서 보내는 게 가장 좋은 방법일 것 같아. 문제는, 그 친구들이 불법으로 용을 데리고 있는 걸 들켜서는 안 된다는 거야.

토요일 자정에 리지백을 학교에서 가장 높은 탑에 데려다 놓을 수 있니? 거기서 내 친구들을 만나면 그들이 날 밝기 전에 용을 데려갈 수 있을 거야.

답장은 최대한 빨리 보내 다오.

사랑하는 형

찰리

셋은 서로를 바라보았다.

"투명 망토가 있잖아." 해리가 말했다. "그렇게 어렵지 않을 거야. 투명 망토가 크니까 우리 중 두 명하고 노버트는 덮을 수 있을 거야."

지난 한 주가 얼마나 끔찍했던지, 두 사람은 해리의 의견에 동의했다. 그들은 뭐든지 할 수 있었다. 노버트를, 그리고 말포이를 떼어 낼 수만 있다면.

문제가 하나 생겼다. 다음 날 아침, 용에게 물린 론의 손이 두 배로 부어 올랐다. 론은 폼프리 선생에게 가도 될지 어떨지 알 수가 없었다. 폼프리 선생이 용에 물린 상처를 알아볼까? 하지만 오후가 되자 더 이상 선택의 여지가 없었다. 노버트의 송곳니에 독이 있었는지 상처가 역겨운 초록색으로 변해 버린 것이다.

해리와 헤르미온느가 그날 수업을 마치자마자 병동으로 달려갔을 때 론은 아주 끔찍한 상태로 침대에 누워 있었다.

"손 때문만은 아니야." 론이 속삭이듯 말했다. "손이 떨어져 나갈 것 같긴 하지만. 말포이가 폼프리 선생님한테는 내 책을 빌리러 왔다고 하고 들어오더니 날 비웃었어. 그러면서 뭐가 날 물었는지 선생님한테 일러바치겠다고 계속 협박하더라니까. 나는 개한테 물렸다고 했거든. 선생님은 안 믿는 것 같지만. 퀴디치 시합 날 그 자식을 때리는 게 아니었어. 그래서 이러는 거야."

해리와 헤르미온느는 론을 진정시키려 애썼다.

"토요일 자정이면 다 끝날 거야." 헤르미온느가 말했지만 론을 진정시키는 효과는 전혀 없었다. 오히려 론은 몸을 벌떡 일으켜 앉아 땀을 흘리기 시작했다.

"토요일 자정!" 론이 잔뜩 쉰 목소리로 말했다. "안 돼, 안 돼……. 방금 생각났어. 말포이가 가져간 그 책에 찰리의 편지가 들어 있어. 우리가 노버트를 보내려 한다는 걸 그 자식이 알게 될 거야."

해리와 헤르미온느가 뭐라고 대꾸할 겨를도 없었다. 그 순간 폼프리 선생이 다가와 론이 자야 한다며 두 사람을 내보냈던 것이다.

"이제 와서 계획을 바꾸기엔 너무 늦었어." 해리가 헤르미온느에게 말했다. "찰리에게 또 한 번 올빼미를 보낼 시간이 없어. 이번이 노버트를 떠나보낼 마지막 기회인지도 몰라. 그냥 위험을 감수해야 돼. 그리고 우리에겐 투명 망토가 있잖아. 말포이도 그건 몰라."

해리와 헤르미온느는 해그리드에게 이 이야기를 전해 주러 갔다가, 꼬리에 붕대를 감은 채 오두막 바깥에 앉아 있는 사냥개 팽을 보았다. 해그리드가 창문을 열고 두 사람에게 말했다.

"들여보내 줄 수 없어." 해그리드는 숨을 헐떡였다. "노버트가 지금 까다로운 시기에 접어들었거든. 그렇다고 내가 다루지 못한다는 건 아닌데."

찰리의 편지 이야기를 하자 해그리드의 두 눈에 눈물이 가득 고였다. 아니면, 노버트가 방금 해그리드의 다리를 물었기 때문일지도 모른다.

"으아악! 괜찮아, 신발만 물었어. 그냥 노는 거야. 어쨌거나 아직 아기니까."

그 아기가 꼬리로 벽을 후려치자 창문이 다 흔들렸다. 해리와 헤르미온느는 지금 당장 토요일이 왔으면 좋겠다고 생각하면서 성으로 돌아갔다.

앞으로 해야 할 일이 그렇게 걱정되지만 않았다면 해리와 헤르미온느도 해그리드에게 노버트와 작별 인사를 해야 하는 순간이 찾아왔을 때 안쓰러운 마음이 들었을지 모른다. 날이 꽤 어둡고 흐린 데다, 현관홀 벽에다가 테니스를 치고 있던 피브스가 비켜 줄 때까지 기다려야 했기에 두 사람은 예정보다 조금 늦게 해그리드의 오두막에 도착했다.

해그리드는 커다란 상자에 노버트를 넣어 여행 준비를 마쳤다.

"여행하면서 먹을 쥐랑 브랜디를 좀 넣어 뒀어." 해그리드가 목멘 소리로 말했다. "외로워할지도 모르니까 곰인형도 하나 넣었고."

상자 안에서 뭔가 찢어지는 소리가 들렸다. 해리가 듣기에는 곰인형 머리가 뜯어지는 소리 같았다.

"잘 가라, 노버트!" 해그리드가 훌쩍거렸다. 그사이 해리와 헤르미온느는 투명 망토로 상자를 덮고 자신들도 그 아래 몸을 숨겼다. "엄마는 절대 널 잊지 않을 거야!"

해리와 헤르미온느는 그 상자를 어떻게 성까지 들고 왔는지 몰랐다. 노버트를 현관홀 대리석 계단 위로 끌어 올리고 어두운 복도를 지나는 동안 째깍째깍 자정이 다가왔다. 또 한 번 계단을 오르고, 또 오르고…… 해리가 알고 있는 지름길도 한 군데 지났지만 그렇다고 일이 많이 쉬워지지는 않았다.

"거의 다 왔어!" 가장 높은 탑 밑 복도에 도착하자 해리가 헐떡였다.

그때 갑자기 앞에서 뭔가가 움직이는 바람에 그들은 하마터면 노버트가 들어 있는 상자를 떨어뜨릴 뻔했다. 그들은 투명 망토를 써서 이미 보이지 않는다는 사실을 잊은 채 어둠 속에 몸을 움츠리고, 3미터쯤 떨어진 곳에서 옥신각신하는 두 사람의 어두운 윤곽을 뚫어지게 바라보았다. 등불 하나가 불쑥 튀어나왔다.

격자무늬 가운에 머리그물을 쓴 맥고나걸 교수가 말포이의 귀를 잡고 있었다.

"방과 후 징계다!" 맥고나걸 교수가 소리쳤다. "그리고 슬리데린은 20점 감점이야! 한밤중에 학교를 돌아다니다니, 어떻게 감히……."

"그게 아니라니까요, 교수님. 해리 포터가 오고 있어요. 그 자식이 용을 데리고 있다고요!"

"무슨 말도 안 되는 소리야! 감히 그런 거짓말을 하다니! 어서 따라와라. 스네이프 교수와 네 얘기를 좀 해야겠구나, 말포이!"

그 뒤로는, 탑 꼭대기로 향하는 가파른 나선형 계단을 오르는 게 세상에서 가장 쉬운 일처럼 느껴졌다. 차가운 밤공기 속으로 나간 다음에야 해리와 헤르미온느는 투명 망토를 벗었다. 다시 제대로 숨을 쉴 수 있어 좋았다. 헤르미온느는 덩실거리듯 어깨를 들썩였다.

"말포이가 방과 후 징계를 받았어! 노래라도 부르고 싶네!"

"그러지 마." 해리가 충고했다.

그들은 말포이가 맞게 된 상황에 계속 키득거리며 기다렸다. 노버트는 상자 안에서 몸부림치고 있었다. 10분쯤 지나자 빗자루 네 개가 어둠 속에서 빠르게 날아왔다.

찰리의 친구들은 제법 쾌활한 사람들이었다. 그들은 해리와 헤르미온느에게 그들 사이에 노버트를 매달 수 있도록 급조한 가슴줄을 보여 주었다. 모두가 힘을 합쳐 노버트를 안전하게 묶고 나자 해리와 헤르미온느는 찰리의 친구들과 악수를 나누고 그들에게 진심으로 고맙다고 인사했다.

마침내 노버트는 멀어지고…… 멀어지다가…… *끝내 사라졌다.*

노버트가 떠난 지금, 해리와 헤르미온느는 가벼워진 손만큼 가벼운 마음으로 나선형 계단을 미끄러지듯 내려왔다. 이제 용은 없고, 말포이는 방과 후 징계를 받게 되었다. 무엇이 이 즐거운 기분을 망칠 수 있을까?

그 물음에 대한 답이 계단 밑에서 기다리고 있었다. 복도로 들어선 순간, 어둠 속에서 돌연 필치의 얼굴이 나타났다.

"이런, 이런, 이런." 필치가 속삭였다. "이거 정말 큰일인데."

투명 망토를 탑 꼭대기에 놓고 온 것이다.

## 15장
# 금지된 숲

상황이 이보다 더 나빠질 수는 없었다.

필치는 2층에 있는 맥고나걸 교수의 연구실로 두 사람을 데려갔고, 그들은 서로 한 마디도 나누지 않은 채 앉아서 기다렸다. 헤르미온느는 덜덜 떨고 있었다. 해리의 머릿속에서 변명과 알리바이, 이번 일을 덮기 위한 엉성한 이야기가 꼬리를 물고 이어졌지만 갈수록 설득력이 떨어졌다. 이번에는 어떻게 빠져나가야 할지 알 수 없었다. 막다른 곳에 몰렸다. 어떻게 망토를 잊어버리는 멍청한 짓을 할 수 있을까? 수업 시간 외에는 접근이 금지된, 학교에서 가장 높은 천문탑에 올라간 것은 물론, 한밤중에 침대를 빠져나와 학교를 살금살금 돌아다니는 일 자체를 맥고나걸 교수가 용납할리 없었다. 여기에 노버트와 투명 망토 일까지 더하면 일찌감치 짐을 싸는 게 나을지도 몰랐다.

이보다 상황이 더 나빠질 순 없다고 생각했던가? 아니, 틀렸다. 연구실에 나타난 맥고나걸 교수는 네빌을 앞세우고 있었다.

"해리!" 네빌은 두 사람을 본 순간 목청껏 소리쳤다. "너희를 찾아서 경고해 주려고 했어. 말포이가 너희 둘을 잡겠다고 말하는 걸 들었거든. 너희가 용······."

해리는 네빌의 입을 닫게 하려고 격하게 고개를 젓다가 맥고나걸 교수의 눈에 띄고 말았다. 세 사람 앞에 우뚝 서 있는 맥고나걸 교수는 노버트보다 더 많은 불을 뿜을 것처럼 보였다.

"이런 짓을 하다니 믿기지가 않는다. 필치 씨 말로는 천문탑에 올라가 있었다고 하더구나. 지금은 새벽 1시야. *왜 그랬는지 설명해 보거라.*"

헤르미온느가 교수의 질문에 대답하지 못한 건 처음이었다. 헤르미온느는 동상처럼 굳어서 슬리퍼만 내려다보고 있었다.

"무슨 일이 있었는지 말 안 해도 알겠다." 맥고나걸 교수가 말했다. "천재가 아니라도 알겠지. 너희가 드레이코 말포이에게 용이 있다는 둥 얼토당토않은 얘기를 늘어놨겠지. 그 애를 침대 밖으로 끌어내서 혼나게 하려고 말이야. 말포이는 내가 이미 잡았다. 여기 롱보텀까지도 그 얘기를 믿었다는데, 너희는 그런 게 재미있나 보지?"

네빌이 너무도 충격을 받고 상처 입은 표정이었기 때문에 해리는 그와 눈을 마주치고 말없이 그건 사실이 아니라는 뜻을 전하려고 애썼다. 가엾은, 실수투성이 네빌. 그들에게 경고해 주려고 어둠 속에서 해리와 헤르미온느를 찾아다니는 게 그에게 얼마나 힘든 일이었을지 해리는 잘 알고 있었다.

"아주 넌더리가 난다." 맥고나걸 교수가 말했다. "하룻밤 사이 학생이 넷이나 침대를 빠져나오다니! 이런 일은 들어 본 적이 없어! 그레인저 양, 너는 좀 더 분별 있는 아이인 줄 알았다. 그리고 포터 군, 그리핀도르가 너한테 이보다는 더 의미 있을 줄 알았어. 너희 셋 다 방과 후 징계를 받게 될 거다. 그래, 너도, 롱보텀 군. 이유야 어쨌든 한밤중에 학교를 돌아다녀선 안 된다. 요즘같이 위험한 때에는 특히 그렇고. ……그리핀도르는 50점 감점이다."

"*50점이라고요?*" 해리가 헉 숨을 들이켰다. 그렇게 되면 그리핀도르는 선두에서, 해리가 지난번 퀴디치 경기로 얻어 낸 선두 자리에서 밀려나게 된다.

"*각각* 50점이다." 맥고나걸 교수가 길고 뾰족한 코끝으로 거센 숨을 내뿜으며 말했다.

"교수님, 제발요……."

"그러실 수는 없어요……."

"내가 뭘 할 수 있고 없는지는 네가 정하는 게 아니다, 포터. 셋

다 이제 침실로 돌아가거라. 그리핀도르 학생들이 오늘처럼 부끄러웠던 적이 없구나."

150점을 잃었다. 그러면 그리핀도르는 꼴찌가 된다. 하룻밤 사이에 그들은 그리핀도르가 기숙사 우승컵을 차지할 기회를 모두 망쳐 버렸다. 해리는 속이 뒤집힌 기분이었다. 도대체 이 일을 어떻게 만회할 수 있을까?

해리는 밤새 한숨도 자지 못했다. 네빌이 베개에 얼굴을 파묻고 훌쩍이는 소리가 들렸다. 몇 시간 동안 그렇게 우는 것 같았다. 위로할 말이 떠오르지 않았다. 해리와 마찬가지로 네빌 또한 아침이 밝는 것을 두려워하고 있는 게 분명했다. 그리핀도르의 다른 학생들이 세 사람이 무슨 짓을 했는지 알면 어떤 일이 벌어질까?

다음 날 기숙사 점수가 기록된 거대한 모래시계를 지나치던 그리핀도르 학생들은 처음에 뭔가 실수가 있는 거라고 생각했다. 어떻게 갑자기 어제보다 점수가 150점이나 줄어들 수 있을까? 그러다 이야기가 퍼져 나가기 시작했다. 해리 포터, 두 번의 퀴디치 시합에서 영웅이 된 그 유명한 해리 포터가 점수를 다 까먹었다는 것이다. 해리 포터와, 다른 멍청한 1학년 두 명이.

학교에서 가장 인기 있는 학생이자 동경의 대상이었던 해리는 갑자기 모두가 가장 싫어하는 아이가 되었다. 래번클로와 후플푸프 학생들조차 해리를 외면했다. 다들 슬리데린이 기숙사 우승컵을 타지 못하는 모습을 보게 되길 간절히 기다려 왔기 때문이다. 아이들은 해리가 가는 곳마다 손가락질을 하면서 굳이 목소리를 낮추지도 않고 욕을 했다. 반면 슬리데린 아이들은 해리가 지나가면 손뼉을 치고 휘파람을 불며 환호성을 질렀다. "고맙다, 포터. 신세 한번 제대로 졌네!"

해리 곁에 있는 사람은 론뿐이었다.

"몇 주만 지나면 잊어버릴 거야. 프레드랑 조지도 여기 온 뒤로 지금까지 점수를 엄청나게 까먹었어. 그래도 여전히 다들 좋아하잖아."

"그래도 단번에 150점을 까먹은 적은 없지 않아?" 해리가 비참한 듯 말했다.

"음…… 그건 그렇지." 론이 수긍했다.

이 손해를 메우기에는 조금 늦은 감이 있었지만, 해리는 이제부터 자기 일이 아니면 절대 끼어들지 않겠다고 속으로 맹세했다. 몰래 쏘다니며 염탐하는 짓은 그만하면 됐다. 해리는 너무도 부끄러운 나머지 우드에게 퀴디치 대표팀에서 나가겠다고 말했다.

"나간다고?" 우드가 쩌렁쩌렁하게 소리쳤다. "그러면 뭐가 나아지는데? 퀴디치에서도 못 이기면 어떻게 다시 점수를 따라는 거야?"

하지만 퀴디치조차 더 이상 즐겁지 않았다. 다른 선수들은 훈련 중에도 해리와 말하지 않으려 했고, 어쩔 수 없이 해리 얘기를 해야 할 때는 그를 '수색꾼'이라고 불렀다.

헤르미온느와 네빌도 괴롭기는 마찬가지였다. 해리만큼 유명하진 않았기에 그만큼 끔찍한 시간을 보내고 있지는 않았지만 아무도 두 사람에게 말을 걸지 않았다. 헤르미온느는 수업 시간에 고개를 숙인 채 조용히 공부만 하면서, 사람들의 관심을 끌 만한 일은 더 이상 하지 않았다.

해리는 시험이 머지않았다는 게 기쁠 지경이었다. 시험공부를 하느라 자신의 비참한 상황을 머릿속에서 밀어낼 수 있었기 때문이다. 해리, 론, 헤르미온느는 오직 셋이서만 다니며 밤늦게까지 공부했다. 복잡한 마법약에 들어가는 재료들을 외우려 애쓰고, 수업 시간에 배운 마법들과 주문들을 익히고, 마법적 발견이나 고블린 반란이 있었던 날짜를 머릿속에 집어넣으면서…….

그러다 시험이 시작되기 1주일 전, 자기와 상관없는 어떤 일에도 간섭하지 않겠다던 해리의 새로운 결심은 예상치 못한 난관에 부닥치게 되었다. 어느 날 오후 도서관에 갔다가 혼자 걸어오는데 앞쪽 교실에서 누군가가 훌쩍거리는 소리가 들렸다. 가까이서 들어 보니 퀴럴의 목소리였다.

"아뇨…… 아뇨…… 또 이러시면 안 됩니다, 제발……."

누군가가 퀴럴을 협박하는 것 같았다. 해리는 더 가까이 다가갔다.

"알겠습니다……. 알겠어요……." 퀴럴이 흐느끼는 소리가 들렸다.

다음 순간, 퀴럴은 터번을 바로잡으면서 다급히 교실을 나왔다. 얼굴빛이 창백했고 금방이라도 울음을 터뜨릴 것 같았다. 그는 해리의 시야에서 성큼성큼 벗어났다. 해리가 있다는 걸 알아차리지도 못한 것 같았다. 해리는 퀴럴의 발소리가 사라질 때까지 기다렸다가 교실을 들여다보았다. 교실은 비어 있었지만 반대쪽 문이 열려 있었다. 해리는 그 문으로 다가가다가 남의 일에 끼어들지 않겠다던 자신과의 약속을 떠올렸다.

그래도 해리는 스네이프가 방금 그 방을 나갔다는 데 마법사의 돌 열두 개라도 걸 수 있었다. 조금 전 해리가 들은 대로라면 스네이프는 발에 스프링을 새로 단 것처럼 걷고 있을 것이다. 마침내 퀴럴이 항복한 듯했으므로.

해리는 도서관으로 돌아갔다. 헤르미온느가 론에게 천문학 시험 문제를 내고 있었다. 해리는 자기가 들은 것을 두 사람에게 이야기해 주었다.

"그럼 스네이프가 결국 해낸 거네!" 론이 말했다. "퀴럴이 자기가 걸어 둔 어둠의 마법 방어 주문을 깨뜨리는 방법을 알려 줬다면……."

"그래도 아직 복슬이가 있잖아." 헤르미온느가 말했다.

"해그리드한테 물어보지 않고도 복슬이를 지나가는 방법을 알아냈는지도 모르지." 론이 주위의 책 수천 권을 올려다보며 말했다. "틀림없이 여기 어딘가에 머리 세 개 달린 거대한 개를 지나가는 방법이 적힌 책이 있을 거야. 이제 어쩌지, 해리?"

론의 눈에서 모험의 불길이 다시 번쩍이고 있었지만, 해리가 뭐라고 대답하기도 전에 헤르미온느가 입을 열었다.

"덤블도어 교수님한테 가야지. 진작 그렇게 했어야 했어. 우리끼리 뭔가 하려고 들다간 퇴학당할 게 뻔해."

"하지만 증거가 없잖아!" 해리가 말했다. "퀴렐은 너무 겁을 먹어서 우리 얘기를 거들어 주지 못할 거야. 스네이프야 핼러윈에 트롤이 어떻게 들어왔는지도 모르고 4층 근처에는 간 적도 없다고 하면 그만인걸. 사람들이 스네이프랑 우리 중에서 누구 말을 믿을 것 같아? 우리가 스네이프를 싫어하는 건 딱히 비밀도 아니잖아. 덤블도어 교수님은 우리가 스네이프를 학교에서 쫓아내려고 이야기를 지어냈다고 생각하실 거야. 필치는 자기 목숨이 달린 일이래도 우릴 도와주지 않을걸? 또 스네이프랑 친한 데다가, 학생들이 더 많이 퇴학당할수록 좋다고 생각하잖아. 그리고 잊지 마, 우리는 그 돌이나 복슬이에 대해 몰라야 한다는 걸. 어쩌다 알게 됐는지 많은 설명이 필요할 거야."

헤르미온느는 납득한 것 같았지만 론은 그렇지 않았다.

"그냥 여기저기 좀 더 쑤시고 다녀 보면……."

"아냐." 해리가 단호하게 말했다. "쑤시고 다니는 건 이만하면 됐어."

해리는 목성 지도를 끌어당겨 위성들의 이름을 외우기 시작했다.

다음 날 아침, 식탁에 앉아 있던 해리와 헤르미온느, 네빌에게 쪽지가 전달되었다. 모두 같은 내용이었다.

> 오늘 밤 11시에 방과 후 징계가 진행될 예정입니다. 현관홀에서 필치 씨를 만나도록 하세요.
>
> M. 맥고나걸 교수

해리는 자기가 까먹은 점수 탓에 사람들이 하도 화를 내는 바람에 방과 후 징계가 남아 있었다는 사실을 잊고 있었다. 그는 헤르미온느가 방과 후 징계 때문에 시험공부를 할 하룻밤을 통째로 날렸다고 불평할 줄 알았지만, 그녀는 한 마디도 하지 않았다. 해리가 그렇듯 헤르미온느도 이를 받아 마땅한 벌이라고 생각했다.

그날 밤 11시, 해리와 헤르미온느는 휴게실에 있는 론에게 작별인사를 하고 네빌과 함께 현관홀로 내려갔다. 필치는 이미 와 있었고…… 말포이도 그랬다. 그들은 말포이 또한 방과 후 징계를 받았다는 사실을 잊고 있었다.

"따라와라." 필치가 등불을 켜고 아이들을 건물 밖으로 데리고 나가면서 말했다. "너희도 이제 교칙을 어기기 전에 한 번 더 생각해 보게 되겠지. 안 그러냐?" 필치가 심술궂은 눈으로 그들을 보며 말을 이었다. "암, 그래야지. 내 생각에 힘든 노동과 고통만큼 훌륭한 선생은 없거든. ……옛날식 처벌을 더 이상 하지 않게 됐다는 게 참 아쉬워. 네놈들의 손목을 천장에 묶어 며칠 매달아 놓는다든지 하는 것 말이다. 나는 아직도 사무실에 사슬을 보관해 두고 필요할 경우에 대비해서 기름칠을 하지. ……자, 출발해. 도망칠 생각은 말고. 그래 봤자 상황만 더 나빠질 테니까."

그들은 어두운 교정을 가로지르며 나아갔다. 네빌은 끊임없이 코를 훌쩍거렸다. 해리는 어떤 벌을 받게 될지 궁금했다. 뭔가 끔찍한 일일 게 틀림없었다. 그게 아니라면 필치가 저토록 기쁜 목소리로 말하지는 않았을 테니까.

달은 밝았지만, 구름이 달을 가리고 지나가서 그들은 자꾸만 어둠 속에 잠겼다. 저 앞에 불 켜진 해그리드의 오두막 창문이 보였다. 멀리서 고함 소리가 들렸다.

"자넨가, 필치? 서둘러. 어서 시작했으면 좋겠군."

해리는 마음이 가벼워지는 것을 느꼈다. 해그리드와 함께하는 일이라면 그렇게 나쁘진 않을 것이다. 그의 안도감이 얼굴에 드러났는지 필치가 말했다. "저 멍청한 놈하고 즐거운 시간이라도 보내게 될 거라 생각하나 보지? 글쎄, 다시 생각해 봐라, 꼬마야. 너희가 들어가는 곳은 금지된 숲이고, 내 생각에 너희 모두가 온전히 살아 돌아올 것 같지는 않거든."

이 말에 네빌은 작게 신음했고 말포이는 길을 걷다 말고 우뚝 멈춰 섰다.

"금지된 숲이라니?" 말포이가 되물었다. 평소의 싸늘한 말투가 전혀 아니었다. "밤에 저기에 들어갈 순 없어요……. 저 안에는 별게 다 있잖아요. 늑대인간도 있다던데."

네빌이 해리의 로브 소매를 꽉 잡고 목이 메는 듯한 소리를 냈다.

"그거야 네 사정 아니냐?" 필치가 신이 나서 갈라지는 목소리로 말했다. "늑대인간 걱정은 말썽 부리기 전에 했어야지."

해그리드가 팽을 데리고 어둠 속에서 성큼성큼 다가왔다. 그는 커다란 석궁을 들고 어깨에 화살통을 메고 있었다.

"시간 다 됐다." 해그리드가 말했다. "벌써 30분이나 기다렸어. 괜찮냐, 해리? 헤르미온느?"

"나는 저 애들한테 지나치게 잘해 줄 수 없었거든, 해그리드." 필치가 차갑게 말했다. "어쨌거나 저 녀석들은 벌을 받으려고 여기 온 거니까."

"그래서 늦었다 이건가?" 해그리드가 필치를 향해 얼굴을 찌푸리며 말했다. "훈계라도 했다는 거야? 자넨 그럴 입장이 아닐 텐데. 자네 일은 다 마쳤으니 여기서부터는 내가 맡도록 하지."

"새벽에 다시 오겠네." 필치가 말했다. "쟤들 시체는 거둬야지." 필치는 심술궂게 한마디 덧붙이더니 몸을 돌려 성으로 돌아갔다. 필치가 들고 있는 등불이 어둠 속에서 까딱까딱 멀어져 갔다.

말포이는 이제 해그리드를 돌아보았다.

"금지된 숲에는 안 들어갈 거예요." 말포이가 말했다. 두려운 기색이 역력한 말포이의 목소리를 듣자 해리는 기분이 좋았다.

"호그와트에 남고 싶으면 가야 할 거다." 해그리드가 사나운 어조로 말했다. "잘못을 했으면 이제 대가를 치러야지."

"하지만 이건 하인이나 하는 일이지 학생들이 할 일이 아니잖아요. 난 반성문이나 몇 줄 쓸 줄 알았는데. 내가 이런 짓을 하는 걸 아버지가 아시면……."

"호그와트는 원래 그런 식으로 돌아간다고 하실 거다." 해그리드가 으르렁거리듯 말했다. "반성문이나 몇 줄 쓴다니! 그게 도대체 누구한테 도움이 된다는 거냐? 너는 뭔가 쓸모 있는 일을 하거나, 아니면 쫓겨나게 될 거야. 네 아버지가 퇴학당하는 걸 더 좋아하실 것 같으면 성으로 돌아가서 짐이나 싸. 어서!"

말포이는 움직이지 않았다. 그는 극도로 화가 나서 해그리드를 바라봤지만 곧 눈길을 떨어뜨렸다.

"좋아, 그럼." 해그리드가 말했다. "자, 잘 들어라. 오늘 우리가 할 일은 위험한 일이야. 나는 이 중 누구도 위험해지길 바라지 않는다. 잠깐 이쪽으로 따라와라."

해그리드는 아이들을 숲 가장자리로 데려가더니 등불을 높이 들고 발밑의 좁고 구불구불한 흙길을 가리켰다. 길은 울창한 검은 나무들 사이로 모습을 감췄다. 숲속을 들여다보는 사이 가벼운 산들바람이 그들의 머리카락을 쓸어 올렸다.

"저길 봐라." 해그리드가 말했다. "저기 땅 위에 반짝이는 게 보이지? 은색, 저거 말이야. 저건 유니콘의 피야. 유니콘 한 마리가 무슨 일인지 심하게 다쳤어. 이번 주에만 두 번째야. 지난주 수요일에는 한 마리가 죽어 있는 걸 발견했지. 우리는 저 불쌍한 녀석을 찾아볼 거야. 녀석의 비참한 삶을 끝내 줘야 할지도 몰라."

"유니콘을 다치게 한 놈이 우리를 먼저 찾으면요?" 목소리에서 두려움을 떨치지 못한 채 말포이가 물었다.

"나나 팽이 같이 있으면 숲에 사는 것 중에서 너희를 해칠 존재는 없어." 해그리드가 말했다. "그리고 길에서 벗어나지 마라. 자, 이제 둘로 나뉘어서 각기 다른 방향으로 흔적을 쫓아갈 거야. 사방에 핏자국이 있는 걸 보니 적어도 어젯밤부터 여기저기 비틀거리며 돌아다니고 있는 게 틀림없어."

"내가 팽이랑 갈게요." 팽의 기다란 이빨을 보며 말포이가 재빨리 말했다.

"좋아. 하지만 경고하는데, 그 녀석 꽤 겁쟁이야." 해그리드가 말했다. "그럼 나랑 해리, 헤르미온느가 한쪽 길로 가고 드레이코와 네빌, 팽이 다른 길로 간다. 자, 우리 중 누구라도 유니콘을 발견하면 초록색 불꽃을 쏘아 올리는 거야. 알겠지? 지팡이를 꺼내서 한번 연습해 봐라. 그렇지. 누구라도 무슨 문제가 생기면 빨간 불꽃을 쏘아 올리고. 우리가 가서 찾아낼 테니까. 그럼 조심하고, 가자."

금지된 숲은 어둡고 고요했다. 좀 더 들어가자 흙길이 두 갈래로 갈라졌고, 해리와 헤르미온느와 해그리드는 왼쪽 길을, 말포이와 네빌과 팽은 오른쪽 길을 택했다.

모두 시선을 땅에 두고 조용히 걸었다. 이따금 나뭇가지 사이로 새어 들어온 달빛 한 줄기가 낙엽 위에 떨어진 은청색 핏방울을 비췄다.

해리가 보니 해그리드는 매우 걱정스러운 표정을 짓고 있었다.

"늑대인간이 유니콘을 죽일 수도 있나요?" 해리가 물었다.

"늑대인간은 그렇게 빠르지 않아." 해그리드가 말했다. "유니콘을 잡는 건 쉬운 일이 아니야. 강력한 마법 생명체니까. 나도 유니콘이 다치는 일이 생길 줄은 전혀 몰랐어."

그들은 이끼 덮인 나무둥치를 지나갔다. 물 흐르는 소리가 들려왔다. 어딘가 가까운 곳에 시내가 있는 모양이었다. 구불구불 이어지는 오솔길을 따라 유니콘의 핏자국이 계속 드문드문 보였다.

"괜찮냐, 헤르미온느?" 해그리드가 작은 소리로 말했다. "걱정 마라, 이렇게 심하게 다쳤으니 멀리 가진 못했을 거야. 그러면 우리가…… **저 나무 뒤에 숨어!**"

해그리드가 해리와 헤르미온느를 붙잡더니 어마어마한 높이의 오크나무 뒤로 들어다 놓았다. 해그리드는 활에 화살을 건 다음 석궁을 들어 올리고 발사할 준비를 했다. 셋은 귀를 기울였다. 근처에서 뭔가가 낙엽 위를 미끄러져 가고 있었다. 망토가 바닥에 끌리는 소리 같았다. 해그리드가 눈을 가늘게 뜨고 어두운 오솔길을 바라봤지만 잠시 뒤 그 소리는 희미하게 멀어져 갔다.

"이럴 줄 알았어." 해그리드가 중얼거렸다. "여기에 있어서는 안 되는 뭔가가 있는 거야."

"늑대인간요?" 해리가 물었다.

"늑대인간도 아니고 유니콘도 아니었어." 해그리드가 험악한 목소리로 말했다. "좋아, 날 따라와라. 하지만 이제부터 조심해야 돼."

그들은 아주 희미한 소리라도 들으려고 귀를 쫑긋 세운 채 더욱 천천히 걸었다. 돌연, 눈앞의 공터에서 분명 뭔가가 움직였다.

"누구냐?" 해그리드가 외쳤다. "숨지 말고 나와! 이쪽엔 무기가 있다!"

공터에 나타난 것은…… 인간? 아니, 말인가? 허리까지는 붉은 머리카락에 턱수염이 난 인간 남자였지만 허리 아래는 길고 불그스름한 꼬리가 달린, 윤기 나는 밤색을 띤 말의 몸이었다. 해리와 헤르미온느는 입을 떡 벌렸다.

"아, 자네였군, 로넌." 해그리드가 안도하며 말했다. "잘 지냈나?"

해그리드가 앞으로 걸어 나가 켄타우로스와 악수했다.

"잘 있었나, 해그리드." 로넌이 말했다. 깊고 슬픔에 찬 목소리였다. "나를 쏘려고 한 건가?"

"조심은 해야 하잖아, 로넌." 해그리드가 석궁을 가볍게 두드리며 말했다. "뭔가 사악한 것이 이 숲을 헤집고 다니고 있어. 그건 그렇고, 이쪽은 해리 포터와 헤르미온느 그레인저야. 저 위에 있는 학교에서 온 학생들이지. 그리고 이쪽은 로넌이다, 얘들아. 로넌은 켄타우로스야."

"우리도 알아요." 헤르미온느가 소심하게 말했다.

"안녕." 로넌이 말했다. "학생들이라고? 저 위에 있는 학교에서 많은 것을 배우나?"

"음……."

"조금요." 헤르미온느가 머뭇거리며 말했다.

"조금이라. 글쎄, 그것도 대단한 일이지." 로넌이 한숨을 내쉬었다. 그는 머리를 뒤로 젖히더니 하늘을 빤히 올려다보았다. "오늘 밤에는 화성이 밝군."

"그러게." 해그리드도 위를 힐끗 보며 말했다. "저기, 로넌. 만나서 정말 반가워. 다친 유니콘이 한 마리 있어서 말이야…… 뭔가 본 거 있나?"

로넌은 바로 대답하지 않았다. 그는 눈 하나 깜짝하지 않고 머리 위를 뚫어지게 쳐다보더니 다시 한숨을 쉬었다.

"첫 번째 희생양은 항상 죄 없는 이들이지." 로넌이 말했다. "과거에도 그랬고, 지금도 마찬가지야."

"그러게." 해그리드가 말했다. "그런데 뭔가 본 건 없어, 로넌? 뭔가 평소와 다른 거 말이야."

"오늘 밤에는 화성이 밝군." 해그리드의 조바심하는 눈길을 받으며 로넌이 넌지시 되풀이했다. "유난히 밝아."

"그래, 근데 내 말은, 화성보다 좀 더 가까운 곳에서 일어난 특이한 일 말이야." 해그리드가 말했다. "그러니까 이상한 건 본 적이 없다는 거지?"

이번에도 로넌이 대답하기까지 한참이 걸렸다. 마침내 그가 말했다. "숲에는 많은 비밀이 숨겨져 있지."

로넌 뒤쪽의 나무들이 움직였다. 해그리드가 다시 활을 들었지만 이번에 나타난 것은 머리카락도 검고 몸도 검은, 로넌보다 사나워 보이는 또 다른 켄타우로스였다.

"어이, 베인." 해그리드가 말했다. "어떻게 지내?"

"안녕한가, 해그리드. 잘 지내지?"

"잘 지내고말고. 저기 말이야, 방금 로넌한테도 물어봤는데 최근 이곳에서 뭔가 이상한 걸 본 적 있나? 딴게 아니라 부상당한 유니콘이 있어서 그래. 뭐 아는 게 있어?"

베인이 걸어와 로넌 옆에 섰다. 그리고는 하늘을 올려다보았다.

"오늘 밤에는 화성이 밝군." 베인 역시 그렇게 말할 뿐이었다.

"그 얘긴 이미 들었어." 해그리드가 짜증스러운 듯 말했다. "좋아, 뭔가 이상한 걸 보면 꼭 알려 줘. 알았지? 그럼 우리는 이만 가 보지."

해리와 헤르미온느는 해그리드를 따라 공터를 벗어나면서 나무 때문에 시야가 가려지기 전까지 어깨 너머로 로넌과 베인을 계속 바라보았다.

"켄타우로스한테서 확실한 대답을 들을 생각은 절대 하지 마라. 망할 놈의 별만 쳐다보고 있으니까. 달보다 가까운 것에는 아무 관심이 없어." 해그리드가 화를 내며 말했다.

"저런 분들이 여기에 많이 사나요?" 헤르미온느가 물었다.

"아, 꽤 되지. 대부분 자기들끼리 지내지만, 내가 얘기를 나누고 싶어 하면 곧잘 모습을 드러내. 켄타우로스들은 아주 심오한 존재들이야. 많은 걸 알고 있지만…… 알려 주는 건 별로 없지."

"아까 그 소리도 켄타우로스가 낸 걸까요?" 해리가 물었다.

"그게 말발굽 소리처럼 들렸냐? 절대 아니야. 내 생각엔 그 소리를 낸 게 유니콘을 죽이고 있는 것 같다. 한 번도 들어 본 적 없는 소리거든."

그들은 빽빽하고 어두운 숲속을 걸어갔다. 해리는 자꾸만 초조하게 어깨 너머를 돌아보았다. 누가 지켜보는 것 같은 불쾌한 기분이 들었다. 석궁을 든 해그리드가 있어서 무척 다행이었다. 구부러진 오솔길을 막 지났을 때 헤르미온느가 해그리드의 팔을 잡았다.

"해그리드! 저기 보세요! 빨간 불꽃이에요. 다른 애들이 위험한가 봐요!"

"너희 둘은 여기서 기다려!" 해그리드가 소리쳤다. "길에서 벗어나면 안 된다. 다시 데리러 오마!"

해그리드가 숲 덤불을 짓뭉개며 멀어져 가는 소리가 들렸다. 해리와 헤르미온느는 근처 낙엽이 버스럭거리는 소리 말고는 아무 소리도 들리지 않을 때까지 잔뜩 겁에 질린 눈으로 서로를 바라보며 서 있었다.

"다치진 않았겠지?" 헤르미온느가 속삭였다.

"말포이야 어떻게 되든 상관없지만 네빌한테 무슨 일이 생기면……. 애초에 걔가 여기 오게 된 건 우리 잘못이잖아."

시간이 느리게 흘렀다. 해리와 헤르미온느는 평소보다 청각이 예민해진 것 같았다. 바람이 내쉬는 한숨과 잔가지가 우지직하는 소리 하나까지 모두 들리는 듯했다. 무슨 일이 벌어지고 있는 걸까? 다른 사람들은 어디에 있을까?

마침내 으드득하는 굉장한 소리가 해그리드가 돌아왔음을 알렸다. 말포이, 네빌, 팽도 함께 왔다. 해그리드는 화가 나서 콧김을 내뿜고 있었다. 보아하니 말포이가 장난친답시고 네빌 뒤로 몰래 다가가서 그를 와락 붙잡은 모양이었다. 그 바람에 네빌이 겁을 먹고 불꽃을 쏘아 올린 것이었다.

"그렇게 소란을 떨다니, 이젠 운이 안 따라 주면 아무것도 못 잡을 거다. 좋아, 팀을 바꾸자. 네빌, 너는 나랑 헤르미온느랑 같이 가자. 해리, 너는 팽이랑 이 멍청이랑 같이 가라. 미안하다." 해그리드는 해리에게 귓속말로 덧붙였다. "저 녀석이 장난을 치려 해도 네가 상대라면 좀 어려울 거 아니냐. 꼭 해내야만 하는 일이라서 그래."

해리는 말포이, 팽과 함께 금지된 숲 한가운데로 출발했다. 그들은 30분 가까이 숲속 더 깊은 곳으로 들어갔다. 결국 숲이 너무 우거져 길을 걷는 게 거의 불가능해졌다. 해리는 유니콘의 피가 점점 진해지는 것 같다고 생각했다. 그 불쌍한 짐승이 근처에서 고통에 몸부림쳤던 듯 어느 나무의 뿌리에는 피가 잔뜩 튀어 있었다. 아주 오래된 오크나무의 뒤얽힌 가지 사이로 공터가 보였다.

"저거 봐." 해리가 말포이를 멈춰 세우려고 팔을 뻗으며 중얼거렸다.

밝은 흰색의 무언가가 바닥에서 어슴푸레 빛나고 있었다. 두 사람은 조금씩 가까이 다가갔다.

그것은 유니콘이 틀림없었지만, 죽어 있었다. 해리는 그토록 아름답고 슬픈 존재는 본 적이 없었다. 쓰러진 자리에 기이한 각도로 뻗어 있는 길고 가느다란 다리와 거무죽죽한 낙엽 위로 진주처럼 하얗게 흐트러진 갈기.

해리는 그쪽으로 한 걸음 뗐다가 뭔가가 스르르 움직이는 소리를 듣고 그 자리에 얼어붙었다. 공터 가장자리 덤불이 살짝 움직이는가 싶더니…… 어둠 속에서 후드를 뒤집어쓴 형체가 나와 먹이를 노리는 짐승처럼 공터를 기어 오고 있었다. 해리, 말포이, 팽은 그 자리에서 꼼짝 못 하고 가만히 서 있었다. 후드를 뒤집어쓴 형체가 유니콘에게 다가가 짐승의 옆구리에 난 상처에 머리를 파묻고 그 피를 마시기 시작했다.

**"아아아아아악!"**

말포이가 무시무시한 비명을 내지르고는 쏜살같이 도망쳤다. 팽도 마찬가지였다. 후드를 뒤집어쓴 형체가 머리를 들고 해리를 똑바로 바라보았다. 그 형체의 앞쪽에서 유니콘의 피가 뚝뚝 떨어졌다. 그것이 두 발로 일어서더니 빠르게 해리 쪽으로 다가왔다. 해리는 공포에 질려 움직일 수가 없었다.

그때 한 번도 느껴 본 적 없는 날카로운 통증이 해리의 머리를 꿰뚫었다. 이마의 흉터가 타는 듯이 아팠다. 그는 반쯤 눈이 먼 채 비틀비틀 물러났다. 뒤에서 질주하는 말발굽 소리가 들리는가 싶더니 뭔가가 해리를 깔끔하게 뛰어넘어 그 형체를 향해 맹렬하게 돌진했다.

머리의 통증이 너무 심한 탓에 해리는 주저앉아 무릎을 꿇었다. 통증은 1~2분 정도 이어졌다. 고개를 들어 보니 형체는 이미 사라지고 없었다. 웬 켄타우로스가 해리를 내려다보고 있었다. 로넌도, 베인도 아니었다. 이 켄타우로스는 더 젊어 보였고, 흰색에 가까운 금발에, 팔로미노(갈기와 꼬리는 흰색이고 털은 크림색이나 황금색인 말—옮긴이)의 몸을 가지고 있었다.

"괜찮나?" 켄타우로스가 해리를 일으켜 세우며 물었다.

"네…… 고맙습니다. 근데 저게 뭐였어요?"

켄타우로스는 대답하지 않았다. 눈은 놀라울 만큼 파랬다. 마치 옅은 색 사파이어 같았다. 켄타우로스가 해리를 유심히 살펴보았다. 그의 눈길은 해리 이마에 도드라진 검푸른 흉터에 머물러 있었다.

"네가 그 포터라는 아이로구나." 켄타우로스가 말했다. "해그리드에게 돌아가는 게 좋겠다. 이 시간에 이 숲은 안전하지 않으니까. 특히 너에겐. 말을 탈 줄 아나? 그편이 더 빠를 거다. 내 이름은 피렌지다." 피렌지는 해리가 등에 올라탈 수 있도록 앞다리를 구부리며 덧붙였다.

갑자기 공터 반대편에서 더 많은 말발굽 소리가 들려왔다. 로넌과 베인이 나무들 사이에서 불쑥 튀어나왔다. 그들의 들썩거리는 몸은 온통 땀에 젖어 있었다.

"피렌지!" 베인이 쩌렁쩌렁하게 소리쳤다. "무슨 짓인가? 인간을 등에 태우다니! 부끄럽지도 않나? 자네가 비천한 노새인가?"

"이 아이가 누군지 아나?" 피렌지가 말했다. "바로 그 포터일세. 이 아이가 이 숲을 빨리 떠날수록 좋지."

"그 아이에게 무슨 얘길 하고 있었나?" 베인이 으르렁댔다. "기억하게, 피렌지. 우리는 천명에 거역하지 않기로 맹세한 존재라는 걸. 행성의 움직임을 보고 어떤 운명이 닥쳐오는지 읽지 않았나?"

로넌이 소심하게 앞발로 땅을 긁었다.

"피렌지 나름대로는 분명 좋은 뜻으로 그랬을 거야." 로넌이 우울한 목소리로 말했다.

베인이 화를 내며 뒷발질을 했다.

"좋은 뜻이라니! 그게 우리와 무슨 상관인가? 켄타우로스들과 상관있는 건 예언된 것들뿐이야! 우리 숲에 들어왔다가 길 잃은 인간들을 따라 당나귀처럼 쏘다니는 건 우리 일이 아니란 말일세!"

피렌지가 갑자기 화를 내며 뒷발을 짚고 일어서는 바람에 해리는 떨어지지 않으려고 그의 어깨를 꽉 잡아야 했다.

"저 유니콘 안 보이나?" 피렌지가 베인에게 소리쳤다. "저 유니콘이 왜 살해당했는지 모르느냔 말일세. 아니면, 행성들이 자네에게 그 비밀만은 알려 주지 않은 건가? 나는 이 숲에 도사리고 있는 그 존재와 맞설 생각이라네, 베인. 그래, 필요하다면 인간들이랑도 함께할 거야."

그러더니 피렌지는 휙 돌아섰다. 로넌과 베인을 뒤로한 채 피렌지는 그를 힘껏 붙들고 있는 해리와 함께 나무숲으로 뛰어들어 갔다.

해리는 무슨 일이 벌어지고 있는지 도무지 감을 잡을 수가 없었다.

"베인은 왜 저렇게 화를 내요?" 해리가 물었다. "그리고 아까 절 무엇한테서 구해 주신 거죠?"

피렌지는 걸음을 늦추며 해리에게 낮게 드리운 가지에 걸릴지 모르니 머리를 숙이라고 경고하면서도 해리의 질문에는 대답하지 않았다. 꽤 오랫동안 한 마디도 하지 않고 숲을 나아갔으므로 해리는 피렌지가 더 이상 이야기를 나누고 싶어 하지 않는 거라고 생각했다. 하지만 나무가 유독 빽빽하게 우거진 곳을 지날 때 피렌지가 갑자기 멈춰 섰다.

"해리 포터, 유니콘의 피가 어디에 쓰이는지 알고 있나?"

"아뇨." 이상한 질문에 깜짝 놀라며 해리가 말했다. "마법약 시간에는 유니콘 뿔이랑 꼬리털만 써 봤어요."

"그건 유니콘을 죽이는 게 말로 표현할 수 없을 만큼 끔찍한 일이기 때문이다." 피렌지가 말을 이었다. "무슨 짓을 저질러도 잃을 게 없는 자만이 그런 죄를 범할 거다. 유니콘의 피는 죽음을 눈앞에 둔 사람도 살아나게 한다. 그러나 치러야 할 대가는 가혹하지. 스스로를 구하기 위해 순수하고 무방비한 존재를 죽였으니, 그 피가 입술에 닿는 순간부터 반쪽짜리 삶, 저주받은 삶을 살게 되는 거다."

해리는 달빛을 받아 은색으로 얼룩진 피렌지의 뒤통수를 빤히 바라보았다.

"하지만 그렇게까지 절박한 사람이 있을까요?" 해리가 마음속 의문을 입 밖으로 꺼냈다. "영원히 저주받을 거라면 죽는 게 낫지 않아요?"

"그렇지." 피렌지가 동의했다. "무언가 다른 것을 얻을 때까지 시간을 버는 게 목적이 아니라면. 힘과 권능을 완전히 되찾아 줄 무언가, 영원히 죽지 않는 것을 의미하는 무언가를 얻을 때까지 말이다. 포터, 지금 이 순간 학교에 뭐가 숨겨져 있는지 아나?"

"마법사의 돌! 맞아…… 생명의 영약이 있어요! 근데 도대체 누가……."

"힘을 되찾기 위해 오랜 시간 기다려 온 자, 목숨을 억지로 부지해 온 자, 기회가 오기만을 고대하던 자가 누군지 전혀 떠오르지 않나?"

강철 주먹이 갑자기 해리의 심장을 움켜쥔 것 같았다. 나무들이 버스럭거리는 소리 너머로 처음 만난 날 밤 해그리드가 해 줬던 얘기가 다시금 들려오는 듯했다. '그자가 죽었다는 사람들도 있어. 내가 보기엔 터무니없는 소리야. 그자한테 죽음을 맞이할 만큼의 인간적인 면이 남아 있었는지조차 모르겠는데 말이야.'

"그 말은" 하고, 해리가 쉰 목소리로 입을 열었다. "볼드……."

"해리! 해리, 괜찮아?"

헤르미온느가 그들을 향해 오솔길을 달려오고 있었다. 해그리드가 그 뒤를 따라 헐떡거리면서 달려왔다.

"난 괜찮아." 자기가 무슨 말을 하는지도 모른 채 해리가 말했다. "유니콘은 죽었어요, 해그리드. 저 뒤 공터에 있어요."

"여기서 널 내려 줘야겠다." 해그리드가 허겁지겁 유니콘을 살펴보러 가자 피렌지가 나직이 말했다. "이제 안전하니."

해리는 피렌지의 등에서 미끄러져 내려왔다.

"행운을 빈다, 해리 포터." 피렌지가 말했다. "행성의 움직임을 잘못 읽는 일은 예전에도 있었다. 켄타우로스라도 말이지. 이번에도 그런 것이기를."

피렌지는 몸을 돌려, 부르르 떨고 있는 해리를 뒤로한 채 금지된 숲 깊숙한 곳으로 돌아갔다.

론은 두 사람이 돌아오기를 기다리다가 어두운 휴게실에서 잠들어 있었다. 해리가 거칠게 흔들어 깨우자 그는 퀴디치 반칙 어쩌고 하며 소리를 질렀지만, 해리가 두 사람에게 숲에서 있었던 일을 이야기하기 시작하자 금방 눈을 휘둥그렇게 떴다.

해리는 앉을 수가 없어 벽난로 앞을 왔다 갔다 했다. 아직도 몸이 떨렸다.

"스네이프는 볼드모트를 위해 그 돌을 차지하려는 거야……. 볼드모트는 금지된 숲에서 기다리고 있고……. 그런데 지금껏 스네이프가 그저 부자가 되고 싶어서 그 돌을 갖고 싶어 하는 거라고 생각했다니……."

"그 이름 말하지 마!" 볼드모트가 그들의 대화를 들을지도 모른다는 듯 론이 겁에 질린 목소리로 작게 소리쳤다.

해리 귀에는 그 말이 들리지 않았다.

"피렌지가 나를 구해 줬는데 그래선 안 되는 거였어……. 베인이 심하게 화를 냈거든……. 행성들이 예언한 일에 간섭한다느니 어쩌느니 하더라고……. 행성들이 볼드모트가 돌아온다고 예언한 게 틀림없어……. 베인은 피렌지가 볼드모트가 나를 죽이게 그냥 뒀어야 한다고 생각해……. 그 얘기도 별에 쓰여 있나 봐."

"그 이름 좀 그만 말하라고!" 론이 식식댔다.

"그러니까 이제 내가 할 일은 스네이프가 돌을 훔칠 때까지 기다리는 것뿐이야." 해리가 열띤 어조로 말을 이었다. "그럼 볼드모트가 찾아와 나를 끝장낼 수 있겠지. ……뭐, 베인은 기분 좋겠네."

헤르미온느는 무척 겁에 질린 듯했으면서도 위로의 말을 건넸다.

"해리, 다들 '그 사람'이 두려워하는 건 덤블도어 교수님뿐이라고 말하잖아. 덤블도어 교수님이 가까이 있으면 '그 사람'도 너를 건드리지 못할 거야. 그나저나, 켄타우로스들이 하는 말이 맞다고 누가 그래? 나한테는 점쟁이들이 하는 얘기처럼 들리는데. 맥고나걸 교수님은 점술이 매우 부정확한 마법 분야라고 하셨어."

그들이 대화를 멈추기도 전에 하늘이 밝아 왔다. 다들 목도 아프고 기진맥진해서 잠자리에 들었다. 하지만 그날 밤 벌어진 놀라운 일은 거기서 끝이 아니었다.

이불을 들어 올렸을 때 해리는 그 아래 깔끔하게 개어져 있는 투명 망토를 발견했다. 망토에는 쪽지 한 장이 핀으로 꽂혀 있었다.

*혹시 모르니까.*

## 16장
# 바닥의 문을 지나서

 언제라도 볼드모트가 문을 벌컥 열고 들어올지 모른다는 불안감 속에서 어떻게 시험을 치렀는지, 해리는 앞으로 몇 년이 지나더라도 기억하지 못할 것이다. 그럼에도 하루하루는 지나갔고, 복슬이가 잠긴 문 뒤에 여전히 살아 있다는 사실은 틀림이 없었다.
 엄청나게 더웠다. 필기시험을 치른 큰 교실은 특히 그랬다. 학생들은 시험 시간에 부정행위 방지 주문이 걸린 특별한 새 깃펜을 받았다.
 실기시험도 보았다. 플리트윅 교수는 학생들을 한 사람 한 사람 교실로 불러 파인애플이 탭댄스를 추며 책상 위를 이동하게 만들 수 있는지 보았다. 맥고나걸 교수는 학생들이 쥐를 코담뱃갑으로 바꿔 놓는 것을 지켜보았다. 담뱃갑 모양이 얼마나 예쁘냐에 따라 점수가 주어졌는데, 혹 수염이 남아 있으면 감점이었다. 스네이프는 건망증 물약 만드는 방법을 떠올리려고 애쓰는 학생들을 목덜미에 숨이 닿을 정도로 가까이에서 내려다보며 모두를 긴장하게 만들었다.

해리는 숲으로 다녀온 짧은 모험 이후 찌르는 듯한 이마의 통증을 무시하려고 최선을 다했다. 네빌은 해리가 좀처럼 잠들지 못하는 것을 보고 시험 때문에 불안한가 보다 생각했지만, 사실 해리는 전에 꾸던 악몽 탓에 자꾸 깨는 것이었다. 후드를 뒤집어쓰고 피를 뚝뚝 흘리는 형체까지 등장하는 바람에 꿈은 더 끔찍해졌다.

해리가 금지된 숲에서 본 것을 못 본 탓인지도 모르고 이마에 타는 듯한 흉터가 없기 때문인지도 모르지만, 론과 헤르미온느는 해리만큼 마법사의 돌을 걱정하진 않는 듯했다. 볼드모트에 대한 생각은 분명 그 둘에게도 공포를 선사했지만, 그렇다고 그들의 꿈에 볼드모트가 계속 나타나는 것은 아니었다. 게다가 그들은 시험공부를 하느라 스네이프든 누구든 무슨 일을 저지를지 모른다고 조바심할 겨를도 없었다.

마지막 시험 과목은 마법의 역사였다. 내용물을 저절로 젓는 솥단지를 발명한 늙은 괴짜 마법사에 관한 문제를 한 시간 풀고 나면 드디어 자유의 몸이 되어, 시험 결과가 나오기 전까지 신나는

1주일을 보낼 수 있었다. 빈스 교수의 유령이 깃펜을 내려놓고 양피지를 둘둘 말라고 했을 때, 해리는 다른 아이들과 함께 환호성을 지르고 싶은 마음을 억누를 수가 없었다.

"생각했던 것보다 훨씬 쉬웠어." 햇빛이 내리쬐는 교정으로 쏟아져 나오는 아이들 무리에 끼며 헤르미온느가 말했다. "1637년 늑대인간 행동 강령이나 열성분자 엘프릭의 반란은 공부할 필요도 없었던 거야."

헤르미온느는 시험이 끝날 때마다 답안지를 살펴보고 싶어 했지만 론이 그 때문에 몸이 아픈 것 같다고 했으므로 셋은 한가로이 호숫가로 걸어가 나무 아래 털썩 주저앉았다. 위즐리 쌍둥이와 리 조던이 따뜻한 모래톱에 나와 햇볕을 쬐는 대왕오징어의 촉수를 간지럼 태우고 있었다.

"시험공부는 이제 끝이다." 론이 행복한 듯 한숨을 쉬며 잔디밭 위에서 기지개를 켰다. "좀 더 신나는 표정을 지어 봐, 해리. 적어도 1주일은 지나야 시험을 얼마나 망쳤는지 알 수 있잖아. 벌써부터 걱정할 필요 없어."

해리는 계속해서 이마를 문질렀다.

"이게 무슨 뜻인지 알았으면 좋겠다!" 해리는 화난 듯 내뱉었다. "흉터가 계속 아파. 전에도 이런 적이 있지만 지금처럼 자주 아팠던 적은 없어."

"폼프리 선생님한테 가 봐." 헤르미온느가 제안했다.

"난 병에 걸린 게 아냐." 해리가 말했다. "어떤 경고인 것 같아. 위험이 다가오고 있다는……."

론은 그다지 심각하게 생각하지 않았다. 그러기에는 날이 너무 더웠다.

"해리, 진정해. 헤르미온느 말이 맞아. 덤블도어 근처에 있는 한 그 돌은 안전할 거야. 게다가 스네이프가 복슬이를 지나가는 방법을 알아냈다는 증거도 없잖아. 아무리 스네이프라도 다리가 한 번 뜯겨 나갈 뻔했는데 성급하게 다시 시도하려 들지는 않을 거야. 그리고 해그리드가 덤블도어의 믿음을 저버리는 것보다 네빌이 잉글랜드 퀴디치 대표 선수가 될 가능성이 더 클걸."

해리는 고개를 끄덕였지만 뭔가 중요한 일을 잊어버린 것 같은 찜찜한 기분을 떨칠 수 없었다. 그런 느낌을 설명하려고 하자 헤르미온느가 말했다. "그냥 시험 때문이야. 나도 어젯밤에 깨서 변환 마법 필기를 공부하고 있는데, 그제야 변환 마법 시험을 이미 봤다는 게 생각나더라니까."

하지만 해리의 불안한 기분은 확실히 공부와는 관련이 없었다. 그는 부엉이 한 마리가 부리에 편지를 물고 화창하게 푸른 하늘을 가로질러 학교를 향해 퍼덕퍼덕 날아가는 모습을 지켜보았다. 해리에게 편지를 보내는 사람은 해그리드뿐이었다. 해그리드는 절대로 덤블도어를 배신하지 않을 것이다. 해그리드는 누구에게도 복슬이를 지나가는 방법을 말해 주지 않을 것이다……. 절대로……. 그런데…….

해리는 갑자기 자리에서 일어났다.

"어디 가려고?" 론이 졸린 듯 물었다.

"막 생각난 게 있어." 해리가 말했다. 그의 얼굴이 하얗게 질려 있었다. "해그리드를 만나야 해, 지금 당장."

"왜?" 헤르미온느가 허겁지겁 해리를 따라잡느라 숨을 헐떡였다.

"좀 이상하지 않아?" 해리가 풀로 뒤덮인 비탈길을 빠르게 걸어가며 말했다. "해그리드가 무엇보다도 갖고 싶어 하던 게 용인데, 우연히 용의 알을 가진 어떤 낯선 사람이 나타났다? 마법사 법을 어기고 용의 알을 갖고 돌아다니는 사람이 얼마나 되겠어? 아주 운이 좋지 않고서야 그런 사람이 우연히 해그리드를 만날 수는 없잖아. 안 그래? 전에는 왜 이 생각을 못 했지?"

"도대체 무슨 소리야?" 론이 물었지만 해리는 금지된 숲을 향해 전속력으로 교정을 가로지르느라 대답하지 않았다.

해그리드는 집 바깥에 있는 안락의자에 앉아 바지와 소매를 걷어 올린 채 커다란 그릇에 완두콩을 까 넣고 있었다.

"어이." 해그리드가 웃으며 말했다. "시험 끝났냐? 차 한잔할래?"

"네, 주세요." 론이 말했지만 해리가 끼어들었다.

"아뇨, 좀 급해서요. 해그리드, 여쭤 볼 게 있어요. 내기에서 노버트를 얻은 날 밤 있죠? 그때 아저씨랑 카드놀이를 한 낯선 사람, 어떻게 생겼어요?"

"몰라." 해그리드가 별생각 없이 말했다. "망토를 벗지 않으려고 했거든."

해그리드는 세 사람의 충격받은 표정을 보고 눈썹을 치켜올렸다.

"그렇게 이상한 일은 아냐. 별의별 웃긴 친구들이 많이 오거든, 호그스 헤드(Hog's Head, '수퇘지 머리'라는 뜻—옮긴이)에는. 그러니까, 마을에 있는 술집 말이야. 용을 팔러 다니는 사람일지도 모르잖아? 얼굴은 보지 못했어. 망토에 달린 후드를 쭉 뒤집어쓰고 있었으니까."

해리는 완두콩 그릇 옆에 맥없이 주저앉았다.

"그 사람이랑 무슨 얘기 했어요, 해그리드? 호그와트 얘기를 조금이라도 하셨어요?"

"얘기가 나왔겠지." 해그리드가 기억을 떠올리느라 이마를 찌푸리며 말했다. "그래…… 나더러 무슨 일을 하냐고 묻길래 여기서 숲지기를 한다고 말해 줬고…… 내가 돌보는 생물들에 대해 묻길래…… 말해 줬지. 옛날부터 용이 정말 갖고 싶었다는 얘기도 했고…… 그다음엔…… 기억이 잘 안 나네. 그 사람이 계속 술을 샀거든. 가만있자……. 그래, 그러다가 그 사람이 자기가 용의 알을 갖고 있다면서, 원한다면 그 알을 걸고 카드놀이를 하자더구나. 하지만 내가 용을 다룰 수 있는지 먼저 확인하려고 했어. 아무 데나 보낼 수는 없다면서. 그래서 내가 그랬지. 복슬이도 길러 봤는데 용쯤이야 쉽다고……."

"그래서, 그 사람이…… 그 사람이 복슬이한테 관심을 보이는 것 같았어요?" 해리는 침착한 목소리를 유지하려고 애쓰며 물었다.

"뭐…… 그랬지. 아무리 근처에 호그와트가 있다지만, 머리 셋 달린 개를 얼마나 봤겠니? 그래서 내가 말해 줬지. 진정시키는 방법만 알면 복슬이 돌보는 건 식은 죽 먹기라고, 음악을 조금 들려주기만 하면 바로 곯아떨어진다고……."

해그리드는 갑자기 겁에 질린 듯 보였다.

"너희한테 이 얘기를 해선 안 되는데!" 해그리드가 무심코 내뱉었다. "내가 한 말은 잊어버려라! 이봐, 어디들 가냐?"

해리, 론, 헤르미온느는 현관홀에 멈춰 설 때까지 서로 한 마디도 하지 않았다. 바깥에 있다가 들어와서인지 현관홀은 아주 썰렁하고 어두워 보였다.

"덤블도어 교수님한테 가야 돼." 해리가 말했다. "해그리드가 그 낯선 사람한테 복슬이를 지나가는 방법을 말해 줬다잖아. 후드를 뒤집어쓰고 있던 사람은 스네이프거나 볼드모트였을 거야. 해그리드를 취하게 만들었으니 속이기 쉬웠겠지. 덤블도어 교수님이 우리 얘기를 믿어 주기만 바랄 뿐이야. 베인이 못하게 하지만 않으면 피렌지가 우리 얘기를 거들어 줄 수도 있을 텐데. 덤블도어 교수님 방이 어디지?"

그들은 맞는 방향을 가리키는 표지판이라도 찾으려는 듯 주위를 둘러보았다. 셋은 여태까지 덤블도어가 어디에 사는지도 들은 적 없었고, 누가 덤블도어에게 불려 간 적이 있는지도 알지 못했다.

"그냥 우리가……." 해리가 입을 열었지만, 갑자기 복도 건너편에서 어떤 목소리가 울렸다.

"너희 셋은 여기서 뭐 하는 거지?"

높이 쌓아 올린 책 더미를 들고 가던 맥고나걸 교수였다.

"덤블도어 교수님을 뵙고 싶어서요." 헤르미온느가 말했다. 꽤 용감한 행동이라고, 해리와 론은 생각했다.

"덤블도어 교수님을 뵙고 싶다고?" 맥고나걸 교수가 그 말을 따라 했다. 그런 일을 하고 싶어 하는 것 자체가 굉장히 수상쩍다는 듯했다. "왜?"

해리가 침을 꿀꺽 삼켰다. ……이제 어쩌지?

"그건 비밀인데요." 해리는 그렇게 말해 놓고 곧바로 후회했다. 맥고나걸 교수의 콧구멍에서 불길이 뿜어 나오는 듯했기 때문이다.

"덤블도어 교수님은 10분 전에 떠나셨다." 맥고나걸 교수가 차갑게 말했다. "마법 정부에서 급하게 부엉이를 보내서 곧바로 런던으로 날아가셨어."

"떠나셨다고요?" 해리가 몹시 흥분해서 말했다. "지금요?"

"덤블도어 교수님은 대단한 마법사시다, 포터. 그분이 시간을 내서 해결해야 하는 일이 한두……."

"하지만 중요한 일이에요."

"네가 말하려는 게 마법 정부 일보다도 중요하다는 거냐, 포터?"

"저, 교수님……." 해리가 과감하게 입을 열었다. "마법사의 돌에 관한 일이에요……."

맥고나걸 교수가 어떤 대답을 기대했는지는 몰라도 방금 그가 한 말은 아닌 게 분명했다. 들고 있던 책들이 품에서 굴러떨어졌는데도 그녀는 집어 들지 않았다.

"그걸 어떻게……?" 맥고나걸 교수는 당황했는지 식식거리는 소리를 냈다.

"교수님, 제 생각에는…… 아니, 확실해요. 스네…… 누군가가 그 돌을 훔치려 하고 있어요. 덤블도어 교수님께 말씀드려야 해요."

맥고나걸 교수가 충격과 의심이 뒤섞인 눈길로 그들을 바라보았다.

"덤블도어 교수님은 내일 돌아오실 거다." 마침내 그녀가 말했다.

"어쩌다 그 돌에 대해 알게 됐는지는 모르지만 마음 놓거라. 그걸 훔칠 수 있는 사람은 아무도 없어. 아주 잘 지켜지고 있으니까."

"하지만 교수님……."

"포터, 잘 아니까 하는 얘기다." 맥고나걸 교수가 딱 잘라 말했다. 그녀는 몸을 구부려 떨어진 책들을 주워 모았다. "너희 모두 밖에 나가서 햇볕이라도 쬐는 게 좋겠구나."

하지만 그들은 그러지 않았다.

"오늘 밤이야." 맥고나걸 교수가 말소리가 들리지 않는 곳까지 멀어졌다는 확신이 들자마자 해리가 말했다. "스네이프는 오늘 밤 그 문 아래로 내려갈 거야. 필요한 건 전부 알아낸 데다가 이제 덤블도어 교수님까지 보내 버렸잖아. 편지를 보낸 것도 스네이프일 거야. 덤블도어 교수님이 나타나면 마법 정부에서도 깜짝 놀랄걸."

"하지만 그렇다고 우리가 뭘……."

헤르미온느가 숨을 헉 들이켰다. 해리와 론이 휙 돌아보았다.

스네이프가 거기 서 있었다.

"안녕." 스네이프가 담담하게 말했다.

셋은 스네이프를 뚫어지게 바라보았다.

"이런 날 안에만 있으면 안 되지." 스네이프가 기이하게 일그러진 미소를 띠고 말했다.

"저희는……." 무슨 말을 해야 할지 갈피를 잡지 못한 채 해리가 입을 열었다.

"좀 더 조심하는 게 좋을 거다." 스네이프가 말했다. "이런 식으로 몰려다니면 다들 너희가 무슨 수작이라도 꾸미는 줄 알 테니까. 그리핀도르는 지금보다 더 점수가 깎일 여유가 없을 텐데?"

해리는 얼굴을 붉혔다. 셋은 밖으로 나가려고 몸을 돌렸지만, 스네이프가 그들을 다시 불러 세웠다.

"경고했다, 포터. 더 이상 밤에 돌아다녔다간 내가 직접 나서서 널 퇴학시키고 말겠다. 잘 가라."

스네이프는 교무실이 있는 방향으로 성큼성큼 멀어져 갔다.

바깥의 돌계단 위에서 해리는 다른 두 사람을 돌아보았다.

"그래, 이렇게 하면 돼." 해리가 다급하게 속삭였다. "우리 중 한 명은 스네이프를 감시해야 돼. 교무실 앞에서 지키고 있다가, 스네이프가 나오면 뒤따라가는 거야. 헤르미온느, 네가 하는 게 좋겠다."

"왜 나야?"

"뻔하잖아." 론이 말했다. "너는 플리트윅 교수님을 기다리는 척할 수 있으니까 그렇지." 론이 목소리 톤을 높였다. "아, 플리트윅 교수님, 너무 걱정돼서요, 14-b번 문제를 틀린 것 같은데……."

"아, 닥쳐." 헤르미온느는 그렇게 말하면서도, 자기가 가서 스네이프를 지켜보겠다고 했다.

"우리는 4층 복도로 들어가는 문 앞에 있는 게 좋을 것 같아." 해리가 론에게 말했다. "가자."

하지만 그 계획은 실현되지 않았다. 복슬이가 교내의 다른 곳으로 나오지 못하도록 막아 둔 문에 다다르기 무섭게 맥고나걸 교수가 다시 나타난 것이다. 이번에 그녀는 참지 못하고 화를 냈다.

"한 무더기의 주문보다 너희를 지나가기가 더 어렵다고 생각하는 모양이지!" 맥고나걸 교수가 마구 몰아쳤다. "쓸데없는 짓 그만두거라! 너희가 또 이 근처에 얼씬거린다는 얘기가 들리면 그리핀도르는 50점이 더 깎일 테니까! 그래, 위즐리. 내 기숙사라도 말이야!"

해리와 론은 휴게실로 돌아갔다. 해리가 막 "그래도 헤르미온느가 스네이프의 뒤를 밟고 있잖아"라고 말한 순간 뚱뚱한 귀부인 초상화가 홱 열리더니 헤르미온느가 들어왔다.

"미안해, 해리!" 헤르미온느는 울부짖다시피 했다. "스네이프가 나와서 나더러 뭘 하느냐길래 플리트윅 교수님을 기다리고 있다고 했더니 직접 가서 교수님을 데려온 거야. 물러날 수밖에 없었어. 스네이프가 어디로 갔는지는 모르겠어."

"뭐, 그럼 어쩔 수 없네. 그렇지?" 해리가 말했다.

두 사람은 해리를 뚫어지게 바라보았다. 해리의 얼굴색은 창백했지만 두 눈은 반짝거리고 있었다.

"난 오늘 밤 나가서 스네이프보다 먼저 돌을 손에 넣을 거야."

"너 미쳤구나!" 론이 말했다.

"그럴 수는 없어!" 헤르미온느가 말했다. "맥고나걸 교수님이랑 스네이프가 뭐라고 했니? 그러다 퇴학당할 거야!"

"**그래서 뭐?**" 해리가 소리쳤다. "이해가 안 가? 스네이프가 그 돌을 손에 넣으면 볼드모트가 돌아올 거야! 볼드모트가 이 세상을 정복하려고 했을 때 무슨 일이 벌어졌는지 못 들었어? 퇴학이고 뭐고 아예 호그와트가 없어질 거야! 볼드모트가 학교를 박살 내거나, 아니면 어둠의 마법을 가르치는 학교로 바꿔 놓겠지! 점수를 잃는 건 더 이상 중요하지 않다고. 모르겠어? 그리핀도르가 기숙사 우승컵을 차지하면 볼드모트가 너랑 너희 가족을 안 건드릴 것 같아? 그 돌을 손에 넣기 전에 들키면, 뭐, 더즐리네로 돌아가서 볼드모트가 날 찾아낼 때까지 기다려야겠지. 그래 봤자 조금 늦게 죽는 것뿐이야. 난 절대 어둠의 편으로 넘어가지 않을 테니까! 나는 오늘 밤 그 문 아래로 내려갈 거야. 너희가 무슨 말을 하든 날 막진 못해! 볼드모트는 우리 부모님을 죽였어. 잊은 거야?"

해리는 두 사람을 쏘아보았다.

"네 말이 맞아, 해리." 헤르미온느가 조그만 목소리로 말했다.

"투명 망토를 쓸 거야." 해리가 말했다. "이걸 되찾아서 정말 다행이야."

"그런데 우리 셋 다 쓸 수 있을까?" 론이 말했다.

"우리…… 셋 다?"

"아, 집어치워. 우리가 너 혼자 가게 둘 것 같아?"

"당연히 안 되지." 헤르미온느가 기운차게 말했다. "우리 없이 돌 있는 데까지 어떻게 가려고? 가서 책이라도 훑어봐야겠다. 쓸 만한 게 있을지도 모르니까……."

"하지만 잡히면 너희도 퇴학당하고 말 거야."

"내가 끼면 아닐걸." 헤르미온느가 단호하게 말했다. "플리트윅 교수님이 살짝 말해 주셨는데, 내가 교수님 과목 시험 성취도를 100하고도 20퍼센트나 달성했대. 그런 학생을 쫓아낼 리 없잖아."

저녁 식사를 마친 뒤 세 사람은 휴게실에서 다른 아이들과 떨어져서 초조하게 앉아 있었다. 누구도 그들을 신경 쓰지 않았다. 어쨌든, 그리핀도르 학생 중 해리에게 말을 거는 사람은 아무도 없었다. 그 때문에 속상하지 않은 건 오늘 밤이 처음이었다. 헤르미온느는 그들이 상대하고 깨뜨려야 할 마법에 관한 것이 하나라도 걸려들길 바라는 마음에, 지금까지 해 온 필기를 전부 훑어보고 있었다. 해리와 론은 별로 말을 하지 않았다. 둘 다 이제 곧 해야 할 일을 생각하고 있었다.

아이들이 하나둘 침실로 떠나자 휴게실은 천천히 비어 갔다.

"투명 망토를 가져와야겠다." 마지막으로 리 조던이 기지개를 켜고 하품을 하며 자리에서 일어나자 론이 중얼거렸다. 해리는 어두운 기숙사 침실로 달려 올라갔다. 투명 망토를 끄집어낸 그의 시선이 해그리드가 크리스마스 선물로 준 피리로 향했다. 해리는 피리를 챙겼다. 복슬이를 재우려면 음악을 들려줘야 하는데, 노래를 부르고 싶은 기분은 전혀 들지 않았기 때문이다.

해리는 다시 휴게실로 달려갔다.

"여기서 걸치는 게 좋겠어. 우리 셋 다 가릴 수 있는지 확인해야지. 우리 중 한 사람이라도 발만 덩그러니 돌아다니다가 필치 눈에 띄면……."

"뭐 하는 거야?" 휴게실 구석에서 어떤 목소리가 들려왔다. 네빌이 두꺼비 트레버를 꽉 쥔 채 안락의자 뒤에서 모습을 드러냈다. 트레버가 또 한 번 자유를 위한 탈출을 감행한 모양이었다.

"아냐, 네빌. 아무것도." 해리가 투명 망토를 얼른 등 뒤로 숨기며 말했다.

네빌은 뭔가 찔리는 듯한 세 사람의 얼굴을 뚫어지게 바라보았다.

"또 나가려는 거구나." 네빌이 말했다.

"아냐, 아냐, 아냐." 헤르미온느가 말했다. "아냐. 안 나가. 자러 안 가니, 네빌?"

해리는 문 옆에 있는 괘종시계를 바라보았다. 더 이상 낭비할 시간이 없었다. 어쩌면 지금 이 순간 스네이프가 음악을 연주해서 복슬이를 잠재우고 있을지 몰랐다.

"나가면 안 돼." 네빌이 말했다. "너희는 또 붙잡힐 거야. 그리핀도르는 점수가 더 깎일 테고."

"넌 몰라." 해리가 말했다. "이건 중요한 일이야."

하지만 네빌은 뭔가 절박한 사람처럼 마음을 단단히 먹은 게 틀림없었다.

"내가 못 가게 막을 거야." 네빌이 재빨리 초상화 구멍을 막아서며 말했다. "내가…… 내가 싸워서라도 막을 거야!"

"*네빌*." 론이 분통을 터뜨렸다. "저리 비켜. 멍청하게 굴지 말고."

"나한테 멍청이라고 하지 마!" 네빌이 말했다. "난 너희가 더 이상 교칙을 어겨서는 안 된다고 생각해! 그리고 사람들한테 맞서야 한다고 말한 건 바로 너잖아!"

"그래, 근데 우리한테 맞서라는 얘기는 아니었지." 론이 잔뜩 화가 나서 말했다. "네빌, 넌 지금 네가 무슨 짓을 하고 있는지 몰라."

론이 앞으로 한 발짝 내딛자 네빌은 두꺼비 트레버를 떨어뜨렸다. 트레버는 보이지 않는 곳으로 폴짝폴짝 뛰어가 버렸다.

"그래, 그럼 어디 때려 봐!" 네빌이 두 주먹을 들어 올리며 말했다. "난 준비됐어!"

해리가 헤르미온느에게 눈을 돌렸다.

"뭐라도 좀 해 봐." 해리가 절박하게 말했다.

헤르미온느가 앞으로 나섰다.

"네빌." 헤르미온느가 말했다. "정말, 진심으로 미안해."

헤르미온느는 지팡이를 들어 올렸다.

"*페트리피쿠스 토탈루스!*" 헤르미온느가 네빌을 가리키며 소리쳤다.

네빌의 두 팔이 양 옆구리에 딱 붙었다. 두 다리도 서로 달라붙었다. 네빌은 몸 전체가 딱딱하게 굳은 채 그 자리에서 휘청거리더니 널빤지처럼 뻣뻣해져서는 앞으로 넘어졌다.

헤르미온느가 달려가 네빌의 몸을 뒤집었다. 네빌은 턱이 딱 다물려 있었으므로 말을 할 수 없었다. 오직 겁에 질려 그들을 바라보는 두 눈만 움직일 뿐이었다.

"뭘 한 거야?" 해리가 목소리를 낮추고 물었다.

"전신 묶기 저주야." 헤르미온느가 비참한 듯 말했다. "미안, 네빌. 정말 미안해."

"어쩔 수 없었어, 네빌. 설명할 시간이 없어." 해리가 말했다.

"나중에 알게 될 거야, 네빌." 그들이 네빌을 넘어가 투명 망토를 뒤집어썼을 때 론이 말했다.

하지만 네빌을 꼼짝 못 하게 바닥에 내버려 둔 건 그리 좋은 징조가 아니었다. 긴장되다 보니 온갖 조각상의 그림자가 필치처럼 보였고, 멀찍이서 불어오는 바람의 숨결도 피브스가 휙 덮치는 소리로만 들렸다.

첫 번째 계단 아래 도착한 그들은 계단 꼭대기를 살금살금 돌아다니는 노리스 부인을 발견했다.

"한 번만 걷어차 보자. 딱 한 번만." 론이 해리의 귀에 대고 속삭였지만 해리는 고개를 저었다. 조심스럽게 그 곁을 지날 때 노리스 부인은 등불 같은 두 눈을 그들 쪽으로 돌렸지만 아무런 행동도 하지 않았다.

셋은 4층으로 올라가는 계단에 도착할 때까지 누구와도 마주치지 않았다. 계단 중간에서 피브스가 사람들을 넘어뜨리려고 카펫을 헐겁게 만드느라 위아래로 흔들거리고 있었다.

"거기 누구야?" 그들이 다가가자 피브스가 갑자기 말했다. 그는 사악하고 검은 눈을 가늘게 떴다. "안 보이지만 거기 있는 거 알아. 굴(본래 아라비아 신화에 나오는 식인 괴물이지만, 해리 포터 세계에서는 다락 또는 헛간에 살면서 벌레나 가축을 잡아먹으며 이따금 소음을 내는 조금 친근한 괴물로 나온다—옮긴이)이냐, 유령이냐, 애송이 학생 녀석이냐?"

피브스는 공중으로 둥실둥실 떠올라 눈을 가늘게 뜨고 아이들

쪽을 바라보았다.

"필치를 불러야겠네, 불러야겠어. 뭔가 보이지 않는 게 살금살금 돌아다니고 있으니까 말이야."

해리에게 문득 좋은 생각이 떠올랐다.

"피브스." 해리가 쉰 목소리로 속삭였다. "피투성이 남작이 모습을 숨기는 데는 나름대로 이유가 있는 법이다."

피브스는 깜짝 놀라 하마터면 공중에서 떨어질 뻔했다. 피브스는 간신히 자세를 바로잡고, 계단에서 겨우 30센티미터쯤 떠서 맴돌았다.

"정말 죄송합니다, 피가 흥건하신 남작 나리." 피브스가 간드러지는 목소리로 말했다. "제 실수입니다, 제 실수요. 나리를 알아뵙질 못했습니다. 당연히 못 알아뵀지요, 나리께서 눈에 보이지 않으시니까요. 부디 이 피브스 놈의 가벼운 장난을 용서해 주세요."

"나는 여기에서 할 일이 있다, 피브스." 해리가 꺽꺽거리며 말을 이었다. "오늘 밤에는 이 근처에 오지 말라."

"그러겠습니다, 나리. 분부대로 합지요." 피브스가 공중으로 다시 날아오르며 말했다. "하시려는 일 모두 이루시길 바랍니다, 나리. 이놈은 방해하지 않겠습니다."

피브스는 신속히 자리를 떴다.

"똑똑한데, 해리!" 론이 감탄한 듯 말했다.

잠시 후 그들은 목적지인 4층 복도 바로 앞에 도착했다. 문이 이미 조금 열려 있었다.

"자, 저것 좀 봐." 해리가 나직이 말했다. "스네이프가 벌써 복슬이를 지나갔어."

문이 열린 것을 보자 세 사람 모두 뭘 맞닥뜨리게 될지 실감이 나는 것 같았다. 투명 망토 아래서 해리는 다른 두 사람을 돌아보았다.

"돌아가고 싶다면 돌아가. 원망하지 않을게." 해리가 말했다. "투명 망토 가져가도 돼. 나한텐 이제 필요 없으니까."

"멍청한 소리 하지 마." 론이 말했다.

"우리도 갈 거야." 헤르미온느가 말했다.

해리는 문을 확 밀어 젖혔다.

문이 삐걱대자 낮게 으르렁거리는 소리가 들려왔다. 복슬이는 그들을 볼 수 없는데도 코 세 개를 전부 그들이 있는 곳으로 향한 채 미친 듯이 킁킁거렸다.

"발밑에 있는 게 뭐지?" 헤르미온느가 속삭였다.

"하프 같은데." 론이 말했다. "스네이프가 저기에 두고 갔나 봐."

"연주를 멈추면 바로 깨어날 거야." 해리가 말했다. "자, 시작한다……."

해리는 해그리드가 준 피리를 입에 대고 불었다. 사실 음악이라고 할 만한 것도 아니었지만, 첫 음이 들리자마자 짐승의 눈이 감기기 시작했다. 해리는 거의 숨도 안 쉬고 피리를 불었다. 개의 으르렁거림이 천천히 멈췄다. 개는 비틀거리다가 무릎을 꿇었고 다음 순간 바닥에 털썩 쓰러져 순식간에 잠들어 버렸다.

"계속 불어." 론이 해리에게 경고하듯 말했다. 그들은 투명 망토를 슬쩍 벗은 다음 바닥에 난 문으로 살금살금 다가갔다. 거대한 머리 가까이 가자 뜨겁고 냄새 나는 숨결이 느껴졌다.

"문을 잡아당기면 열릴 거야." 론이 개의 등 너머를 바라다보며 말했다. "너 먼저 갈래, 헤르미온느?"

"아니, 싫어!"

"알겠어." 론은 이를 악물고 조심스럽게 개의 다리를 넘어갔다. 론이 허리를 숙이고 문고리를 잡아당기자 문은 위쪽으로 홱 열렸다.

"뭐가 보여?" 헤르미온느가 불안한 듯 물었다.

"아무것도 안 보여……. 그저 새카매. 내려가는 길이 없어. 그냥 뛰어내려야 할 것 같아."

그때까지도 피리를 불고 있던 해리가 손을 흔들어 론의 주의를 끌며 자신을 가리켰다.

"네가 먼저 가겠다고? 정말이야?" 론이 말했다. "얼마나 깊은지 모르겠어. 피리는 헤르미온느한테 넘겨. 저 개를 계속 재워야 하니까."

해리가 피리를 넘겨주었다. 겨우 몇 초의 정적이 흐르는 사이 개는 으르렁대며 움찔거렸지만, 헤르미온느가 피리를 불기 시작하자 다시 깊은 잠에 빠져들었다.

해리는 개를 타 넘어가서 문 아래를 내려다보았다. 바닥이 있을 것 같지도 않았다.

해리는 구멍으로 들어가 손가락 끝으로 간신히 매달렸다. 그런 다음 론을 올려다보며 말했다. "만약 나한테 무슨 일이 생기면, 따라오지 마. 바로 부엉이장으로 가서 덤블도어 교수님한테 헤드위그를 보내. 알았지?"

"알았어." 론이 말했다.

"좀 이따 보자, 꼭……."

그리고 해리는 손을 놓았다. 차갑고 축축한 공기를 뚫고 해리는 아래로, 아래로, 아래로 떨어져 내렸다…….

**털썩.** 희한하게도 희미한 쿵 소리와 함께 해리는 뭔가 부드러운 것 위에 내려앉았다. 아직 눈이 어둠에 익숙해지지 않았으므로 해리는 똑바로 앉아 주위를 더듬거렸다. 꼭 어떤 식물 비슷한 것 위에 앉아 있는 것 같았다.

"괜찮아!" 해리는 우표 크기의 빛 조각처럼 보이는 열린 문을 향해 소리쳤다. "바닥이 푹신푹신해. 뛰어내려도 돼!"

론이 곧바로 따라왔다. 그는 팔다리를 뻗은 채 해리 옆에 떨어졌다.

"이건 뭐야?" 론이 처음으로 한 말이었다.

"몰라, 무슨 식물 같은데. 떨어질 때 충격을 막으려고 여기에 둔 것 같아. 빨리 와, 헤르미온느!"

멀리서 들리던 음악 소리가 멈췄다. 개 짖는 소리가 요란하게 들려왔지만 헤르미온느는 이미 뛰어내린 뒤였다. 헤르미온느는 해리의 맞은편에 떨어졌다.

"학교에서 몇 킬로미터는 내려왔나 봐." 헤르미온느가 말했다.

"이런 식물이 여기 있어서 다행이다, 정말." 론이 말했다.

"*다행이라고!*" 헤르미온느가 새된 비명을 질렀다. "너희 둘 다 몸을 좀 봐!"

헤르미온느가 벌떡 일어나더니 기를 쓰고 축축한 벽으로 향했다. 떨어진 순간 그 식물이 뱀 같은 덩굴손으로 헤르미온느의 발목을 휘감기 시작했던 것이다. 해리와 론은 눈치챌 새도 없이 이미 다리가 기다란 덩굴로 꽉 묶여 버렸다.

헤르미온느는 식물에게 꼼짝없이 붙잡히기 직전에야 간신히 풀려났다. 그녀는 이제 겁에 질린 눈으로 두 소년이 그 식물에게서 벗어나려고 발버둥치는 모습을 지켜보고 있었다. 하지만 해리와 론이 저항할수록 식물은 더 단단하고 더 빠르게 그들을 휘감았다.

"움직이지 마!" 헤르미온느가 소리쳤다. "나 이거 뭔지 알아. 악마의 덫이야!"

"아, 그래, 이 식물의 이름을 알게 돼서 정말로 기쁘다. 엄청나게 도움이 되네." 론이 몸을 뒤로 젖힌 채 목을 휘감으려는 식물을 막으려고 애쓰며 씩씩거렸다.

"조용히 좀 해, 없애는 방법을 떠올리려는 중이니까!" 헤르미온느가 말했다.

"그럼 좀 서둘러 줘. 숨을 못 쉬겠거든!" 해리가 가슴을 휘감은 식물과 몸싸움을 하며 헐떡거렸다.

"악마의 덫, 악마의 덫…… 스프라우트 교수님이 뭐라고 했더라? 어둡고 습한 곳을 좋아하고……."

"그럼 불을 피워!" 해리가 숨 막히는 듯 소리쳤다.

"그래…… 당연히 불을 피워야지. 근데 장작이 없잖아!" 헤르미온느가 양손을 꽉 맞잡고 소리쳤다.

"**너 정신 나갔냐?**" 론이 소리쳤다. "**네가 마법사 아니면 뭔데?**"

"아, 맞다!" 헤르미온느가 지팡이를 핵 꺼내 휘두르며 무언가를 중얼거리자, 스네이프에게 썼던 것과 같은 푸른색 불꽃이 식물을 향해 튀어나갔다. 잠시 후 두 소년은 식물이 빛과 온기를 피해 움츠러들면서 덩굴손이 느슨하게 풀어지는 것을 느꼈다. 악마의 덫이 꿈지럭거리고 마구 몸을 비틀며 저절로 떨어진 뒤에야 해리와 론은 풀려날 수 있었다.

"네가 약초학 수업을 잘 들어 둬서 다행이다, 헤르미온느." 해리가 얼굴에 맺힌 땀을 닦으며 헤르미온느가 서 있는 벽 쪽으로 가면서 말했다.

"그러게." 론이 말했다. "그리고 위기 상황에서 해리가 제정신을 지킨 것도 다행이고. '장작이 없잖아'라니, *진짜 무슨*."

"이쪽이야." 해리가 돌로 된 통로를 가리켰다. 앞으로 나아가는 유일한 길이었다.

세 사람이 내는 발소리를 빼면 물방울이 벽을 타고 부드럽게 똑똑 흐르는 소리만 들려올 뿐이었다. 통로는 밑으로 경사져 있었다. 해리는 그린고츠를 떠올렸다. 심장이 불쾌하게 철렁하면서, 용들이 마법사 은행의 금고를 지키고 있다는 얘기가 떠올랐다. 용, 그것도 다 자란 용을 만나기라도 하면…… 노버트만 해도 충분히 힘들었는데…….

"무슨 소리 안 들려?" 론이 속삭였다.

해리는 귀를 기울였다. 머리 위에서 뭔가 부드럽게 바스락거리고 딸랑거리는 소리가 들려오는 것 같았다.

"유령일까?"

"모르겠어……. 날갯짓하는 소리 같은데."

"앞에 불빛이 있어. 뭐가 움직이는 게 보인다."

그들이 통로 끝에 다다르자 찬란하게 불이 밝혀진 방이 나타났다. 그 방의 천장은 머리 위 저 높은 곳에서 아치를 이루고 있었다. 방에는 보석처럼 빛나는 작은 새들이 가득했고 새들은 온 방 안을 파닥거리고 날아다니며 공중제비를 돌고 있었다. 맞은편에는 육중한 나무 문이 있었다.

"우리가 지나가면 저 새들이 공격할까?" 론이 물었다.

"그럴지도 몰라." 해리가 말했다. "그렇게 사나워 보이지는 않지만, 한꺼번에 달려들면…… 뭐, 어쩔 수 없지. 난 뛰어갈게."

해리는 심호흡을 한 다음 양팔로 얼굴을 가리고 전속력으로 방을 가로질렀다. 뾰족한 부리와 발톱이 당장에라도 자신을 쥐어뜯을 거라고 생각했지만 아무 일도 일어나지 않았다. 해리는 아무런 상처도 입지 않고 문에 도착했다. 손잡이를 당겼지만 문은 잠겨 있었다.

론과 헤르미온느도 해리를 따라왔다. 그들이 아무리 당기고 밀어도 문은 꼼짝도 하지 않았다. 헤르미온느가 알로호모라를 걸어도 마찬가지였다.

"이제 어쩌지?" 론이 물었다.

"이 새들 말이야…… 그냥 장식용으로 여기 있을 리는 없잖아." 헤르미온느가 말했다.

셋은 새들을 바라보았다. 머리 위를 날아다니며 반짝거리는…… 반짝거리는?

"저건 새가 아니야!" 해리가 돌연 소리쳤다. "저건 열쇠야! 날개 달린 열쇠 말이야. 자세히 봐. 그렇다는 얘기는……." 해리는 론과 헤르미온느가 눈을 가늘게 뜨고 열쇠 무리를 바라보는 동안 방을 둘러보았다. "……그래, 저것 봐! 빗자루야! 저 문을 여는 열쇠를 잡아야 해!"

"하지만 열쇠가 수백 개는 되잖아!"

론은 문에 달린 자물쇠를 자세히 살폈다.

"우리가 찾아야 하는 건 커다란 구식 열쇠야. 어쩌면 이 문손잡이처럼 은으로 되어 있을지도 몰라."

그들은 각자 빗자루를 하나씩 붙잡은 다음 땅을 박차고 날아올라 열쇠 무더기 한가운데로 뛰어들었다. 마구 움켜쥐고 낚아챘지만 마법에 걸린 열쇠들이 쏜살같이 날아가고 급강하하는 바람에 하나를 잡는 것도 거의 불가능했다.

하지만 해리가 100년 만의 최연소 수색꾼이 된 데는 다 이유가 있었다. 그는 다른 사람들의 눈에 띄지 않는 것을 빠르게 찾아내는 재주를 갖고 있었다. 무지개색 깃털의 소용돌이를 1분 정도 누비고 다닌 끝에 해리는 커다란 은빛 열쇠를 발견했다. 누군가가 벌써 잡아서 열쇠 구멍에 거칠게 쑤셔 넣었던 듯 날개가 구부러져 있었다.

"저거다!" 해리가 두 사람에게 소리쳤다. "저기 큰 거, 저기, 아니, 거기 말고. 밝은 파란색 날개 달린 것 말이야. 깃털이 온통 한쪽으로 쏠려 있는 것."

론은 해리가 가리키는 방향으로 속도를 냈다가 천장에 부딪히는 바람에 하마터면 빗자루에서 떨어질 뻔했다.

"포위하면서 접근해야 돼!" 해리가 날개를 다친 열쇠에서 시선을 떼지 않고 소리쳤다. "론, 너는 위에서 내려와. 헤르미온느, 아래쪽에서 열쇠가 밑으로 도망가지 못하게 해. 내가 잡아 볼게. 좋아, **지금이야!**"

론은 급강하했고 헤르미온느는 빠르게 솟구쳤다. 열쇠는 두 사람을 모두 피했으나 해리가 그 뒤를 쏜살같이 쫓았다. 열쇠가 벽을 향해 속력을 내자 해리는 몸을 앞으로 기울이더니 와작 하는 듣기 싫은 소리와 함께 한 손으로 열쇠를 꼼짝 못 하게 돌벽에 짓눌렀다. 론과 헤르미온느의 환호성이 천장 높이 메아리쳤다.

그들은 재빨리 바닥에 내려섰다. 해리는 손에서 버둥거리는 열쇠를 들고 문으로 달려갔다. 열쇠를 자물쇠에 꽂아 넣고 힘을 주자 금방 돌아갔다. 자물쇠가 딸깍 열리고 열쇠는 다시 날아올랐다. 두 번이나 잡힌 지금 열쇠는 매우 지쳐 보였다.

"준비됐지?" 해리가 문고리에 손을 올린 채 헤르미온느와 론에게 물었다. 그들은 고개를 끄덕였다. 해리는 문을 잡아당겼다.

다음 방은 너무 어두워서 아무것도 보이지 않았다. 하지만 안으로 들어서자 갑자기 빛이 쏟아져 들어와 방을 채우더니 놀라운 광경이 드러났다.

그들은 거대한 체스판 가장자리, 검은색 체스 말 뒤에 서 있었다. 체스 말들은 하나같이 그들보다 키가 컸고 검은색 돌 같은 것을 깎아 만들어져 있었다. 저 맞은편에서 세 사람을 마주 보고 있는 것은 하얀 말이었다. 해리, 론, 헤르미온느는 살짝 몸을 떨었다. 우뚝 서 있는 하얀색 체스 말에는 얼굴이 없었다.

"이제 뭘 해야 되지?" 해리가 속삭였다.

"뻔하잖아?" 론이 말했다. "방 건너편으로 가려면 체스를 둬야 하는 거야."

하얀 말 뒤쪽에 또 다른 문이 보였다.

"어떻게?" 헤르미온느가 초조하게 물었다.

"내 생각엔" 하고, 론이 말했다. "우리가 직접 체스 말이 되어야 하는 것 같아."

론이 검은색 나이트에게로 걸어가 기사가 타고 있는 말에 손을 댔다. 그 순간 돌이 번쩍 살아났다. 말은 발로 땅을 긁었고, 기사는 투구를 쓴 머리를 돌려 론을 내려다보았다.

"여길 지나가려면…… 어…… 우리가 이 팀에 들어가야 하나요?"

검은색 나이트가 고개를 끄덕였다. 론은 두 사람을 돌아보았다.

"이거 생각 좀 해 봐야겠는데……." 론이 말했다. "우리가 검은색 체스 말 세 개를 골라서 대신 들어가야 하는 것 같아."

해리와 헤르미온느는 론이 생각에 잠긴 모습을 조용히 지켜보았다. 마침내 론이 입을 열었다. "자, 기분 나쁘게 생각하거나 그러진 마. 너희는 체스를 그렇게 잘 두진 못하니까……."

"기분 나쁘지 않아." 해리가 얼른 말했다. "우리가 뭘 해야 하는지 말만 해."

"음, 해리, 너는 저 비숍 자리로 들어가. 그리고 헤르미온느, 너는 저 룩 대신 들어가는 거야."

"너는?"

"나는 나이트가 될 거야." 론이 말했다.

그들의 대화를 듣고 있었는지 나이트 하나, 비숍 하나, 룩 하나가 하얀 말에게서 등을 돌려 체스판 밖으로 걸어 나갔다. 해리, 론, 헤르미온느가 각각 들어갈 빈칸 세 개가 생겼다.

"체스에서는 항상 하얀 말이 먼저 시작해." 론이 체스판 건너편을 바라보며 말했다. "그렇지……. 저것 봐."

하얀색 폰이 앞으로 두 칸 움직였다.

론이 검은 말들을 지휘하기 시작했다. 검은 말들은 론이 어디로 보내든 말없이 움직였다. 해리는 무릎이 떨리는 것을 느꼈다. 여기에서 지면 어떡하지?

"해리, 오른쪽 대각선으로 네 칸 움직여."

다른 검은색 나이트 하나가 잡혔을 때 그들은 처음으로 큰 충격을 받았다. 하얀색 퀸이 검은색 나이트를 강타해 바닥으로 쓰러뜨리더니, 그 자리에 가만히 엎어져 있는 나이트를 체스판 밖으로 질질 끌고 나간 것이다.

"어쩔 수 없었어." 그렇게 말하는 론은 자신감을 잃은 듯 보였다. "그러면 네가 저 비숍을 잡을 수 있어, 헤르미온느. 어서."

검은 말이 하나하나 잡힐 때마다 하얀 말들은 조금도 자비를 보이지 않았다. 머잖아 벽을 따라 축 늘어진 검은 말이 한 더미나 되었다. 론은 두 번이나 해리와 헤르미온느가 위험에 처하기 직전에 그 사실을 알아차렸다. 론은 직접 체스판 여기저기를 뛰어다니면서, 잃어버린 검은 말만큼 많은 수의 하얀 말을 잡았다.

"거의 다 왔어." 론이 문득 중얼거렸다. "어디 보자……."

하얀색 퀸이 텅 빈 얼굴을 론 쪽으로 돌렸다.

"그래……." 론이 조용히 말했다. "이 방법밖에 없어. ……내가 잡혀야 돼."

"**안 돼!**" 해리와 헤르미온느가 소리쳤다.

"체스는 원래 그런 거야!" 론이 단호하게 말했다. "희생을 감수해야 한다고! 내가 움직이면 퀸이 나를 잡겠지. 그러면 네가 체크메이트를 외칠 수 있어, 해리!"

"하지만……."

"스네이프를 막고 싶긴 한 거야?"

"론……."

"야, 서둘러야 한다니까. 스네이프가 벌써 돌을 챙겨 갔을지도 몰라!"

그 말에 더 할 말이 없었다.

"준비됐지?" 론이 소리쳤다. 창백하지만 결의에 찬 얼굴이었다. "자, 간다……. 아 그리고, 이기면 뒤돌아보지 마."

론이 앞으로 발을 내딛자 하얀색 퀸이 달려들었다. 퀸이 돌로 된 팔을 휘둘러 론의 머리를 강하게 후려치자 론은 바닥으로 쓰러졌다. 헤르미온느는 비명을 지르면서도 자기 칸에서 벗어나지 않았다. 하얀색 퀸이 론을 한쪽으로 질질 끌고 갔다. 론은 정신을 잃은 듯했다.

해리는 부들부들 떨면서 왼쪽으로 세 칸을 이동했다.

하얀색 킹이 왕관을 벗어 해리의 발 앞에 던졌다. 이긴 것이다. 체스 말들이 양쪽으로 벌려 서서 허리를 숙이며 앞쪽 문으로 향하는 길을 내주었다. 해리와 헤르미온느는 마지막으로 한 번 론을 안타깝게 돌아본 후 그대로 돌진해서 문을 지나 다음 통로에 접어들었다.

"설마 론이……."

"괜찮을 거야." 해리는 마음을 다잡으려 애쓰며 말했다. "다음

엔 뭘까?"

"스프라우트 교수님의 장치는 지났어. 악마의 덫 말이야. 열쇠에 마법을 건 건 분명 플리트윅 교수님일 거고. 맥고나걸 교수님은 체스 말에 변환 마법을 걸어서 살아 움직이게 만들었을 거야. 그러면 퀴럴 교수님의 주문이랑, 스네이프 것만 남는데……."

둘은 또 다른 문에 도착했다.

"괜찮아?" 해리가 속삭였다.

"열어."

해리가 문을 열었다.

역겨운 냄새가 훅 끼치자 그들은 로브 자락을 들어 올려 코를 막았다. 그들은 눈물이 고인 눈으로, 전에 맞붙었던 것보다 훨씬 큰 트롤이 머리에 피투성이 혹을 달고 앞에 쓰러져 있는 것을 보았다.

"저놈이랑 싸우지 않아도 돼서 다행이다." 해리가 트롤의 거대한 한쪽 다리를 조심스레 넘어가면서 속삭였다. "빨리 가자. 숨을 못 쉬겠어."

해리는 다음 문을 열었다. 이번엔 또 뭐가 나올지 둘 다 감히 쳐다보지 못했다. 하지만 무서운 건 전혀 없었고, 서로 다른 모양의 유리병 일곱 개가 탁자에 나란히 놓여 있을 뿐이었다.

"스네이프 거야." 해리가 말했다. "뭘 해야 하지?"

해리와 헤르미온느가 안으로 들어서자마자 문간에서 불길이 치솟았다. 그것은 평범한 불이 아니었다. 보라색이었던 것이다. 동시에, 앞으로 이어지는 문간에서도 검은 화염이 치솟았다. 그들은 갇히고 말았다.

"봐!" 헤르미온느가 유리병 옆에 놓여 있는 종이 두루마리를 잡아챘다. 해리는 헤르미온느의 어깨 너머로 그것을 읽었다.

안전을 뒤로한 그대 앞에 위험이 가로놓여 있도다.
그대가 어느 것을 찾더라도 우리 가운데 둘은 그대에게 도움이 되리라.
우리 일곱 중 하나는 그대가 앞으로 나아가도록 도울 것이며,
다른 하나는 마시는 자를 뒤로 옮겨 놓으리라.
우리 중 둘에는 쐐기풀 와인이 들어 있고
우리 중 셋은 이 대열에 숨어 있는 살인자로다.
선택하라, 그대가 이곳에 영원히 머물고 싶지 않다면
선택을 돕기 위하여 이 네 가지 단서를 주겠노라.
첫째, 아무리 교활하게 숨어 있다 해도
쐐기풀 와인의 왼쪽에서는 항상 독약을 찾게 되리라.
둘째, 양 끝에 서 있는 자들은 서로 다르나,
앞으로 나아가고 싶다면 둘 중 어느 쪽도 그대의 벗은 아니다.
셋째, 분명하게 보이는 것처럼 병은 크기가 다 다르다.

난쟁이도 거인도 그 안에 죽음을 담고 있지 않다.

넷째, 왼쪽 두 번째 것과 오른쪽 두 번째 것은
언뜻 보기에 다를지라도 일단 맛보면 쌍둥이임을 알게 되리라.

헤르미온느가 크게 한숨을 내쉬더니 살며시 미소를 머금었다. 해리는 그 모습을 보고 깜짝 놀랐다. 이런 상황에서 웃을 수 있다니 해리는 결코 할 수 없는 행동이었다.
"멋진데." 헤르미온느가 말했다. "이건 마법이 아니라 논리야. 퍼즐 말이야. 위대한 마법사 중에도 논리 한 토막 모르는 사람이 꽤 많아. 그 사람들은 여기에 영영 갇히고 말았을 거야."
"근데 우리도 그렇게 되는 거 아냐?"
"당연히 아니지." 헤르미온느가 말했다. "필요한 단서는 전부 이 종이에 적혀 있어. 병이 일곱 개인데, 그중 셋은 독약이고 둘은 와인이야. 하나는 검은색 불길을 무사히 지나가게 해 줄 거고, 하나는 뒤쪽의 보라색 불길을 지나가게 해 줄 거야."
"근데 어느 걸 마셔야 하는지 어떻게 알아?"
"잠깐만 기다려 봐."
헤르미온느는 종이를 몇 번이고 다시 읽더니 줄지어 선 유리병 앞을 왔다 갔다 하기도 하고 혼자 무언가 중얼거리면서 손으로 병들을 가리키기도 했다. 마침내, 헤르미온느가 손뼉을 쳤다.

"알았다." 헤르미온느가 말했다. "가장 작은 병에 들어 있는 게 검은색 불길을 뚫고 가게 해 주는 약이야. 돌이 있는 곳으로 말이야."

해리는 그 작은 유리병을 바라보았다.

"우리 중 한 명만 마실 수 있는 양이네." 해리가 말했다. "한 모금도 안 돼."

둘은 서로를 바라보았다.

"보라색 불길을 뚫고 지나가게 해 주는 약은 어떤 거야?"

헤르미온느는 오른쪽 끝에 있는 둥근 유리병을 가리켰다.

"네가 저걸 마셔." 해리가 말했다. "아니, 들어 봐. 돌아가서 론을 데리고 날아다니는 열쇠가 있는 방에서 빗자루를 가져가. 그러면 뚜껑문으로 나가서 복슬이를 지나갈 수 있을 거야. 그리고 곧장 부엉이장으로 가서 덤블도어 교수님한테 헤드위그를 보내. 지금은 덤블도어 교수님이 필요하니까. 내가 잠깐 동안은 스네이프를 막을 수 있을지 몰라도, 솔직히 상대가 안 되잖아."

"하지만 해리…… '그 사람'이 스네이프랑 같이 있으면 어쩌려고?"

"뭐, 난 한 번 운이 좋았던 적이 있잖아?" 해리가 흉터를 가리키며 말했다. "또 운이 좋을 수도 있지."

헤르미온느의 입술이 파들파들 떨렸다. 그녀가 갑자기 달려들어 해리를 양팔로 꽉 끌어안았다.

"헤르미온느!"

"해리…… 넌 정말 훌륭한 마법사야."

"너만큼은 아냐." 헤르미온느가 놓아주자 해리는 매우 당황해서 말했다.

"내가?" 헤르미온느가 말했다. "그깟 책이 다 뭐라고! 좀 똑똑한 게 뭐! 훨씬 중요한 것들이 있잖아. 우정과 용기와…… 아, 해리, 조심해야 해!"

"너 먼저 마셔." 해리가 말했다. "뭐가 뭔지 확실히 알잖아. 안 그래?"

"당연하지." 헤르미온느는 그렇게 말하고 맨 끝에 있는 둥근 유리병에 들어 있는 약을 마시더니 몸서리를 쳤다.

"독은 아니지?" 해리가 걱정스럽게 물었다.

"아냐……. 근데 얼음처럼 차."

"빨리. 어서 가, 약효가 떨어지기 전에."

"행운을 빌어. 몸조심하고……."

"**가!**"

헤르미온느는 몸을 돌려 보라색 불길 너머로 곧장 나아갔다.

해리는 심호흡을 한 뒤 가장 작은 병을 집어 들고 몸을 돌려 검은 불길을 마주 보았다.

"자, 간다." 해리는 그렇게 말하고 작은 병의 약을 한 번에 삼켰다.

정말로 얼음이 몸을 덮쳐 오는 기분이었다. 해리는 유리병을 내려놓고 앞으로 걸어갔다. 마음을 다잡고 검은색 불길이 그의 몸을 핥는 것을 봤지만 아무런 느낌도 들지 않았다. 잠깐 동안 해리의 눈에는 어두운 불길 말고 아무것도 보이지 않았다. 다음 순간 그는 건너편 마지막 방에 와 있었다.

그곳에는 이미 다른 사람이 있었다. 그러나 그 사람은 스네이프가 아니었다. 볼드모트도 아니었다.

## 17장
# 두 얼굴을 가진 남자

그 사람은 퀴럴이었다.
"당신은!" 해리는 숨을 헉 들이켰다.
퀴럴이 미소 지었다. 그의 얼굴은 움찔거리지도 않았다.
"그래, 나다." 퀴럴이 덤덤하게 말했다. "여기에서 널 만나게 될지 궁금했다, 포터."
"하지만 저는…… 스네이프 교수가…….."
"세베루스?" 퀴럴이 웃음을 터뜨렸다. 평소처럼 부들부들 떠는 새된 소리가 아닌, 차갑고 날카로운 웃음소리였다. "그래, 세베루스가 이런 일을 할 것처럼 보이기는 하지. 안 그러냐? 그자가 꼴사나운 박쥐처럼 달려들게 한 것이 꽤 유용했어. 스네이프가 옆에 있는데 누가 부, 부, 불쌍한 마, 마, 말더듬이 퀴, 퀴럴 교수를 의심하겠니?"

해리는 이해할 수 없었다. 이것이 진실일 리 없었다. 절대로.

"하지만 스네이프는 저를 죽이려고 했어요!"

"아니, 아니, 아니지. 널 죽이려고 했던 건 나야. 그때 퀴디치 시합에서 네 친구 그레인저 양이 스네이프에게 불을 붙이려고 달려가다가 우연히 나를 쳐서 넘어뜨리고 말았지. 걔 때문에 나는 너한테서 눈을 뗄 수밖에 없었어. 몇 초만 더 있었으면 너를 빗자루에서 떨어뜨릴 수 있었는데. 스네이프가 너를 구하겠다고 저주 해제 마법을 중얼대지만 않았다면 진작에 해치웠겠지."

"스네이프가 저를 구하려고 했다고요?"

"물론이다." 퀴럴이 싸늘하게 말했다. "스네이프가 네 다음번 퀴디치 시합에서 심판을 보고 싶어 한 이유가 뭐였을 것 같으냐? 내가 똑같은 짓을 다시 못하도록 하려고 그랬던 거야. 사실은 우스운 일이지……. 스네이프가 굳이 신경 쓸 필요도 없었으니까. 덤블도어가 보고 있어서 아무것도 할 수 없었거든. 다른 교수들은 모두 스네이프가 그리핀도르의 승리를 막으려는 거라고 생각했겠지만. 어쩌다 그렇게 인심을 잃었는지……. 게다가 그게 웬 시간 낭비야. 그렇게 온갖 수고를 들였어도 결국 오늘 밤 내가 너를 죽이게 됐는데 말이다."

퀴럴이 손가락을 딱 튕겼다. 허공에서 밧줄이 튀어나오더니 해리를 꽉 묶었다.

"넌 살려 두기엔 너무 오지랖이 넓어, 포터. 핼러윈 날에 그렇게 학교를 빨빨거리며 돌아다니다니. 난 네가 돌을 지키는 장치들을 확인하러 가던 나를 봤다는 걸 알고 있었다."

"트롤을 들여보낸 게 교수님이었어요?"

"당연하지. 나한테는 트롤을 다루는 특별한 능력이 있거든. 내가 저 뒤에 있는 트롤한테 무슨 짓을 했는지는 봤겠지? 안타깝게도 이미 나를 의심하고 있었던 스네이프는 다들 트롤을 찾겠다며 사방으로 뛰어다니는 와중에 날 앞지르려고 곧장 4층으로 갔다. 내 트롤은 너를 죽이는 데 실패했고, 그놈의 머리 셋 달린 개도 스네이프의 다리를 제대로 물어뜯지 못했지. 이제 조용히 기다려라, 포터. 이 흥미로운 거울을 좀 살펴봐야겠으니까."

그제야 해리는 퀴럴 뒤에 서 있는 게 무엇인지 깨달았다. 다름 아닌 소망의 거울이었다.

"이 거울이 돌을 찾는 열쇠야." 퀴럴이 거울 테두리를 손가락으로 톡톡 두드리며 중얼거렸다. "이런 것을 생각해 내는 데는 역시 덤블도어를 따라갈 자가 없지. 하지만 덤블도어는 지금 런던에 있다……. 그자가 돌아올 때쯤이면 나는 이미 멀리 도망쳤을 테고……."

해리는 자기가 할 수 있는 일이 퀴렐에게 계속 말을 걸어 거울에 집중하지 못하게 하는 것뿐이라고 생각했다.

"교수님이 스네이프랑 같이 금지된 숲에 있는 걸 봤어요." 해리가 얼른 내뱉었다.

"그래." 퀴렐이 거울 뒤를 보려고 돌아가면서 느긋하게 말했다. "그때쯤 스네이프는 내가 뭘 하려는지 알고 있었고, 일이 어느 정도까지 진전됐는지 알고 싶어 했지. 스네이프는 내내 나를 의심했어. 나를 겁주려고 했지. 볼드모트 경께서 내 편에 계신데, 그럴 수 있을 줄 알았다면 오산이지만……."

퀴렐은 거울 뒤에서 나와 굶주린 눈으로 거울을 뚫어지게 바라보았다.

"돌이 보인다……. 내가 주인님께 바치고 있군. ……그런데 대체 어디 있는 거지?"

해리는 풀려나려고 몸부림쳤지만 밧줄은 꿈쩍도 하지 않았다. 퀴렐이 거울에 온전히 정신을 집중하지 못하게 해야 했다.

"하지만 스네이프는 언제나 절 엄청 싫어하는 것 같았어요."

"아, 그야 그렇지." 퀴렐이 태연하게 말했다. "말해서 뭐 해? 스네이프는 너희 아버지랑 같이 호그와트에 다녔잖아. 몰랐니? 둘은 서로를 싫어했어. 그렇다고 네가 죽길 바라진 않았지만."

"며칠 전 교수님이 흐느끼는 소리를 들었어요. 저는 스네이프가 교수님을 협박하는 거라고 생각했는데……."

처음으로 퀴럴의 얼굴에 공포의 감정이 스쳤다.

"가끔은" 하고, 퀴럴이 입을 열었다. "주인님의 지시를 따르기 힘들 때도 있지. 그분은 위대한 마법사지만 나는 나약하니까……."

"그러니까 그자가 교수님이랑 같이 그 교실에 있었다는 거예요?" 해리가 숨을 들이켰다.

"그분께서는 내가 어디를 가든 함께하신다." 퀴럴이 조용히 말했다. "세상을 두루 여행하던 중 그분을 만났지. 그때만 해도 나는 멍청한 어린애였어. 머릿속이 선과 악에 대한 온갖 우스꽝스러운 생각들로 가득한. 볼드모트 경께서는 내 생각이 얼마나 잘못됐는지 보여 주셨다. 선과 악이라는 건 없어. 그저 힘과, 힘을 추구하기에는 너무 나약한 자들이 있을 뿐이지……. 그때 이후로 나는, 여러 번 실망을 드리기도 했지만 그분께 충실히 봉사해 왔다. 그분께서는 내게 엄격하실 수밖에 없어." 퀴럴이 갑자기 몸을 떨었다. "실수를 쉽게 용서하시는 분이 아니니까. 내가 그린고츠에서 그 돌을 훔치려다 실패했을 때는 아주 언짢아하셨지. 내게 벌을 내리셨고…… 나를 좀 더 가까운 곳에서 지켜봐야겠다고 판단하셨다……."

퀴럴의 목소리가 점점 작아졌다. 해리는 다이애건 앨리로의 짧은 여행을 떠올렸다. 어떻게 여태껏 몰랐을까? 바로 그날 해리는 퀴럴을 만났고, 리키 콜드런에서 악수까지 했다.

퀴럴은 숨을 죽이고 욕설을 내뱉었다.

"이해를 못 하겠군……. 돌이 거울 안에 있는 건가? 깨 버려야 하나?"

해리의 머릿속에 여러 가지 생각이 스쳐 갔다.

'지금 이 순간 내가 세상에서 가장 바라는 건 퀴럴보다 먼저 그 돌을 찾는 거야.' 해리는 생각했다. '그러니까 거울을 보면, 내가 돌을 찾아내는 모습이 보이겠지. 그건 바로 돌이 어디에 숨겨져 있는지 알게 될 거란 뜻이야! 근데 어떻게 해야 퀴럴에게 들키지 않고 거울을 볼 수 있을까?'

해리는 퀴럴의 눈에 띄지 않고 거울 앞으로 가기 위해 왼쪽으로 조금씩 움직이려 했지만, 발목이 밧줄로 너무 꽉 묶여 있는 탓에 결국 발이 꼬여 넘어지고 말았다. 퀴럴은 그런 해리를 무시했다. 그는 여전히 혼잣말을 하고 있었다.

"이 거울은 어떤 역할을 하는 거지? 어떻게 작동하는 거야? 도와주십시오, 주인님!"

그러자 섬뜩하게도 어떤 목소리가 대답했다. 퀴럴 자신에게서 들려오는 목소리 같았다.

"저 아이를 이용해라……. 저 애를 이용해……."

퀴럴은 몸을 돌려 해리를 바라보았다.

"그래…… 포터…… 이리 와라."

퀴럴이 손뼉을 치자 해리를 묶고 있던 밧줄이 떨어져 나갔다. 해리는 천천히 일어섰다.

"이리 와." 퀴럴이 다시 말했다. "거울을 들여다보고 뭐가 보이는지 말해."

해리는 퀴럴 쪽으로 걸어갔다.

'거짓말을 해야 해.' 해리는 절박하게 생각했다. '거울에 뭐가 보이는지 거짓말해야 해. 그러면 돼.'

퀴럴이 해리의 뒤를 바짝 따랐다. 해리는 퀴럴의 터번에서 나는 것 같은 이상한 냄새를 맡았다. 해리는 눈을 감고 거울 앞으로 다가선 다음 다시 눈을 떴다.

해리는 거울에 비친 자신의 모습을 보았다. 처음에는 창백하고 겁에 질린 모습이었다. 하지만 잠시 후, 거울 속 해리가 미소 지었다. 그가 주머니에 손을 집어넣어 피처럼 빨간 돌을 꺼냈다. 거울 속 해리가 눈을 찡긋하더니 돌을 다시 주머니에 넣었다. 그 순간, 해리는 뭔가 묵직한 것이 실제로 주머니 속에 툭 떨어지는 느낌을 받았다. 어떻게 된 일인지, 믿을 수 없게도, 해리가 마법사의 돌을 갖게 되었다.

"자." 퀴럴이 재촉하듯 물었다. "뭐가 보이냐?"

해리는 용기를 끌어 올렸다.

"덤블도어 교수님이랑 악수하는 제 모습이 보여요." 해리는 말을 지어냈다. "제가…… 제가 그리핀도르 기숙사 우승컵을 따냈어요."

퀴럴이 다시 욕설을 내뱉었다.

"비켜." 퀴럴이 말했다. 옆으로 움직일 때 해리는 마법사의 돌이 다리에 부딪치는 것을 느꼈다. 감히 달아날 수 있을까?

하지만 채 다섯 걸음도 떼기 전에 새된 목소리가 말했다. 물론 퀴럴은 입술도 움직이지 않았다.

"거짓말이다……. 거짓말이야……."

"포터, 이리 돌아와!" 퀴럴이 소리쳤다. "사실을 말해라! 방금 뭘 봤지?"

높은 목소리가 다시 말했다.

"내가 이야기하겠다……. 얼굴을 맞대고……."

"주인님, 아직 힘이 충분하지 않으십니다!"

"이 정도는…… 충분하다……."

해리는 악마의 덫이 그를 그 자리에 꼼짝없이 붙들어 두는 것 같은 기분을 느꼈다. 손가락 하나 움직일 수 없었다. 돌처럼 굳은 채, 그는 퀴럴이 다가와 터번을 풀기 시작하는 모습을 보았다. 무슨 일이 벌어지고 있는 걸까? 터번이 떨어져 내렸다. 터번을 벗은 퀴럴의 머리는 이상하리만큼 작았다. 퀴럴이 그 자리에서 천천히 몸을 돌렸다.

해리는 비명을 지를 뻔했으나 아무런 소리도 낼 수 없었다. 퀴럴의 뒤통수였어야 할 곳에, 해리가 여태껏 본 어떤 얼굴보다도 끔찍한 얼굴이 있었던 것이다. 분필처럼 하얀 얼굴에서 빨간 눈이 이글거렸다. 콧구멍이 있어야 할 자리에는 마치 뱀처럼 가늘게 찢어진 구멍이 있었다.

"해리 포터……." 그것이 속삭였다.

해리는 물러서려 했지만 꼼짝할 수 없었다.

"내가 어떤 꼴이 됐는지 보이느냐?" 그 얼굴이 말했다. "한낱 그림자와 연기에 지나지 않게 되었다……. 오직 다른 사람의 몸을 나눠 써야만 형체를 가질 수 있게 됐지……. 하지만 나를 마음과 정신에 들이고자 하는 자들은 늘 존재했다……. 지난 몇 주 동안 나는 유니콘의 피로 강해졌다……. 너도 충직한 퀴럴이 나를 위해 금지된 숲에서 유니콘의 피를 마시는 걸 봤겠지……. 그리고 생명의 영약만 손에 넣으면, 나는 나만의 몸을 만들어 낼 수 있다……. 자…… 주머니에 들어 있는 그 돌을 내게 다오."

그러니까 이자는 알고 있었던 것이다. 갑자기 해리의 다리에 감각이 돌아왔다. 해리는 비틀거리며 뒷걸음질 쳤다.

"멍청한 짓 하지 마라." 그 얼굴이 사납게 말했다. "목숨을 부지하고 내 편이 되는 게 좋을 것이다……. 그렇지 않으면 네 부모와 똑같은 최후를 맞게 될 테니……. 네 부모는 내게 목숨을 구걸하며 죽어 갔다…….”

"**아니야!**" 해리가 버럭 소리쳤다.

퀴럴은 볼드모트가 계속 해리를 볼 수 있도록 해리를 향해 뒷걸음질 쳤다. 사악한 그 얼굴은 이제 웃고 있었다.

"정말 감동적이군…….” 그것이 쉭쉭거렸다. "나는 늘 용기를 가치 있게 여긴다……. 그래, 꼬마야. 네 부모는 용감했다……. 네 아버지를 먼저 죽였는데, 그자는 아주 용기 있게 맞서 싸웠지……. 하지만 너희 어머니는 굳이 죽을 필요가 없었다……. 괜히 너를 보호하려다가 목숨을 잃었어……. 이제 그 돌을 내놓아라. 네 어머니의 죽음조차 헛되게 만들고 싶진 않겠지?"

"**절대 안 줘!**"

해리는 불길이 일고 있는 문을 향해 달려갔지만 볼드모트가 소리쳤다. "**잡아!**" 곧 해리는 퀴럴의 손이 손목에 바짝 다가드는 것을 느꼈다. 한순간 바늘에 찔린 듯 날카로운 통증이 해리의 흉터를 관통했다. 마치 머리가 반으로 쪼개지는 듯했다. 해리는 온 힘을 다해 발버둥 치며 소리를 질렀다. 놀랍게도 퀴럴이 그를 놓아 주었다. 이마의 통증이 조금 잦아들었다. 해리는 미친 듯이 주위를 둘러보며 퀴럴이 어디로 갔는지 살폈다. 고통에 몸을 구부린 채 손가락을 바라보고 있는 퀴럴이 보였다. 그의 손가락에 물집이 생기고 있었다.

"잡아! **잡으라고!**" 볼드모트가 다시 소리치자 퀴럴은 앞으로 돌진해 해리에게 부딪쳐 그를 넘어뜨리고 몸 위에 올라타 두 손으로 그의 목을 잡았다. 해리는 흉터에서 느껴지는 통증 탓에 거의 눈이 멀 것 같은 와중에도 퀴럴이 고통스러워하며 울부짖는 모습을 볼 수 있었다.

"주인님, 이 아이를 잡을 수가 없습니다……. 손이…… 제 손이!"

퀴럴은 양 무릎으로 해리를 바닥에 짓누른 채 그의 목을 쥐고 있던 손을 놓고 당황한 얼굴로 자기 손바닥을 들여다보았다. 해리의 눈에도 화상을 입은 것처럼 피부가 벗겨져 빨갛게 번들거리는 두 손이 보였다.

"그럼 죽여라, 멍청한 놈! 그러면 다 끝난다!" 볼드모트가 날카롭게 소리쳤다.

퀴럴이 치명적인 저주를 걸려고 손을 들어 올렸지만, 해리는 본능적으로 손을 뻗어 퀴럴의 얼굴을 움켜쥐었다.

"아아아아악!"

퀴럴이 몸을 굴려 해리에게서 떨어졌다. 얼굴에도 물집이 생기고 있었다. 해리는 깨달았다. 퀴럴은 해리의 맨살을 만질 때마다 아주 끔찍한 고통을 느끼고 있었다. 해리의 유일한 희망은 퀴럴을 계속 붙잡고 그가 저주를 걸지 못하도록 고통을 느끼게 만드는 것뿐이었다.

해리는 벌떡 일어나 퀴럴의 팔을 잡고 온 힘을 다해 단단히 매달렸다. 퀴럴은 비명을 지르며 해리를 떨쳐 내려고 했다. 해리 이마의 통증도 점점 심해지고 있었다. 앞이 보이지 않았다. 퀴럴의 끔찍한 비명과 "죽여! 죽이라고!" 하는 볼드모트의 외침이 들렸다. 그리고 어쩌면 해리의 머릿속에서만 들리는 것인지도 모르는 또 다른 목소리들이 "해리! 해리!" 하고 소리치고 있었다.

해리는 퀴럴이 팔을 비틀어 그의 손아귀에서 빠져나가는 것을 느끼고, 모든 게 끝났음을 알았다. 그는 암흑 속으로 떨어져 내렸다. 아래로…… 아래로…… 아래로…….

황금빛 뭔가가 해리 바로 위에서 반짝였다. 스니치다! 잡아야 하는데, 팔이 너무 무거웠다.

해리는 눈을 깜빡였다. 그건 어딜 봐도 스니치가 아니었다. 안경이었다. 참으로 이상했다.

해리는 다시 눈을 깜빡였다. 그를 내려다보는 알버스 덤블도어의 미소 띤 얼굴이 시야에 흐릿하게 잡혔다.

"안녕, 해리." 덤블도어가 말했다.

해리는 덤블도어를 뚫어지게 바라보았다. 그제야 기억이 났다.

"교수님! 그 돌요! 퀴렐이었어요! 그자가 돌을 가져갔어요! 교수님, 빨리……."

"진정해라, 애야. 소식이 좀 늦구나." 덤블도어가 말했다. "퀴렐은 그 돌을 가져가지 못했단다."

"그럼 누가 가져갔나요? 교수님, 전……."

"해리, 부탁이니 진정 좀 하거라. 그러지 않으면 폼프리 선생님이 나를 쫓아낼 게다."

해리는 침을 삼키고 주위를 둘러보았다. 이제 보니 병동에 와 있는 게 틀림없었다. 해리는 하얀 시트가 깔린 침대에 누워 있었고, 옆에는 가게를 반쯤 털어 온 듯 과자가 탁자 높이 쌓여 있었다.

"네 친구들과 팬들이 보낸 우정과 존경의 표시란다." 덤블도어가 환하게 웃으며 말했다. "저 아래 지하 감옥에서 너와 퀴렐 교수 사이에 있었던 일은 철저히 비밀에 부쳤다. 즉, 비밀이란 게 늘 그렇듯, 학교 전체가 안다는 얘기지. 너한테 변기 뚜껑을 보내려던 건 네 친구 프레드와 조지 위즐리 군이었을 거라고 믿는다. 틀림없이 네가 즐거워할 거라고 생각한 게지. 하지만 폼프리 선생님이 그다지 위생적인 선물이 아닐지도 모른다며 압수해 버렸단다."

"제가 여기 얼마 동안 있었나요?"

"사흘. 네가 깨어났다는 얘기를 들으면 로널드 위즐리 군과 그레인저 양이 매우 기뻐할 게다. 무척이나 걱정했으니."

두 얼굴을 가진 남자

"하지만 교수님, 그 돌은……."

"이런, 도무지 다른 데 정신이 팔리지 않는구나. 그래, 돌 얘기를 해 보자. 퀴럴 교수는 너한테서 그 돌을 빼앗아 갈 수 없었단다. 내가 때마침 도착해서 막을 수 있었지. 너 혼자서도 매우 잘 해내고 있었다는 건 분명한 사실이지만 말이다."

"거기에 오셨다고요? 헤르미온느가 보낸 올빼미를 받으셨어요?"

"날아오던 중에 길이 엇갈린 모양이다. 런던에 도착하기 무섭게, 내가 있어야 할 곳은 방금 떠나온 곳이라는 게 분명해지더구나. 늦지 않게 도착한 덕분에 너한테서 퀴럴을 겨우 떼어 놓을 수 있었다."

"교수님이셨군요."

"너무 늦었을까 봐 걱정했단다."

"하마터면 늦으실 뻔했어요. 그렇게 오래 퀴럴한테서 돌을 지켜내진 못했을……."

"돌 얘기가 아니다, 이 녀석아. 너 말이야. 돌을 지키려다가 목숨을 잃을 뻔했잖니. 한순간 끔찍하게도 그렇게 됐을까 봐 두려웠다. 돌 얘기를 하자면, 그건 파괴됐단다."

"파괴됐다고요?" 해리가 멍하니 말했다. "하지만 교수님의 친구분은…… 니콜라 플라멜은……."

"아, 니콜라에 대해 아는구나?" 덤블도어가 꽤나 즐거운 목소리로 말했다. "조사를 아주 제대로 했나 보구나. 뭐, 니콜라와 나는 잠깐 수다를 떨고 나서, 돌을 파괴하는 게 최선이라는 데 의견을 모았단다."

"하지만 그건 니콜라 플라멜과 그분의 아내가 죽는다는 뜻이잖아요?"

"그들도 이것저것 정리할 시간을 벌어 줄 정도의 생명의 영약은 가지고 있단다. 그리고 그다음에는, 그래, 둘 다 죽음을 맞이하겠지."

덤블도어는 해리의 얼굴에 떠오른 놀란 표정을 보며 미소를 머금었다.

"너처럼 어린 사람에게는 믿을 수 없는 일 같겠지만, 니콜라나 페레넬한테 죽음이란 사실 아주, 아주 긴 하루를 보내고 잠드는 것과 같은 일이란다. 어쨌거나, 잘 다듬어진 정신에게는 죽음도 또 한 번의 위대한 모험이거든. 실은 말이지, 그 돌은 그렇게 훌륭한 물건이 아니란다. 돈과 생명을 원하는 만큼 얼마든지 가질 수 있다니! 대부분의 사람들이 다른 걸 모두 젖혀 놓고서라도 선택할 두 가지가 아니겠니? 문제는, 사람들이 자기 자신에게 나쁜 것을 콕 집어내는 재주를 갖고 있다는 거지."

해리는 할 말을 잃고 가만히 누워 있었다. 덤블도어는 콧노래를 살짝 흥얼거리더니 천장을 올려다보며 미소 지었다.

"교수님?" 해리가 말했다. "제가 생각해 봤는데요…… 교수님…… 돌이 사라지긴 했지만, 볼…… 그러니까, '그 사람'이…….."

"볼드모트라고 부르거라, 해리. 뭔가를 부를 때는 항상 알맞은 이름을 써야지. 이름을 두려워하면, 그것 자체에 대한 두려움도 커지기 마련이다."

"네, 교수님. 그럼, 볼드모트가 또 다른 방법을 써서 돌아오려고 하지 않을까요? 제 말은, 아주 사라져 버린 건 아니잖아요. 그렇죠?"

"그래, 해리. 볼드모트는 사라지지 않았다. 여전히 저기 어딘가에서 나눠 쓸 또 다른 몸을 찾고 있겠지……. 진정으로 살아 있는 게 아니니 죽임을 당할 수도 없고 말이다. 그자는 퀴럴을 죽게 내버려 뒀다. 적들에게 그러듯 자기 추종자들에게도 자비를 보이지 않지. 해리, 이번에는 네가 그자가 힘을 되찾는 걸 잠시 늦췄지만 다음에는 또 다른 누군가가 있어야 할 거다. 질 게 뻔해 보이는 싸움이라도 기꺼이 뛰어들 누군가가 말이야. 그러면 그자의 귀환이 또 한 번 늦춰질 테고, 그렇게 계속 늦춰진다면, 글쎄, 그자도 영영 힘을 되찾지 못하겠지."

해리는 고개를 끄덕이다가 머리가 아파서 얼른 멈추고 말했다. "교수님, 몇 가지 알고 싶은 게 있는데요, 얘기해 주실 수 있을까요? 진실을 알고 싶어요…….”

"진실이라." 덤블도어는 한숨을 쉬었다. "아름답고도 끔찍한 것이지. 그러므로 진실을 다룰 때는 아주 조심해야 한단다. 그래도 네 질문에는 대답하도록 하마. 대답을 피해야 할 아주 분명한 이유가 있는 게 아니라면 말이다. 그럴 땐 날 용서해 다오. 당연히 거짓말은 하지 않으마."

"그게…… 볼드모트가 그러더라고요. 그자가 우리 엄마를 죽인 건 그저 엄마가 저를 죽이려는 볼드모트를 막으려고 했기 때문이라고요. 그런데 볼드모트는 애초에 왜 저를 죽이고 싶어 한 걸까요?"

이번에 덤블도어는 매우 깊은 한숨을 내쉬었다.

"이런, 첫 질문부터 대답해 줄 수가 없겠구나. 적어도 오늘은 알려 줄 수 없다. 지금은 말이야. 언젠가는 너도 알게 되겠지만…… 지금은 일단 머릿속에서 그 질문을 치워 놓거라, 해리. 이런 말은 듣기 싫겠지만, 좀 더 나이가 들면…… 준비가 되면, 너도 알게 될 거다."

해리는 졸라 봐야 소용없으리라는 것을 알았다.

"근데 퀴럴은 왜 저를 만질 수 없었죠?"

"네 어머니는 너를 구하려다 목숨을 잃었다. 볼드모트가 이해하지 못하는 단 한 가지가 있다면 그건 바로 사랑이야. 그자는 너희 어머니가 너에게 준 것만큼 강력한 사랑은 그 자체로 흔적을 남긴 다는 것을 알지 못했다. 흉터도 아니고, 눈에 보이는 표시도 아니 지만…… 그렇게 깊은 사랑을 받으면, 그 사랑을 베푼 사람이 우 리를 떠난 뒤에도 어떤 보호막이 영원히 남는단다. 너의 살갗에 깃들어 있는 보호막이지. 증오와 탐욕과 야망으로 가득 차서 볼드 모트와 영혼을 나눠 쓰고 있던 퀴럴은 그런 이유로 너를 만질 수 없었던 거란다. 그렇게 선한 흔적이 남아 있는 사람을 만지는 게 고통스러웠던 거야."

덤블도어는 이제 바깥쪽 창틀에 앉아 있는 새에게 유독 관심을 보였고, 그사이 해리는 이불로 눈물을 닦았다. 목소리가 돌아오자 해리가 말했다. "그리고 투명 망토 말인데요…… 혹시 그걸 보낸 사람이 누군지 아세요?"

"아, 너희 아버지가 어쩌다 그 물건을 내게 맡겼단다. 네가 마음 에 들어할지도 모른다고 생각했지." 덤블도어의 눈이 반짝거렸다. "세상엔 쓸모 있는 물건들이 참 많아……. 너희 아버지는 호그와 트에 있을 때 주로 그 망토를 쓰고 주방에 몰래 들어가 음식을 훔 치곤 했단다."

"그리고 또 여쭤 보고 싶은 건요……."

"어디 물어보거라."

"퀴럴 말로는 스네이프가……."

"스네이프 교수님이라고 해야지, 해리."

"네, 그 사람요. 퀴럴은 그 사람이 절 싫어하는 이유가 제 아버지를 싫어했기 때문이라고 했어요. 그게 정말인가요?"

"글쎄, 네 아버지와 스네이프 교수는 서로를 아주 미워했다. 너와 말포이 군의 관계하고 다르지 않았지. 그러다 너희 아버지가, 스네이프 입장에서는 결코 용서할 수 없는 일을 저지르고 말았어."

"그게 뭔데요?"

"스네이프의 목숨을 구해 주었단다."

"네?"

"그래……." 덤블도어가 꿈꾸듯 말했다. "사람들의 정신이 작동하는 방식이 참 재미있지? 스네이프 교수는 너희 아버지에게 빚을 졌다는 사실을 견딜 수가 없었단다. 올해 스네이프 교수가 너를 지켜 주려고 그토록 애쓴 것도, 그렇게 하면 너희 아버지와 비긴 셈이 될 거라는 생각 때문이었을 거라고 나는 믿는다. 그러고 나면 전처럼 편안한 마음으로 네 아버지를 미워할 수 있을 테니까……."

해리는 그 말을 이해해 보려고 했지만 머리가 아파 와서 그만두었다.

"그리고 교수님, 한 가지 더 있는데요……."

"정말로 하나뿐이냐?"

"어떻게 제가 거울에서 그 돌을 꺼낼 수 있었을까요?"

"아, 그래. 그 질문을 해 주다니 기쁘구나. 그건 내가 떠올린 기막힌 생각 중 하나였다. 단둘이 있으니까 하는 얘기지만, 정말 굉장한 발상이었지. 그러니까, 그 돌을 찾고자 하는 사람, 찾기는 하되 사용하고 싶어 하지는 않는 사람만이 그 돌을 가질 수 있는 거란다. 그렇지 않은 사람들은 금을 만들어 내거나 생명의 영약을 마시는 자신의 모습만 보게 되지. 가끔은 나도 내 머리에 놀란다니까. ……자, 질문은 그만하자꾸나. 이제 이 과자들을 먹어야 하지 않겠니? 아! 버티 보트의 모든 맛이 나는 강낭콩 젤리로구나! 어렸을 때 안타깝게도 우연히 토사물 맛이 나는 젤리를 먹었는데, 그때 이후로 이 젤리에 대한 좋은 감정이 모두 사라졌을까 봐 두려웠단다……. 하지만 이 토피 사탕처럼 보이는 건 안전하지 않을까?"

덤블도어는 미소를 지으며 금빛이 도는 갈색의 강낭콩 젤리를 입에 톡 던져 넣었다. 그러더니 목멘 소리로 말했다. "이럴 수가! 귀지 맛이야!"

양호교사인 폼프리 선생은 친절한 사람이었지만 매우 엄격하기도 했다.

"선생님, 5분만요." 해리가 애원했다.

"절대 안 돼."

"덤블도어 교수님은 들여보내 주셨잖아요……."

"뭐, 당연히 그분은 교장 선생님이시니 전혀 다른 문제잖니. 너는 *쉬어야* 해."

"지금 쉬고 있잖아요. 보세요, 누워 있기도 하고 다 하고 있는데요. 네? 제발요, 폼프리 선생님……."

"휴, 알겠다." 폼프리 선생은 결국 손을 들었다. "딱 5분이야."

그렇게 폼프리 선생은 론과 헤르미온느를 병동 안으로 들여보내 주었다.

"*해리!*"

헤르미온느는 해리를 다시 끌어안을 태세였지만, 아직도 머리가 많이 아팠던 해리는 헤르미온느가 알아서 멈춰 줘서 고마웠다.

"아, 해리, 우린 네가…… 덤블도어 교수님이 너무 걱정하셔서……."

"학교 전체가 그 얘기를 하고 있어." 론이 말했다. "*진짜로* 무슨 일이 있었던 거야?"

가끔은 실제 이야기가 떠도는 소문보다도 기이하고 흥미진진할 때가 있는데, 이번이 바로 그랬다. 해리는 두 사람에게 모든 것을 이야기해 주었다. 퀴럴, 거울, 마법사의 돌과 볼드모트. 론과 헤르미온느는 적절한 때에 숨을 들이켜는 훌륭한 청중이었다. 해리가 퀴럴의 터번 속에 뭐가 있었는지 말했을 때 헤르미온느는 큰 소리로 비명까지 질렀다.

"그럼 그 돌은 사라진 거야?" 마침내 론이 물었다. "플라멜이 곧 죽을 거라고?"

"그건 내가 한 얘기고, 덤블도어 교수님은…… 뭐라더라? '잘 다듬어진 정신에게는 죽음도 또 한 번의 위대한 모험'이라고 했어."

"내가 늘 말했잖아, 머리가 좀 이상하다니까." 론은 자신의 영웅이 얼마나 미쳤는지 새삼 와닿는다는 듯한 표정으로 말했다.

"그런데 너희는 어떻게 했어?" 해리가 물었다.

"뭐, 나는 무사히 돌아갔어." 헤르미온느가 말했다. "일단 론을 깨웠어, 시간은 좀 걸렸지만. 그런 다음 덤블도어 교수님께 연락하려고 부엉이장으로 달려가는데 현관홀에서 교수님을 마주쳤어. 벌써 알고 계시더라고. 그냥 이렇게만 말씀하셨어. '해리가 그자를 쫓아갔구나. 그렇지?' 그러더니 4층으로 막 달려가셨어."

"해리 네가 그렇게 행동한 게 다 덤블도어의 뜻이었을까?" 론이 말했다. "너희 아버지가 쓰던 망토도 보내 주고, 뭐 그런 식으로 말이야."

"그럴 리가." 헤르미온느가 화를 냈다. "일부러 그런 거라면, 정말 끔찍한 일이야. 해리 넌 죽을 수도 있었어."

"아냐, 그렇지 않아." 해리가 생각에 잠긴 채 말했다. "특이한

분이야, 덤블도어 교수님은. 내 생각엔 나한테 기회를 주고 싶었던 것 같아. 난 덤블도어 교수님이 호그와트에서 벌어지는 일을 거의 다 알고 있을 거라 생각해. 교수님은 우리가 뭔가 해 보려 한다는 것을 짐작하고, 우리를 막는 대신 충분히 도움이 될 만큼의 가르침만 준 거야. 내가 그 거울이 작동하는 방식을 알아낸 것도 우연이었다는 생각은 안 들어. 할 수만 있다면 나한테 볼드모트와 싸울 권리가 있다고 생각하신 것 같아……."

"그래, 덤블도어는 미쳤어. 알았다니까." 론이 으스대듯 말했다. "잘 들어. 내일 종강 연회가 있으니까 그때까지는 털고 일어나야 돼. 점수 계산은 다 끝났고, 당연히 슬리데린이 이겼어……. 네가 지난번 퀴디치 경기에 빠지는 바람에 래번클로한테 처절하게 짓밟혔거든. ……그래도 음식은 맛있겠지."

그 순간 폼프리 선생이 부산을 떨며 나타났다.

"15분 가까이 있었다. 이제 **나가**." 폼프리 선생이 단호하게 말했다.

하룻밤 푹 자고 나자 해리는 거의 정상으로 돌아온 기분이 들었다.

"연회에 가고 싶어요." 해리는 그가 받은 수많은 과자 상자를 펴서 정리하던 폼프리 선생에게 말했다. "그래도 되죠? 네?"

"덤블도어 교수님이 허락해 주라고 하시더구나." 폼프리 선생이 코웃음 치면서 말했다. 연회가 환자에게 얼마나 위험할 수 있는지 덤블도어 교수가 모른다는 투였다. "그리고 면회 온 사람이 한 명 더 있단다."

"아, 잘됐네요." 해리가 말했다. "누군데요?"

해리가 그렇게 말한 순간 해그리드가 옆걸음으로 문을 통과했다. 그는 실내에 있으면 늘 그렇듯이 이곳에 있기엔 너무 큰 사람이었다. 그는 곁에 앉아 해리를 한번 보더니 울음을 터뜨렸다.

"이건…… 다…… 망할…… 내 잘못이야!" 해그리드가 두 손에 얼굴을 묻고 흐느꼈다. "내가 그 사악한 놈한테 복슬이를 지나가는 방법을 말해 줬어! 내가! 그놈이 모르는 건 딱 그거 하나였는데 내가 알려 주고 말았어! 네가 죽을 수도 있었잖아! 고작 용의 알 하나 얻자고! 다시는 술 안 마실 거야! 난 학교에서 쫓겨나 머글로 살았어야 했어!"

"해그리드!" 해리는 해그리드가 닭똥 같은 눈물로 턱수염을 적시며 슬픔과 후회로 몸을 떠는 것을 보고 깜짝 놀라 말했다. "해그리드, 그자는 어떻게든 알아냈을 거예요. 볼드모트잖아요. 아저씨가 말해 주지 않았어도 어떻게든 알아냈을 거라고요."

"네가 죽을 수도 있었다고!" 해그리드가 훌쩍거렸다. "그리고 그 이름은 말하지 마!"

"볼드모트!" 해리가 소리치자 해그리드는 너무 놀라 울음을 멈췄다. "저는 그자를 만났고, 그자의 이름을 부를 거예요. 기운 내요, 해그리드. 우리가 돌을 지켰잖아요. 돌이 사라졌으니 그자도 그것을 사용할 수 없어요. 개구리 초콜릿 하나 드세요, 엄청 많으니까……."

해그리드가 손등으로 코를 쓱 문질러 닦고 말했다. "그 말 들으니까 생각나네. 선물을 가져왔어."

"담비 고기 샌드위치는 아니죠?" 해리가 불안한 듯 묻자 해그리드는 희미하게나마 킥킥 웃었다.

"아냐. 덤블도어 교수님이 어제 휴가를 주셔서 마련할 수 있었어. 휴가가 다 뭐야, 원래는 나더러 짐을 싸라고 하셨어야 하는데…… 어쨌거나, 이걸 가져왔다."

해그리드가 내민 건 가죽 표지의 멋들어진 책처럼 보이는 물건이었다. 해리는 궁금해하며 책을 펼쳤다. 안은 마법사들의 사진으로 가득 차 있었다. 페이지마다 해리에게 미소 지으며 손을 흔들고 있는 사람들은 해리의 어머니와 아버지였다.

"너희 부모님 학창 시절 친구들한테 부엉이를 보내서 사진을 좀 달라고 부탁했어……. 너한테는 분명 한 장도 없을 테니까……. 마음에 드냐?"

해리는 아무 말도 할 수 없지만 해그리드는 그의 마음을 이해했다.

그날 밤 해리는 혼자서 종강 연회가 열리는 곳으로 갔다. 폼프리 선생이 마지막으로 한 번 더 검사를 해 봐야 한다고 고집을 부려서 붙잡혀 있었던 바람에 대연회장은 이미 사람들로 가득 차 있었다. 슬리데린이 7년 연속으로 기숙사 우승컵을 차지하게 된 것을 축하하는 의미로 대연회장은 슬리데린의 색깔인 녹색과 은색으로 장식되었다. 슬리데린의 뱀이 그려진 거대한 현수막이 상석 뒤쪽의 벽을 뒤덮고 있었다.

해리가 대연회장으로 걸어 들어가자 갑자기 조용해졌다가, 다음 순간 모두가 한꺼번에 큰 소리로 떠들기 시작했다. 해리는 그리핀도르 식탁에 앉아 있는 론과 헤르미온느 사이로 슬며시 들어가, 사람들이 그를 보려고 자리에서 일어나는 것을 모른 척하려고 애썼다.

다행히 얼마 지나지 않아 덤블도어가 도착했다. 와글와글하던 소리가 잦아들었다.

"또 한 해가 저물었습니다!" 덤블도어가 활기차게 말했다. "그리고 맛있는 음식을 입에 넣기 전에, 어쩔 수 없이 이 늙은이가 듣기 싫은 목소리로 여러분을 괴롭혀야 할 것 같군요. 참으로 다사다난한 한해였지요! 여러분 모두의 머리가 예전보다는 좀 더 채워

졌길 바랍니다……. 다음 학기가 시작되기 전까지 머릿속을 상쾌하게 비워 낼 여름방학이 통째로 남아 있어요. ……자, 내가 제대로 알고 있다면 이제 기숙사 우승컵을 시상할 순서인데요, 점수는 이렇습니다. 4위는 312점을 받은 그리핀도르, 3위는 352점의 후플푸프, 래번클로는 426점이고, 슬리데린은 472점입니다."

슬리데린 식탁에서 환호성을 지르고 발을 구르는 소리가 우레와 같이 터져 나왔다. 해리는 드레이코 말포이가 손에 든 잔으로 식탁을 두드리는 것을 보았다. 짜증 나는 광경이었다.

"그래요, 그래. 잘해 줬습니다, 슬리데린." 덤블도어가 말했다. "하지만 최근에 벌어진 몇 가지 사건을 고려해야 할 것 같군요."

연회장이 매우 고요해졌다. 슬리데린 학생들의 웃음이 조금씩 잦아들었다.

"엣헴." 덤블도어가 말했다. "막판 점수를 나누어 주려고 합니다. 어디 보자. 그렇지……. 먼저, 로널드 위즐리 군에게……."

론의 얼굴은 퍼렇게 질려서 마치 햇볕에 심하게 탄 순무처럼 보였다.

"오랫동안 호그와트에서 보지 못했던 최고의 체스 경기를 펼쳤으므로, 그리핀도르 기숙사에 50점을 드립니다."

그리핀도르의 환호성이 마법 천장에까지 닿을 듯했다. 머리 위의 별들이 흔들리는 것처럼 보였다. 퍼시가 다른 반장들에게 "내

동생이야! 내 막내 남동생이라고! 맥고나걸 교수님의 거인 체스 경기를 통과했어!"라고 외치는 소리가 들렸다.

연회장은 한참 만에 다시 조용해졌다.

"두 번째로, 헤르미온느 그레인저 양에게…… 뜨거운 불길을 마주하면서도 차가운 이성을 발휘한 데 대하여, 그리핀도르에 50점을 수여합니다."

헤르미온느가 팔에 얼굴을 묻었다. 해리는 그녀가 울음을 터뜨린 게 아닌가 하는 의문이 들었다. 식탁 이곳저곳에서 그리핀도르 학생들 모두 제정신이 아니었다. 조금 전보다 점수가 100점이나 올라간 것이다.

"세 번째, 해리 포터 군······." 덤블도어가 말했다. 연회장 안은 완벽한 침묵에 휩싸였다. "······순수한 배짱과 걸출한 용기를 보여 주었으므로, 그리핀도르에 60점을 드립니다."

귀가 먹먹할 정도의 환호성이 터져 나왔다. 목이 쉬도록 소리를 지르면서도 덧셈을 할 수 있었던 이들은 이제 그리핀도르의 점수가 472점이라는 사실을 알았다. 슬리데린과 똑같은 점수였다. 덤블도어가 해리에게 1점만 더 주었더라면 그리핀도르가 기숙사 우승컵을 차지했을 것이다.

덤블도어가 손을 들어 올렸다. 연회장 안은 점차 고요해졌다.

"용기에는 여러 가지 종류가 있습니다." 덤블도어가 미소를 지으며 말했다. "적에게 맞서는 데도 어마어마한 용기가 필요하지만, 친구들에게 맞서는 데도 마찬가지의 용기가 필요하지요. 그러므로 네빌 롱보텀 군에게 10점을 드립니다."

그리핀도르 식탁에서 터져 나온 소리가 너무도 커서, 대연회장 밖에 누군가가 서 있었다면 안에서 뭔가 폭발한 줄 알았을 것이다. 충격을 받아 하얗게 질린 네빌이 그를 끌어안는 사람들 속에 파묻혔을 때 해리, 론, 헤르미온느는 일어서서 소리를 지르고 환호성을 터뜨렸다. 네빌은 여태까지 그리핀도르를 위해 그토록 많은 점수를 받아 본 적이 없었다. 해리는 여전히 환호하면서 론의 옆구리를 쿡 찌르고 말포이를 가리켰다. 아마 전신 묶기 저주에 걸렸다 해도 그보다 더 넋이 나가고 충격받은 것처럼 보일 수는 없었을 것이다.

"그 말은" 하고, 덤블도어가 슬리데린의 몰락을 축하하는 래번클로와 후플푸프 학생들까지 가세한 폭풍 같은 박수갈채 너머로 소리쳤다. "실내 장식을 조금 바꿔야 한다는 뜻이겠지요."

덤블도어가 손뼉을 쳤다. 한순간에 녹색 벽걸이는 진홍색으로, 은색 벽걸이는 황금색으로 변했다. 거대한 슬리데린 뱀은 사라지고 위풍당당한 그리핀도르 사자가 그 자리를 차지했다. 스네이프는 소름 끼치는 억지웃음을 지으며 맥고나걸 교수와 악수했다. 스네이프와 눈이 마주치는 순간 해리는 자신에 대한 스네이프의 감정에 조금의 변화도 없다는 사실을 알 수 있었다. 그렇다고 해도 걱정되지는 않았다. 그것조차 다음 학기에는 평범한 삶으로 돌아가게 될 거라는 뜻으로 보였다. 호그와트에서의 삶이 평범한 것이라면 말이다.

해리 생애 최고의 저녁이었다. 퀴디치 경기에서 이겼을 때보다도, 크리스마스 때보다도, 산트롤을 쓰러뜨렸을 때보다도 좋았다……. 해리는 오늘 밤을 결코 잊지 못할 것이다.

해리는 시험 결과가 아직 나오지 않았다는 사실을 하마터면 잊을 뻔했지만, 어김없이 성적은 나왔다. 굉장히 놀랍게도 해리와 론 모두 좋은 점수로 시험을 통과했다. 헤르미온느는 당연히 학년 수석을 차지했다. 심지어 네빌도 약초학에서 받은 좋은 점수가 마법약에서 받은 최악의 점수를 메워 준 덕분에 간신히 시험을 통과했다. 못된 성격만큼이나 머리도 나쁜 고일이 떨어졌으면 좋겠다는 게 그들의 바람이었지만, 그 역시 통과했다. 유감스러운 일이었지만 론의 말처럼, 살면서 모든 걸 가질 수는 없는 법이다.

그리고 갑작스럽게, 옷장이 비워지고 짐들이 꾸려지고 화장실 구석에서 네빌의 두꺼비가 발견되었다. 방학 중에는 마법을 사용해서는 안 된다는 경고문이 담긴 통지서가 학생 모두에게 전달됐다("난 학교에서 이걸 나눠 주는 일을 까먹으면 좋겠다고 늘 생각했어"라고, 프레드 위즐리가 슬픈 듯 말했다). 해그리드가 와서 학생들을 나룻배가 있는 곳까지 데려다주었고, 그들을 태운 배들은 호수를 건넜다. 학생들은 호그와트 급행열차에 올라 시골 풍경이 점점 초록색으로, 점점 가지런하게 변해 가는 동안 왁자지껄 이야기를 나누고 웃음을 터뜨렸다. 버티 보트의 모든 맛이 나는 강낭콩 젤리를 먹는 동안 머글들이 사는 마을도 빠르게 지나갔다. 마침내 그들은 마법사 로브를 벗고 재킷과 코트를 입은 뒤 킹스크로스역의 9와 4분의 3 승강장에 내렸다.

모두가 승강장을 빠져나가는 데는 제법 시간이 걸렸다. 주름이 쪼글쪼글한 나이 든 역무원 한 명이 옆에 서서 학생들을 두셋씩 짝지어 통과하게 하고 있었다. 그들이 한꺼번에 딱딱한 벽을 뚫고 나가 주의를 끌고 머글들을 놀라게 만드는 일이 없도록 하려는 것이었다.

"이번 여름에 꼭 놀러와." 론이 말했다. "너희 둘 다. 부엉이를 보낼게."

"고마워." 해리가 말했다. "나한테도 손꼽아 기다릴 만한 게 필요할 테니까."

머글 세계로 돌아가는 문을 향해 걸어갈 때 사람들이 해리, 론, 헤르미온느를 밀치고 지나갔다. 그들 중 몇몇이 소리쳤다.

"잘 가, 해리!"

"또 보자, 포터!"

"여전히 유명 인사로군." 론이 씩 웃으며 말했다.

"지금 가는 곳에서는 전혀 아냐. 맹세해." 해리가 말했다.

해리, 론, 헤르미온느는 함께 문을 통과했다.

"저기 있어요, 엄마, 저기요. 보세요!"

론의 여동생 지니 위즐리였다. 하지만 지니가 가리키는 사람은 론이 아니었다.

"해리 포터다!" 지니가 높은 목소리로 외쳤다. "보세요, 엄마! 내가 봤……."

"조용히 해라, 지니. 손가락질하는 건 예의 없는 짓이야."

위즐리 부인이 미소를 머금고 세 사람을 내려다보았다.

"바쁜 한 해였지?" 그녀가 물었다.

"엄청요." 해리가 말했다. "퍼지랑 스웨터 보내 주셔서 고맙습니다."

"이런, 그 정도야 아무것도 아니란다, 애야."

"준비는 됐냐?"

버넌 이모부였다. 여전히 푸르뎅뎅한 얼굴에 콧수염을 기르고 있었으며, 평범한 사람들로 가득한 역에서 올빼미가 들어 있는 새장을 들고 있는 해리의 대담함에 몹시 화가 난 것처럼 보였다. 그의 뒤에는 피튜니아 이모와 더들리가 서 있었는데, 해리를 본 것만으로도 겁에 질린 모습이었다.

"해리의 가족분들이시군요!" 위즐리 부인이 상냥하게 말했다.

"굳이 말하자면야." 버넌 이모부가 퉁명스레 말했다. "서둘러라, 녀석아. 하루 종일 죽치고 있을 셈이냐?" 그는 그 말을 내뱉고 멀어져 갔다.

해리는 론, 헤르미온느와 마지막으로 한마디 나누려고 남아 있었다.

"그럼, 여름에 보자."

"너도…… 어…… 방학 즐겁게 보내." 헤르미온느가 긴가민가한 표정으로 버넌 이모부를 보며 말했다. 저렇게 무례한 사람이 있을 수 있다는 데 충격을 받은 듯했다.

"아, 그럴 거야." 해리가 말했다. 두 사람은 그의 얼굴에 함박웃음이 떠오르는 것을 보고 놀랐다. "저 사람들은 우리가 집에서 마법을 못 쓰게 돼 있다는 걸 모르잖아. 이번 여름에는 더들리랑 즐거운 시간을 보낼 거야……."

(제2권 《해리 포터와 비밀의 방》에서 계속됩니다.)

**강동혁**은 서울대학교 영문학과와 사회학과를 졸업하고 같은 학교 대학원에서 영문학 석사학위를 받았다. 옮긴 책으로는 《신비한 동물사전 원작 시나리오》, 《일곱 건의 살인에 대한 간략한 역사》, 《레스》, 《이 소년의 삶》 등이 있다.

## 해리 포터와 마법사의 돌

초판 1쇄 발행 2025년 1월 17일
초판 4쇄 발행 2025년 12월 19일

지은이 | J.K. 롤링
옮긴이 | 강동혁
발행인 | 강봉자, 김은경

펴낸곳 | (주)문학수첩
주소 | 경기도 파주시 회동길 503-1(문발동 633-4) 출판문화단지
전화 | 031-955-9088(마케팅부), 9532(편집부)
팩스 | 031-955-9066
등록 | 1991년 11월 27일 제16-482호

홈페이지 | www.moonhak.co.kr
블로그 | blog.naver.com/moonhak91
이메일 | moonhak@moonhak.co.kr

ISBN 979-11-93790-65-6 04840
　　　 979-11-93790-64-9 (세트)

* 파본은 구매처에서 바꾸어 드립니다.